Edgar Brändli

Im Dienste des Kreuzritters von Hohenklingen

Edgar Brändli

Im Dienste des Kreuzritters von Hohenklingen

Historischer Roman

Bibliografische Information der Deutschen Nationalbibliothek:
Die Deutsche Nationalbibliothek verzeichnet diese Publikation in der
Deutschen Nationalbibliografie; detaillierte bibliografische Daten
sind im Internet über http://dnb.dnb.de abrufbar.

Illustrationen: Daniela Jenal

Herstellung und Verlag: BoD – Books on Demand, Norderstedt
ISBN: 978-3-7386-8026-3

Inhalt

Prolog

Die Geschichte beginnt im Jahre des Herrn 1175, als Friedrich I von Staufen Kaiser des römisch-deutschen Reiches war. Wegen seines mächtigen roten Barts wurde er »Barbarossa« genannt. Barbarossas Herrschaft war zu der Zeit vom Doppelkonflikt mit dem lombardischen Städtebund und dem Papsttum geprägt. In einer Gesellschaft, in der Ehre den sozialen Rang bestimmte, führten Ehrverletzungen und der daraus resultierende Zwang zur Rache zu jahrzehntelangen Konflikten. In den Auseinandersetzungen zwischen den oberitalienischen Städten versuchte Barbarossa eine Vermittlerrolle einzunehmen. Er scheiterte jedoch, zog sich den Vorwurf der Parteilichkeit zu und konnte die traditionellen Herrscheraufgaben der Friedens- und Rechtswahrung nicht ausüben. Die Weigerung einiger Städte, sich dem kaiserlichen Gericht zu stellen, musste angesichts des Konzepts der »Ehre des Reiches« gesühnt werden. Nachdem Trotona und Mailand zerstört worden waren, beabsichtigte Barbarossa, die Königsherrschaft im *Regnum Italicum* grundsätzlich neu zu ordnen. Alte Hoheitsrechte des Reiches wurden wieder beansprucht oder neu definiert und schriftlich fixiert. Alle Gerichtshoheit und Amtsgewalt sollte vom Reich ausgehen. Die Einsetzung kaiserlicher Verwalter und die umfassende finanzielle Nutzung der dem Kaiser zugesprochenen Regalien trafen jedoch auf den Widerstand der Städte. Sie hatten Regalien und Jurisdiktionsrechte längst schon gewohnheitsrechtlich wahrgenommen.

Dies ist das geschichtliche Umfeld, in das der Roman eingebettet ist. Historisch ist vom zwölften Jahrhundert nur wenig bekannt. Die wenigen Historiker beschrieben zwar das Wirken und die Taten von Kaiser Barbarossa, vom allgemeinen Leben weiß man allerdings sehr wenig. Das Leben war damals sehr hart. Die durchschnittliche Lebenserwartung war nur dreißig Jahre. Der christliche Glaube spielte im Alltag eine wesentliche Rolle, obwohl die Heilige Schrift nur in Latein, das die wenigsten verstehen konnten, gelesen wurde. Ein

Dilemma, das erst durch Martin Luther zweihundert Jahre später behoben wurde.

Wo Glaube mit wenig Wissen gepaart wurde, hatte es auch viel Platz für Aberglauben. So benutzte man damals keine Gabel, weil dies Hexen- und Teufelszeug war. Man benutze zum Essen nur Messer und Löffel. Vor allem bei den einfachen Leuten, denn der Adel aß mit Vorliebe nur mit den Fingern. Viel mehr war aber von dieser Zeit nicht bekannt. Das meiste bleibt im Dunkeln und deshalb wird diese Zeit auch oft *dunkles Mittelalter* genannt.

Im Roman habe ich versucht, alles Bekannte wahrheitsgetreu wiederzugeben und mir erlaubt das Dunkle mit Phantasie aufzufüllen. Ich wollte aber keinen Roman mit Barbarossa im Zentrum machen, sondern aufzeigen, wie ein Außenstehender, ein einfacher Mann aus dem Volke, diese Geschichte miterlebt.

Dieser heißt David und ist als Köhlerjunge in Stein am Rhein aufgewachsen. Er muss heuer mit achtzehn Jahren seinen Frondienst auf der Burg Hohenklingen antreten.

Alle Personen, die nicht historisch verbrieft sind, wie zum Beispiel, Baron Eckert von Hohenklingen, wurden von mir frei erfunden.

Ich wünsche Ihnen viel Spaß beim Lesen.

Ihr Edgar Brändli

Teil 1 - Das Leben in Stein

David, der Köhlerjunge

David war der jüngste Spross der Köhlers. Als Jüngster hatte er innerhalb der Familie die Aufgabe, seiner Mutter Frieda bei den Haus-, Garten- und Feldarbeiten zur Hand zu gehen. Morgens musste er als erstes das Holz für die Küche hacken. Das war auch an diesem Morgen so.

Er ging in den Schuppen hinterm Haus, legte das erste Scheit auf den Spaltstock und schlug mit der kleinen Axt mit aller Kraft zu. David war trotz seiner achtzehn Lenze klein und schmächtig geblieben. Seine beiden älteren Brüder Heinrich und Friedrich waren groß und breitschultrig wie der Vater. Heinrichs Oberarme hatten einen größeren Umfang als Davids Oberschenkel. Oh, wie David seinen muskulösen Bruder bewunderte. Der hatte alles, was er nicht hatte. Während seiner Frondienstzeit hatte sich Heinrich zum Fähnrich avancierte und zusammen mit dem Burgvogt, Baron Eckert von Klingen, an einigen Schlachten teilgenommen. Niemals war die Fahne des silbernen Löwen, das Banner des Barons, gesunken. Heinrich hatte das Symbol immer oben gehalten, selbst in brenzligen Situationen. Als sein Frondienst zu Ende gegangen war, hatte ihm Baron Eckert als Zeichen seiner Wertschätzung ein Langschwert geschenkt. Eine große Ehre für die Familie.

Oh, wäre ich doch wenigstens so wie mein Namensgeber, der als Jüngling den Riesen Goliath besiegt hat, dachte David. Kein Krieger von Sauls Heer hatte es mit dem Giganten Goliath aufnehmen können. Der Hirtenjunge hatte ihm mit seiner Schleuder einen Kieselstein an den Kopf geknallt, und aus war es gewesen mit dem Riesen. Ja, zugegeben, Gottes Kraft hat dabei auch eine wesentliche Rolle gespielt, dachte David ein wenig mürrisch.

»Und was ist mit mir, Allmächtiger?«, schrie er plötzlich. »Mein Bruder spaltet ein Holzscheit mit einem Schlag. Und ich? Was ist mit meiner Kraft? Ich dresche zehn Mal auf das blöde Ding ein, bis es auseinanderbricht«, schrie er weiter. Storch nannten ihn seine Brüder, weil er so dünne Arme und Beine hatte. Storch, oh wie er diesen Namen hasste.

»Ich schreie mein Elend zu Euch, oh Herr. Wie könnt Ihr in meiner Schwachheit mächtig sein, wenn sie mich *Storch* nennen?«

Mit aller Wut schlug David die Axt auf das Holzscheit. Aber die Klinge drang nur wenige Zentimeter in das Holz ein. Wieder und wieder drosch er das Holzscheit, das jetzt an der Schneide der Axt klemmte, auf den Spaltstock. Bei jedem Schlag rutschte die Schneide ein wenig tiefer in das Holz hinein, bis sie es endlich in zwei Teile trennte.

»Was für ein Scheißtag!«, bellte David weiter. »Und dann noch dieser Traum. Den kann ich niemals meiner Mutter erzählen …«

Ein paar Augenblicke später öffnete sich die Tür zum Schuppen, und der Kopf der Mutter kam durch den Türspalt zum Vorschein.

»Was kannst du mir nicht erzählen?«, fragte sie.

David fuhr erschrocken zusammen.

»Frau Mutter, habt Ihr mich erschreckt«, sagte er.

»So, raus mit der Sprache. Was ist los!«, entgegnete die Mutter.

David seufzte, da er merkte, dass er den Traum nicht mehr für sich behalten konnte, und so begann er schließlich zu erzählen.

»Ich habe geträumt, dass Ihr, Frau Mutter, Eier in die Bratpfanne geschlagen habt, und danach gab es einen fürchterlichen Feuerball. Ihr habt Euch die Hände und das ganze Gesicht verbrannt. Es war ein schauriger Anblick«, sagte er weiter. Seine Stimme bebte und hatte einen weinenden Unterton. Er machte eine Pause, bis er sich wieder gefasst hatte und sagte dann: »Aber das kann ja nicht sein. Wir haben ja keine Hühner, also auch keine Eier, oder Frau Mutter?«

Davids Mutter war in der Zwischenzeit ganz in den Schuppen gekommen und hatte sich auf den kleinen Spaltstock gesetzt. Alle Farbe war aus ihrem Gesicht entwichen.

»Gestern kam Marianne, die Tochter vom Bauern Ulrich«, sagte sie leise. »Sie hat uns einen Korb mit Eiern gebracht, als Dankeschön für deine Hilfe am Markttag. Sie hat den Korb Heinrich übergegeben und noch lange mit ihm kokettiert. Ich habe mich schon gewundert. Der Korb ist jetzt unter der Steintreppe, wo es im Sommer immer kühler ist als im Haus. Heute Abend wollte ich sie zu Spiegeleiern verarbeiten … Was ist mit den Eiern? Hast du das im Traum auch gesehen?«, fragte die Mutter, die jetzt ihre Fassung wiedergefunden hatte.

»Ja, schon, aber ich … ich möchte nicht petzen«, entgegnete David.

»David, wenn man einen Traum erzählt, dann ist das kein Petzen. Also los, mach es nicht so spannend«, forderte seine Mutter.

»Also gut«, sagte David. »Heinrich hat ein paar Eier ausgeblasen. Damit man dies nicht sofort sieht, hatte er sie mit Wasser gefüllt und dann mit Kerzenwachs verschlossen. Das ist alles. Mehr weiß ich nicht«, sagte er.

»Nun gut«, sagte die Mutter. »Geh und hole den Eierkorb.«

David rannte hinaus und erschien einige Augenblicke später wieder mit dem Korb. Die Mutter untersuchte akribisch jedes Ei. Bei genauer Betrachtung erkannte sie, dass sechs Eier an ihrer Spitze und am Boden jeweils einen Tropfen Kerzenwachs aufwiesen.

»Ganz schön gerissen, unser Großer«, knurrte die Mutter. Dann wandte sie sich wieder David zu. Ihre Stimme hat jetzt wieder ihren lieblichen, sanften Klang. »Mein lieber David. Du warst eine sehr schwere Geburt. Lange Zeit war es nicht klar, ob ich das Kindbett überhaupt überlebe. Die Hebamme hat uns damals gewarnt, dass ich keine weitere Geburt überstehe. Dies war sehr hart für mich. Ich hätte deinem Vater sehr gerne noch weitere Söhne geschenkt, die er bei seiner körperlich strengen Köhlerei sehr gut hätte brauchen können. Dein Vater sagte damals, wenn er zwischen der Liebe seines Lebens und zehn strammen Söhnen wählen müsste, so würde er sich immer für die Liebe entscheiden. Und so …« Ihre Stimme versagte, und große Tränen kullerten über ihre Wangen. Sie griff nach Davids Händen, blickte in sein Angesicht und erzählte weiter: »Und so nannten wir dich David. Es sollte ein sichtbares Zeichen sein, dass du unser Jüngster bist und bleiben wirst. Es war alles andere als leicht, aber dank der großen Liebe, die mich mit deinem Vater verbindet, und dank der großen Gnade Gottes ist es so geblieben. Heute bin ich zu alt, um Kinder zu bekommen. Gemeinsam haben wir es durchlitten und durchstanden. Es war alles andere als leicht …

Weiter hatten wir große Sorgen um dich. Wir haben schnell bemerkt, dass du nicht die robuste Art deines Vater geerbt hast, sondern eher meine Zierlichkeit. Als deinem Vater und mir klar wurde, dass du nicht für die harte Köhlerei geschaffen bist, wollten wir dich dem Allmächtigen weihen. Wir sind mit dir zum Kloster St. Othmar auf die Insel Werd gegangen und wollten, dass du im Kloster erzogen wirst. Der Abt wies uns ab, da wir von niedriger Geburt sind. Nur Edelleuten stehe das Klosterleben offen, sagte er. Dasselbe hörten wir im Kloster St. Georgen in Stein. Wir haben alles versucht, um dich in einem Kloster platzieren zu können. Wir haben gebettelt, gefleht, ja, Vater hat dem Abt sogar gedroht. Es nützte alles nichts. Aber dank unserer Hartnäckigkeit hat uns der Abt angeboten, dass der Beichtvater auf Hohenklingen dir das Lesen und Schreiben anhand der Heiligen Schrift beibringen würde. Wir waren damit einverstanden. Deshalb hast du immer an zwei Nachmittagen in der Woche Unterricht bei Pater Christian. Ein Unterricht, der dir sehr gut tut, und ich glaube, dass du ihn auch genießt.«

Davids Augen begannen zu funkeln, und er nickte mehrmals.

»Ich mag ihn nicht nur«, sprudelte er los, »ich liebe ihn! Ihr glaubt nicht, wie viele tolle Geschichten es alleine über David gibt, und dann erst dieser Jesus. Frau Mutter, der kann übers Wasser gehen, und er …«

Schmunzelnd hielt die Mutter sanft ihren Zeigefinger auf Davids Mund.

»Pssst«, sagte sie. »Ich bin noch nicht fertig. Schon als du noch ein Kind warst, ist es Vater und mir aufgefallen, dass du immer wieder Visionen hast. Vieles war vage. So konkret wie heute war es noch nie. Vielleicht hast du aber auch nur nie die richtigen Worte dafür gefunden … Wie auch immer, ich denke, diese Träume sind eine Gottesgabe, und ich möchte, dass du nie, nie, nie wieder einen Traum für dich behältst. Weiter möchte ich, dass du das mit Pater Christian besprichst. Er wird dir gut raten, da bin ich mir sicher. Ich möchte, dass du mir das in die Hand versprichst, hier und jetzt.«

David schaute verdutzt in das Angesicht seiner Mutter. Ihre Mine verriet absolute Entschlossenheit. Seine Gedanken hüpften in Panik hin und her. Alles erzählen, dachte er, in Worte fassen, aber wie denn – und wenn es nicht eintrifft, halten mich alle für einen riesigen Idioten – der Pater wird mich auslachen …

Der Händedruck der Mutter wurde fester.

»Los, gib dir einen Ruck. Ich weiß, dass es dir schwer fällt«, sagte sie fordernd.

»Also gut«, stöhnte David. »Ich … ich verspreche es.« Nun war es heraus. Erleichtert blickte er auf.

Seine Mutter ließ ihn los.

»Und ich verspreche dir«, sagte sie fröhlich, »dass Vater und ich deine Träume immer ernst nehmen werden, ob sie eintreffen oder nicht, und auslachen werden wir dich bestimmt nicht. Also jetzt los, mein Wunderknabe. Hacke mir Kleinholz. Sonst wird es nichts mit den Spiegeleiern zum Abendbrot.« Nach diesen Worten ging sie hinaus, und David war wieder allein im Schuppen.

»Oh Allmächtiger, es ist gar kein Scheißtag«, sagte er laut. »Bitte verzeiht … und … danke.« Danach legte er ein weiteres Holzscheit auf den Spaltstock und schlug wieder mit aller Kraft zu. Das Hacken gelang ihm nicht besser als vorher, aber nun nervte er sich nicht mehr. Nach dem Holzhacken musste er den Ziegenstall misten. Melken fiel diesen Sommer aus. Alle drei Mutterziegen hatten im Frühjahr ein Gitzi geworfen; die alte sogar zwei. Diesen Winter gab es wieder Gitzifleisch. Dafür mussten sie heuer auf den Ziegenkäse verzichten. Nachdem er die Ziegen versorgt hatte, ging es an die Kontrolle der Umzäunung. Kein Pfahl durfte lottern, keine Querstange nachgeben. Wenn die Ziegen ausbrachen und in den nahen Wald liefen, waren sie eine leichte Beute für die Wildtiere. Nein, dies durfte nicht passieren. Ganz genau schaute David sich jeden einzelnen Teil des Zaunes an. Zum Schluss galt sein Blick der Grasqualität innerhalb der Umzäunung. Mehrmaliges Kopfnicken bezeugte, dass er mit dem Gesehenen zufrieden war.

Jetzt noch Garten und Felder wässern, dachte er und ging mit zwei großen Ledereimern zur Quelle. Sechs Eimer für den Garten und je ein Dutzend für jedes Feld. Was für eine Schlepperei, dachte er. Kein Wunder, dass ich nicht mehr wachse, wenn mich diese Gewichte ständig nach unten ziehen …

Die Mutter trat aus dem Haus und beobachtete sein Tun.

»Warum nimmst du nicht das Joch? Damit geht es viel leichter«, rief sie.

»Heinrich nimmt niemals das Joch«, gab David zur Antwort.

Die Mutter begann laut zu lachen.

»Ja, der hat auch Muskeln wie ein Bär. Wir Kleinen müssen die fehlenden Muskeln mit dem Verstand wettmachen.«

Jetzt musste auch David lachen. Oh wie er den Humor seiner Mutter liebte. Sie hatte eine so feine Art zu kritisieren, es war nie verletzend, sondern immer motivierend.

»Ich habe einfach die beste Mutter, die es gibt«, schmunzelt er. Danach griff er nach dem Joch, hängte die vollen Eimer daran und stapfte zu den Getreidefeldern.

Sie hatten im Frühling vier Kamut- und zwei Roggenfelder angelegt. Die Felder waren leicht abschüssig und hatten jeweils sechs Bewässerungsgräben. Diese waren mit Lehm ausgestrichen, und so versickerte das Wasser nicht schon in den Gräben, sondern floss bis zu den Pflanzen. Eine Idee von Friedrich, wie so vieles andere mehr. Das Joch war auch von ihm. Friedrich war einen Kopf grösser als David, etwa gleich groß und vom selben Körperbau wie der Vater. Er hatte die Statur des Vaters und die Intelligenz der Mutter geerbt. Friedrich war handwerklich sehr begabt. Alles, was er anfasste, gelang ihm vorzüglich. Er war ein stiller Typ, war gern alleine und liebte die Harmonie. Streit war ihm zuwider, ganz wie sein Name es besagte. Heinrich hingegen war ein Haudegen. Er war noch einen Kopf grösser und wesentlich breiter als Friedrich. Ja, »Bär« war der richtige Ausdruck für Davids ältesten Bruder.

Die Sonne stand schon hoch, als David endlich mit der Bewässerung fertig war.

»Wasche dich bitte. Es ist schon spät«, befahl die Mutter.

»Ja gleich. Habt Ihr mir noch ein frisches Wams? Ich habe dieses komplett nass geschwitzt«, entgegnete David.

Frieda verschwand im Haus und kam einen Augenblick später mit einem frischen Wams und dem kleinen Pilzkorb wieder heraus.

»Du riechst so streng wie unser Ziegenbock Jeckel«, witzelte sie.

»Ja, männlich eben«, lachte David.

Er wusch sich, kleidete sich frisch an, hängte sich den Korb über und küsste seine Mutter zum Abschied auf den Handrücken.

»Grüße mir den Pater Christian, und vergiss dein Versprechen nicht!«, rief sie David hinterher.

David hob winkend seine Hand und war dann im Wald verschwunden. Einen Weg zur Burg gab es nicht. Er musste quer durch den Wald marschieren. Die Burg Hohenklingen lag zuoberst auf einem

Felsen. Von dort hatte man eine gute Sicht auf den Untersee und den Rhein. Die Waren, welche auf Frachtschiffen von Konstanz oder von der Meersburg her kamen, wurden in Stein auf Karren umgeladen, die dann auf der Hauptverkehrsstraße nach Hohentwiel oder auf die Gegenseite in Richtung der Kyburg fuhren. Diese Umladung unterlag der Zollhoheit des Burgvogts und war eine seiner Haupteinnahmequellen. Er besaß aber auch noch das Marktrecht, das sein Einkommen ebenfalls erhöhte. Dazu kamen noch die Gelder von seinen vielen Pächtern.

David ging nicht direkt zur Burg. Er ging nach Osten. Dort floss der Lunkenbach durch den Wald, und die Luftfeuchtigkeit war dadurch wesentlich höher. Idealer Nährboden für Pilze. Pilze waren ein wichtiger Bestandteil ihrer Nahrung. Die meisten wurden im Sommer getrocknet und kamen im Winter als Pilzsuppe auf den Tisch. David marschierte mit großen Schritten voran. Es war ein langer Weg bis zum Bach. Endlich angekommen, konnte er kaum glauben, was er sah. Riesige Steinpilze, grösser als Heinrichs Bärentatze. David nahm das Pilzmesser aus dem Korb und trennte damit die Pilze vom Waldboden. Stück um Stück wanderte so in den Korb.

Das sind sicher drei Kilo, dachte er. Frau Mutter wird begeistert sein! Danach ging er nach Süden der Burg entgegen. Der Weg wurde immer steiler, und David musste wegen seiner Atemnot das Tempo reduzieren. Als der Anstieg noch stutziger wurde, bog David nach Westen ab, um alsbald auf die Straße zu treffen, die von Stein zur Burg führte. Diese schlang sich im Zickzack den Berg hinauf, wo sie schließlich bei den Stallungen endete, die hinter der Burg lagen. Nach den Stallungen führte ein schmaler Steinpfad zum Haupttor.

»Hallo David, hast du heute wieder Unterricht?«, begrüßte ihn Landsknecht Kuntz, der am Tor Wache stand, als David schwer atmend eintraf.

David nickte, brachte aber keinen Ton heraus.

»Tief durchatmen«, lachte Kuntz und klopfte ihm väterlich auf die Schulter. Danach öffnete er das Tor und ließ David in den äußern Zwinger passieren.

Das mittlere Tor stand offen, und so konnte David den inneren Zwinger betreten. Am Ende des Zwingers kam er ans innere Tor, das ebenfalls offenstand. Als er in den Burghof eintrat, sah er gegenüber ins offene Wächterhaus. Hauptmann Ewalt saß an einem Tisch und sah von seinen Schreibsachen auf. David hob grüßend die Hand, was der Hauptmann mit einem Nicken quittierte. Rechts neben dem Wächterhaus befand sich die Burgkapelle, das eigentliche Ziel Davids. Er ging durch den Burghof am Sodbrunnen vorbei und betrat die Burgkapelle.

Pater Christian

Die Burgkapelle war ein schlichter Raum. Er hatte keine Fenster, da die hintere Seite direkt die äußere Burgmauer war. Der Raum wurde von ein paar Kerzen mehr oder weniger beleuchtet.

David verweilte am Eingang, bis sich seine Augen an das schummrige Licht gewöhnt hatten. Im hinteren Teil neben dem Kruzifix war eine Tür, die zum Privatgemach von Pater Christian führte. David marschierte an den Bänken vorbei zum Kruzifix, wo er sich, wie es einem guten Christenmenschen geziemt, niederkniete und bekreuzigte. Danach erhob er sich, ging zur Tür und klopfte kräftig an.

»Herein«, hörte er eine Stimme, und so öffnete er die Tür.

Pater Christian wühlte in einer Kleiderkiste. Auf dem Stuhl neben ihm hing ein Waffenrock mit einem weißen Kreuz.

»Ah David, ich entrümple gerade meine Kleidertruhe«, sagte der Pater.

»Was ist das für ein Zeichen?«, fragte David und zeigte mit dem Finger auf den Waffenrock.

»Dies ist das Wappen vom *Ordo Hospitalis sancti Johannis Ierosolimitani*«, gab der Pater zur Antwort.

»Der Orden vom Hospital des Heiligen Johannes zu Jerusalem?«, übersetzte David fragend.

»Sehr gut, mein Schüler. Ich war früher in der Armee des Herrn. Unser Ritterorden hat im Heiligen Land ihren Hauptsitz in der Festung Krak. Da wurde ich während eines Gefechts mit Seldschuken von einem Pfeil in meinen Allerwertesten getroffen. Die Wunde verheilte zwar gut, aber der Pfeil hat meine Wirbelsäule verletzt, und seither kann ich nur noch mit Schmerzen reiten. Großmeister Reimond de Puy schickte mich zurück. Auf Umwegen kam ich zum Bischof nach Konstanz. Dieser hat mich dann als Beichtvater nach Hohenklingen gesendet. Einen Dienst, dem ich mit Freuden nachgekommen bin«, erklärte Pater Christian.

»Ihr wart Ritter und habt richtig gekämpft?«, fragte David ungläubig.

»Oho, das traust du mir wohl nicht zu«, lachte der Pater.

»Verzeiht meine Offenheit. Ihr seid so groß und kräftig wie mein Vater. Von der Statur her könnte ich mir den Krieger durchaus vorstellen. Aber Ihr seid so warmherzig, ja liebevoll; das passt nicht zu einem Krieger. Und dann noch Euer großes Wissen über die Heilkunst. Wie passt das zusammen?«, fragte David.

Der Pater strich David liebevoll durchs Haar.

»Du bist ein sehr feinfühliger Mensch und machst mir große Freude, mein Sohn«, sagte er. »Es kann schon sein, dass der Ritterkampf wider meine Natur war. Deshalb hat der Herr mich auch aus Krak abgezogen und mir eine neue Aufgabe gegeben. Mit der Heilkunde ist es so, dass mein Orden neben dem Ritterkampf das Heilen als wichtigste Tugend vorschreibt. Viele meiner Brüder haben in der Priorei Sülsdorf alles Wissen über die Heilkunst zusammengetragen und aufgeschrieben. Mit diesem Wissen haben wir in unseren Hospitälern bereits vielen Menschen geholfen. Aber jetzt fertig mit unseren Kriegsgeschichten. Wir sind hier, um Latein zu lernen.«

»Ja Pater, aber zuvor muss ich Euch noch von meiner Frau Mutter grüßen. Ich musste ihr heute Morgen versprechen, Euch von meinem Geheimnis zu erzählen«, sagte David.

Der Pater setzte sich auf den Stuhl und schaute David erstaunt an.

»Du machst mich neugierig. Dann lass mal hören, mein Sohn«, sagte er.

»Ab und zu habe ich einen Traum«, begann David zu erzählen. »Eine Vision von der Zukunft. Es ist schwer zu erklären … Manchmal merke ich es erst, wenn ich die Situation sehe, dass ich das schon geträumt habe. Ab und zu ist der Traum ganz konkret, und ich weiß alles noch, wenn ich aufwache. Gestern zum Beispiel träumte ich, dass meine Mutter Eier in die Bratpfanne schlug. Danach gab es einen fürchterlichen Feuerball, und Mutter wurde an den Händen und im Gesicht schrecklich verbrannt. Ihr Anblick war grauenhaft. Für mich machte der Traum keinen Sinn, denn wir haben keine Hühner und somit auch keine Eier. Früher hatten wir Hühner, aber weil wir so nahe am Waldrand sind, hat der Fuchs uns immer wieder alle geholt. Der Traum hat mich tief getroffen. Meine Mutter mit den Brandwunden – ein fürchterlicher Anblick, Pater. Ich konnte meine Betroffenheit nicht vor meiner Mutter verbergen und musste ihr den Traum erzählen. Sie hat dann gesagt, dass wir Eier vom Bauern Ulrich geschenkt bekommen haben. Wir untersuchten die Eier daraufhin und fanden sechs Stück, die ausgeblasen, mit Wasser gefüllt und mit Wachs wieder verschlossen waren. Wenn meine Mutter ein solches Ei in das heiße Schweineschmalz geschlagen hätte, wäre die Katastrophe eingetroffen. Mutter hat gesagt, solche Träume seien eine Gottesgabe, ich müsse sie immer erzählen. Aber was passiert, wenn der Traum nicht eintrifft? Dann bin ich doch der größte Idiot und werde von allen ausgelacht. Das wäre schrecklich für mich. Was soll ich nur machen? Ich bin so verzweifelt, Pater.«

Der Pater schaut David tief in die Augen. Lange Zeit überlegte er, was er David entgegnen sollte. Schließlich unterbrach er die Stille.

»Bevor ich dir raten will, David, lesen wir erst in der Heiligen Schrift nach, was der Allmächtige dazu sagt«, sprach er.

Er erhob sich, und gemeinsam gingen sie zum Stehpult, auf dem eine in Leder gebundene Heilige Schrift lag. Es war ein wertvolles Exemplar. Mönche hatten sie von Hand geschrieben und mit Zeichnungen koloriert.

»Übersetzte mir die Verse der Apostelgeschichte, Kapitel sechzehn ab Vers acht«, befahl der Pater.

David schlug die Heilige Schrift in der Mitte auf und blätterte eine Weile, bis er die gewünschte Stelle gefunden hatte. Dann begann er zu übersetzen.

»Als sie aber dann an Mysien vorübergezogen waren, gingen sie nach Troas hinab. Und es erschien dem Paulus in der Nacht ein Gesicht: Ein gewisser macedonischer Mann stand da, bat ihn und sprach: Komm herüber nach Macedonien und hilf uns. Als er aber das Gesicht gesehen hatte, suchten wir alsbald nach Macedonien abzureisen, in dem wir schlossen, dass der Herr uns gerufen habe, ihnen das Evangelium zu verkündigen.«

»Du siehst also mein Sohn«, sagte der Pater, » Der Allmächtige kann Träume verwenden, um die Zukunft zu verändern.«

»Ja«, entgegnete David, »aber Paulus war ein Hochwohlgeborener, wie Ihr. Dazu war er noch Apostel, ein von Christus direkt Berufener sogar. Es ist wohl klar, dass eine so wichtige Persönlichkeit von Gott direkt gelenkt wird. Aber ich bin ein Niemand, Sohn eines Köhlers, der zu schwach ist, Männerarbeit zu verrichtet. Ja, selbst die Weiberarbeit ist mir oftmals zu schwer. Weshalb sollte mir der Allmächtige solche Träume geben? Ich bin ein Nichts und kann die Welt damit um keinen Deka verändern.«

»Nun du Nichts, du kannst wenigstens lesen und schreiben. Eine Fähigkeit, die kaum zehn Menschen zwischen hier und Meersburg beherrschen. Ein Holzscheit mit einem Schlag spalten, wie es dein Bruder beherrscht, das können in unserer Region sicherlich einige. Aber vielleicht hilft dir die Apostelgeschichte zwei, Vers siebzehn bis achtzehn. Schau bitte nach«, entgegnete Pater Christian.

David blätterte nach vorn, und als er die Stelle gefunden hatte, begann er wieder laut zu übersetzen.

»Und es wird geschehen in den letzten Tagen, spricht der Gott, dass ich von meinem Geiste ausgießen werde auf alles Fleisch, und eure Söhne und eure Töchter werden weissagen, und eure Jünglinge werden Gesichte sehen, und eure Ältesten werden Träume haben; und sogar auf meine Knechte und auf meine Mägde werde ich in jenen Tagen von meinem Geiste ausgießen, und sie werden weissagen.«

»Also David, ist der Geist bereits ausgegossen?«, fragte der Pater.

»Ja, an Pfingsten ist der Geist Gottes auf alles Fleisch ausgegossen worden«, antwortete er.

»Ergo gilt diese Prophezeiung. Und bist du weniger Wert als ein Knecht?«, fragte der Pater weiter.

»N-nein«, sagte David zögerlich.

»Ich will einmal deutsch und deutlich mit dir reden«, ereiferte sich der Pater. »David, Sohn des Köhlers, du bist zwar nicht aus edlem Hause, aber der Allmächtige hat trotzdem Großes mit dir vor. Ich weiß es, und ich spüre es in jeder Faser meiner Seele. Warum? Dass weiß ich auch nicht, aber der Allmächtige weiß es. Er hat einen Plan mit dir. Der Allmächtige macht keine Fehler, also nutze deine Gabe. Nutze, was du von ihm bekommst, und gib dein Wissen weiter. Christus sagt, wir sollen unser Licht nicht unter den Scheffel stellen. Dein Licht sind deine Träume. Der Allmächtige will, dass du sie nutzt und einsetzt. Es gibt im ganzen Kaiserreich wahrscheinlich niemanden, der dieselbe Fähigkeit besitzt wie du, und ich weissage dir: Du *wirst* damit die Welt verändern. Es hat schon begonnen. Hast du nicht deine Mutter vor großen Schmerzen und lebenslanger Verunstaltung bewahrt? Der Allmächtige hat Großes mit dir vor David, Sohn des Köhlers. Du musst es nur zulassen!«

»Pater, aber das ist alles Gottes Werk. Ich selber aber bin immer noch zu nichts nütze«, wimmerte er.

»Mein Sohn, du musst dich vom Bild lösen, dass nur der Hände Arbeit wertvoll ist und alles andere nicht«, sagte der Pater. »Zudem ist es nicht Heinrichs Verdienst, dass er so groß und stark ist. Auch das ist eine Gottesgabe und wieso soll seine Gabe wertvoller sein, als deine? Nein, in den Augen des himmlischen Vaters sind alle Werte gleich und weil das so ist, sollten wir Menschen es auch nicht gewichten. David, du bist in den Augen des Allmächtigen sehr wertvoll.«

»Wirklich? Ich bin mein Leben lang als Storch abgestempelt worden. Ein Junge ohne Muskeln und jetzt soll ich plötzlich wertvoll sein? Es ist sehr schwer das zu glauben«, sagte David.

Ermutigend legte ihm der Pater die Hand auf die Schulter.

»Ich weiß mein Sohn«, sprach er, »ich weiß. Und der Allmächtige weiß es auch. Fasse Mut und er wird dir alles andere dazu schenken. Amen.«

»Danke Vater, es war gut, dass wir darüber geredet haben. Auch wenn es immer noch weh tut, Ihr habt meine Seele gestärkt«, sagte David.

Die Burgglocke schlug die vierte Stunde.

»Oh, es ist schon Zeit«, sagte David. »Könnt Ihr mich zum Abschied noch segnen, Pater?«

Pater Christian schmunzelte, nahm David in die Arme und drückte ihn herzlich.

»Ja natürlich«, sagte er, »aber zuvor müssen wir noch etwas Wichtiges erledigen.«

Er ging nach hinten in den Raum zu der großen Kommode, öffnete die oberste Schublade und nahm eine kleine Flasche heraus. Dann trat er wieder zu David an das Stehpult heran, öffnete die Flasche, hob sie über Davids Haupt und leerte ein wenig Öl in dessen Haare.

»Mit derselben Vollmacht, wie einst Samuel den Hirtenjungen David zum König salbte, gieße ich, Christian von Landsberg, das heilige Öl über dein Haupt und salbe dich zum Propheten. Alle deine Sünden sind reingewaschen durch das Blut unseres Herrn, Jesus Christus von Nazareth. Du bist jetzt ein Gesalbter Gottes, und dank der Reinwaschung adoptiert dich der Allmächtige zur Sohnschaft mit allen

Rechten. Du bist jetzt ein Königskind ... ganz in der Hand des Allmächtigen. Und wenn er für dich ist, wer kann dann noch wider dich sein?« Danach legte er die rechte Hand auf Davids Kopf und sprach: »Ich segne dich im Namen unseres dreifaltigen Gottes. Der Geist Gottes sei um dich und bewahre dich vor allen Widrigkeiten. Er sei unter dir und trage dich, wenn du nicht mehr weiter kannst. Er sei über dir und weise dir den richtigen Weg. Er sei in dir und schenke dir seinen göttlichen Frieden. Amen.« Pater Christian nahm seine Hand von Davids Haupt. »Geh nun mit Gott, Bruder«, sagte er und reichte David ein Tuch, damit dieser das Öl, das immer noch leicht vom Kopf rann, wegwischen konnte.

»Ich will meinen Kopf nie mehr waschen«, sagte David leise. Dann verließ er den Raum. Zutiefst berührt und in Gedanken versunken machte er sich auf den Heimweg.

Abendessen mit Knalleffekt

Es war spät, als David zu Hause eintraf. Der Vater war schon mit seinen Brüdern von der Arbeit zurück. Da David nicht da gewesen war, hatten sie das nochmalige Tränken der Felder übernommen. Frieda genügte ein kurzer Blick, um festzustellen, in welcher Verfassung sich David befand.

»War es so schlimm?«, fragte sie ihn.

»Frau Mutter, er hat mich zum Propheten gesalbt«, gab David kleinlaut zur Antwort.

Die Mutter hob erstaunt die Augenbrauen. Ihr war klar, welches seelische Durcheinander in ihm herrschte. Sie nickte.

»Wasch dich bitte und komm dann zu Tisch«, sagte sie zum ihm. Danach drehte sie sich um, betrat das Haus und ging zum Vater. Sie nahm diesen bei der Hand und sagte leise: »Hannes, David ist vom Unterricht von Pater Christian noch ganz durcheinander. Details erkläre ich dir später. Wir sollten ihn jetzt möglichst in Ruhe lassen. Er muss erst wieder zu sich selber finden.«

Der Vater nickte.

»Dann lass uns zu Tische gehen«, sagte er.

David war der Letzte, der das Haus betrat. Er setzte sich auf seinen Platz. Jeder hatte eine kleine Schüssel vor sich, die mit einem Holzbrettchen abgedeckt war, damit möglichst keine Wärme aus der Schüssel entweichen konnte.

»Was gibt es denn Feines, Frau Mutter?«, fragte Heinrich. »Ich habe einen Riesenhunger.«

»Gemüsebrei mit Spiegelei. Aber lass uns jetzt zuerst das Tischgebet sprechen«, entgegnete die Mutter.

»Fein«, polterte es aus Heinrich heraus. Danach faltete er wie die anderen die Hände und neigte sich nach vorn.

Vater sprach das Tischgebet und deckte danach die Schüsseln ab. Heinrich flogen beinahe die Augen aus den Höhlen, als er in seine Schüssel blickte.

»Wo sind denn meine Eier?«, wetterte er.

»Du kannst meine haben. Ich habe sowieso keinen Hunger«, sagte David.

»Nein, auf keinen Fall. Deine Eier, Heinrich, sind noch in der Küche. Ich will, dass du sie selber in die Pfanne haust, Großer«, sagte die Mutter energisch.

»Wieso denn? Nein, diese Weiberarbeit mache ich nicht auch noch«, entgegnete Heinrich barsch.

Vaters Miene verfinsterte sich schlagartig. Die Augen hatte er zu engen Schlitzen zusammengekniffen, das Kinn nach hinten und die Stirn nach vorn geschoben.

Vaters Adlerblick, dachte David. Er wusste, wenn Vater so blickte, dann gab es kein Pardon mehr. Man musste gehorchen, ohne Wenn und Aber. Heinrich schaute den Vater an. Auch er kannte den Blick und wusste, was er bedeutete.

»Also gut, ich weiß zwar nicht, was das soll, aber dann mache ich das eben auch noch«, murrte Heinrich, stand auf und ging zur Küche.

»Zuerst nimmst du die Pfanne mit dem heißen Schweineschmalz vom Herd und trägst sie nach draußen auf die Wiese. Vater hat den kleinen

Spaltstock bereits dort hingestellt. Du legst die Pfanne darauf und trittst dann zur Seite«, befahl die Mutter.

Heinrich zuckte verdutzt mit den Schulten und tat dann schließlich, wie ihm geheißen.

»Kommt alle hinaus!«, sagte die Mutter, nahm den Korb mit den Wassereiern und trat ebenfalls hinaus. Sie gab Heinrich ein Ei und sagte: »Wirf es aus zehn Schritten Entfernung in die Pfanne.«

Heinrich schaute verdutzt, nahm dann das Ei und warf es über Kopf an der Pfanne vorbei. Der Wurf mit dem zweiten Ei war zu kurz, und es zerplatzte am Spaltstock.

»So wird das nichts. Wirf du mal, Friedrich«, befahl der Vater.

Friedrich nahm das nächste Ei und warf es von unten nach oben in einem Bogenschuss in Richtung Pfanne.

»Pah, Weiberschuss«, sagte Heinrich abschätzig.

Doch genau in diesem Moment schlug das Ei in der Pfanne auf, und dann brach die Hölle los. Es gab einen lauten Knall, gefolgt von einem Feuerball, der etwa zehn Schritte hoch war und einen Durchmesser von gut sechs Schritten hatte. Die Hitze war selbst bei dem großen Abstand unangenehm spürbar. Nach einem Augenblick war das Inferno vorbei.

»Das passiert, wenn man Eier, die mit Wasser gefüllt wurden, ins heiße Fett schlägt«, sagte die Mutter. »Weißt du, was mir passiert wäre, wenn ich das in unserer kleinen Küche gemacht hätte, Heinrich?«

Heinrichs Augen waren vor Entsetzen geweitet. Er stand da mit einem krummen Rücken wie ein geprügelter Hund.

»Frau Mutter, ich … ich …«, stammelte er, »ich hatte keine Ahnung. Woher wusstet Ihr …?«

»Ich wusste das auch nicht. David hat es geträumt und mir davon erzählt. Du kannst dich bei ihm bedanken«, entgegnete die Mutter.

David stand da und bekam vor Scham einen roten Kopf. Heinrich drehte sich zu ihm um, ging mit ganz kleinen Schritten auf ihn zu und umarmte ihn. Danach legte er seinen Kopf auf den von David und begann bitterlich zu weinen. Davids Haare wurden nass von den Tränen.

»Danke Bruder«, schluchzte Heinrich leise.

David war vom Gemütszustand Heinrichs zutiefst bewegt und begann nun ebenfalls zu weinen.

»Ist ja nichts passiert«, hauchte er zurück.

Heinrich drehte seinen Kopf zur Mutter.

»Entschuldigung«, stammelte er.

»Ich glaube, wir haben heute alle etwas dazugelernt«, sagte sie. »Lasst uns jetzt wieder hineingehen und essen; es wird sonst ganz kalt.«

Gemeinsam gingen sie hinein. David teilte seine Spiegeleier brüderlich mit Heinrich. Selbst Friedrich gab Heinrich etwas von seinen Eiern ab. Beim Essen sprach niemand ein Wort. Jedem war der Schock über das gerade Erlebte tief in die Glieder gefahren. Selbst Heinrich, der sonst immer einen Spruch zum Besten gab, hatte seinen Kopf über das Essen gebeugt und aß andächtig seinen Brei. Die Mutter unterbrach schließlich das Schweigen.

»Heinrich«, sagte sie, »wie gefällt dir Marianne, die Tochter von Bauer Ulrich?«

»Sie ist ein hübsches Mädel«, antwortete Heinrich.

»Ja bestimmt, aber würdest du sie auch heiraten?«, stocherte sie weiter.

»Aber Frau Mutter, wie könnt Ihr so was fragen«, entsetzte sich Heinrich. »Sie ist eine wunderschöne Frau. Sie kann jeden haben. Weshalb sollte sie gerade mich wollen?«

»Nun, sie hat die Eier persönlich vorbeigebracht. Das ist ungewöhnlich. Normalerweise würde das eine Magd machen. Dann kam sie noch zur Abendstunde, eine Zeit, wo sie dich sicher antreffen würde. Und schließlich hatte sie *dir* die Eier gegeben und nicht *mir*, was normal gewesen wäre. Und kokettiert hat sie dabei. Sie hat dir ganz schön den Kopf verdreht, mein Sohn«, entgegnete Frieda.

»Ich weiß nicht, was Ihr habt, Frau Mutter. Wir haben uns ganz normal unterhalten«, sagte Heinrich.

»Pah«, sagte Friedrich und begann zu husten. Er hatte sich verschluckt und schaltete sich danach ebenfalls in die Diskussion ein. »Du hast sie angehimmelt. In den höchsten Tönen hast du sie angefiept. Sei doch mal ehrlich zu dir selber, Bruder. Du bist dabei herumgehüpft wie ein Spatzenjunges, das nicht erwarten kann, dass es von den Eltern gefüttert wird«, sagte er und wippte heftig mit seinem Oberkörper hin und her.

Vater begann zu lachen.

»Ja«, sagte er, »wenn sich die Frauenzimmer etwas in den Kopf gesetzt haben, bekommen sie es auch. Sie fangen uns Männer ein, wir sind wie Fliegen im Spinnennetz, chancenlos. Gib dir einen Ruck, mein Sohn.«

»Ja, zugegeben«, sagte Heinrich schließlich, »sie gefällt mir sehr gut. Ich würde sie gern heiraten.«

»Ha, wusste ich es doch«, sagte die Mutter und schlug mit der flachen Hand auf den Tisch. »Also abgemacht. Marianne ist ein flottes Mädel. Sie hat gute Umgangsformen und ist sich gewohnt anzupacken. Ich hätte sie gerne als Schwiegertochter und könnte ihre Hilfe im Haushalt gut gebrauchen. Hannes, wann gehst du mit Heinrich auf die Brautwerbung?«, wollte die Mutter wissen.

»Hm«, brummte der Vater. »Wenn wir den Meiler gelöscht haben, gehen wir zum Niederfeldhof und werden mit Ulrich berichten.«

»Gut, wenn alles klappt, könnte man im Jänner hochzeiten. Im Herbst spätestens müssten wir allerdings beginnen, zwei Kammern am Haus anzubauen. Bis der erste Schnee fällt, sollten wir fertig sein«, meinte sie.

»Weshalb denn zwei Kammern?«, fragte der Vater.

»Nun, wenn die Hochzeiter in den kalten Wintermonaten ein Bett teilen, wird sehr schnell ein Kinderzimmer benötigt. Oder nicht?«, lächelte die Mutter und schaute Hannes liebevoll an.

Vaters Kopf rötete sich leicht.

David musste schmunzeln. Sie ist halt doch die beste Mutter der Welt, dachte er und aß schweigend weiter.

»Ich möchte, dass mir jetzt David in der Kammer alles über den Unterricht von Pater Christian erzählt«, sagte die Mutter, als sie fertig gegessen hatten. »Die großen zwei übernehmen den Abwasch.«

»Ja, Frau Mutter«, sagte Heinrich höflich und begann das Geschirr einzusammeln.

David erhob sich und folgte der Mutter in die Schlafkammer der Eltern. Dort setzte er sich auf den Bettrand und erzählte seiner Mutter in allen Einzelheiten von seinem Besuch bei Pater Christian.

»Mutter, zum Abschied hat er mich Bruder genannt. Ich, Bruder eines Edelmanns. Bruder, ich kann es nicht fassen«, schloss David seine Erzählung.

Die Mutter hatte ihm aufmerksam zugehört.

»Es ist herrlich, wie Pater Christian auf alle Fragen des Lebens immer wieder eine Antwort in der Heiligen Schrift findet«, sagte sie. »Weiter ist seine Sicht über Gottes Himmelreich einfach und klar verständlich. Ich weiß nicht, mein Sohn, was der Allmächtige Großes mit dir im Sinn hat. Ich weiß aber ganz genau, dass deine Träume ein Geschenk von ihm sind, das wir sie nutzen sollen und dürfen. Sie haben mich vor einer lebenslangen Verunstaltung bewahrt. Wenn man sich das Gesicht verbrennt, wird es zu einer fürchterlichen Fratze. Dies ist schrecklich für eine Frau. Und die Liebe deines Vaters hätte es auch fürchterlich strapaziert. Es ist uns erspart geblieben, gelobt sei der Herr.«

»Halleluja Amen«, vervollständigte David.

»Wenn du einverstanden bist, werde ich Vater auch alles erzählen«, sagte die Mutter weiter.

David nickte.

»Gut, dann lass uns jetzt zu den anderen in die Stube gehen«, sagte sie.

Herne, der Jäger

Kaum in der Stube angekommen, wandte sich David an den Vater.

»Herr Vater, ich bin heute beim Nachhauseweg am Jägerhaus vorbeigekommen. Herne war zu Hause; es brannte Licht. Bitte, könnt Ihr uns nochmals die Geschichte erzählen, wie Ihr Herne kennengelernt habt?«, bettelte er.

»Au ja, Vater«, fügte Heinrich hinzu.

»Also gut«, sagte der Vater. »Es war vor mehr als zwanzig Jahren, als unser Baron Eckert einen Geheimauftrag von seiner kaiserlichen Majestät, Friedrich I, der wegen seines roten Bartes oft nur Barbarossa genannt wird, erhalten hat. Barbarossa war es zu Ohren gekommen, dass die Leute in Britannien einen Bogen besitzen, dessen Pfeile Rüstungen durchschlagen können. Baron Eckert von Klingen bekam den Auftrag, nach Britannien zu reisen, um festzustellen, ob dies der Wahrheit entsprach. Wenn ja, sollte er so viele Bogen und Pfeile beschaffen wie nur möglich, um zu Hause in Hohenklingen eine Bogenschutztruppe auszubilden, die dann Barbarossa zukünftig in seinen Schlachten würde einsetzen können. Baron Eckert machte sich im Winter auf den Weg und fuhr mit dem Schiff rheinabwärts. Er nächtigte jeweils in einer der Burgen längs des Rheines. Der Baron war ein gern gesehener Gast, denn schließlich hatte er einen Freibrief von seiner kaiserlichen Majestät in der Tasche. So übernachtete er auch auf Schloss Allner, das im Besitz der Freiherren von Loë war. Dort staunte unser Baron, als er in seiner Kammer einen kleinen Eisenofen entdeckte, der, mit Holzkohle betrieben, die gesamte Kammer wohlig erwärmte. Im Hohenklingen hatten sie zu jener Zeit nur offene Kaminfeuer. Diese konnten die Kammer nicht erwärmen, und oftmals fror man fürchterlich in seinem Bett. Baron Eckert fragte am anderen Morgen den Grafen von Loë nach Plänen für den Ofen und wo man die Kohle erwerben könne. Der Graf schenkte Baron Eckert einen Ofen und sagte ihm, dass Köhler im Schwarzwald die Kohle aus Holz herstellen würden. Glücklich über das Geschenk nahm sich Baron Eckert vor, beim Rückweg über den Schwarzwald zu reisen und dort Köhler für sich anzuwerben.

Er reiste weiter bis nach Rotterdam, wo er schließlich mit dem Schiff nach England segelte. Drüben lernte er den Fürsten von Wales kennen, und dieser lud ihn zu einem Turnier der Bogenschützen ein. Baron Eckert war begeistert, wie weit die Pfeile flogen und wie treffsicher die Bogenschützen selbst auf große Distanzen waren. Enttäuscht war er allerdings, als er merkte, dass er als Ausländer keine Bogen und Pfeile käuflich erwerben konnte. Doch schließlich erinnerte er sich daran, dass beim Turnier ein Bogenschütze teilgenommen hatte, der zugleich den Beruf des Bogenmachers ausübte. Baron Eckert suchte diesen Bogenmacher auf. Er konnte sich aber nicht mit ihm verständigen, da er selbst der englischen Sprache nicht mächtig war. Glücklicherweise traf er auf Bruder Mathews, der zusätzlich die französische Sprache beherrschte. Da am Hofe des Kaisers ebenfalls Französisch gesprochen wurde, konnte Baron Eckert den Sprachgraben schließen. Der Bogenmacher war unser Herne, und dieser wollte für sein Leben gern zur Jagd gehen. Dies war aber in England verboten, da alles Wild in den Wäldern dem König allein gehörte. Baron Eckert versprach Herne, dass er auf Hohenklingen so viel jagen könne, wie er wolle. Dem Mönch Mathews versprach er, auf Hohenklingen sein eigenes Bier brauen zu können, wenn er helfe, dass Herne schnell die deutsche Sprache lerne.

Und so segelte Baron Eckert mit einem Bogenmacher und einem Bierbrauer zurück nach Rotterdam. Auf dem Rückweg ging er über den Schwarzwald und ließ überall ausrufen, dass er einen Köhler anwerben wolle. Mein Vater war kurz vorher beim Holzschlagen tödlich verunglückt, den Betrieb hatte daraufhin mein ältester Bruder übernommen. Ich ging mit dem Baron mit, da er mir versprochen hatte, dass seine Holzarbeiter für mich immer alles Holz schlagen und lagern würden. Und so wurden Herne und ich zu Reisegefährten. Am Anfang war es schwierig, weil wir nicht dieselbe Sprache sprachen, aber Herne war sehr wissbegierig. Er zeigte immer wieder auf Sachen, die ich ihm auf Deutsch vorsagte, und er wiederholte dann das Gesagte. So lernte er Wort um Wort. Lustig war es, als wir bei einer Waldhütte vorbeikamen. Ich zeigte mit dem Finger darauf und sagte langsam ›Hütte‹. Er wiederholte ›Hutte‹. Ich sagte ›Hü‹, und er sagte ›Hu‹. Wir haben sehr gelacht. Ich glaube, er kann das Ü heute noch nicht aussprechen.«

»Das Ö von ihm, ist auch ulkig«, unterbrach ihn Friedrich lachend.

»Nun, wie auch immer«, sagte Vater, »als wir in Hohenklingen ankamen, ging Herne ins Jagdhaus, und der Baron ließ hier im Eichelrüti ein Haus mit Schopf, Scheune und allem anderen für mich bauen. Herne und ich wurden gute Freunde. Wir haben uns oft gegenseitig besucht. Als ich eure Mutter heiratete, hatte ich kaum noch Zeit, ihn in dem Jagdhaus zu besuchen. Aber das war nicht so schlimm, denn Herne kam immer wieder gerne zu uns auf Besuch. Frieda wollte ihn mit einer Freundin verkuppeln, aber Herne lehnte dankend ab. Er sagte, dass er sehr gerne alleine sei. Dass er oft irgendwo im Wald schlafe und es genieße, die Sprache des Waldes zu hören. Mit einer Frau sei dies nicht mehr möglich. Er würde es vermissen, und deshalb bleibe er lieber alleine. Ja, so lernte ich Herne, den Jäger kennen.«

»Vater, Herne hat von Kopf bis Fuß überall rote Haare. Im Gesicht hat er ganz viele Sommersprossen. Ist das bei allen Leuten aus Britannien so?«, wollte David wissen.

»Du bist ganz schön neugierig, mein Sohn«, schmunzelte der Vater. »Da ich noch nie in England war, kann ich dir diese Frage nicht beantworten. Am besten fragst du ihn selber, wenn du ihn das nächste Mal triffst.«

»Oh, darf ich ihn morgen Nachmittag besuchen?«, stürmte David los.

»Von mir aus, wenn deine Mutter einverstanden ist. Aber übermorgen musst du uns helfen, den Meiler zu löschen«, brummte der Vater.

»Oh sagt bitte ja, Frau Mutter«, bettelte David.

»Ja, du Quälgeist, nach dem Tränken kannst du gehen. Aber lasst uns jetzt zu Bett gehen, es ist schon spät, und der morgige Tag bringt genug Schweres. Gute Nacht, meine Söhne«, sagte sie und verschwand mit einer Kerze in ihre Kammer.

Die drei Brüder gingen aufs Plumpsklo und danach ins Bett. Sie schliefen zusammen in einer Kammer. Heinrich hatte ein Bett für sich alleine, und Friedrich schlief mit David in einem Kajütenbett. Es war Tradition in ihrer Familie, dass der Vater immer zuletzt in ihrer Kammer das Nachtgebet sprach und dann die Kerze auf dem Eckgestell löschte. Dies war auch an diesem Tag wieder so, und mit einem »Gute Nacht, meine Söhne« schloss er die Türe hinter sich.

Morgen darf ich Herne besuchen, freute sich David und schlummerte friedlich ein.

Besuch beim Bogenmacher

David ging mit großen Schritten dem Jagdhaus entgegen. Auch dieses Mal hatte er den Pilzkorb dabei. Mutter hatte sich sehr gefreut über die großen Steinpilze, die er am Tag zuvor gefunden hatte. Sie hatte sie bereits in kleinere Stücke geschnitten, auf eine Schnur aufgezogen und zum Trocknen unters Dach gehängt. Aber nun hatte David keinen Blick für Pilze. Er wollte so schnell wie möglich beim Jagdhaus sein. Als er endlich ankam, war die Haustür verschlossen.

Enttäuscht legte David beide Hände als Trichter an seinem Mund.

»Herne!«, rief er, so laut er konnte.

»*Aye*«, hörte er aus der Werkstatt rufen, einem kleinen Häuschen, das sich hinter dem Jagdhaus befand.

David ging durch die offenstehende Türe hinein. In der Mitte des kleinen Raumes stand eine Werkbank, an der mehrere Schraubstöcke befestigt waren. Auf der Werkbank lagen verschiedene Werkzeuge für die Holzverarbeitung scheinbar ungeordnet herum. An den Wänden waren Gestelle angeschraubt, in die man Bogen hängen konnte. Acht Stück waren schon eingereiht. Herne stand an der Werkbank und war gerade dabei, einen Bogen in einen Schraubstock einzuspannen. Er war etwas kleiner als Davids Vater und nur halb so breit. Trotz seiner Hagerkeit war er doch muskulös. Seine Brustmuskeln zeichneten sich deutlich unter dem waldgrünen Wams ab. Sein längliches Gesicht, das in einem roten Kinnbart endete, war mit Sommersprossen übersät. Herne lächelte David an.

»Hey David, schön, dass du mich besuchst. Was verschafft mir die Ehre?«, fragte er freundlich.

»Vater hat gestern die Geschichte erzählt, wie ihr euch kennengelernt habt. Es war sehr lustig«, antwortete David.

»Sicher hat er von der Hutte erzählt«, entgegnete Herne.

»Ja«, kicherte David.

»*Aye,* Deutsch sprechen ist oft sehr schwierig, ich habe oft das Gefuhl, dass mir dabei die Zunge abbricht«, zwinkerte Herne zurück. Jetzt musste David laut lachen.

»*Gefühl! Gefühl* heißt es richtig«, gluckste er.

»*Aye,* Gefuhl«, wiederholte Herne und fiel dann ebenfalls in Davids herzhaftes Lachen ein.

»Herne, haben alle Menschen in Britannien so rote Haare wie du?«, fragte David, als er sich schließlich wieder gefangen hatte.

Herne lachte nun ebenfalls.

»Oh David, *you're so funny*«, röhrte er, während das Lachen ihn hin und her schüttelte. Erst nach einer Weile hatte er sich so weit beruhigt, dass er David antworten konnte. »*Well,* mein wissbegieriger Freund, in Britannien sind naturlich alle Haarfarben vertreten. Aber vielleicht hast du auch Recht. Rote Haare gibt es viel mehr als hierzulande. Vor allem in *Ireland* und in den *Highlands* kann man viele Rotschöpfe antreffen. Und wir *red guys* haben alle ein Problem mit der Sonne. Wenn sie auf unsere Haut scheint, beginnt diese bald zu leuchten wie eine Himbeere. Egal, wie lange wir an der Sonne sind, unsere Haut wird nie braun. Sie bleibt immer rot wie die Haare, *you know*«, sagte er lächelnd.

David lächelte ebenfalls, dann zeigte er mit dem Finger auf den Bogen, den Herne gerade im Spannblock einklemmte.

»Was machst du da?«, fragte er.

»Nun, jeder meiner Bogen besteht aus mehreren Schichten verschiedener Hölzer. Sie werden miteinander verzapft und verleimt. Diesen habe ich gerade geleimt. Jetzt muss er zwei Tage gepresst bleiben, bis der Leim endgultig getrocknet ist. Danach wird er zurechtgeschliffen, und an Schluss werden die Kerben für die Bogensehne geschnitten. Die Sehne stelle ich aus der Hinterbeinsehne eines Hirschs her. Ich teile die Sehne in zwei Teile und nähe sie dann mit einem starken Faden aneinander. Das eine Ende nähe ich zu einer Schlaufe. Die so zusammengesetzte Sehne ist dann noch zu lang. Ich kurze sie und mache am Ende auch eine Schlaufe dran. Die so fertiggestellte Sehne hat somit die Nahtstelle im unteren Ende des Bogens. Dort stört sie nicht«, erklärte Herne.

David musste erneut über Hernes Aussprache schmunzeln.

»Ich dachte, die Bogensehne werde aus Darm hergestellt«, sagte er.

»*Aye,* das ist die Art der Normannen. Die meisten Bogenmacher verwenden den Darm. Es ist viel einfacher in der Herstellung. Der Darm hat aber den Nachteil, dass er sich bei Nässe ausdehnt, und damit wird der Bogen unbrauchbar. Wenn es regnet, muss der Schutze die Sehne bis zum Gebrauch immer trocken aufbewahren, und diese kann dann, je nach Stärke des Regens, nur kurz gebraucht werden. Im Kampf kann dieser Nachteil tödlich enden. Und bei uns in Wales regnet es beinahe jeden Tag. Deshalb verwenden die Bogenmacher dort wenn möglich nur Hirschsehnen. Die sind aber nicht immer einfach zu beschaffen. Die Hirsche gehören dort dem König und durfen von niemand anderem gejagt werden. Zum Gluck isst der König sehr gern Wildbret. Aber es war trotzdem sehr schwierig, immer genügend Hirschsehnen zu bekommen«, erzählte Herne.

»Und die Pfeile?«, fragte David. »Machst du die auch selber?«

»Nur teilweise«, erwiderte Herne. »Als ich mit dem Baron hierher kam, durfte ich keine Werkzeuge aus England mitnehmen. Wir mussten nach Konstanz, und dort hat mir der Baron einige dieser Werkzeuge hier erstanden. Es gab aber keine Drechselbank, die genau genug war, um den Pfeilschaft in der Qualität herzustellen, die ich wollte. So musste der Baron die Schäfte in Worms bestellen, und dies ist offenbar nicht ganz billig. Der Verwalter jammert immer wieder, wenn ich eine neue Ladung bei ihm anfordere. In den Schaft schneide ich dann vier Kerben, in die ich jeweils eine geteilte Huhnerfeder einziehe. Diese bekomme ich vom Bauern Ulrich, immer wenn er Huhner schlachtet. Die Pfeilspitze schließlich wird vom Schmied

Seyfrid geliefert. Sein Sohn Wenzel ist ein Virtuose im Herstellen von Pfeilspitzen.«

»Aha«, sagte David und ergriff dann einen Pfeil, der auf der Werkbank lag. Er fragte mit einem verwunderten Unterton: »Dieser Pfeil sieht ähnlich aus wie Vaters Eberspieß. Kann dieser tatsächlich Rüstungen durchschlagen?«

»Nein«, erwiderte Herne lächelnd. »Dies ist ein Jagdpfeil. Er hat eine dreieckige Spitze. Die zwei kurzen Kanten besitzen einen Schliff und schneiden tief ins Fleisch ein, wenn der Pfeil das Wild trifft. Dadurch erleidet das Tier eine schwere Verletzung und stirbt durch den hohen Blutverlust meistens an Ort und Stelle. Die Spitze von deines Vaters Eberspieß ist vom selben Schmied hergestellt und hat ebenfalls die Aufgabe, das Tier schwerstmöglich zu verwunden oder direkt zu töten. Eine so großflächige Spitze kann aber keine Rustung durchschlagen. Dafur braucht es eine kleine, runde Spitze, die zudem sehr spitz sein muss. Diese durchsticht Harnische oder Helme und kann auch die Glieder von Kettenhemden durchtrennen. Solche Kriegspfeile muss ich immer für den Baron herstellen. Da hinten sind funf volle Köcher.« Herne zeigte mit dem Kopf in die gegenüberliegende Ecke. David ging hin, nahm einen Pfeil aus einem Köcher und überprüfte die Spitze mit seinem Finger. Die Spitze war tatsächlich sehr spitz.

»Du warst in England ein Bogenmacher«, sagte David, nachdem er den Pfeil wieder zurückgesteckt hatte, »und hier machst du auch wieder Bogen. Warum bist du mit dem Baron überhaupt mitgegangen?«

»*Well,* das ist eine lange Geschichte«, antwortete Herne. »Ich bin in den *Highlands* als Bauernsohn geboren. Meine Mutter starb bei meiner Geburt. Mein Vater hat das nie überwunden. Ich glaube, er hat sie sehr geliebt. Mir selber hat das Bauernleben nicht gefallen. Tiere immer einzupferchen, das hat mich traurig gemacht. Wie schön ist es doch, wenn sie frei herumtollen können. Ich fuhlte mich wie sie. Ich brauchte Freiheit, Abenteuer. Ich hatte oft im Freien ubernachtet, dem Wind zugehört und die Weite der Sterne auf mich wirken lassen. Unsere Einsamkeit hat meinen Vater krank gemacht. Der nächste Nachbar war beinahe eine Tagesreise weit entfernt. Besuch bekamen

wir nur von den unerwunschten englischen Rotröcken, die uns dau-
ernd schikanierten und demutigten.

Als ich neun Jahre alt war, starb mein Vater. Ich habe ihn beerdigt,
die Tiere freigelassen und bin weggegangen. Ich wollte nach Wales.
Da wohnte ein Oheim von mir. Vater hat mir viele Geschichten uber
ihn erzählt. Es begann ein großes Abenteuer. Mehr als vier Jahre war
ich unterwegs. Oft hatte ich gebettelt, gelegentlich konnte ich mir
auch ein paar Pennys mit Hilfsarbeiten verdienen. Ich war an vielen
Orten, aber nirgends fuhlte ich mich zu Hause. Immer wollte ich weiter. Als ich schließlich in Wales ankam, fand ich meinen Oheim nicht.
In der Ortschaft, die mir mein Vater genannt hatte, kannte ihn niemand, und keiner hatte je etwas von ihm gehört. Bei einem alten
Bogenmacher konnte ich kleine Hilfsarbeiten erledigen. Er hatte keine Familie und war alleine wie ich. Er hat mich in sein Herz
geschlossen und schließlich als Sohn adoptiert. Dies war wichtig,
denn in England galt das Gesetz, dass weder Bogen noch das Wissen
daruber ins Ausland gebracht werden durfen. Unsere Langbogen
durchschlagen Rustungen, die Bogen andere Nationen nicht. Dieser
Kriegsvorteil durfte auf keinen Fall verloren gehen. Deshalb durfte
ich auch meine Werkzeuge nicht mitnehmen, als ich mit dem Baron
wegging. Dieses Gesetz wurde so streng gehandhabt, dass der
Bogenmacher nur seinen Söhnen sein Wissen weitergeben durfte. Da
ich an Sohnes statt angenommen war, konnte mein seliger Ziehvater
mir sein Wissen weitergeben. Er war ein herzensguter Mann, dessen
ganze Freunde und Leidenschaft das Bogenmachen war. Er hat mir
viel beigebracht. Die Freude, Bogen in höchster Qualität herzustellen,
habe ich von ihm ubernommen.

Aber es wurde nie zu meiner Leidenschaft. Mein Ziehvater hat dies
schon bald bemerkt und hat mir deshalb auch das Bogenschießen beigebracht. Ich musste immer wieder uben. Er konnte sehr streng sein,
denn schließlich wollte er, dass ich der Beste werde. Ich nahm dann
an vielen verschiedenen Turnieren teil. Ich habe einige gewonnen,
viele Ehrungen erhalten, aber es befriedigte mich nicht wirklich. In
meinem tiefsten Innern habe ich festgestellt, dass ich sehr gerne
schieße, aber nicht auf unbewegliche Scheiben. Ich wollte auch nicht

zur Armee, wo man auf Befehl einfach auf Menschen schießt, die vielleicht gar nichts Böses gemacht haben. Nein, der Allmächtige hat mich als Jäger geschaffen. Er hat den Menschen die Natur zur Verwaltung gegeben. Und in der Natur dreht sich das ganze Leben hauptsächlich um die Nahrungsbeschaffung. Was wir zum Leben brauchen, durfen wir aus der Natur nehmen. Also ist es Gottes Wille, dass wir fur den Lebensunterhalt jagen. Aber nur was wir brauchen, nicht mehr. Alles andere wäre Habgier; eine Todsunde.

Nun, in England war der Wald voller Wild. Aber niemand durfte jagen. Alles, was im Wald lebte, gehörte dem König. Dieser hat im ganzen Land Sheriffs eingesetzt, die jeden Wilderer ohne Verhandlung aufhängen konnten. Viele Familien waren ins Elend getrieben worden, weil sie nichts zu essen hatten und der Vater wegen Wilderei gehängt worden war. Diese Willkur des Adels war schrecklich. Aber noch schlimmer war, dass dieser Adel allmächtig war, und die Leute mussten alles ohnmächtig uber sich ergehen lassen. Mit den Preisgeldern von den Turnieren hatten mein Ziehvater und ich zu helfen versucht, wo wir nur konnten. Aber es war nicht mehr als ein Tropfen auf einen heißen Stein. Mein Ziehvater war schon alt, und sein Herz spielte eines Tages nicht mehr mit. Kurz nach der Beerdigung lernte ich dann den Baron kennen. Ich verstand ihn anfangs nicht, aber mit Hilfe von Bruder Mathews konnten wir uns schließlich doch verständigen. Für mich war es ein Händedruck vom Allmächtigen, als der Baron mir anbot, hier jagen zu können. Ich konnte weg aus dieser Ohnmacht. Es war Gottes Wille. Wenn ich geblieben wäre, hätte ich irgendwann diesem gottlosen Sheriff einen Pfeil in seinen vermaledeiten Adelshals gejagt.« Herne hob den Arm und knallte wütend seine Faust auf die Werkbank. Der Rums war so heftig, dass alle Werkzeuge kurz aufhüpften.

»Verstehe«, sagte David. »Was ist aus Mathews geworden? Ich habe ihn noch nie auf Hohenklingen gesehen.«

»*Well,* Bruder Mathews war ein hervorragender Bierbrauer. Sein Fehler war, dass er noch lieber dem Biergenuss fronte, als es zu brauen. Er trank solche Mengen, dass es seiner Gesundheit abträglich wurde. Wir waren noch keine zwei Jahre hier, als er im Bierkeller tot aufgefunden wurde. Der Allmächtige hat ihn abberufen. Gemäß seinem Nachlass wurde weiter Bier auf Hohenklingen gebraut, aber es schmeckte nicht mehr so gut wie das von Mathews. Als Sprachlehrer taugte Mathews jedoch nichts. Die Konstellation, dass Bruder Bartholomäus Deutsch ins Latein ubersetzte und Mathews dies anschließend in Englisch weitergab, war zu kompliziert und langwierig. Oftmals war Bruder Mathews auch so stark betrunken, dass ich sein Gelalle nicht mehr verstand. Die Gespräche mit deinem Vater haben mir da viel mehr geholfen. Er hat sich viel Muhe gegeben, dass ich die Wörter richtig verstand und exakt aussprach. Es entstand eine wunderbare Freundschaft. Dein Vater ist ein herzensguter Mann. Es war leicht, mit ihm zu lernen. Ich konnte immer mehr, und schließlich konnten wir uns auch uber Abstraktes wie zum Beispiel Gefuhle austauschen. Schließlich haben wir uber alles geredet. Als er Frieda kennenlernte, kam er zuerst zu mir. Er hatte Angst, dass seine Liebe unsere Freundschaft gefährden wurde, der Gute. Das Gegenteil war der Fall. Frieda war die ideale Ergänzung fur Hannes. Was Hannes fehlte, glich Frieda mit ihrer weiblichen Intuition, ihrem Charme und ihrer Intelligenz aus. Ich habe sie sehr gern, und ich weiß, ich habe auch einen Platz in ihrem großen Herzen. Es ist fur mich paradiesisch. Ich kann hier meiner Leidenschaft frönen, kann tagelang im Wald umherstreifen, seiner Sprache lauschen, die Musik des Windes in den Baumkronen genießen. Ich liebe mein Einsiedlerleben, und wenn ich mich trotz allem einmal einsam fuhle, dann besuche ich euch. Ihr habt mich aufgenommen als einen von euch. Ihr seid eine herrliche Familie. Ich liebe euch.«

»Wir lieben dich auch. Für mich warst du immer wie ein großer Bruder«, sagte David.

Herne nickte, dann zeigte er mit seiner Hand zum Gestell.

»Hast du schon einmal mit einem Bogen geschossen?«, fragte er.

David schüttelte den Kopf.

»Gut, dann wird es Zeit, dass ich es dir zeige. Nimm einen Kriegsköcher und komm mit!«, befahl Herne, nahm einen Bogen aus dem Gestell, zog die Sehne auf und trat ins Freie.

Erst jetzt sah David, dass in einiger Distanz runde Scheiben aus Stroh aufgestellt waren. Die Scheiben hatten im Zentrum einen roten Kreis, um den herum in Abständen mehrere schwarze Ringe aufgemalt waren.

»Es gibt drei wesentliche Punkte, die das Bogenschießen ausmachen«, sagte Herne. »Erstens die Distanz. Wenn du ganz gerade schießt, wird der Pfeil eine Weile geradeaus fliegen und dann in einem langen Bogen zur Erde fallen. Die Spannkraft des Bogens und der Sehne geben dem Pfeil die Schusskraft. Je mehr Schusskraft, desto schneller und weiter fliegt der Pfeil. Ich habe in meinem Bogen eine Schicht Eichenholz eingebaut. Dieses ist sehr hart, und man braucht viel Kraft, um den Bogen damit zu spannen. Dafur erhält man eine größere Schusskraft. Ist der Pfeil in der Luft, so bremst der Luftwiderstand den Pfeil stetig ab. Das bedeutet, je kurzer die Distanz zum Ziel ist, desto tiefer dringt der Pfeil in das Ziel ein. Ein weiteres Phänomen gibt es noch, wenn du den Pfeil senkrecht nach oben in den Himmel schießt. Auch hier bremst der Luftwiderstand den Pfeil ab. Hat der Pfeil keine Geschwindigkeit mehr, dreht er um und fällt wieder auf die Erde zurück. Wenn nun der Pfeil auf das Erdreich trifft, dringt er beinahe so tief ein, wie wenn du direkt mit dem Bogen den Pfeil ins Erdreich geschossen hättest. Irgendetwas gibt dem Pfeil beim Hinunterfallen seine Schusskraft zuruck. Ich weiß nicht, was es ist und nenne es einfach Schussfahrt. Ich nutze die Schussfahrt aus, in dem ich auf größere Distanzen höher in die Luft schieße, so dass der Pfeil in einem Bogen von oben auf sein Ziel zuschießt. Die weiteste Distanz erhältst du, indem du deinen Pfeil im halben Winkel von senkrecht nach oben zu geradeaus abschießt. Zielst du weiter nach oben, so fliegt der Pfeil höher hinauf, aber nicht so weit. Zielst du in einem flacheren Winkel, so wird die Distanz ebenfalls kurzer. Hast du dies verstanden, Junge?«, fragte Herne.

David nickte.

»Der zweite Einflussfaktor ist der Wind«, erklärte Herne weiter. »Je länger der Pfeil in der Luft ist, desto mehr lenkt der Wind den Pfeil ab. Deshalb habe ich hier eine Stange aufgestellt. Zuoberst ist ein Faden befestigt, an dessen Ende eine Feder hängt. An ihr kann man erkennen, woher und wie stark der Wind weht. Jetzt zum Beispiel hängt die Feder ein wenig nach links, also weht der Wind ein wenig von rechts. Du musst bei der kurzen Scheibe auf den roten Kreis zielen, aber nicht in die Mitte, sondern an den rechten Rand des Kreises. Kommt der Wind von vorne, wird der Pfeil stärker abgebremst, und du musst höher zielen. Kommt der Wind von hinten, fliegt der Pfeil schneller, und du musst weniger hochhalten. Hast du das verstanden?«

»Ja«, nickte David wieder, »und was ist der dritte Faktor?«

»Der dritte Faktor ist zugleich auch der schwierigste«, erwiderte Herne. »Es ist die Bewegung des Ziels. Es ist zum Beispiel äußerst schwierig, einen Reiter im vollen Galopp mit einem Bogenschuss vom Pferd zu schießen. Bei uns zu Hause gibt es vielleicht eine Handvoll Leute, die das beherrschen. Ich selbst traue mir das nicht zu. Auf der Jagd verwende ich keinen Bogenschuss, sondern immer den Direktschuss. Das bedeutet, die Einsatzdistanz ist wesentlich kurzer. Dafur ist der Pfeil nur ein paar Augenblicke in der Luft und trifft das Tier meistens tödlich. So muss es nicht leiden. Ich hasse es, wenn man ein Tier nicht weidgerecht erlegt; wenn man ihm einfach hinterherschießt und es vielleicht zufällig noch irgendwo trifft, so dass es tagelang leidet und dann irgendwo im Unterholz elendiglich zugrunde geht. Und wenn der Pfeil nicht trifft, verschwindet er auf Nimmerwiedersehen im Unterholz, und ich kann dann wieder neue Schäfte beim Verwalter bestellen.«

»Meinst du damit den jungen Herrn Eberhard?«, fragte David.

Herne verzog sein Gesicht zu einer sauren Miene. Es war ihm offensichtlich peinlich, dass er sich so ereifert hatte.

»Es steht mir nicht zu, so über andere zu reden«, sagte er dann. »Hochwohlgeboren oder nicht. *Condemnare et non condemnabimini.*«

»Verdammt nicht, so werdet ihr nicht verdammt«, übersetzte David.

»*Aye*, dein Unterricht bei Pater Christian trägt gute Fruchte. *Sic omnis arbor bona fructus bonos facit.*«

Also bringt ein jeder guter Baum gute Früchte, dachte David und wollte den Satz soeben aussprechen, als Herne abwehrend die Hand hob.

»Wir sind hier, um Bogen zu schießen«, sagte Herne, »und nicht, um uber Gott und die Welt zu debattieren. Also David, wir schießen auf die kurze Scheibe. Stell dich seitlich zur Scheibe auf. Bist du Rechts- oder Linkshänder?«

»Ich weiß nicht. Ist das wichtig?«, fragte David.

»*Aye,* mit welcher Hand hackst du Holz?«, fragte Herne.

»Manchmal rechts, oftmals auch links«, sagte David nach kurzem Überlegen. »Wenn es klemmt, nehme ich beide Hände.«

»*Aye,* vielleicht bist du ein Beidhänder. Das ist allerdings sehr selten. Versuchen wir es zuerst mit links. Nimm den Bogen in die rechte Hand und stelle dich seitlich auf, sodass deine rechte Schulter zur Scheibe weist.«

David tat, wie ihm geheißen, und Herne ging derweil zum Köcher, holte einen Pfeil heraus, trat neben David und schaute sich dessen Körperhaltung kritisch an. Er klopfte mit dem Schaft des Pfeiles leicht an Davids linkes Bein.

»Nimm das Bein noch ein wenig zurück«, sagte er. »Sonst ist deine Haltung sehr gut.«

David verschob sein Bein leicht nach hinten.

»Gut«, sagte Herne. »Am Bogen ist ein Eisen angebracht. Dieses hat eine kleine Nadelspitze, das ist das Korn. Es ist unsere Zielvorrichtung. Kneife das rechte Auge zu und blicke mit dem linken auf das Korn. Wenn du das Korn im Blick hast, hebe den Bogen an, bis das Korn genau auf den rechten Rand des roten Kreises zeigt.«

David führte die Anweisung aus. Herne kontrollierte jede Bewegung.

»Gut«, sagte er, zufrieden mit dem, was er sah. »Zeige- und Mittelfinger deiner linken Hand umfassen jetzt die Sehne in der Mitte des Bogens. Dann tief einatmen und erst wieder ausatmen, wenn du den Schuss abgegeben hast. Jetzt ziehst du mit einer möglichst gleichmäßigen Bewegung den Arm gerade nach hinten, so weit du kannst, lässt dann mit den Fingern die Sehne los und schickst damit den Pfeil auf die Reise. Wichtig dabei ist, dass bei jeder Bewegung das Korn immer auf das Ziel gerichtet bleibt. Versuche es.«

David legte die Finger an die Sehne, atmete tief ein, zog die Sehne so weit er konnte zurück und ließ sie dann mit einem Surren nach vorne schnellen.

»Du muss die Sehne weiter nach hinten ziehen. Mach es noch einmal«, korrigierte Herne.

David wiederholte die Übung mehrmals, aber jedes Mal hatte Herne etwas auszusetzen. Doch schließlich hatte er ein Einsehen.

»Genug jetzt, leg den Pfeil ein«, sagte er und übergab ihm den Pfeil.

David hob den Bogen an und wollte den Pfeil laden, doch Herne drückte seinen Arm nach unten.

»Beim Laden immer den Bogen nach unten halten«, mahnte er. »Wir wollen doch nicht, dass bei einem Fehler ein Pfeil unkontrolliert durch die Gegend fliegt.«

David nickte und hielt nun den Bogen während des Ladens nach unten. Mit dem rechten Zeigefinger hielt er den Pfeil vorne am Bogen fest, mit der linken Hand drückte er die Sehne in die Kerbe des Pfeils. Er hob den Bogen an.

»Nimm den Finger vorne weg vom Pfeil«, sagte Herne. »Der Pfeil darf nur auf der Faust aufliegen.«

David nahm den Finger weg und brachte das Korn auf seine Position. Dann atmete er tief ein und zog die Sehne zurück. Just als er loslassen wollte, merkte er, dass sich das Korn verschoben hatte. Er hielt die Sehne gespannt und richtete den Bogen wieder auf das Ziel. Während der Bewegung drehte sich der Pfeil plötzlich vorne am Bogen weg auf die linke Seite. Schnell versuchte David mit den Fingern der linken Hand die Sehne zu drehen, so dass der Pfeil wieder auf dem Bogen auflag. Jetzt war aber das Korn schon wieder nicht mehr auf dem Ziel. David wollte dies wieder korrigieren, als ihn die Kraft verließ und die Finger nachgaben. Die Sehne war frei, und der Pfeil surrte davon und bohrte sich einige Schritte vor der Scheibe in den Waldboden.

Herne lachte.

»Gar nicht schlecht für den ersten Schuss«, sagte er. »Ich glaube, mein erster Schuss flog keine fünf Schritte weit. Hol den Pfeil und versuche es noch einmal.«

Beim dritten Versuch traf Davids Pfeil die Scheibe am untersten Rand.

»Sehr gut, David. Ich glaube, dein Problem ist, dass du zu wenig Kraft hast, die Sehne ganz nach hinten zu ziehen. Dadurch hast du zu wenig Schusskraft. Ziele mal zwei Ringe höher«, sagte Herne.

David nickte, holte den Pfeil, spannte ihn ein und fuhr mit dem Korn zwei Ringe höher als zuvor. Er zog die Sehne an und ließ sie nach kleiner Zielkorrektur nach vorne schnellen. Der Pfeil flog surrend los und schlug mit einem leisen *Plop* direkt am Rand des roten Kreises ein. David strahlte.

»*Well*«, nickte Herne anerkennend, »für dich musste ich einen kleineren Bogen mit weniger Eichenholz fertigen. Den konntest du ganz spannen. Dadurch erhältst du die gesamte Schusskraft und musstest nicht höher zielen.«

Davids Augen leuchteten vor Freude.

»Das wäre toll! Kannst mir einen solchen Bogen herstellen? Bitte, bitte«, bedrängte er Herne.

»Ich könnte schon, aber ich darf es nicht«, lächelte dieser bedauernd.

»Alle Bögen und Pfeile, die ich mache, muss ich dem Baron abgeben. Dafür versorgt er mich mit allem, was ich zum Leben brauche. So ist die Abmachung, die der Baron mit mir getroffen hat. Außer für mich selber darf ich für niemanden einen herstellen. Ohne Ausnahme. Auch nicht bei Verwandten oder Freunden. Bei niemandem.«

»Verstehe«, sagte David enttäuscht.

»Oh mein David, sei nicht traurig. Der Baron will, dass ich dieses Jahr fünf Frondienstler zu Bogenschützen ausbilde. An der Fronschau gibt es ein Probeschießen. Bis dahin werde ich dir einen Bogen gemacht haben. Ich überreiche jedem Schützen beim Probeschießen persönlich den Bogen. Ich werde dir schon den richtigen in die Hand drücken«, sagte Herne.

David war sogleich wieder Feuer und Flamme.

»Wenn ich einen guten Frondienst leiste, wird mir der Baron vielleicht einen Bogen mit Pfeilen schenken«, sagte er begeistert. »Meinem Bruder hat er auch ein Langschwert geschenkt.«

»Ja, vielleicht … David, es ist schon spät. Du musst dich jetzt auf den Heimweg machen, sonst uberrascht dich die Dunkelheit.«

»Ja natürlich. Aber kannst du mir noch zeigen, wie du schießt?«, bat David.

Herne nickte, ging zum Köcher und entnahm diesem drei Pfeile. Dann stellte er sich auf, nahm zwei Pfeile in den Mund und spannte den dritten ein. Er hob den Bogen und … *Siiff! Siiff! Siiff!* In unheimlicher Geschwindigkeit hatte er alle drei Pfeile abgeschossen.

David fiel der Unterkiefer nach unten. Sprachlos starrte er auf die Scheibe. Alle drei Pfeile steckten in der Mitte des roten Punktes.

»So … so … so etwas Unglaubliches habe ich noch nie gesehen«, stammelte er ehrfurchtsvoll.

»*Well,* ist alles Ubungssache. Mit etwas Ubung kannst du das auch, so talentiert wie du bist«, entgegnete Herne. »Warte hier, ich hole dir noch deinen Pilzkorb«, sagte er und verschwand in der Werkstatt. Kurz darauf kam er mit dem Korb heraus und übergab ihn David.

»Etwas verstehe ich nicht«, sagte David. »Du lebst ja schon lange hier und beherrschst das Schießen wie kein Zweiter. Weshalb hat der Baron bis jetzt keine Bogenschützen?«

»*Well,* als ich mit dem Baron hierherkam, musste ich zuerst Deutsch lernen, damit ich ihm genau erklären konnte, welches Werkzeug ich benötige. Wir haben in Konstanz nicht alles gefunden. Jahrelang suchten wir die Werkzeuge auf allen Märkten des Landes zusammen. Dann hatte ich Probleme mit dem Holz. Die Eiche hier ist nicht genau dieselbe wie jene in England. Unsere ist nicht so elastisch wie die englische. Ich habe viel mit den verschieden Holzsorten herumexperimentiert. Es war sehr schwierig, aber schließlich fand ich die richtige Mischung. Das größte Problem war aber der Leim. Er hielt einfach nicht richtig zusammen. Wenn ich den Bogen voll spannte, riss es ihn immer wieder auseinander. Ich war völlig verzweifelt. Ich weiß nicht, was der Unterschied im Leim ist. Wir haben in England den Leim nie selber hergestellt, deshalb hatte ich von Leim keine

Ahnung. Der Baron ist mit mir sogar nach Caen gereist. Wir haben den normannischen Bogenmachern ihren Leim abgekauft, der war aber auch nicht besser. Bei den Normannen habe ich aber gesehen, dass diese ihre Bogen mit Holzzapfen verstärken. Dies versuchte ich auch. Ich konnte es nicht genau wie die Normannen machen, denn meine Bogen haben eine wesentlich höhere Spannkraft und haben die kleineren Zapfen zerbrochen. Es war zum Haareraufen, aber schließlich habe ich es doch geschafft. Letzten Winter habe ich die richtige Konstellation herausgefunden und dem Baron vorgeführt. Baron Eckert hat nicht mehr geglaubt, dass ich es schaffe und hat deshalb keine Bogenschutzen ausgebildet. Erst jetzt, nachdem er es mit seinen eigenen Augen gesehen hat, will er eine Truppe aufstellen.«

»Wie hast du denn das vorgeführt? Du hast ja selber keine Rüstungen«, wollte David wissen.

»*Well,* dies ist aber jetzt die letzte Frage, mein wissbegieriger Freund«, entgegnete Herne. »Ich habe den Baron hierher gebeten. Wie immer kam er in seiner Rustung. Ich habe seinen Helm auf die Scheibe gelegt und einen Pfeil hindurchgeschossen. Er ist mit Durchzug in seinem Helm nach Hause geritten.«

Herne kicherte, und auch David musste schmunzeln.

»Behalte es bitte fur dich«, sagte Herne. »Es soll möglichst niemand wissen, sonst schleichen hier noch Diebe herum.«

David nickte.

»Gut, mein Freund, und wenn du jetzt nach Nordwesten gehst, wirst du sehr bald auf einen Pilzplatz stoßen. Dort sind die Pilze jetzt wieder erntereif. Frieda wird sich sicher freuen«, sagte Herne.

David drückte Herne zum Abschied die Hand und ging in Richtung Nordwesten davon. Nach einer Weile traf er auf die Pilze. Sie waren nicht so groß wie die, die er am Tag zuvor gefunden hatte, aber Herne hatte Recht, Mutter würde sich freuen. David schnitt die Pilze ab und ging dann weiter nordwärts. Die Sonne war schon untergegangen, und die Dämmerung brach an.

Gut, dass wir Sommer haben, so wird es nicht so schnell dunkel, dachte David. Er ging jedoch schneller, denn er wollte nicht von der

Dunkelheit im Wald überrascht werden, denn dann sah man kaum noch die Hand vor Augen und würde, wenn überhaupt, nur noch sehr mühselig vorwärtskommen. Doch David kannte sich aus, und so kam er rechtzeitig zu Hause an.

Der Meiler wird gelöscht

David beeilte sich, seine morgendlichen Verpflichtungen zu erledigen. Der Vater hatte beim Frühstück gesagt, dass nach der Farbe des Rauchs, der aus dem Quandel komme, der Meiler nun gar sei und gelöscht werden müsse. David solle sofort nach seinen Arbeiten zum Meilerplatz kommen, beim Löschen werde jede Hilfe gebraucht. David freute sich. Endlich konnte er auch einmal Männerarbeit verrichten. Eine Arbeit, für die man Kraft brauchte. Schließlich musste man das Wasser vom Bach zum Meiler schleppen und da von der Mitte aus langsam nach außen gießen.

Mehr als einen Monat zuvor hatte der Vater zusammen mit Heinrich und Friedrich begonnen, die drei Ellen-Scheiter rund um den Quandel zu einen Hügel aufzuschichten, nachdem Fuhrmann Ott mit seinen Söhnen das Holz auf den Meilerplatz geliefert hatte. Den Quandel hatte Vater vorher selber aus langen Stangen, die er ins Erdreich geschlagen hatte, gebaut. Der Quandel war sehr wichtig, denn schließlich war das der Kamin des Meilers. Wenn der nicht richtig funktionierte, war die ganze Arbeit vergebens.

Als alles Holz aufgeschichtet war, hatten der Vater und die Brüder ein Dach aus trockenem Laub gebaut. Danach war das Dach mit Moos, Gras und Erde luftdicht abgeschlossen worden. In der Woche zuvor waren sie damit fertig geworden und hatten den Meiler rund um den Quandel angezündet. Immer wieder hatten sie Löcher in das Dach gebohrt, um die Luftzufuhr richtig zu regulieren. War die Luftzufuhr zu hoch, wurden Löcher wieder verschlossen, war sie zu niedrig, wurden weitere Löcher gebohrt. Immer wieder waren der Vater oder einer der Brüder zum Meilerplatz gegangen, um nach dem Rechten zu sehen. Wichtig war vor allem, dass der Garpunkt nicht verpasst wurde. War man zu spät, so brannte die zuvor entstandene Holzkohle unter großer Wärmeentwicklung ab. Die dabei erzeugte Hitze war so groß, dass eine Annäherung an den Meiler unmöglich wurde, und dadurch verlor man den ganzen Ertrag. War man zu früh, so waren die Hölzer am Meilerrand noch nicht oder nur teilweise verkohlt. Diese mussten dann vor der Kohlenernte von Hand entfernt werden. Dies war einerseits eine mühselige und schmutzige Arbeit, und andererseits fiel der Kohlenertrag natürlich geringer aus. Deshalb war es sehr wichtig, genau im richtigen Zeitpunkt mit der Löschung zu beginnen. Der Vater wurde immer nervöser, je länger der Meiler brannte. Diese Nacht hatte er mehrmals mit einer Laterne einen Kontrollgang gemacht.

David versuchte während dem Wässern der Felder mit dem beladenen Joch zu rennen. Es gelang ihm nicht besonders gut. Die vollen Eimer begannen zu schwingen, und Wasser schwappte auf den Weg. Frieda sah es von der Küche aus und trat aus dem Haus.

»David«, rief sie, »wenn du weiter so den Weg wässerst, musst du dort in ein paar Tagen das Unkraut jäten. Eine deiner Lieblingsbeschäftigungen, nicht wahr? Du musst dich nicht so beeilen. Vater hat gesagt, die Löschung beginne höchstwahrscheinlich erst am Nachmittag.«

David unterließ nun das Rennen. Er hasste die Gartenarbeit. Vor allem das Unkrautjäten. Das Hacken und das ewige Sich-nach-dem-Unkraut-Bücken verursachten Rückenschmerzen. Dieses Kraut konnte man nicht einmal essen. Selbst die Ziegen verschmähten das Zeug. Weshalb der Allmächtige das Unkraut geschaffen hatte, war ihm völlig schleierhaft.

Ich will Pater Christian danach fragen. Vielleicht weiß er ja die Antwort, dachte David. Als er fertig war mit seiner Arbeit, wusch er sich und ging ins Haus, um sich von seiner Mutter zu verabschieden.

»Iss zuerst noch etwas«, sagte die Mutter, als sie David sah. »Der Vater hat gesagt, es könne heute spät werden.«

David rollte mit den Augen. Er wollte endlich zum Vater, aber gegen die Meinung seiner Mutter war er machtlos. Also aß er eine dicke Scheibe Schmalzbrot und trank einen Becher kühles Quellwasser. Dann endlich entließ ihn die Mutter, und er rannte dem nahen Meilerplatz entgegen.

Am Meilerplatz war der Vater mit Friedrich am Bach beschäftigt. Sie schöpften bereits alle bereitgelegten Eimer voll, so dass man schnell mit der Löschung beginnen konnte, wenn der Zeitpunkt kam. Heinrich stand oben am Rand des Meilers und stocherte mit einem Stock ein Loch ins Dach. Als David das sah, erstarrte er augenblicklich. Genau dieses Bild hatte er vor ein paar Tagen im Traum gesehen. Am Morgen war die Erinnerung daran weg gewesen, aber jetzt, wo er es wieder sah, kam es ihm ins Bewusstsein zurück. Im Traum war aus dem Meiler, genau da, wo Heinrich jetzt stand, eine Stichflamme getreten. Danach war Heinrich gestürzt. David packte das blanke Entsetzen, und er rannte sofort zum Vater.

»Was ist los, David?«, fragte dieser, als er Davids entsetztes Gesicht sah.

»Herr Vater, ich habe dieses Bild von Heinrich auf dem Meiler in einem Traum gesehen. Eine Stichflamme kam aus dem Meiler, und Heinrich stürzte«, entgegnete David.

Der Vater reagierte sofort.

»Heinrich, komm sofort herunter«, rief er.

»Gleich, ich muss nur noch das Loch ein wenig vergrößern«, antwortete Heinrich.

Vater bekam wieder das Adlergesicht.

»*Augenblicklich!*«, rief er energisch.

»Ja Herr Vater«, gab Heinrich mürrisch zur Antwort, sprang herunter und lief zu ihnen. »Habe ich etwas falsch gemacht?«, wollte er wissen.

Der Vater schüttelte den Kopf.

»David hat in einem Traum gesehen, wie der Meiler eine Gasentladung hatte, die dich verletzte«, sagte er.

»Aber Herr Vater«, ereiferte sich Heinrich, »der Rauch war ganz weiß. Es kann keine Gasentladung …«

Weiter kam er nicht. Mit einem gigantischen Zischen stieg eine

Stichflamme aus dem Meiler empor, genau dort, wo Heinrich vor wenigen Augenblicken noch gestanden hatte. Heinrich erstarrte und wurde bleich. Langsam drehte er sich David zu.

»Ich… ich…«, stammelt er, »ich weiß nicht, was ich sagen soll, Bruder.«

David warf sich Heinrich an die Brust und drückte ihn fest.

»Ich hatte schreckliche Angst um dich, Großer«, sagte er.

Vater fuhr mit der Hand zärtlich über Davids Kopf.

»Gut, dass wir dich haben, David«, sagte er leise.

»Wir sollten dem Allmächtigen für diese Bewahrung danken«, meinte Friedrich im Hintergrund.

Alle nickten, der Vater ging auf die Knie und faltete die Hände zum Gebet. Die anderen taten es ihm gleich.

»David«, sagte der Vater, »bitte sprich du das Gebet, das Pater Christian uns das letzte Mal in der Messe auf Deutsch vorgelesen hat.«

David war gerührt, dass Vater ihm die Ehre überließ, das Gebet zu sprechen. Er überlegte kurz, dann begann er zu sprechen.

»Unser Vater in dem Himmel. Euer Name werde geheiligt. Euer Reich komme. Euer Wille geschehe, auf Erden wie im Himmel. Unser tägliches Brot gebt uns heute. Und vergebt uns unsere Schuld, wie wir unseren Schuldigern vergeben. Und führt uns nicht in Versuchung, sondern erlöst uns von dem Übel. Denn Euch ist das Reich und die Kraft und die Herrlichkeit in Ewigkeit. Amen. – Und danke für die große Gnade, Abba«, ergänzte er einige Augenblicke später. »Amen.«

»Amen«, sagte der Vater nach einer Weile absoluter Stille. Er bekreuzigte sich und erhob sich. Als alle wieder standen, legte er seine Hand auf Davids Schulter und sagte: »Du hast sehr viel bei Pater Christian gelernt. Ich bin stolz auf dich, mein Sohn.«

Dann ging er mit Heinrich zum Meiler.

»Am Meilerrand musst du das Kontrollloch immer in der Gegenrichtung des Quandels zum Wind machen«, erklärte der Vater ihm. »Wahrscheinlich hat der Wind den Rauch vom Quandel in dein Kontrollloch getrieben. Deshalb war der Rauch weiß.«

Heinrich nickte und stieg jetzt auf der Gegenseite auf den Meiler, um da die Kontrolle durchzuführen.

»Der Rauch ist noch dicht, aber ziemlich weiß«, sagte er.

»Gut«, entgegnete der Vater. »Ich möchte nicht länger warten. Beginnen wir mit dem Löschen. Es wird sowieso einige Zeit in Anspruch nehmen, bis wir mit dem Wasser an den Rand kommen. Bis dahin ist vielleicht das Holz auch hier durchgekohlt.«

Er klatschte in die Hände und stieg zum Quandel hoch. Friedrich

brachte ihm die ersten Eimer, die er in Kreisbewegungen um den Quandel goss. Es zischte gigantisch, und der Wasserdampf war so stark, dass David seinen Vater kurzzeitig nicht mehr sehen konnte. Eimer um Eimer brachten die Söhne zum Meiler, und ihr Vater goss sie gezielt auf das Blätterdach. Es war wichtig, dass das Wasser bis ganz nach unten vordringen konnte, damit nirgendwo ein Schwelbrand entstand, der den Meiler wieder hätte in Brand setzen können.

Es war eine riesige Schlepperei. Davids Schultern brannten. Er wollte sich vor seinen Brüdern keine Blöße geben, aber innerlich war er bald fix und fertig. Bewundernd sah er, wie Heinrich unermüdlich volle Eimer zum Meiler schleppte.

»Du kannst träumen, ich kann schleppen«, sagte Heinrich lächelnd. »Sind wir nicht eine gute Ergänzung? Mach langsam, David. Trage nur so viel, wie du kannst.«

David konnte nicht einmal mehr lächeln, so schwach fühlte er sich. Er rappelte sich auf, füllte seine Eimer und schlich dem Meiler entgegen. Es ging noch eine ganze Weile, bis der Vater endlich genug hatte.

»Füllt alle Eimer nochmals mit Wasser und stellt sie neben dem Meiler ab. Vielleicht brauche ich sie noch während der Kontrollgänge in der Nacht. Morgen können wird dann beginnen, die Kohle in die Säcke abzufüllen«, sagte er.

»Aber Herr Vater, morgen wollten wir doch freien gehen«, sagte Heinrich besorgt.

»Keine Sorge, mein Sohn. Ich habe es nicht vergessen. Friedrich wird mit der Absackung beginnen, während wir zwei in unserer Sonntags-tracht freien gehen. David nehmen wir am Besten auch gleich mit. Er muss ja noch weiter zu seinem Unterricht«, sagte Vater.

Als sie alle Eimer beim Meiler abgestellt hatten, machten sie sich auf den Heimweg.

»Ist man bei Männerarbeit immer so fix und fertig?«, jammerte David.

»*Aye*«, sagte der Vater, Hernes Stimme imitierend.

Alle mussten lachen.

»Mir tut selbst das Lachen weh. Ich will nur noch ins Bett«, stöhnte David.

Als sie zu Hause angekommen waren, wankte er in seine Kammer, kletterte ins Bett und wurde augenblicklich vom Schlaf übermannt.

Brautwerbung

David schlief an diesem Tag länger als sonst. Als er erwachte, reckte er sich und merkte, dass die Schulter immer noch schmerzte. Auch die Muskeln seiner Oberarme brannten. Er quälte sich aus dem Bett und schlurfte langsam hinters Haus auf die Toilette. Noch immer müde ging er durch die Hintertüre zurück ins Haus und setzte sich an den Küchentisch. Die Mutter arbeitete schon fleißig in ihrer Küche.

»Guten Morgen, Schlafmütze«, sagte sie. »Wie geht es dir?«

»Bin noch nicht wach«, brummelte er. »Warum habt Ihr mich nicht geweckt? Und wo sind Vater und die anderen?«

»Der Vater sagte, du habest dir das Ausschlafen heute verdient. Er hat mir alles erzählt. Von deiner Rettungstat, und dass du weit über deine körperlichen Fähigkeiten hinaus Eimer geschleppt hast. Wie geht es dir heute?«, fragte sie.

»Die Schulter tut noch weh, und die Muskeln brennen«, sagt er.

Die Mutter nahm eine Pfanne vom Herd und leerte ein wenig vom Inhalt auf ein Tuch, dass sie über eine kleine Kachel gespannt hatte.

»Kräutersud?«, fragte David. Bei der Erinnerung, wie bitter der Sud das letzte Mal geschmeckt hatte, schüttelte es ihn am ganzen Körper. Die Mutter nickte.

»Tu nicht so«, sagte sie lächelnd, »diesmal ist er nicht bitter. Ich habe Heidelbeeren hinein getan. Er ist lecker und wird dir gut tun.« Sie nahm das Tuch von der Kachel und stelle diese vor David hin.

»Wenn es mich nicht umbringt, macht es mich wohl stärker«, knurrte er mit bitterer Miene. Er setzte die Kachel an den Mund und schlürft vorsichtig von dem heißen Gebräu. Schlagartig hellte sich seine Meine auf. »Schmeckt wirklich gut! Und die Pfefferminze gibt dem Ganzen eine erfrischende Note«, sagte er.

Die Mutter lächelte. Oh wie sie doch ihre Männer kannte. Alles Naschkatzen.

»Und, wo sind die anderen?«, fragte David erneut.

»Der Vater und Friedrich zäumen die Ziegen um. Heinrich gießt die Felder. Ich denke, sie werden bald zurück sein«, sagte die Mutter.

Und tatsächlich – kurze Zeit später hörte man die ersten Schritte an der Hintertüre, und alsbald standen die drei Recken in der Küche.

»Frau Mutter, was gibt's denn zum Frühstück?«, wollte Heinrich wissen.

»Brei mit Früchten und eine Kante Brot«, antwortete die Mutter.

»Mmh, Früchte«, sagte er und setzte sich schnell zu David an den Tisch.

Mutter tischte den Brei in kleinen Schüsseln auf, und jeder bekam auch eine Kachel mit dem Kräutersud. Vater schnitt in der Zwischenzeit das Brot auf dem Schneidebrett in breite Scheiben. Davids Bauch knurrte. Er hatte einen Bärenhunger.

»Frau Mutter, bitte setzt Euch zu uns«, sagte er ungeduldig.

»Oh, ich kann nichts dafür, dass du gestern nichts zu Abend gegessen hast. Du wirst dich jetzt schon noch gedulden müssen«, entgegnete sie.

 »Ah, Frau Mutter, ich verstehe David. Der Brei riecht herrlich. Es ist eine Folter, ihn zu riechen, aber nicht essen zu dürfen«, entgegnete Heinrich.

»Ja, schon gut. Ich bin gleich fertig«, sagte sie und setzte sich zu ihnen an den Tisch.

Als Vater das Tischgebet beendet hatte, nahm David den Löffel und machte sich über den Brei her. Brombeeren, Himbeeren, Stachelbeeren und Heidelbeeren. Der Garten hatte einiges zu bieten.

»Ich liebe den Sommer. Man muss nicht frieren, und der Allmächtige hat den Tisch reichhaltig gedeckt«, sagte der Vater.

David kaute auf seinem Stück Brot herum.

»Das Brot ist hart«, sagte er. »Wann backen wir wieder einmal?«

»Brot ist nicht hart. Kein Brot zu haben, *das* ist hart«, entgegnete die Mutter.

David zog die Augenbrauen hoch. Der Lieblingsspruch unserer

Mutter, dachte er. Immer, wenn das Thema hartes Brot verhandelt wurde, gab sie ihn zum Besten. Er konnte es nicht mehr hören.

»Ich meinte ja nur«, sagte er kleinlaut.

»Es sind noch einige Laibe im Brotsack. Vielleicht sollte ich heute Abend Brotsuppe mit Gemüse machen. Ich habe noch Zwiebeln und Steckrüben«, sagte sie weiter.

»Das Brot ist sehr gut. Natürlich ist frisch gebackenes Brot viel besser. Aber jeden Tag ist auch nicht Sonntag«, sagte der Vater. *»Maledica terra in opere tuo in laboribus – comedes eam cunctis diebs vitae tuae.* Also sei mit dem zufrieden, was du hast.«

Die Mutter schaute David fragend an.

»›Verflucht sei die Erde um deinetwillen. Mit Kummer sollst du dich nähren dein Leben lang.‹ Damit hat der Allmächtige Adam für seinen Ungehorsam im Paradiese bestraft. Ein Fluch, den der Allmächtige nie aufgehoben hat«, erklärte er ihr. Dann drehte er seinen Kopf zum Vater. »Verzeiht, Herr Vater, ich wollte nicht ungebührlich sein«, sagte er.

»Schon gut, mein Sohn«, sagte dieser. Dann wandte er sich an Heinrich. »Es ist Zeit, Hochzeiter. Lass uns in die Sonntagstracht steigen.«

Sie standen auf und gingen in ihre Kammern. Geschniegelt standen sie kurze Zeit später wieder in der Küche, um sich von der Mutter zu verabschieden. Auch David hatte sich umgezogen und war bereit mitzugehen. Als sie sich auf den Weg machten, trat die Mutter aus dem Haus und winkte ihnen nach.

»Viel Erfolg«, rief sie.

Der Vater drehte sich um und winkte als Zeichen, dass er sie verstanden hatte. Danach gingen sie weiter.

Der Niederfeldhof lag westlich von der Burg Hohenklingen. Für David war es kaum ein Umweg, und dass er bei der Freiung seines Bruders dabei sein durfte, war für ihn eine große Ehre. Heinrich machte Riesenschritte. Wenn er einen machte, musste der kleinere David gleich zwei machen.

»Du kannst es wohl kaum erwarten. Nur mit der Ruhe, sie wird schon nicht davonrennen«, lächelte der Vater.

Es war eine größere Wegstrecke und es verging einige Zeit, bis sie endlich den Niederfeldhof erreicht hatten. Auf der Weide trafen sie auf Gabriel, den ältesten Sohn des Bauern Ulrich. Er war mit der Ausbesserung des Nordzauns beschäftigt, als sie sich ihm näherten.

»Ah die Köhler, und noch so festlich. Was treibt euch zu uns auf den Niederfeldhof?«, wollte er wissen.

»Ist Euer Vater da? Ich hätte mit ihm zu berichten«, sagte der Vater.

»Ja«, nickte Gabriel. »Ich hole ihn. Geht ihr schon mal in die Stube. Vater wird gleich kommen. Dann könnt Ihr mit ihm berichten, was Ihr müsst«, sage er und ging in Richtung der Ställe davon.

Die Köhler begaben sich zum Wohnhaus. Vor dem Haus war eine Magd mit einem Haufen Wäsche beschäftigt. Sie schrubbte gerade ein Tuch kräftig auf dem Waschbrett hin und her.

»Gabriel hat gesagt, wir sollen in der Stube warten«, sagte Vater zu ihr.

Die Magd richtete sich vom Waschbrett auf.

»Folgt mir bitte«, sagte sie. »Ich führe euch hin.«

Sie ging zum Haus, und die drei Männer gingen hinter ihr her. Das Haus hatte einen langen, düsteren Korridor. Zuhinterst öffnet die Magd eine massive Seitentüre.

»Bitte sehr«, sprach die Magd und gab den Weg frei.

Heinrich musste sich beim Eintreten bücken, sonst hätte er am Türsturz den Kopf angeschlagen. Die Stube war sehr groß, und das durch drei Fenster einströmende Sonnenlicht erhellte den Raum angenehm. In der Mitte stand ein großer Eichentisch. An jeder Seite waren zehn Stühle aufgestellt. Am Ende der Tafel stand ein Prachtstuhl. Er war mit vielen Schnitzereien verziert, ausgepolstert und mit einem Stoffüberzug versehen. Hinter ihnen öffnete sich die Tür, und Bauer Ulrich trat ein.

»Setzt euch bitte«, sagte er und wies mit den Händen auf die seitlichen Stühle. Er selber nahm auf dem Prachtstuhl Platz. »Was wollt Ihr mit mir berichten, Hannes?«, wandte er sich dem Vater zu.

»Nun, mein Ältester, Heinrich, ist im besten Mannesalter. Es wird Zeit, dass er ein Weib erhält. Er möchte gerne eine Eure Tochter freien«, erklärte Vater.

»So … möchte er? Ich habe vier Töchter. Zwei sind schon unter der Haube. Welche von den anderen zwei wollt Ihr mir entführen?«, fragte Ulrich.

»Die Marianne, Eure Jüngste, besitzt den Schlüssel zu Heinrichs Herzenskammer«, sagte Vater weiter.

»So, also ausgerechnet die Marianne, mein Nestküken«, entgegnete Ulrich. »Ich schätze Euch sehr, Hannes. Ihr seid ein aufrechter und gottesfürchtiger Mann und habt Eure Söhne wohl erzogen. Ich hätte nichts dagegen, wenn Heinrich mein Schwiegersohn würde. Aber meine Meinung ist in diesem Fall von sekundärer Bedeutung. Mal sehen, was Marianne dazu meint. Einen Moment bitte«, sagte Ulrich, griff nach der kleinen Glocke neben ihm auf dem Tisch und läutete sie kräftig.

Eine Küchenmagd erschien in der Stube und machte einen Knicks.

»Marianne soll bitte zu uns in die Stube kommen«, wies Ulrich sie an. Mit einem »Sehr wohl« verließ die Magd die Stube wieder. Nach einiger Zeit stürmte Marianne durch die Tür. Sie war ganz außer Atem.

»Herr Vater, Ihr habt nach mir geschickt?«, keuchte sie.

»Ja, die Köhler sind gekommen. Heinrich, der älteste Sohn, möchte dein Herz erobern. Er möchte dich freien und hat deshalb bei mir um deine Hand angehalten«, erzählte er.

Mariannes Gesicht begann vor Glück zu strahlen. Mit ihren rehbraunen Augen sah sie Heinrich sehnsüchtig an. Ein Blick, der jedes Wintereis in Windeseile geschmolzen hätte.

»Bevor Ihr antwortet, Marianne, erlaubt mir bitte noch ein Wort«, sagte der Vater. »Die Köhlerei verlangt den Weibsleuten viel ab. Die Arbeit ist hart und streng. Wir sind einfache Leute und haben keine Knechte und Mägde, die für uns die harte Arbeit erledigen. Wir müssen alles selber machen. Aber die Arbeit ist nur das eine. Ich bin selber ein großer Verfechter der Meinung, dass man nur heiraten soll, wenn man echte Liebe empfindet. Die Heirat ist ein heiliges Sakrament und bindet ein Leben lang. Mit der Liebe kann dies das Paradies sein, ohne sie wird es zur Hölle auf Erden. Also überlegt es Euch gut, Mädel.«

»Ich muss es mir nicht überlegen«, sagte Marianne. »Ich liebe Heinrich schon, seit ich ihn während seines Frondienstes sah. Ihr wohnt weit weg, und es war sehr schwierig, ihm meine Gefühle zu zeigen. Beim Erntedank wart ihr auch nicht zugegen. Ich hatte schon Angst, Heinrich freie eine andere. Nun ist er da, bei mir. Ich könnte schreien vor Glück. Deshalb sage ich Ja. Von ganzem Herzen. Und wegen der Arbeit – macht Euch keinen Kummer. Arbeit schreckt mich nicht. Ich bin zupacken gewohnt. Ich freue mich, mit Eurer Frau zu werken«

»So ist es abgemacht«, sagte Bauer Ulrich. »Nach unseren Traditionen beginnt jetzt eure Freierzeit. Marianne, Heinrich ist während dieser Zeit in jeder Weise dein Mann, außer in der Weise, die zum Kinderkriegen führt. Darin müsst ihr euch noch enthalten bis nach der Hochzeit. Diese findet im Jänner hier auf dem Niederfeldhof statt. Danach folgst du deinem Mann ins Eichelrüti.«

»Einverstanden«, sagte der Vater. »Heinrich, ich brauche dich heute nicht bei der Arbeit. Ihr Freiersleut habt sicher viel zu besprechen. Sei bitte zum Abendessen wieder zurück.«

»Ja, Herr Vater«, sagte Heinrich und streckte seine Hand nach Marianne aus. Ihr feines Händchen versank ganz in Heinrichs Pranke. Hand in Hand verließen die beiden Turteltauben den Raum.

»Nun bleibt uns nur noch die Mitgift auszuhandeln«, sagte Ulrich zum Vater. »Ich habe vier Töchter. Ich kann ihr nicht viel mitgeben. Ich muss den Hof zusammenhalten. Versteht Ihr das, Hannes?«

»Ja durchaus Ulrich«, antwortete er. »Ich bin mir das Handeln nicht gewohnt, und es ist mir auch zuwider. Wenn es um Menschen geht sogar zwei Mal. Wir vertrauen auf den Allmächtigen und auf unsere Hände Arbeit und nicht auf die Geldsäckel anderer Leute. Was sie mitgibt, wird für uns schon recht sein.«

»Also ein so armer Schlucker bin ich auch nicht gerade«, sagte Ulrich etwas enttäuscht, dass er mit dem Vater nicht feilschen konnte. Er liebte das Feilschen über alles und war darin ein Meister. »Natürlich kann sie ihre gesamte Aussteuer mitnehmen. Der Inhalt ihrer Kammer gehört auch dazu; alle Schränke, Kommoden und ihr Bett. Es ist ein gutes Bett. Breit genug für Hochzeiter und schmal genug, dass es auch Kinder gibt.« Lachend schlug er Vater freundschaftlich auf die Schulter. »Außerdem gebe ich ihr vier tragende Schafe mit. Ihr könnt sie im Herbst scheren, und Marianne kann den Winter durch die Wolle zu Garn verspinnen. Eine Tätigkeit, die sie mit enormer Leidenschaft ausübt. Das hat sie von ihrer Mutter selig. Na, was sagt Ihr, Hannes, ist das nicht ein würdiges Angebot?«

Vater schüttelte den Kopf.

»Wir haben zu wenig Weideland für noch mehr Tiere«, sagte er. »Es reicht kaum für unsere paar Ziegen. Und dann noch Schafe, die eine Weide tief abfressen – unmöglich. Ich müsste viel mehr Wald roden. Unsere Lichtung ist klein, und wenn der Wind dreht, fackelt das mein ganzes Zuhause ab. Nein, das ist es nicht wert. Es ist besser, Ihr liefert uns jeden Herbst sechs Ballen Wolle. Und vielleicht habt Ihr noch ein Spinnrad für Frieda. Sie könnte es von Marianne erlernen, und ich denke, es würde ihr auch Freude bereiten.«

»Ihr seid ein harter Knochen, Hannes«, knurrte Ulrich. »Gut, ich liefere Euch jedes Jahr die Wolle, und Marianne kann das Spinnrad ihrer seligen Mutter mitnehmen. Es steht eh nur im Weg herum, und die Trauer sticht mir jedes Mal ins Herz, wenn ich es ansehen muss. Seid Ihr jetzt zufrieden, Hannes?«

»Wenn Ihr mich so fragt … Was soll ich mit all dem Garn machen? Wir kommen nur selten auf den Markt und haben keine Transport-möglichkeiten. Euch hingegen steht beides offen. Ich wäre froh, wenn Ihr im Frühling alles abholt, es am Markt verkauft und mir dann den Gewinn ausbezahlt.«

»Abzüglich der Unkosten, versteht sich«, feilschte Ulrich.

»Unkosten? Natürlich, wenn Ihr welche habt. Aber bedenkt, es ist von Eurer Tochter«, entgegnete Vater.

»Also gut, das ganze Geld ohne Unkostenabzug. Dafür erhalten die Frauen das Geld. Es ist gut, wenn sie auch ihr eigenes Geld haben«, entgegnete Ulrich.

»Einverstanden. Ich finde die Idee großartig. Frieda wird sich freuen«, sagte der Vater. »Jetzt wäre nur noch eines, Ulrich. Ihr habt einen Esser weniger am Tisch, ich einen mehr. Ihr seid Getreidebauer im großen Stil, ich plage mich als Selbstversorger ab. Ich denke, zwei

Säcke Getreide jeden Herbst wären da angebracht.«

»Ihr seid ein ausgebuffter Hund«, knurrte Ulrich. »Also gut, niemand soll dem Niederfeld-Bauern nachsagen können, er sei geizig. Ihr bekommt jedes Jahr Eure zwei Säcke Weizen, und für jeden Enkel, den sie uns schenken, bekommt Ihr einen weiteren Sack dazu. Was sagt Ihr, Hannes? Ist das ein ehrbares Angebot?«

»Mehr als das«, sagte der Vater und lächelte. »Ihr wart sehr großzügig.«

Der Vater stand auf, spuckte in die rechte Hand und hielt sie Ulrich entgegen. Dieser tat es ihm gleich, und mit einem lauten Klatschen schlugen sie die Hände zusammen, drückten kräftig zu und schüttelten sie mehrmals auf und ab. Damit war die Abmachung besiegelt.

»Übrigens – sagt nie mehr, dass Ihr nicht verhandeln könnt. Ihr habt mir richtig das Fell über die Ohren gezogen«, jammerte Ulrich.

Der Vater musste laut lachen.

»Ich kann es wirklich nicht«, sagte er. »Ich denke, dass Ihr nicht mehr hergeben habt, als ihr sowieso bereit gewesen wärt zu geben. Denn wie schon Paulus sagte: *Magis dare quam accipere.*«

›Geben ist seliger denn Nehmen‹, dachte David

Jetzt musste auch Ulrich lachen. Zum Abschied schüttelten sie sich nochmals herzlich die Hand.

»Ihr gefällt mir, Hannes«, sagte Ulrich. »Es ist schön, Euch zum Schwiegervater zu bekommen.«

»Selber Schwiegervater«, knurrte Vater noch, bevor sie hinausgingen. Als sie ein gutes Stück weg waren, hielt der Vater an.

»Und, was hast du heute gelernt?«, fragte er David.

»Ich weiß nicht. Meint Ihr vielleicht ›Geben ist seliger denn Nehmen‹?«, fragte David zurück.

»Ja, das auch, aber das kanntest du ja schon. Ich meine, was heute neu für dich war. Was ist dir aufgefallen? Was hast du festgestellt?«, bohrte der Vater nach.

David überlegte lange.

»Dass selbst der größte Krieger durch die Liebe in ein sanftes Lamm verwandelt wird«, sagte er schließlich.

Der Vater schaute David erstaunt an.

»Ich bewundere dein Feingefühl«, sagte er. »Wäre mir nie eingefallen. Aber du hast Recht. Die Liebe kann einige Wunder bewirken. Heute Abend werden wir sehen, was unser Lamm zu blöken hat.« Vater schmunzelte. »Es ist Zeit«, sagte er dann. »Ich muss wieder nach Hause, und du musst auf die Burg.« Er drehte sich um und machte sich auf den Heimweg, während David sich an den Aufstieg machte.

So sanft und zärtlich habe ich meinen großen Bruder wirklich noch nie erlebt, dachte er. Werde ich auch einmal eine so schöne Liebe erleben dürfen?

Warnung des Waldes

Der Sommer war Geschichte. Der Wald trug bereits die Farbe des Herbstes. Die Kohle des Meilers war in Säcke gefüllt, die jetzt alle in der Scheune lagerten. Die Getreidefelder waren abgeerntet. Das Korn war gedroschen, ebenfalls in Säcke gefüllt und unter dem Dach des Wohnhauses eingelagert worden. Heinrich ging jeden Sonntag nach dem Gottesdienst zum Niederfeldhof, um sich dort mit seiner Marianne zu treffen. Der Vater hatte noch zwei weitere Meiler angelegt. Diese waren aber kleiner und hatten dadurch eine kleine Garzeit. Der eine war bereits geerntet und der andere gelöscht. Vater war mit Davids Brüdern daran, die Kohle in Säcke abzufüllen und ebenfalls in der Scheune einzulagern.

David hatte regelmäßig seinen Unterricht im Hohenklingen besucht. Als die Felder abgeerntet gewesen waren, hatte er mehr freie Zeit gehabt, und so hatte er nach jedem Unterricht bei Herne Bogenschießen geübt. Sein Schussarm war stärker geworden, so dass er nur noch einen Ring höher halten musste. Auch in der gesamten Handhabung hatte er sich verbessert, und auf seine Treffsicherheit war er stolz. Normalerweise traf er das Innere des roten Kreises. Heimlich hatte David sogar versucht, die weiter entfernt liegende Scheibe zu treffen.

Die Richtung hatte zwar gestimmt, aber das mit der Distanz hatte er nicht hinbekommen; entweder lagen die Pfeile zu kurz oder zu lang. Die Scheibe hatte er jedenfalls noch nie getroffen, und so hatte er seine Anstrengungen wieder auf die Kurzscheibe konzentriert.

Auch an diesem Tag kam David von der Burg und war auf dem Weg zum Jagdhaus. Hinter einem Baum trat plötzlich Herne hervor. David war ganz in Gedanken versunken und zuckte zusammen, als Herne plötzlich vor ihm stand.

»Herne, hast du mich erschreckt«, sagte er. »Bist du auf der Pirsch?« David zeigte dabei auf den Bogen, den Herne über der Brust trug.

»Nein, ich habe dich gesucht«, sagte Herne.

»Was ist denn los?«, wollte David wissen.

»*Well,* es ist wichtig, der Wald hat gerufen«, antwortete Herne.

»Gerufen? Ich verstehe nicht. Ich habe niemanden rufen hören«, wunderte sich David.

»Du hast es nicht gehört? Du musst dich konzentrieren. Höre genau hin. Was hörst du?«, sagte Herne.

David stand ganz ruhig und horchte angestrengt in den Wald. Aber egal, wie er sich anstrengte, er konnte absolut nichts hören.

»Ich kann beim besten Willen nichts hören, tut mir leid, Herne.«

»Ja genau. Das ist ja das Schlimme«, entgegnete Herne.

»Hä? Jetzt verstehe ich gar nichts mehr«, sagte David. »Wie meinst du das?«

»Es ist ganz einfach«, sagte Herne. »Der Wald ist voller Tiere, die entweder mit Nahrungsbeschaffung, mit Paarungsgedanken oder mit der Aufzucht ihrer Jungen beschäftigt sind. Der Specht zum Beispiel hämmert nach Maden, der Kuckuck ruft nach einem Weibchen, der Hirsch röhrt nach der Hirschkuh und so weiter. Aber jetzt hört man nichts. Das bedeutet, die Tiere mussen sich verstecken.«

»Und wovor?«, wollte David wissen.

»Ja genau, Tiere verstecken sich nur vor Menschen, und zwar nur vor solchen, die sie nicht kennen«, antwortete Herne. »Es sind Fremde im Wald, und es mussen viele sein, wenn man die Ruhe bis hierher hört.«

»Fremde im Wald. Aber was wollen die hier?«, dachte David laut.

»Nun, alle Felder sind abgeerntet. Die Scheunen bis unters Dach gefüllt. Ein lohnendes Ziel für Diebe und Räuber. Fruher hatten die Wachen auf dem Wolkenstein, ganz in der Nähe vom Eichelruti, das Gesindel abgeschreckt. Aber seit Stein eine Stadtmauer besitzt, hat der Baron die Wachen abgezogen. Der Turm zerfällt, und es ist seither einfach, von Nordwesten ungesehen in den Wald einzudringen und sich dort von ungewunschten Blicken zu verbergen«, erklärt Herne.

»Der Niederfeldhof liegt außerhalb der Stadtmauer ... Meinst du, dass sie es auf sein Getreide abgesehen haben?«, fragte David entsetzt.

»Möglich, aber eher unwahrscheinlich. Der Bauer Ulrich hat viele Knechte. Es sind viele Männer auf dem Hof. Sie wurden sich zur Wehr setzen. Es musste schon eine sehr große Bande sein, die sich das zutrauen wurde. Außerdem ist die Burg nicht weit. Ist sie erstmals alarmiert, ist Baron Eckert mit seiner Reiterei schnell zur Stelle und macht den Galgenvögeln den Garaus. Nein, ich glaube nicht, dass der Niederfeldhof angegriffen wird. Aber ich habe große Angst um euch«, sagte Herne.

»Um uns? Was könnten sie bei uns schon holen?«, wunderte sich David.

»*Well,* ihr habt beinahe die Kohle von sechs Meilern in eurer Scheune. Wenn man genug Packpferde dabei hat, ein durchaus lohnendes Ziel. Vielleicht sind sie auch auf Menschenraub aus. Es ist schon mehrfach vorgekommen, dass man Frauen verschleppte und als Leibeigene weiterverkaufte. Wäre auch möglich«, klärte Herne den Jungen auf.

»Nein, nicht meine Mutter, diese Schweine«, echauffierte sich David. Herne schüttelte beschwichtigend den Kopf.

»Ich glaube eher, dass die Bande eure Kohle will«, sagte er. »So wie die Stille spricht, haben die Räuber viele Pferde dabei. Bitte warne deinen Vater, er weiß dann schon Bescheid. Die Stille ist seit zwei Tagen da. Ich denke, ihr werdet von den Halunken ständig beobachtet. Es ist wichtig, dass ihr absolut nichts an eurem Tagesablauf ändert. Seid auf der Hut und rustet euch. Ihr durft aber keine Waffen offen bei euch tragen, das wurde sie sofort alarmieren. Heinrich darf also nicht mit seinem Schwert herumspazieren. Seid wie immer. Ich denke, sie greifen in der Nacht an, wenn ihr alle Kohle in die Scheune gebracht habt. So könnt ihr die Zeit vielleicht selber bestimmen. Aber seid jede Nacht auf der Hut. Ihr habt keinen Hund, der euch warnen konnte. Ihr musst jede Nacht Wachen aufstellen, damit ihr nicht uberrascht werdet. Richte dies alles deinem Vater aus. Kannst du das, David?«

»Ich denke schon«, entgegnete David.

»Gut, aber lass dir um Himmelswillen nichts anmerken. Benutze das!«, sagte Herne und tippte mit seinem Finger an Davids Stirn.

David nickte und ging weiter, als Herne den Weg wieder freigab. Am liebsten wäre er nach Hause gerannt, aber er unterdrückte diesen Drang. Nein, alles musste normal aussehen. Er durfte auch nicht gleich auf die Mutter losstürmen. Auch beim Abendessen durfte er nichts sagen. Der Esstisch war mit Kerzen beleuchtet. Man konnte ihn von draußen durchs Küchenfenster leicht sehen, während man einen Beobachter, der draußen in der Dunkelheit lauerte, von innen nicht erkennen konnte.

Er durfte auch nicht zu früh zu Hause auftauchen. Normalerweise ging er nach dem Unterricht noch zum Bogenschießen. Den Banditen, die, wie Herne gesagt hatte, erst seit zwei Tagen im Wald waren, würde es nicht auffallen, wenn er früher zu Hause war. Aber der Mutter würde es auffallen, und sie würde ihn mit Fragen löchern. Sie fand immer alles heraus, und wenn sie dann panisch reagieren würde – nicht auszudenken … Doch David war nicht in der Verfassung, Bogenschießen zu gehen. Er überlegte, wie er die Zeit totschlagen könnte, und plötzlich hatte er die Idee, Pilze zu suchen. Er würde dafür Zeit benötigen, und wenn er Pilze heimbrachte, so würde sich die Mutter auf diese fokussieren und nicht merken, in welcher Verfassung er sich befand. Aber wie und wo konnte er den Vater informieren? Er dachte angestrengt nach, aber es fiel ihm nichts ein.

Oh Allmächtiger, helft mir bitte!, dachte er. Und tatsächlich, mit dem Stoßgebet hatte er die zündende Idee. In der Kammer, wenn der Vater zum Gutenachtgebet kommen würde. Das Fenster der Kammer war immer durch den Laden verschlossen. Von draußen konnte man nur erkennen, ob in der Kammer Licht brannte oder nicht. Das ist es! Wenn der Vater die Kerze gelöscht hat, kann ich im Dunkeln alles erklären, dachte David. Wir müssen einfach leise sein... – Aber nun zuerst zu den Pilzen, sagte er sich und machte sich auf den Weg zu dem Platz, den Herne ihm im Sommer gezeigt hatte.

Als er ankam, war er zufrieden mit dem, was er sah. Die Pilze waren wieder nachgewachsen und hatten eine stattliche Größe. David nahm das Pilzmesser und erntete den gesamten Platz ab. Danach ging er nach Osten an den Schiener-Bach. Er hoffte, am Bachlauf auf weitere Pilze zu stoßen. Und tatsächlich fand er da noch zwei Plätze, wo er weitere Pilze gewinnen konnte. Der Korb wurde randvoll. Danach setzte er sich an den Bach und warf Kieselsteine hinein, um sich so die restliche Zeit zu vertreiben. Als er das Gefühl hatte, genug gewartet zu haben, machte er sich auf den Weg nach Hause.

Nichts anmerken lassen, dachte er immer wieder. Er hatte Angst, dass ihm die Mutter die Angst ansah. Ich erzähle die Geschichte vom Unkraut und was mir Pater Christian darauf geantwortet hat, wenn sie mich löchert, dachte David als er aus dem Wald in die Lichtung des Eichelrütis trat. Er sah sofort, dass seine Mutter vor dem Haus im großen Wäschezuber rührte. Wahrscheinlich hat sie gerade Wäsche in einen Aschesud eingelegt, dachte er.

Die Mutter hörte in diesem Moment mit dem Rühren auf, blickte in die Richtung von David und winkte ihm zu, als sie ihn entdeckte. David winkte zurück und hob den Korb an.

»Ist ganz voll geworden«, rief er von weitem. Als er beim Haus war, klopfte sein Herz so stark, dass er Angst hatte, die Mutter könnte es hören. Aber diese stürzte sich begeistert auf den vollen Korb und verschwand damit in der Küche.

David atmete erleichtert auf. Der erste Teil meines Planes hat ja schon mal wie am Schnürchen geklappt. Als nächstes muss ich mich waschen, dachte er weiter und ging zur Quelle.

Während er sich wusch, sah er den Vater und seine Brüder, die vom Meilerplatz kamen. Jeder trug mehrere Säcke Holzkohle, die sie zu einem Packen verschnürt hatten, auf dem Rücken zur Scheune. Nach dem Waschen ging David wie immer zum Küchentisch und setzte sich an seinen Platz.

»Die anderen kommen auch gleich«, sagte er zur Mutter, als er sich hinsetzte. Es ging jedoch länger, als er gedacht hatte, bis der Vater gefolgt von den Brüdern eintrat.

»Entschuldige, aber der Kohlenstaub wollte heute kaum runter«, sagte er beiläufig und setzte sich. Als alle saßen, sprach er das Tischgebet. Danach schnitt er wie immer das Brot ab und verteilte es. Dazu gab es Schafskäse, den Marianne am Sonntag Heinrich zugesteckt hatte.

David kaute langsam auf seinem Essen herum und hielt seinen Blick stets gesenkt.

»Was ist los mit dir, David?«, wollte die Mutter wissen.

»Ich bin müde«, sagte er und versuchte möglichst erschöpft zu wirken.

»Wie kann man vom Lesen müde werden? Du musst mal Kohlesäcke schleppen, das macht vielleicht müde«, versuchte Heinrich ihn zu foppen.

»Lass ihn in Ruhe«, verteidigte die Mutter David und wandte sich wieder diesem zu. »War es denn so schlimm bei Pater Christian?«

David war innerlich in Panik. Was soll ich nur antworten, ohne dass Mutter weiter bohrt?, dachte er angestrengt. Seine Gedanken rasten, aber es wollte ihm keine rettende Lösung einfallen. Er richtete sich langsam auf und versuchte ein erschöpft wirkendes Stöhnen auszuhauchen, um noch etwas Zeit zu gewinnen.

»Es ist nur …«, sagte er langsam, machte eine Pause und hoffte endlich die zündende Idee zu haben. Er hob den Kopf, sah Mutter mit leeren Augen an und sagte schließlich: »Das Brot ist hart.«

»Was!«, entsetzte sich die Mutter. »Mein Lieber, dieses Brot ist überhaupt nicht hart. Kein Brot ist hart. Kein Brot zu haben, *das* ist hart!«

»Der Käse ist auf jeden Fall ausgezeichnet. Es ist gut, eine Bauerntochter zum Schatz zu haben«, sagte Friedrich und versuchte damit die Wogen der Emotionen wieder zu glätten.

»Und erst noch eine hübsche dazu«, flötete Heinrich verliebt.

Alle mussten ob Heinrichs kuriosem Tonfall lachen. Selbst David, dem es eigentlich gar nicht ums Lachen zumute war. Doch gerade war ihm ein großer Stein vom Herzen gefallen. Die Idee mit dem harten Brot hatte ihn gerettet und Mutter abgelenkt. Aufs Erste wenigstens.

Nach dem Essen gingen die Männer in die Stube, während die Mutter den Abwasch machte und die Küche wieder in Ordnung brachte. Der Vater sprach derweil vom bevorstehenden Markt und wie die Kohlenpreise wohl seien.

David hörte nur mit einem Ohr zu. Warum gehen wir nicht endlich zu Bett?, dachte er.

Die Mutter kam herein und setzte sich dazu. David begann laut zu gähnen, richtete sich auf und streckte seine Arme diametral von sich, als sei er völlig erledigt.

»Ich bin fix und fertig«, sagte er. »Verzeiht, aber ich kann nicht mehr.«

»David hat Recht«, sagte die Mutter. »Ich denke es ist Zeit für uns alle, ins Bett zu gehen.«

Nacheinander erhoben sie sich und gingen hinaus zum Plumpsklo. Danach ging jeder in seine Kammer. David wartete gespannt in seinem Bett, bis der Vater endlich hereinkam, das Nachtgebet sprach, die Kerze auf dem Eckgestell löschte und …

»Auf ein Wort, Herr Vater«, flüsterte David. »Es ist sehr wichtig. Bitte hört auch zu, Brüder, aber seid um Gotteswillen leise. Vater, bitte stellt Eure Kerze im Korridor ab, kommt wieder herein und schließt die Tür hinter Euch.«

Der Vater wunderte sich, merkte aber an Davids Tonfall, dass es sich bei dem, was dieser zu sagen hatte, um etwas Wichtiges handeln musste. Er kam Davids Bitte nach und setzte sich bei Heinrich auf die Bettkante.

»Ich hatte heute Herne getroffen«, begann David zu erklären. »Er hat mich abgepasst. Er sagte, er habe die Stille gehört. Das bedeute, dass eine Räuberbande im Wald sei und uns wahrscheinlich schon seit zwei Tagen beobachte. Er meint, sie hätten es auf unsere Kohle abgesehen oder wollten vielleicht Mutter entführen.«

»Ich dreh diesen Halunken den Hals um«, knurrte Heinrich.

»Leise«, sagte der Vater, der die Situation sofort begriffen hatte. »Lasst David zu Ende sprechen. Was sollen wir Hernes Meinung nach unternehmen?«

»Herne meint, dass sie erst angreifen, wenn wir alle Kohle in der Scheune haben. Weiter hat er gesagt, wir sollten uns möglichst normal verhalten. Wir stehen wahrscheinlich unter ständiger Beobachtung. Wenn wir uns nichts anmerken lassen, könnten wir den Zeitpunkt des Angriffs bestimmen, und mit einem Überraschungseffekt wären unsere Chancen wesentlich besser«, erzählte David flüsternd weiter.

»Ich kenne Herne schon lange«, sagte der Vater leise, als David geendet hatte. »Er hat einen siebten Sinn dafür, wenn etwas nicht stimmt. Wir müssen auf alles gefasst sein. Es ist wichtig, dass wir sie überraschen können. Also, verhaltet euch um Himmelswillen wie immer. Das gilt vor allem für dich, Heinrich. Dein Schwert bleibt in der Kammer, verstanden?«

»Ja, ich bin ja nicht schwer von Begriff«, zischte Heinrich zurück.

»Ich meine ja nur«, sagte der Vater. »Du bist oft ein Hitzkopf. Das bringt uns hier nicht weiter. Wir müssen uns vorbereiten können, dann können wir uns auch verteidigen. Morgen sind wir mit der Kohle fertig. David, du kommst uns am Nachmittag helfen, damit wir es sicher schaffen. Dann wollen wir sehen, ob wir diesen Galgenvögel nicht gehörig die Suppe versalzen können.«

»Jedes Mal, wenn wir uns waschen, könnten wir große Steine von der Quelle ins Haus nehmen, Herr Vater«, sagte Friedrich leise.

»Gut, aber macht es unauffällig«, antwortete der Vater. »Du nicht David, du hast zu kleine Hände. Und nun zur Wache von heute Nacht.« Er stand auf und ging zum Fenster. »Kommt her, aber leise«, sagte er. »Wir haben keine Uhr für die Wacheinteilung, also müssen wir es mit dem Mond machen. Er ist schon aufgegangen und wird vom Osten in den Westen wandern. Man kann die Strecke gut durch die Schlitze im Laden erkennen. Wir teilen die Strecke in drei gleiche Teile. Die erste Wache übernimmst du, David. Schaffst du das oder bist du zu müde?«

»Nein, kein Problem. Ich bin so aufgeregt. Ich kann sowieso nicht schlafen. Die Müdigkeit war nur gespielt«, sagte David.

»Die Täuschung ist dir aber ganz gut gelungen. Selbst die Mutter hat nichts bemerkt«, sagte der Vater erstaunt. »Also, wenn der Mond einen Drittel gewandert ist, weckst du Friedrich. Nach zwei Dritteln ist Heinrich an der Reihe. Wenn die Sonne aufgeht, weckt Heinrich mich. Und noch etwas: Ich weiß, dass ihr jetzt alle aufgeregt und dadurch nicht müde seid. Aber ihr *müsst* schlafen. Wir müssen ausgeruht sein. Morgen Nacht kommen wir wahrscheinlich kaum zu Schlaf. Ich mache jetzt noch meine Runde und gehe dann auch zu Bett. Der Mutter muss ich auch noch alles sagen. Also nochmals gute Nacht, meine Söhne.« Er drehte sich um und öffnete die Türe, aber nur so weit, dass er hinausschlüpfen konnte.

David blieb beim Fenster stehen, während Heinrich und Friedrich zurück zu ihren Betten gingen.

»Gute Nacht, Brüder«, flüsterte David.

»Kleiner, du bist ein Teufelskerl«, flüsterte Heinrich.

»Danke«, hauchte David.

»Du hast das toll gemacht«, flüsterte Friedrich.

»Schon gut, schlaft jetzt«, sagte David leise.

Draußen machte der Vater seine allabendliche Runde. Als er zum Schuppen kam, öffnete er die Türe ein wenig und nahm die zwei Äxte an sich. Er schloss die Tür schnell wieder und rüttelte sie anschließend wie jedes Mal zur Kontrolle, dass sie wirklich verschlossen war. Dann drückte er sich ganz an die Wand und hängte den Eberspieß ab. Er drückte die Waffen eng an den Körper und bewegte sich nur noch im Schatten des Hauses. So konnte ein allfälliger Beobachter nicht erkennen, dass er etwas bei sich trug. Im Haus deponierte er die Waffen in der Stube, damit am Morgen nicht jemand zufällig darüber stolpern würde. Dann ging er in seine Kammer. Frieda war schon eingeschlummert.

Gott sei Dank, wenigstens sie kann heute Nacht gut schlafen, dachte er, zog sein Nachthemd an und ging mit der Kerze nochmals nach draußen zum Plumpsklo. Danach ging er ebenfalls ins Bett.

Der Überfall

Als der erste Sonnenstrahl durch die Schlitze in dem Holzladen schien, ging Heinrich in die Kammer des Vaters. Er beugte sich über ihn und drückte ihm leicht auf den Arm.

»Herr Vater«, flüsterte er, »es ist Zeit.«

Frieda erwachte und zuckte erschrocken zusammen, als sie Heinrich in ihrer Kammer sah.

»Haben wir etwa verschlafen?«, fragte sie.

Heinrich schüttelte den Kopf.

Der Vater war jetzt ebenfalls wach und drehte sich zu Frieda.

»Ich muss dir etwas Wichtiges sagen, Schatz. Bitte erschrecke nicht.«

Dann wandte er sich an Heinrich: »Danke, mein Sohn.«

Als Heinrich die Kammer verlassen hatte, erzählte der Vater seiner Frau alles bis ins kleinste Detail. Er war erstaunt, wie gefasst sie alles aufnahm.

»Und der Lümmel konnte das den ganzen Abend für sich behalten, und ich habe überhaupt nichts bemerkt?«, sagte sie nach einer Weile.

»Nun, mit dem harten Brot hatte er dich ganz schön in Fahrt gebracht«, schmunzelte Vater.

Frieda musste auch lächeln, dann wurde sie wieder ernst.

»Und wenn wir ihnen die Kohle kampflos überlassen?«, fragte sie.

»Ich glaube nicht, dass wir den Winter ohne unsere Kohle überstehen würden. Wahrscheinlich würden wir verhungern oder sogar erfrieren. Nein Frieda, wir müssen um unsere Existenz und um unser Leben kämpfen. Ich sehe keinen anderen Ausweg«, sagte der Vater.

Frieda legte sanft ihre Hand auf Vaters Arm.

»Hannes, können wir diesen Kampf überhaupt gewinnen?«, fragte sie.

»Wenn der Allmächtige mit uns ist, wer kann dann wider uns sein«, entgegnete er.

»Dein Wort in Gottes Ohr. Amen«, sagte sie. »Also gut, stehen wir auf, und machen wir uns an die Arbeit. Wir werden denen schon einheizen.«

Nach der morgendlichen Toilette befanden sich sechs faustgroße Steine auf dem Boden in der Stube.

»Die machen einen ganz schönen Rums, wenn sie einschlagen«, sagte der Vater.

Beim Frühstück aßen alle still und schweigsam. Jeder war in Gedanken mit der Räuberbande beschäftigt. Als das Mahl beendet war, ging der Vater mit den älteren Söhnen wie gewöhnlich auf den Meilerplatz.

Mutter hielt David in der Küche zurück.

»Ich brauche heute wesentlich mehr Holz als sonst«, sagte sie. »Ich möchte den Herd Tag und Nacht unter Feuer haben. Ich stelle draußen den Waschzuber wieder auf. Wenn ich Waschtag habe, brauche ich immer mehr Holz. Es wird nicht auffallen.«

David nickte und ging in den Schuppen. Dort merkte er, dass die Axt fehlte. Er stutzte, doch dann begann er alle Holzabfälle, die am Boden herumlagen, einzusammeln und in den Korb zu legen. Er legte noch die drei kleinsten Scheite obendrauf und trug den Korb ins Haus.

»David«, wunderte sich die Mutter, als er wieder da stand.

»Vater hat die Axt mitgenommen. Ich habe alles Kleinholz zusammengesammelt und nehme die Axt im Korb wieder mit«, erklärte er.

»Aber trage mir zuerst die schweren Waschzuber hinaus, damit niemand Verdacht schöpft«, entgegnete sie.

David trug die großen Zuber vors Haus.

»Bring mir auch gleich zwei Eimer voll Wasser«, rief die Mutter.

»Ja gleich«, gab er zur Antwort und ging dann zur Quelle, wo er beide Eimer füllte und mit dem Joch zur Küche trug.

»Sei vorsichtig mit den Eimern, in jedem sind zwei Steine drin«, grinste David. Dann lehrte er das Holz in die Kiste am Herd, holte die Axt und legte diese sorgsam in den Korb, sodass sie von weitem nicht zu sehen sein würde. Danach ging er wieder in den Schuppen und begann mit dem Holzhacken. Er brachte drei Körbe voll in die Küche. Einen Teil des Holzes musste er neben dem Herd stapeln, weil die

Kiste zum Bersten voll war. Die Mutter leerte in der Zwischenzeit das Wasser eines Eimers in die vier großen Pfannen am Herd.

»Jetzt kippe mir bitte den Inhalt zweier Pfannen in den Waschzuber. Aber vorsichtig, es ist heiß«, zwinkerte die Mutter.

David verstand, fasste den Pfannengriff zuhinterst mit beiden Händen und ging vorsichtig hinaus. Langsam leerte er das Wasser in die Zuber, um ja nichts zu verspritzen. Mit der zweiten Pfanne verfuhr er ebenso.

»Meint Ihr nicht, dass es nicht auffällt, dass das Wasser nicht gedampft hat?«, fragte David.

»Ich glaube nicht, dass man das vom Waldrand her erkennen kann«, entgegnete sie. »Aber egal, ich wollte jetzt sowieso einheizen. Die nächsten Pfannen werden heiß sein.«

»Ich gehe jetzt zu den Ziegen. Bitte ruft, wenn Ihr mehr Holz braucht«, sagte David und ging hinaus.

Bei den Ziegen entferne er den Mist und warf ihn auf den Misthaufen. Danach schickte er sich an, den Zaun zu untersuchen. Er blickte aber an den Stangen vorbei und versuchte etwas Ungewöhnliches am Waldrand zu entdecken. Aber so sehr er sich auch bemühte, er konnte nichts erkennen. Wenn sie wirklich beobachtet wurden, so waren die, die dies taten, Meister ihres Fachs.

»David, mehr Holz!«, hörte er die Mutter rufen.

»Ja, gut«, rief er zurück und wollte gerade wieder in den Schuppen gehen, als Heinrich mit einem Packen Holzkohle ankam. David öffnete das Scheunentor und half Heinrich die Säcke zu verstauen.

»Hier kann man nichts erkennen«, sagte David.

»Bei uns auch nicht«, entgegnete Heinrich. »Die machen das bestimmt nicht zum ersten Mal. Heute Nacht werden wir die Spießgesellen ja zu Gesicht bekommen. Übrigens hat Vater gesagt, dass du nicht mehr kommen musst. Noch eine Fuhre, und der Meiler ist eingebracht.«

David nickte und ging jetzt zum Schuppen, um mehr Holz für die Mutter zu spalten. Im Hause erzählte er Mutter die Neuigkeiten.

»Ich brauche noch mehr Wasser«, sagte die Mutter. »Aber pass auf, dass man das mit den Steinen nicht sieht. Dann möchte ich, dass du dich ins Bett legst. Du hast ja diese Nacht nicht viel geschlafen. Der Schlaf wird dir gut tun. Du wirst deine Kräfte noch brauchen heute Nacht.«

David ging wieder zur Quelle und brachte die Wassereimer mit Steininhalt zur Küche zurück. Danach legte er sich ins Bett, wo ihn die Müdigkeit in kürzester Zeit übermannte.

David schreckte aus dem Schlaf auf. Er hatte ein Geräusch gehört und stand auf. In diesem Moment öffnete sich die Türe, und Heinrich erschien grinsend.

»Ganz schöner Steinhaufen, den wir in der Stube haben«, sagte er. »Wird heute eine umwerfende Überraschung werden für die Bande. Du, Frau Mutter hat gesagt, sie brauche noch einen Korb Holz. Aber lass die Axt nicht im Schuppen liegen. Wir brauchen sie heute Nacht noch.«

David ging zum Schuppen und verwandelte die Scheite in Kleinholz. Danach legte er zuerst die Axt in den Korb und schichtete dann das Holz darüber. Er trug den Korb in die Küche, wo er das Holz erneut aufstapelte und brachte die Axt in die Stube. Dort stand Friedrich mit einem Dreschflegel in der Hand.

»Habe ich vom Dachstock geholt«, sagte Friedrich. »Er ist aus Eiche. Ein richtiger Knochenbrecher.«

»Gut«, sagte David.

Alle Waffen außer Heinrichs Schwert waren jetzt in der Stube. Da sie früher fertig waren, aßen sie auch früher. Nach dem Mahl gingen sie in die Stube, wo Vater den Schlachtplan erklärte.

»Wir warten ab, bis sie die erste Ladung geholt haben. Im Schatten des Hauses stellen wir uns auf. Heinrich in der Mitte, ich rechts, Friedrich links. David ist hinter uns und hält uns den Rücken frei. Wenn sie das zweite Mal in die Scheune wollen, werden sie nicht mehr so aufmerksam sein wie beim ersten Mal. Kurz bevor sie hineingehen, schlagen wir zu. Mutter hat für jeden von uns ein großes Tuch verknotet. Wenn man dieses umgehängt hat, kann man sehr gut die Steine hineinlegen. Wir werfen alle zusammen und gehen dann in Linie vorwärts und machen sie nieder. Wichtig dabei ist, dass niemand an uns vorbeikommt. Wenn doch, ist es deine Aufgabe, David, dass sie uns nicht von hinten angreifen können. Es darf auch niemand ins Haus. Sie würden Frieda etwas antun. Habt ihr alles verstanden?«

»Vater, was habe ich für eine Waffe?«, wollte David wissen.

»Du nimmst die kleine Axt. Ich nehme die große und den Eberspieß. Friedrich kämpft mit dem Dreschflegel. Im Nahkampf setzen wir unsere Dolche ein«, sagte Vater. »Sonst noch Fragen?«

Alle schüttelten den Kopf.

»Gut, dann geht jetzt schlafen«, sagte der Vater weiter. »Frieda hält die erste Wache, ich halte die zweite, der Rest wie gestern. Gute Nacht, meine Söhne.«

In der Kammer zerrte Heinrich eine Kiste unter dem Bett hervor. Er öffnete sie und nahm das alte Kettenhemd hervor, dass ihm der Baron zusammen mit dem Schwert geschenkt hatte. Er schlüpfte hinein, und Friedrich half ihm, alle Haken in die richtigen Ösen einzuhängen. Als sie fertig waren, hing Heinrich sein Schwert von der Wand ab und legte sich damit in sein Bett. Als sie alle im Bett waren, kam Vater wie immer herein und sprach das Gutenachtgebet.

» Der Allmächtige ist mit uns, wer kann dann wider uns sein?«, sagte er, als er fertig gebetet hatte. »Habt Zuversicht und keine Angst, meine Söhne.«

»Ja, Herr Vater«, sagte David leise. Kurze Zeit später schlief er ein.

Er erwachte schlagartig, als ihn sein Vater leicht schüttelte.

»Es ist so weit«, flüsterte Vater. »Sie sind jetzt in der Scheune. Macht euch bereit.«

Heinrich und Friedrich waren bereits aufgestanden und gingen in die Stube. Mutter war da und hatte alles vorbereitet. Jedem legte sie das Tuch um die Schulter und legte fünf Steine hinein.

»Fünf Steine. Wie bei David und Goliath! Wenn das kein gutes Zeichen ist«, flüsterte David.

Die Mutter strich ihm durchs Haar und überreichte ihm die kleine Axt.

»Sei vorsichtig«, flüsterte sie.

Als alle bereit waren, schlichen sie aus der Hintertüre und stellten sich wie abgemacht im Schatten des Hauses auf. Vater hielt seine Zeigefinger an den Mund als Zeichen, dass sie schweigen sollten und nahm zwei Steine aus seinem Tuch. Die Diebe kamen jetzt wieder zurück. Im Mondlicht konnte man sie gut ausmachen. Der Vater hielt sich einen Stein an den Kopf. Er wollte, dass sie auf die Köpfe schossen, denn im Mondlicht sah man sehr gut, dass die Eindringlinge keine Helme trugen. Vater wartete, bis sie kurz vor dem Scheunentor standen und schleuderte dann den Stein den Räubern entgegen. Die Söhne machten es ihm gleich. Vater traf einen der Schurken am Kopf, und sofort sank dieser gurgelnd zusammen. Die Steine von Heinrich und David verfehlten ihre Ziele. Friedrichs Stein traf einen Gegner an der Brust und warf diesen mit einem metallischen *Plop* auf den Rücken. Der Dieb blieb aber nicht liegen, sondern stand sofort wieder auf und rannte davon.

»Herr Vater, die tragen Rüstungen«, sagte Friedrich.

»Leider«, knurrte der Vater und gab einen weiteren Schuss ab, der wieder einen Gegner zu Boden streckte. Auch Heinrich traf dieses Mal, aber nur an der Schulter. Diese wurde zwar verletzt, aber das Kettenhemd hatte das Schlimmste verhindert. David versuchte wieder auf den Kopf zu treffen, aber der Stein flog über das Ziel hinweg.

Die Räuber hatten ihren ersten Schock überwunden und rannten jetzt alle zurück zum Waldrand. Friedrich warf seinen zweiten Stein dem letzten Fliehenden hinterher und traf diesen direkt im Kreuz. Der Dieb strauchelte und fiel nach vorne. Heinrich rannte sofort zu ihm hin, zog das Schwert und trennte ihm mit einem Hieb den Kopf von der Schulter. Danach rannte er zurück und nahm seine Position wieder ein. Er stellte sich breitbeinig hin und hielt das Schwert mit beiden Händen hoch über seinen Kopf.

»Leider nur drei. Schade, ich habe gehofft, wir würden mehr erledigen«, sagte der Vater.

»Herr Vater, sie kommen wieder. Diesmal haben alle Waffen«, sagte Heinrich.

»Helme und Schilder auch«, zischte der Vater.

»Es sind mehr als zwanzig, Herr Vater«, sagte Friedrich ängstlich.

»Nur Mut, mein Sohn, der Allmächtige ist mit uns. Und denkt daran: Auf jeden Fall die Reihe halten. Auch du, David. Jetzt kommt es darauf an«, sagte der Vater. Er nahm den Spieß und hielt ihn in die Angriffsposition.

Die Räuber waren jetzt direkt vor ihnen. Ihr Anführer war ein Hüne, so groß wie Heinrich. Er war mit einer Streitaxt bewaffnet und trug ein kleines, rundes Schild, das mit Eisen beschlagen war. Die anderen hatten ebenfalls solche Schilder, und jeder hielt eine Waffe in den Händen. Der Anführer stand jetzt direkt vor Heinrich.

Mit einem Urschrei ließ Heinrich sein Schwert blitzschnell hinunter sausen. Der Anführer parierte den Schlag mit der Axt. Funken stoben, als die zwei Klingen aufeinander prallten.

Friedrich warf auf kürzeste Distanz seinem Gegner einen Stein an den Helm. Der Aufschlag war heftig. Es riss den Kopf des Räubers nach hinten und ließ ihn taumeln. Er drehte sich um, torkelte noch drei Schritte und brach dann zusammen. Der Nächste stand aber bereits vor Friedrich und versuchte ihm mit einem Kurzschwert auf den Kopf zu schlagen. Friedrich parierte den Schlag mit dem Schaft und versuchte seinerseits mit einer Drehung aus dem Handgelenk den Schlegel an den Kopf des Gegners zu hämmern.

Vater hatte bereits mehrere Gegner mit der Spitze des Eberspießes an der Brust getroffen. Aber die breite Spitze zeigte keine Wirkung bei den Kettenhemden. Immer mehr der Halunken waren nun bei ihnen, und er konnte es nicht verhindern, dass sich drei von ihnen an ihm vorbeischlichen.

»Pass auf, David«, schrie er laut.

David stellte sich dem ersten Räuber in den Weg. Dieser war mit einem Morgenstern bewaffnet, einem großen Eichenknüppel in dem rund herum Eisenspitzen eingelassen waren. Mit genug Wucht geschlagen, konnten die Spitzen selbst die Ringe eines Kettenhemds aufsprengen und tief in den Körper eindringen. David war mit seiner kleinen Axt massiv im Nachteil. Der Räuber lachte hämisch, als er die kleine Axt in Davids Hand sah. Er holte mit dem Morgenstern aus und schlug zu. Die zwei anderen huschten gleichzeitig an David vorbei und verschwanden im Haus.

David hatte sich im richtigen Moment um seine eigene Achse gedreht. Der Morgenstern sauste an ihm vorbei in den Boden. David drehte sich zurück und versuchte den Gegner am Halsansatz zu treffen. Der Räuber zog seinerseits seinen Oberkörper zurück, und der Axtschlag ging ins Leere. David konnte die Wucht seines Schlages nicht ausgleichen und taumelte zur Seite. Der Räuber wirbelte herum und traf David mit dem Morgenstern in den Rücken. Mit einem gewaltigen Schmerzensschrei flog David zu Boden. Er dreht sich auf den Rücken und wollte wieder aufstehen, aber der Räuber war bereits über ihm und stand auf seine linke Hand, sodass er die Axt nicht mehr zu fassen bekam. Wieder hatte der Räuber das schäbige Grinsen auf dem Gesicht, als er mit dem Morgenstern ausholte. Ein markdurchdringender Schrei ertönte aus dem Haus.

Frau Mutter!, raste der Gedanke durch Davids Kopf. Aber er konnte ihr nicht helfen, er konnte sich ja nicht einmal mehr selber helfen. So ist das also, kurz bevor man vor dem Schöpfer tritt, dachte David. Ihm kam plötzlich alles unwirklich vor. In rasanter Reihenfolge liefen Bilder aus seinem Leben vor ihm ab. Gleich ist es zu Ende, dachte er, als der Räuber seine Muskeln anspannte.

In diesem Augenblick hörte David ein vertrautes Geräusch. *Siiff!* Der Kopf des Räubers knickte zur Seite, als ihn ein Pfeil von vorn in den Hals traf und das Genick durchbrach. Er brach in sich zusammen und fiel direkt auf David. *Siiff!* Ein Pfeil schlug im Helm des Anführers ein und tötete ihn an Ort und Stelle. *Siiff!* Dem Gegner von Vater steckte ein Pfeil in der Brust. *Siiff!* Friedrichs Kontrahent brach röchelnd mit einem Pfeil im Hals zusammen.

»Rückzug«, rief einer der Räuber, die Vater bedrängt hatten. Er drehte sich um und wollte davonrennen, aber Heinrich drehte sich zur Seite, ließ sein Schwert schräg heruntersausen und schlug dem Flüchtenden den Kopf samt Helm ab. Das Blut spritzte nur so aus seinem Hals, als sein Rumpf nach vorne fiel.

Einer der Räuber kam wieder aus dem Haus. Er zog sein rechtes Bein nach. *Siiff!* Der Pfeil traf ihn direkt ins Herz. Er hatte eine solche

Wucht, dass er hinten am Körper wieder austrat, dort ebenfalls das Kettenhemd durchschlug und den Halunken an die Türe nagelte.

»Frau Mutter«, schrie David und versuchte mit aller Kraft, den leblosen Körper, der auf ihm lag, loszuwerden. Als er es endlich geschafft hatte, rappelte er sich auf und wollte ins Haus rennen, als der zweite Räuber aus der Tür taumelte. Helm und Waffe hatte er verloren. David nahm sein Tuch ab, trat zu dem Halunken hin, drehte sich mit Schwung um die eigene Achse und wuchtete mit einem Schrei das Tuch mit den zwei verbleibenden Steinen dem Räuber an die Schläfe. Die Wucht war so groß, dass die Steine die Schädelknochen zerbrachen und die Hirnmasse herausspritzte. Röchelnd brach der Räuber zusammen.

»Frieda«, schrie Vater.

»Mir geht es gut«, hörte man Mutters Stimme.

»Komm heraus, es ist vorbei«, schrie Vater zurück.

Die restlichen Räuber hatten sich abgesetzt und rannten zurück Richtung Wald. Herne trat aus dem Schatten des Schuppens. Er hatte zwei Pfeile im Mund und einen auf dem Bogen. Er hob den Bogen an und – *Siiff! Siiff! Siiff!* Drei Pfeile flogen den Fliehenden hinterher und trafen je einen der Räuber von hinten in den Oberschenkel.

Mutter kam aus der Türe.

»Hannes, geht es euch gut?«, fragte sie.

»Ja, Herne war unser Schutzengel. Was war im Haus los? Du hast ja fürchterlich geschrien«, wollte Vater wissen.

»Das war nicht ich. Dem ersten, der reinkam, schüttete ich das heiße Schweineschmalz an den Kopf. Er hat so geschrien und sich dabei den Helm abgerissen. Dem anderen hatte ich die Pfanne aufs Knie geschlagen und mich dann auf dem Dachboden versteckt«, erklärte sie.

Herne ging zu dem, der an die Türe genagelt war.

»Dieser da hat eine gebrochene Kniescheibe«, sagte er.

»Und dem anderen hat David den Kopf eingeschlagen. Große Leistung, für einen Storch«, sagte Heinrich.

David entgegnete nichts. Er lag ohne Bewusstsein am Boden.

»David, ist alles in Ordnung?«, rief die Mutter besorgt. Als sie keine Antwort bekam, rief sie: »Hannes, mit David stimmt was nicht.«

»Geh hinein und hole die Laterne«, sagte der Vater und rannte zu David. Als Mutter mit dem Licht wieder heraustrat, sah man, dass Davids Wams komplett mit Blut durchtränkt war.

»Er ist verletzt«, sagte die Mutter entsetzt.

Vater kniete sich hin und schnitt mit seinem Dolch Davids Wams auf. Er hatte zwei Löcher am Gesäßansatz und ein weiteres etwa eine Handbreit weiter oben im Rücken. Aus allen drei Wunden rann dunkles Blut.

»Ich kann hier zu wenig sehen«, sagte die Mutter. »Bringt ihn in die Küche. Am Besten legt ihr ihn auf den Tisch.«

Vater und Friedrich hoben David an und schickten sich an, ihn hineinzutragen. Heinrich wollte mitkommen, aber Vater hielt ihn zurück.

»Kontrolliere bitte, ob alle tot sind«, sagte er. »Ich will keine weitere Überraschung erleben.«

»Was soll ich machen, wenn einer noch lebt?«, wolle Heinrich wissen.

»Erspar dem Henker die Arbeit«, antwortete der Vater.

Die Mutter untersuchte Davids Wunden.

»Die Löcher sind tief«, sagte sie. »Ich kann nicht sehen, wie tief sie sind, sie bluten zu stark. Ich werde versuchen die Blutung zu stoppen, aber wir brauchen unbedingt Pater Christian.«

»Ich werde ihn holen«, sagte der Vater.

»Nein, *ich* werde ihn holen«, sagte Herne, der soeben eingetreten war. »Ich kann mich auch des Nachts durch den Wald bewegen, du nicht. Ich bin viel schneller.«

Vater nickte, nahm Herne in seine Arme und herzte ihn brüderlich.

»Danke, Freund«, hauchte er.

»Immer gerne«, entgegnete Herne, drehte sich um und machte sich auf den Weg.

Mutter holte in ihrer Kammer ein sauberes Tuch. Sie faltete es mehrfach zusammen und drückte es dann mit beiden Händen kräftig auf Davids Wunden.

»Fasse David an den Seiten an und drücke sie zusammen«, sagte sie zu Friedrich. »Vielleicht können wir so die Löcher verkleinern oder gar schließen.«

Heinrich kam herein.

»Elf Tote«, sagte er zum Vater. »Zwei davon haben noch gelebt«

Vater war lange still.

»Ich weiß nicht, was ich sagen soll«, sagte er schließlich aufgewühlt. »Ich… verdammte Sauerei… Gott sei Dank kam uns Herne zu Hilfe.«

»Wenn der Allmächtige mit uns ist, kommt immer Hilfe«, entgegnete Heinrich.

Vater nickte. Er hätte lächeln sollen, aber es war ihm überhaupt nicht danach. Am liebsten hätte er geheult. Er hatte getötet. Blut klebte an seinen Händen. Es war ihm absolut zuwider. Er hatte vor dem Allmächtigen die Verantwortung für sich und seine Familie. Deshalb hatte er gehandelt und getan, was hatte getan werden müssen. Aber es widersprach seinem Naturell. Ein Widerspruch, mit dem er nun fertig werden musste. Er hatte getötet. Diese Schuld musste er jetzt ein Leben lang mit sich tragen.

Ich weiß nicht, ob ich damit leben kann, dachte er. Danach drehte er sich zu Frieda um.

»Wie geht es David?«, fragte er.

»Nicht gut«, entgegnete sie. »Gar nicht gut. Wenn doch nur Pater Christian hier wäre.«

Auf Tod und Leben

Der Morgen brach bereits an. Die Mutter saß am Tisch und stützte ihren Kopf mit den Händen. Friedrich saß neben seiner Mutter und betrachtete seinen kleinen Bruder mit traurigen Augen. David lag noch immer mit dem Bauch auf dem Küchentisch und hatte seine Besinnung nicht wieder erlangt. Um ihn warmzuhalten, hatten sie ihn mit seiner Bettdecke zugedeckt. Vater war mit

Heinrich draußen. Er hatte das Herumsitzen satt. Er brauchte eine Beschäftigung. Sie hatten alle Leichen untersucht und die leblosen Körper zusammengetragen. Vorher hatten sie alle Waffen und Rüstungen eingesammelt und auf einen Haufen gelegt. Heinrich drehte plötzlich seinen Kopf in den Wind und horchte.

»Pferde«, sagte er zum Vater.

»Freund oder Feind?«, wollte der Vater wissen.

»Ich bin nicht sicher, aber ich glaube, sie kommen von Süden her«, entgegnete Heinrich.

»Sicher ist sicher«, sagte der Vater. Er bewaffnete sich mit einem Schwert und einem Schild aus dem Haufen und ging vors Haus. Heinrich folgte ihm. Zusammen blickten sie angestrengt zum Waldrand. Mehrere Reiter galoppierten aus dem Wald und kamen schnell näher.

»Es ist Pater Christian«, sagte der Vater und warf seine Waffen achtlos zur Seite.

Die Reiter stoppten vor dem Haus. Der Pater stieg mit schmerzverzerrtem Gesicht aus dem Sattel. Die alte Verwundung machte ihm schwer zu schaffen.

»Danke, dass Ihr gekommen seid«, sagte der Vater.

»Es ging leider nicht schneller«, entgegnete der Pater. »Gut, dass die Pferde in der Nacht mehr sehen als wir. Im Wald sieht man die Hand vor Augen nicht, aber unsere Pferde haben uns sicher hindurchgeführt.«

»Hochwürden, Ihr tragt ein Schwert?«, wunderte sich der Vater.

»Ja natürlich, man weiß nie, in diesen unsicheren Zeiten«, sagte der Pater. »Wo ist unser Patient?«

»Er liegt in der Küche«, antwortete der Vater.

Hauptmann Ewalt hatte den Geistlichen mit zwei Landsknechten begleitet. Er trat hinzu.

»War ja einiges los hier«, sagte er. »War es schlimm?«

»Grauenhaft«, knurrte der Vater.

»Wo sind die Leichen?«, fragte der Hauptmann.

»Hinter dem Haus«, sagte der Vater.

»Wir nehmen sie mit und werfen sie in die Siechengrube«, sagte Ewalt. »Sie sollen nicht in Eure Erde kommen. Ich denke, das wäre in Eurem Sinn.«

Vater nickte.

»Danke«, sagte er.

»Die Waffen gehören nach unserem Recht dem Sieger«, sagte Ewalt weiter. »Was soll damit geschehen?«

»Lasst uns zwei Schwerter und Kettenhemden da, für alle Fälle«, sagte der Vater. »Den Rest könnt Ihr mitnehmen. Wenn Euer Waffenmeister etwas davon gebrauchen kann, soll er es bekommen. Den Rest übergebt bitte dem Schmied. Er soll mir den Eisenwert entgelten. Den Betrag gebt bitte dem Pater Christian in den Opferstock für die Armen. Ich will kein Blutgeld haben.«

»Herr Vater, lasst uns auch den Morgenstern behalten«, sagte Heinrich. »Es ist viel leichter damit zu kämpfen als mit einem Schwert.«

Der Vater schüttelte den Kopf.

»Ich könnte niemals mit einer Waffe kämpfen, die meinen Sohn verletzt hat«, sagte er. »Nein, es geschieht, wie ich gesagt habe. Nehmt den ganzen Plunder mit, Hauptmann.«

Der Hauptmann gab seinen Leuten Anweisungen. Einer galoppierte davon, um in der Burg zusätzliche Packpferde zu holen. Die anderen gingen hinters Haus. Heinrich begleitete sie, und der Vater ging in die Küche.

»Hochwürden, endlich seid Ihr da«, sagte die Mutter erleichtert, als der Pater eintrat.

Pater Christian nahm sein Schwert ab und stellte es in die Ecke.

»Wie geht es ihm?«, fragte er.

»Die Blutung konnten wir stillen, aber das Bewusstsein hat er noch nicht wieder erlangt«, sagte die Mutter.

»Das hat nichts zu bedeuten, meine Tochter«, sagte der Pater. »Unser Körper ist ein einziges Wunderwerk Gottes. Der Allmächtige hat ihn so geschaffen, dass der Körper immer das Beste unternimmt, um das Leben so lang wie möglich zu erhalten. Hat er viel Blut verloren?«

»Ich weiß nicht, Pater«, sagte die Mutter.

Pater Christian trat an den Küchentisch, deckte David ab und drückte leicht seine Hände und Füße. Mutter schaute den Pater erstaunt an.

»Bei einem Blutverlust versorgt der Körper zuerst alle lebenswichtigen Organe«, erklärte dieser. »Die Extremitäten werden kaum mehr durchblutet und werden dadurch eiskalt. Bei David sind sie nur leicht kälter. Ein gutes Zeichen, meine Tochter.«

»Oh Pater«, sagte die Mutter erleichtert.

Pater Christian betrachtete jetzt Davids Verletzungen. Das Tuch an seinem Rücken war komplett mit Blut durchtränkt. Dieses war geronnen und hatte alles in eine harte Kruste verwandelt, die fest an Davids Haut klebte.

»Wo sind die Verletzungen?«, wollte er wissen.

»Zwei Löcher sind am Gesäßansatz, eines ist eine Handbreit höher«, sagte die Mutter.

»Ich nehme das Tuch nicht weg, sonst reiße ich alles wieder auf«, sagte Pater Christian. »Wo ist der Morgenstern?«, fragte er dann

»Hinter dem Haus«, antwortete der Vater.

Pater Christian ging hinaus und untersuchte die Waffe.

»Die Dornen sind eine Handbreite lang«, sagte er, nachdem er wieder in die Küche getreten war. »Das gibt sehr tiefe Verletzungen. Da der Schlag von oben geführt wurde, sind die Dornen im Gesäßteil wahrscheinlich komplett eingedrungen. Dies ist aber nicht so schlimm, da das Gesäß ein großer Muskel ist. Es wird David zwar lange Schmerzen bereiten, aber die Wunde wird restlos verheilen. Die obere Wunde ist weit gefährlicher. Hier ist dank der Rückenwölbung der Dorn nicht so tief eingedrungen. Er könnte aber einen Knochen verletzt haben. Bei Knochenverletzungen treten oft Entzündungen auf. Wenn dies eintrifft, wird David in den nächsten zwei Tagen hohes Fieber bekommen. Ich will ehrlich sein: Er könnte daran sterben. Wenn wir Glück haben, ist es nur eine Fleischwunde, die schnell verheilt. Zum Glück war der Morgenstern relativ neu. Die Dornen weisen keinen Rost auf, dadurch müssen wir nicht mit Verunreinigungen in den Wunden rechnen. Zudem hat es stark geblutet, sodass kleine Verunreinigungen vom Blut sicher herausgewaschen wurden. Nun, so sehe ich die Sache.«

»Was passiert, wenn die Wunde trotzdem verunreinigt ist, Pater?«, wollte der Vater wissen.

»Dann gibt es auch hier eine Entzündung, mit denselben Folgen«, antwortete der Pater.

»Aber er ist immer noch ohne Bewusstsein«, sagte die Mutter besorgt.

»Ich denke, er wird in den nächsten Stunden aufwachen«, sagte der Pater. »Er sollte dann viel heiße Flüssigkeit zu sich nehmen, am besten Fleischbrühe. Habt ihr Fleisch im Haus?«

»Wir könnten ein Gitzi schlachten«, sagte der Vater.

»Nein, musst ihr nicht«, sagte Herne, der soeben eingetreten war. Er griff in seine Umhängetasche und holte einen geschossenen Feldhasen hervor, den er der Mutter in die Hand drückte. Der Vater nickte sichtlich gerührt und klopfte ihm freundschaftlich auf die Schulter.

»Bringt David jetzt ins Bett«, sagte Pater Christian. »Ihr müsst ihn warm halten. Wichtig ist auch, dass ihr ihn auf den Bauch legt und den Kopf ganz nach hinten streckt. Wir wollen ja nicht, dass er uns in der Bewusstlosigkeit noch erstickt.«

Vater und Friedrich trugen David in die Kammer und legten ihn in das Einzelbett von Heinrich.

»Ich bleibe bei ihm«, sagte Friedrich.

»Kann ich Euch noch unter vier Augen sprechen?«, sagte der Vater zu Pater Christian.

Der Pater nickte.

»Wo können wir uns unterhalten?«, fragte er.

»In der Stube sind wir ungestört«, sagte der Vater.

Sie gingen hinein, und als sie sich hingesetzt hatten, begann der Vater zu erzählen, was ihn beschäftigte.

»Pater, ich habe getötet. Es klebt Blut an meinen Händen und klagt mich schreiend an. Ich weiß nicht, wie ich damit leben kann.« Er schaute den Pater mit feuchten Augen an und begann zu schluchzen.

Pater Christian hielt seelsorgerisch seine Hand auf Vaters Kopf.

»Weinet nur, vergossene Tränen reinigen die Seele«, sagte er. »Ich weiß, wie Ihr Euch fühlt, ganz genau sogar. Auch ich habe getötet.«

»Ihr?«, sagte der Vater ungläubig.

»Ihr habt mein Schwert gesehen«, sagte der Pater. »Ich gehöre dem Orden vom Hospital des Heiligen Johannes zu Jerusalem an.«

»Ihr seid ein Gotteskrieger?«, fragte der Vater. »Das kann ich kaum glauben.«

»Und doch ist es so«, sagte der Pater weiter. »Ich habe im Heiligen Land gekämpft. Dort habe ich viele getötet. Und nicht nur wie Ihr zur Verteidigung, nein, ich habe auch im Angriff Blut vergossen. Ich weiß genau, wie sich dieses Schreien anhört, wenn das Blut der Toten Anklage erhebt. Ich weiß genau, wie schwer diese Schuld auf Eurer Seele lastet. Ich habe auch jahrelang daran gelitten.«

»Kann man gar nichts dagegen machen?«, fragte der Vater.

»Doch, aber es ist sehr schwer und gleichzeitig ganz leicht«, sagte der Pater. »Das hört sich komisch an, aber es ist so. Christus ist für alle unsere Sünden gestorben. Für die vergangenen, die jetzigen und die zukünftigen. Er, der ohne Sünde war, hat alles mit seinem Blut bezahlt. Wir müssen nur unsere Sünden bereuen. Das ist das Leichte. Das Schwere ist, dass wir sie ihm auch überlassen müssen. Wir müssen sie loslassen. Es sind dann Christi Sünden und nicht mehr unsere. Endgültig.«

»Sollte es wirklich so einfach sein?«, fragte der Vater.

»Gute Lösungen sind immer einfach«, sagte der Pater. »Seid Ihr bereit, die Sünden herzugeben?«

Der Vater nickte. Pater Christian erhob sich, ging zur Wand und hängte dort das Kruzifix ab, um es dann dem Vater in die Hand zu drücken.

»Bereut Ihr, Hannes, alle Sünden, die von Euch und Eurer Familie begangen wurden?«, fragte er. »Seid Ihr bereit, alle diese Sünden Jesus Christus aus Nazareth endgültig zu übergeben? So bezeugt das mit einem lauten Ja.«

»Ja«, sagte der Vater.

»So spreche ich Euch, Hannes, in der mir verliehenen Vollmacht von aller Sünde frei«, sagte der Pater. »Ihr seid jetzt die Sünde los. Wann immer Ihr Zweifel daran habt, nehmt dieses Kruzifix in die Hand und sprecht laut: ›Nein, mit Pater Christian Hilfe habe ich alles Jesus

Christus von Nazareth übergeben, was Pater Christian bezeugen kann‹. Satan wird immer wieder versuchen, Euch durcheinander zu bringen. So könnt Ihr Euch dagegen wappnen. Habt Ihr sonst noch ein Anliegen?«

Der Vater schüttelte den Kopf.

»Gut«, sagte der Pater und erhob sich. Er legte seine Hand auf des Vaters Kopf und sagte: »Gesegnet seid Ihr, Hannes Köhler. *In nomine patris et filii et spiritus sancti. Amen.*«

»Ich hätte noch einen Wunsch, Pater«, sagte der Vater. »Könntet Ihr dafür sorgen, dass diese armen Seelen hinter dem Haus ein christliches Begräbnis erhalten und nicht einfach in der Siechengrube entsorgt werden? Ich möchte nicht Böses mit Bösem vergelten. Ich habe Hauptmann Ewalt beauftragt, die Waffen zu verkaufen oder zu Eisen einschmelzen zu lassen. Den Erlös wird er Euch für die Armen übergeben. Nehmt daraus das Geld für die Bestattung.«

»Ihr seid ein guter Mensch, Hannes. Der Allmächtige hat große Freude an Euch, mein Sohn«, sagte der Pater. Darauf gingen sie gemeinsam in die Küche.

»Hauptmann Ewalt meint, dass es Franken waren«, sagte Heinrich zum Vater. »Wir haben alles aufgeladen, so wie Ihr es wolltet, Herr Vater. Die Soldaten sind bereits aufgesessen und warten nur noch auf Euch, Pater.«

»Nun, dann wollen wir uns beeilen«, sagte dieser, holte sein Schwert, band es um und ging hinaus. Dort stieg er in seinen Sattel und sagte: »Wenn David Fieber bekommt, lasst es mich wissen. Wenn ich nichts von Euch höre, gehe ich davon aus, dass alles in Ordnung ist.«

Der Vater nickte und hob zum Abschied die Hand. Die Reiter drehten ihre Pferde, und in einer Einerkolonne trottete die Karawane der Burg entgegen.

»Herne, warum hast du den Fliehenden die Pfeile nur in den Oberschenkel geschossen?«, wollte Heinrich wissen.

»*Well,* ein Pfeil im Oberschenkel schmerzt sehr, sehr lange. Immer, wenn sie Schmerzen haben, werden sie sich erinnern, dass wir hier auf Hohenklingen Bogenschutzen haben. Sie werden nicht nochmal kommen«, sagte Herne.

In diesem Moment kam Friedrich in die Küche gestürzt.

»Frau Mutter, Herr Vater, David ist aufgewacht!«, rief er.

Der Davidbogen

David genas schnell. Das befürchtete Fieber war ausgeblieben. Die Fleischbrühe und Mutters vorsorgliche Pflege schlugen gut an. Nach drei Tagen verließ David das Bett bereits wieder. Er konnte es nicht mehr ertragen, auf dem Bauch liegend Brühe zu schlürfen. Dies war sehr mühselig, aber sich auf den Rücken zu drehen oder gar aufzusitzen ging überhaupt nicht. Die Schmerzen im Gesäß waren unerträglich, und oftmals schrie er laut auf, wenn er sich im Schlaf auf den Rücken gedreht hatte. Auch laufen konnte er nur in kleinen Schritten. Am wohlsten war es ihm im Stehen.

Nach einer Woche löste die Mutter das Tuch am Rücken ab. Es war eine fürchterliche Tortur. Mutter goss zuerst warmes Wasser auf das Tuch, um die Kruste aufzuweichen. Dabei musste sie sehr sorgfältig vorgehen, denn jede noch so leichte Berührung war für David wie ein Messerstich. Danach legte sie zwei dickere Tücher über Davids Rücken und durchtränkte diese ebenfalls mit warmem Wasser. Dies wiederholte sie regelmäßig. Nach einiger Zeit konnte das Tuch vom Rücken gelöst werden, und nun lagen die Wunden frei da. Mutter war mit dem Anblick zufrieden und legte auf jede Wunde einen Mooswickel auf. Der Wickel juckte David fürchterlich, aber das Jucken war ein Zeichen dafür, dass der Heilungsprozess des Körpers voranging.

David litt sehr unter der Langeweile. Nichts konnte er machen, nicht einmal leichte Arbeiten. Er hatte alles versucht, sogar das verhasste Holzhacken. Niemals vorher wäre es David in den Sinn gekommen, dass er beim Hacken die Gesäßmuskeln zusammenzog. Nun wusste er es. Heben konnte er auch nicht. Jeder Versuch löste stechende

Schmerzen in der Rückenwunde aus. Er musste die Langeweile also wohl oder übel ertragen.

Der Vater hatte sich mit dem Zimmermann Josef verabredet. Dieser hatte ihnen von einem Anbau an das bestehende Wohnhaus abgeraten. Der Vater hatte daraufhin beschlossen, ein neues Haus mit drei Kammern und einer Küche zu bauen und begann im Buchenwald, zusammen mit Hartmann, das Holz zu schlagen. Hartmann hatte dann auch den Transport des Holzes auf die Baustelle übernommen. Unter der Leitung von Josef hatten sie mit dem Hausbau angefangen und kamen gut voran.

David konnte zunehmend besser gehen und konnte unter Mithilfe eines langen Stocks schon alleine Spaziergänge unternehmen. Heute wollte er in den Wald, um Pilze zu suchen. Plötzlich knackte es im Unterholz und Herne stand vor ihm.

»Herne, hast du mich erschreckt«, sagte er.

»Hast du Angst gehabt, das ein Bär vor dir steht?«, lachte Herne.

»Nein, das nicht gerade«, schmunzelte David. »ich war nur tief in Gedanken versunken«.

»Langeweile? Die Zeit vergeht kaum, wenn man nichts zu tun hat, nicht wahr?«, fragte Herne.

»Es ist grauenhaft«, klagte David. »Die Schmerzen im Po haben nachgelassen aber die Wunde am Rücken sticht immer noch wie ein Messer. Ich kann mich nicht bücken und heben kann ich auch nichts«.

»Aber laufen kannst du wenigstens«, entgegnete Herne. »Das ist schon viel und wenn du willst, kann ich dir einiges über die Tiere und Fauna erklären, das vertreibt die Langeweile«.

David war begeistert und gemeinsam gingen sie tiefer in den Wald hinein und blieben bei einer mächtigen Tanne stehen.

»Was fällt dir an diesem Baum auf?«, fragte Herne.

»Der Efeu wächst an einer Seite des Baumes hoch.«, sagte David nach einigem Nachdenken.

»Ja genau«, sagte Herne. »Und schau einmal auf die anderen Bäume. Der Efeu in unseren Wäldern wächst immer an der Nordseite des

Baumes hoch. Mit diesem Wissen, verliert man im Wald niemals die Orientierung.«

»Aha, und warum ist das so?«, wollte David wissen.

»*Well*, mein wissbegieriger Freund, das weiß ich auch nicht «, lachte Herne. »Das musst du schon den Schöpfer fragen. Du hast ja mit Pater Christian den richtigen Verbindungsmann dafur«.

»Ja«, seufzte David traurig. »Er fehlt mir sehr. Leider ist der Weg zur Burg noch zu weit für mich.«

»*Aye*, das kommt schon wieder«, sagte Herne und tätschelte David aufmunternd auf die Schulter. »Komm, lass uns nach Norden gehen bis zum Hemishoferbach. Dort zeige ich dir etwas anderes«.

Als sie beim Bach waren, zeigte Herne auf eine Baumgruppe, die einen Steinwurf entfernt, flussabwärts stand.

»Das sind Birken«, sagte David. »Ich erkenne sie an ihre weißen Rinde.«

»*Well*, aber interessant ist, was unter ihnen wächst«, sagte Herne. »Lass uns näher ran gehen!«

»Das sind ja Pilze«, staunte David, als sie sich den Bäumen näherten. »Gelbe Pilze, so etwas habe ich noch nie gesehen. Die sind sicher giftig.«

»*Oh no*, das sind Birkenpilze und die sind essbar«, erklärte Herne. »Birkenpilze wachsen nur unter Birken. Im Sommer sind sie rotbraun und in den Herbst hinein werden sie immer gelber. Komm, wir wollen sie ernten!«.

David ging zu einem Pilzplatz und ließ sich langsam auf die Knie hinunter, um die Pilze abzuschneiden. Er steckte sie in den umgehängten Korb und zog sich danach am Stock wieder in die Höhe. Herne hatte in der Zwischenzeit alle anderen Plätze abgeerntet und legte nun seine Pilze ebenfalls in Davids Korb.

»Herne, Sei mir nicht böse, aber ich kann nicht mehr weiter«, sagte David.

»*All right*, muss ich dich noch nach Hause begleiten?«, fragte Herne.

»Nein, es ist ja nicht weit. Wenn ich langsam gehe, geht es schon und ich bin ja nicht in Eile«, antwortete David.

»*Well*, Morgen kann ich dich nicht besuchen«, sagte Herne. »Ich muss alle Bogen zur Burg bringen, aber danach habe ich Zeit. Wenn du willst, komme ich ubermorgen und zeige dir etwas anders.«

»Sehr gern, Herne und … danke. Du bist ein wahrer Freund«, sagte David.

»Gerne, es hat mir auch Spaß gemacht, David«, flüsterte Herne David ins Ohr, als er ihn sanft umarmte. »Grüße mir zu Hause die andern bitte«. Danach drehte er sich um und war alsbald im Wald verschwunden.

David ging langsam zurück und war froh, dass er sich auf den Stock abstützen konnte. Zu Hause staunte die Mutter ob den Pilzen, die ihr ebenfalls unbekannt waren. David war am Ende seiner Kräfte und legte sich wieder auf seine Matratze.

Es sind noch einige Wochen vergangen, bis er wieder schmerzfrei Holzhacken konnte, aber den vollen Korb anheben, konnte er immer noch nicht.

Wenn ich hacken kann, dann kann ich sicher auch Bogenschießen, dachte sich David, und da er es sich jetzt zutraute, die Strecke zum Jagdhaus zurückzulegen, verabredete er sich wieder mit Herne.

Endlich war es so weit. Die Mutter hatte zwar Bedenken geäußert, dass er sich zu viel zumute, aber der Vater hatte ihn unterstützt und gemeint, im Notfall könne er auch bei Herne übernachten. David hatte aus der Not eine Tugend gemacht und versprochen, dass er auf jeden Fall bei Herne übernachten und erst am anderen Morgen wieder nach Hause kommen werde. Mit diesem Versprechen ließ ihn die Mutter schließlich ziehen.

David freute sich riesig und konnte den Unterricht bei Herne kaum erwarten, doch sein Körper konnte noch nicht so, wie er wollte. Große Schritte schmerzten noch, und wenn er ein Bein hob, um über einen Baumstamm zu steigen, stach es gigantisch. Er musste dadurch längere Wege gehen und benötigte viel mehr Zeit, bis er endlich vor dem Jagdhaus stand. Er ging nach hinten zur Werkstatt, wo Herne bei der Arbeit war. Als er eintrat, war Herne gerade dabei, einen Bogen zu schleifen.

Herne blickte von seiner Arbeit auf.

»Ah David, endlich eingetroffen«, sagte er. »Wie ist es gegangen?«

»Es ist noch sehr mühsam. Ich kann nicht über Bäume steigen, und der Weg war dadurch anstrengender, als ich dachte«, sagte David.

Herne erhob sich und klopfte David freundschaftlich auf die Schulter.

»Gut Ding will Weile haben. Nur Geduld, David, es wird schon wieder.«

»Ja du hast Recht, aber es ist so mühselig«, sagte David genervt. »Den Aufstieg auf Hohenklingen kann ich immer noch vergessen.«

»Du vermisst Pater Christian wohl sehr?«, fragte Herne.

»Ja«, seufzte David. »Mehr als ich sagen kann. – Was ist das für ein Bogen?«, fragte er dann und wies auf die Werkbank. »Ich dachte, die Lieferung für den Baron sei abgeschlossen.«

»*Aye,* es ist eine Spezialbestellung vom Baron für eine wichtige Persönlichkeit. Bin soeben fertig geworden. Willst du ihn ausprobieren?«

»Au ja«, sagte David erfreut.

»Gut, dann lass uns zum Schießstand gehen«, sagte Herne, nahm den Bogen und einen vollen Köcher.

Gemeinsam gingen sie hinaus. Am Schießstand angekommen, überreichte Herne David den Bogen. Dieser hielt in prüfend in der Hand.

»Er ist kleiner als die anderen, und leichter ist er auch.«

»*Aye,* du bist ein richtiger Experte geworden«, lachte Herne. »Nun teste ihn.« Er überreichte David einen Pfeil und sagte: »Ziele genau in die Mitte, wir haben heute keinen Wind.«

David stellte sich auf, lud den Pfeil, hob den Bogen an, atmete tief ein, zog die Sehne mit Schwung nach hinten und ließ sie nach kleiner Zielkorrektur nach vorne schnellen. Der Pfeil traf die Scheibe knapp unterhalb des roten Kreises.

»Noch einmal«, sagte Herne und gab David einen weiteren Pfeil.

David lud den Pfeil und schoss ihn neben den ersten.

»Und noch einmal«, sagte Herne und überreichte David einen weiteren Pfeil. Diesen schoss David genau zwischen die beiden anderen.

»*Good shot*«, sagte Herne. »Ich denke, du hast deine alte Kraft noch nicht ganz zuruck. Solange das so ist, musst du einen Ring höher zielen. Ube weiter, ich muss noch nach meinem Braten schauen.« Er überreichte David den Köcher und ging zu seinem Backofen, der sich zwischen Jagdhaus und Werkstatt befand.

Nach einer Weile kam Herne zurück und schaute anerkennend auf die Scheibe. Ein Dutzend Pfeile steckten in deren Zentrum.
»*Oh my god*«, meinte er, »du lochst mir noch die Scheibe aus!«
»Schießen geht besser als Laufen«, grinste David.
»Du schießt gut, hast viel gelernt«, sagte Herne.
David hob den Bogen ehrfürchtig hoch.
»Ein herrlicher Bogen. Sein Besitzer wird viel Freude mit ihm haben.«
»*Aye,* das wird er bestimmt«, sagte Herne. »Ich muss ihn jetzt noch kennzeichnen. Hilfst du mir dabei?«
David nickte und gab Herne den Bogen zurück. Herne ging zur Esse, die sich neben dem Backofen befand. Das Holz, das er schon vor einer Weile angezündet hatte, war beinahe heruntergebrannt. Herne betätigte ein paar Mal den Blasebalg, bis die Holzkohle weiß glühte und steckte dann ein Brandeisen hinein. Danach ging er in die Werkstatt, wo er die Sehne vom Bogen nahm und diesen in einen Schraubstock einspannte.
David ging zur Scheibe, zog die Pfeile heraus und legte sie wieder in den Köcher. Dann folgte er Herne. Er blieb bei der Esse stehen, als er sah, dass ein Brandeisen darin steckte.
»Der feine Herr hat sogar ein eigenes Brandzeichen?«, fragte David verwundert.
»*Aye,* Seyfrid hat es mir mitgegeben«, rief Herne aus der Werkstatt.
David zog das Eisen heraus, um das Zeichen zu betrachten.
»Was ist das?«, fragte er. »So etwas habe ich noch nie gesehen.«
»Es ist eine Harfe«, sagte Herne, der soeben dazu getreten war. »Lege es bitte wieder hinein, ich brauche es gluhend.«
David drückte das Eisen wieder in die Kohle.
»Ein solches Wappen habe ich noch nie gesehen«, sagte er.

»Es ist kein Wappen, es ist ein Eigentumssymbol«, erkläre Herne, während er den Blasebalg zusammendrückte.

Bald glühte das Eisen. Herne nahm es heraus und ging in die Werkstatt, wo er es auf den Bogen drückte. Beißender Rauch stieg auf und erfüllte den kleinen Raum in Windeseile.

»Sieht gut aus«, sagte Herne als er sein Werk betrachtete. »Jetzt ist der Bogen unzertrennlich mit seinem Besitzer verbunden.«

»Eine Harfe habe ich noch nie gesehen«, wiederholte David.

»Kennst du auch keine Geschichte, in der eine Harfe vorkommt?«

David überlegte eine Weile.

»Nein, ich kenne keine Geschichte mit einer Harfe«, sagte er schließlich.

»Uberlege gut, vielleicht aus der Heiligen Schrift «, bohrte Herne weiter.

»Aus der Heilige Schrift?«, sagte David nachdenklich. »Ich weiß nur, dass David auf einer Harfe für König Saul spielen musste …«

»*Aye,* und so sah diese aus«, sagte Herne. »Das ist eine Davidsharfe.«

»Ich verstehe nicht«, entgegnete David.

»*Well,* Baron Eckert wies mich an, für dich einen Bogen zu fertigen«, sagte Herne. »Dies ist *dein* Bogen, David.«

»Nein«, sagte David ungläubig. »Ich kenne den Baron nicht einmal persönlich. Warum sollte er mir ein so wertvolles Geschenk machen?«

»Nun, Pater Christian war beim Baron und hat ihm von dem Uberfall auf euch berichtet«, erklärte Herne. »Der Pater erklärte ihm auch, dass er ohne mein zufälliges Einwirken wahrscheinlich alle seine Kohle verloren hätte und seine Kohler nicht mehr unter den Lebenden weilen wurden. Weiter sagte er, dass du mein Schuler bist und ausgezeichnet schießen kannst, was nicht einmal geflunkert war, wie wir beide heute gesehen haben. Der Pater konnte den Baron uberzeugen, dass der Uberfall niemals stattgefunden hätte, wenn die Räuber dich mit einem Bogen gesehen hätten. Damit das auch in Zukunft nicht mehr geschieht, musste ich für dich diesen Bogen herstellen.«

David schaute Herne mit großen Augen an. Dann stürmte er auf ihn zu und umarmte ihn, so fest er konnte.

»Danke!«, sagte er entzückt.

»Nicht so fest, David, du druckst mir ja die Luft ab«, keuchte Herne.

»Ich hab einen Bogen! Ich hab einen Bogen!« Wie verrückt vor Freude hüpfte David in der Werkstatt auf und ab.

Herne lachte.

»He, du Verruckter, das ist noch nicht alles.« Er bückte sich, zog einen Köcher mit Pfeilen hervor und stellte diesen auf die Werkbank. Der Köcher wies dasselbe Brandzeichen auf wie der Bogen.

»Das sind deine Pfeile«, erklärte Herne. »Ich habe die Federn eingefärbt. So kannst du deine Pfeile jederzeit von anderen unterscheiden. Die blauen sind Kriegspfeile, die braunen Jagdpfeile.«

»Blau«, wunderte sich David. »Wie hast du das denn hinbekommen?«

»*Well,* ich habe die weißen Federn ein paar Tage in Heidelbeersaft eingelegt. Ist sehr gut geworden, findest du nicht?«

»Ja, das Hellblau sieht sehr gut aus«, sagte David, zog daraufhin einen Jagdpfeil aus dem Köcher und betrachtete diesen lange. »Und wie hast du das Braun gemacht?«, wollte er wissen.

Herne brach in schallendes Gelächter aus. David schaute ihn verwundert an.

»Mit Federn von braunen Huhnern«, gackerte Herne und hielt sich den Bauch vor Lachen.

»Ich Idiot«, sagte David und schlug sich mit der Hand an die Stirn. Dann stimmte er in das Lachen mit ein.

»Ich glaube, mein Braten ist fertig«, sagte Herne, als sie sich erholt hatten. »Hast du Hunger, David?«

David nickte.

»*Well,* kannst du den Tisch decken? Wir essen draußen. Dieser Altweibersommer ist herrlich«, sagte Herne.

»Was soll ich auftischen?«, fragte David.

»Zwei Teller, Löffel und Becher, und dann noch einen Teller zusätzlich. Du findest alles in meiner Küche«, sagte Herne

David ging in die Küche und trug alles zum Eichentisch, der sich vor dem Jagdhaus befand. Eine Karaffe mit Quellwasser stand bereits darauf. Herne kam mit einem großen Tontopf vom Backofen her. Er hielt den Topf mit zwei Lappen fest und stellte ihn schnell auf dem Tisch ab.

»Heiß«, sagte Herne. »Übrigens, wie geht es mit Sitzen?«

»Schon besser«, sagte David. »Aber auf hartem Untergrund ist es noch sehr schmerzhaft. Zu Hause lege ich immer meine Matratze auf die Bank, dann geht es.«

»Das können wir hier auch machen«, sagte Herne und verschwand im Haus. Kurz darauf kam er mit einer Strohmatratze zurück. Die Matratze legte er auf die Bank, und so konnte David gemütlich Platz nehmen.

»Sprichst du das Tischgebet?«, fragte Herne.

David nickte.

»Wir haben hier den Tisch gedeckt, doch nicht mit unsren Gaben.

Vom Schöpfer, der das Leben weckt, kommt alles, was wir haben. Amen.«

Herne nahm seinen Dolch und hob damit den Deckel ab.

»Was ist das denn für ein großes Huhn?«, wollte David wissen.

»Das ist ein Fasan«, schmunzelte Herne. Er stach mit seinem Dolch hinein, zerlegte den Vogel, legte David eine große Keule auf den Teller und schöpfte vom Gemüse, das er zusammen mit dem Fasan gegart hatte.

»Der Vogel ist lecker«, sagte David kauend, nachdem er ein großes Stück abgebissen hatte.

»Ist mir gestern einfach in einen Pfeil geflogen«, schmunzelte Herne. David lächelte und versuchte ein Stück der roten Zwiebel.

»Hm, die Bülle ist fein«, sagte er, »nicht so scharf wie Mutters Zwiebeln. Hast du einen eigenen Garten?«

»Nein, ich werde immer mit allem Nötigen aus der Kuche des Barons versorgt. Agnes, die Köchin, gibt mir meistens zu viel mit. Sie meint immer, ich sei viel zu dunn«, sagte Herne.

»Sie hat wohl ein Auge auf dich geworfen«, sagte David schmunzelnd.

»Schon möglich, sie hat mich aber nicht getroffen«, entgegnete Herne. Beide mussten herzhaft lachen.

»Zinnteller und Zinnbecher, du isst sehr nobel, Herne.«

»*Well,* wenn man von einem Baron ausstaffiert wird, erhält man eben nur noble Sachen«, sagte Herne.

»Wozu ist denn der dritte Teller?«, wollte David wissen.

»Da können wir die abgenagten Knochen hineinlegen. Nicht weit von hier gibt es einen Dachsbau. Da lege ich die Knochen immer hin. In der Nacht kannst du dann Vater Dachs schmatzen hören«, sagte Herne.

»Apropos Nacht – Mutter hat mir erlaubt, dass ich bei dir übernachten darf. Das geht doch für dich in Ordnung, Herne?«, fragte David.

»*Aye,* die Matratze hast du ja schon, und Platz habe ich weiß Gott genug. Du kannst bleiben, so lange du willst.«

Als sie gegessen hatten, hielt David seine fettigen Finger in die Höhe.

»Herne, hast du ein Tuch, um die fettigen Finger abzuwischen?«

Herne stand auf und hob seinen Fuß neben David auf die Bank.

»Ich wische sie mir immer an meiner Hirschlederhose ab«, sagte er. »Macht das Leder schön geschmeidig. Aber mache das ja nicht mit deiner Stoffhose, sonst reißt mir Frieda den Kopf ab, wenn wir uns das nächste Mal sehen.«

David musste lachen, als er sich das bildlich vorstellte und strich sich die Finger an Hernes Hose sauber.

»Ich bin ziemlich müde«, sagte er dann. »Wahrscheinlich habe ich auch zu viel gegessen.«

»Überhaupt kein Problem. Lege dich doch ein wenig schlafen, eine Matratze hast du ja«, sagte Herne.

David suchte sich einen sonnigen Platz, legte sich auf die Matratze und ließ sich von den warmen Strahlen der Herbstsonne bescheinen. Glücklich schlief er ein.

Als er fröstelnd erwachte, war die Sonne weitergezogen, und im Schatten war es bereits kühl geworden. David nahm die Matratze und trug sie ins Haus. Danach holte er Pfeil und Bogen und ging auf den Schießplatz zum Üben. Nach einiger Zeit trat Herne zu ihm.

»Ist dir an meinem Schießplatz etwas aufgefallen?«, fragte er.

»Du hast eine zusätzliche Scheibe aufgestellt«, sagte David, nachdem er eine Weile lang genau hingeschaut hatte.

»*Aye,* die habe ich fur dich gemacht. Ich trage sie dir morgen nach Hause. Ich glaube, sie ist noch zu schwer für dich.«

David umarmte Herne erneut.

»Du beschämst mich«, sagte er.

»Habe ich gerne fur dich gemacht, mein Freund«, entgegnete Herne. »Und schließlich musst du ja noch fleißig uben. Du sollt ja während deinem Frondienst bei den Bogenschutzen einen guten Unteroffizier abgeben.«

»Weshalb soll ich ein Unteroffizier werden? «, fragte David.

»*Well*, dies hat mehrere Grunde. Erstens werden nur die Besten zu Unteroffizieren befördert, dies ist eine Auszeichnung und eine große Ehre. Zweitens bekommt man für seinen Frondienst keine Entlohnung. Als Unteroffizier bekommst du aber monatlich einen Sold und drittens ist es auch eine Anerkennung fur mich als Lehrer, wenn du als mein Schuler zu den Besten gehörst«, erklärte Herne.

»Verstehe«, sagte David. »Ich werde dich nicht enttäuschen.«

»Lass uns hineingehen. Es ist schon spät und recht kuhl geworden«, sagte Herne.

David sammelte seine Pfeile ein und ging dann ins Wohnhaus, wo Herne im Kamin bereits ein Feuer angemacht hatte. Auf dem Tisch lagen Brot und Käse.

»Einen Augenblick noch«, sagte Herne und ging hinaus. Kurze Zeit später kam er wieder herein und hatte ein braunes, längliches und rundes Ding in der Hand. Es war etwa eine Elle lang und halb so dick wie sein Handgelenk.

»Was ist das denn für ein Ding?«, fragte David.

»Das ist eine Hirschwurst. Musst du probieren. Es schmeckt sehr lecker und gibt Kraft«, sagte Herne.

David legte seine Matratze auf die Bank und setzte sich. Nach dem Tischgebet enthäutete Herne einen Teil der Wurst, schnitt ein Stück davon ab und gab es David. Dieser biss ein kleines Stück ab und kaute skeptisch darauf herum. Dazu machte er zuerst ein Gesicht wie sieben Tage Regenwetter. Doch dann hellte sich seine Miene auf.

»Du hast Recht«, sagte er. »Schmeckt wirklich hervorragend. Hast du die selbst gemacht?«

»Nein, das ist eine Spezialität von Agnes. Die Haut ist aus Hirschdarm. Dieser wird gut gereinigt und dann mit fein gehacktem Pökelfleisch gefullt. Die so gefullten Därme nehme ich mit und hänge sie in meine Räucherkammer. Dort werden sie eine Woche mit Rauch vom Buchenholz schonend gegart. Die meisten Wurste bringe ich wieder zuruck, aber einige behalte ich immer fur mich«, erklärt Herne.

»Deine Agnes gefällt mir immer besser«, sagte David. »Du musst es dir schon nochmal überlegen, wäre doch eine gute Partie.«

»Geht leider nicht«, sagte Herne. »Ihr Aussehen ist grauenhaft, sie hat nur noch ein Auge. Das andere hat sie ja auf mich geworfen, *you know.*«

Beide lachten herzhaft.

»Es ist schön bei dir zu sein«, sagte David.

»Es freut mich auch, dass du da bist«, sagte Herne.

Nach dem Essen nahm David seine Matratze und legte sie in die Nähe des Kamins. Er machte es sich darauf bequem, und Herne legte Holz nach. Sie redeten noch eine Weile, doch dann wurde David vom Schlaf übermannt. Herne holte eine Decke und deckte ihn sorgfältig damit zu. Er legte nochmals Holz nach und ging dann in seine Kammer.

Der Besuch

David war mit Herne schon beinahe zu Hause angekommen, als Herne plötzlich die Hand hob, die Scheibe sorgfältig absetzte und dann niederkniete. Er machte David ein Zeichen, dass er seinen Bogen, den er auf der Brust trug, abnehmen solle. David wunderte sich, nahm aber den Bogen ab und kniete neben Herne nieder.

»Ein Feldhase ist auf eurer Lichtung«, flüsterte Herne. »Wenn ein Hase ein lautes Geräusch hört, das er nicht kennt, richtet er sich auf und beginnt den Kopf zu drehen, etwa so.« Herne hob seine Hand, formte mit den Fingern einen Kopf und drehte das Handgelenk langsam von rechts nach links. »Wenn der Hase eine Gefahr sieht, rennt er sofort in die Gegenrichtung los. Er ist sehr schnell und schlägt andauernd Haken. Man kann ihn dann nicht mehr treffen. Sieht er keine Gefahr, frisst er weiter. Du musst schießen, wenn die Kopfdrehung beginnt. Wichtig ist: Wenn du geschossen hast, schaue nur noch auf den Pfeil, nicht mehr auf den Hasen, sonst findest du den Pfeil nicht mehr. Also, stell dich hin. Wenn du bereit bist, schnalze mit der Zunge. Der Hase wird sich dann aufrichten.«

David legte einen Jagdpfeil ein, stellte sich hin, hob den Bogen in Richtung Hase, atmete tief ein, spannte die Sehne mit einem Zug und schnalzte gleichzeitig laut mit der Zunge. Sofort kam der Hase hoch und begann seinen Kopf zu drehen. David gab die Sehne frei und konzentrierte sich nur noch auf den Pfeil.

»*Good shot,* wo ist der Pfeil, David?«, sagte Herne

»Etwa zehn Schritte hinter dem Hasen«, erwiderte David.

»*Well,* wir holen zuerst den Pfeil und dann den Hasen«, sagte Herne richtete sich auf und ging auf die Lichtung. David folgte ihm und ließ dabei den Pfeil keinen Augenblick aus den Augen.

»Manchmal fliegt der Pfeil flach unter die Grasnarbe«, sagte Herne, als sie beim Pfeil ankamen. »Es ist dann sehr schwierig, ihn wiederzufinden.«

David steckte den Pfeil zurück in den Köcher, und danach gingen sie zum Hasen. Herne hob ihn an den Ohren hoch und schlug ihm mit dem Dolchrücken in das Genick.

»Immer das Tier weidgerecht töten«, sagte er dabei. »Einem Hasen bricht man das Genick. Du hast den Hasen gut getroffen. Der Pfeil ist durch ihn hindurch geflogen. Vielleicht war er schon tot, aber wer weiß das schon genau. Deshalb wird auf der Jagd jedes Tier weidgerecht getötet. Ich will nicht, dass das Tier unnötig leiden muss.«

Herne überreicht David den Hasen und ging zurück, um die Scheibe zu holen. Danach gingen sie über die Lichtung nach Hause.

Die Mutter war wie immer in der Küche. David rannte hinein und reckte stolz seine Brust heraus, an der sein Bogen hing.

»Du hast einen schönen Bogen bekommen«, sagte die Mutter.

»Frau Mutter, Ihr wusstet schon vorher davon«, sagte David enttäuscht. »Und Ihr habt es für Euch behalten.«

»Tja, mein Sohn, du bist nicht der Einzige, der ein Geheimnis für sich behalten kann«, sagte sie und begann zu lachen.

David schmollte. Er hätte die Mutter gerne mit der Nachricht überrascht. Er nahm den Hasen und übergab ihn der Mutter.

»Oh, ein Hase, vielen Dank, Herne«, sagte die Mutter.

»Nein, den hat David erlegt«, sagte Herne. »Er hat gute Fortschritte gemacht. Er ist schon ein richtiger Meisterschutze.«

»Tatsächlich?«, sagte die Mutter erstaunt.

»Er hat mir auch eine Scheibe gemacht«, sagte David, nun wieder versöhnt. »So kann ich auch zu Hause üben. Stellen wir die Scheibe Richtung Norden auf, Herne?«

»Nein, besser zur Quelle hin. Da geht es leicht bergauf, und wenn ein Pfeil danebengeht, fliegt er nicht weit. Nach Norden ist es flach. Es könnte jemand verletzt werden, wenn er vom Meilerplatz her kommt«, sagte Herne.

»Ja natürlich«, sagte David. »Können wir es gleich machen?«

Die Mutter nickte, und Herne stellte mit David die Scheibe dort auf, wo sie zuvor vierzig Schritte von der Schuppenwand abgezählt hatten. Danach gingen sie wieder in die Küche, und Herne nahm zwei Würste aus seiner Umhängetasche.

»Würste, oh wie fein«, schwärme die Mutter.

»Frau Mutter, Ihr kennt diese Würste?«, fragte David erstaunt.

»Ja, ich hatte schon das Vergnügen, von Agnes' Kochkünsten zu kosten«, schwärmte die Mutter.

»Aber die Arme, sieht so schrecklich aus, seit sie ein Auge verloren hat«, sagte David.

»Nein, wie grauenhaft, die Ärmste. Wie ist das denn passiert?«, fragte die Mutter schockiert.

»Sie hat es auf Herne geworfen«, prustete David los.

Alle drei lachten herzhaft. Plötzlich drehte Herne den Kopf und horchte hinaus. Kurz danach hörte man das Klappern von Pferdehufen. Herne nahm seinen Bogen und ging hinaus, um nachzusehen, wer da kam. Mutter und David folgten ihm.

»Hochwürden, was für eine Überraschung!«, sagte die Mutter, als sie Pater Christian auf dem Pferd erkannte. »Was verschafft uns die Ehre?«

»Wenn der Prophet nicht zum Berg kommt, so kommt eben der Berg zum Propheten, nicht wahr, meine Tochter?«, sagte Pater Christian. Er stieg ab und schüttelte allen zur Begrüßung die Hand.

Herne knebelte dem Pferd die Hinterbeine zusammen, nahm das Zaumzeug ab, hängte es an die Tür und ließ das Pferd frei grasen.

»Nehmt Ihr einen Kräutersud?«, fragte die Mutter.

»Ihr seid sehr freundlich«, sagte Pater Christian.

Herne verabschiedete sich, und Pater Christian ging in die Küche und setzte sich. David holte die Matratze aus der Kammer und setzte sich ebenfalls. Die Mutter hatte in der Zwischenzeit den heißen Kräutersud serviert.

»Pater, ich dachte, Ihr könnt nicht mehr reiten?«, fragte David.

»Tja, die alte Verletzung im Rücken macht mir tatsächlich stark zu schaffen«, stöhnte der Pater. »Beim Reiten muss man immer im Rhythmus des Pferdes seine Hüften vor und zurück schieben. Genau im Drehpunkt dieser Bewegung wurde ich verwundet. Dieses Hüfteschieben verursacht mir immer Schmerzen. Im Schritt geht es einigermaßen, im Trab wird es bereits unerträglich, und im Galopp kann ich mich nur kurze Zeit im Sattel halten. Tja, so hat ein jeder sein Kreuz zu tragen«, sagte Pater Christian. »Und wie geht es dir, David?«

»Jeden Tag wird es besser«, antwortete David. »Ihr seht, ich kann schon wieder auf einer Matratze sitzen.«

»Schön, und wie geht es deiner Seele?«, fragte Pater Christian weiter.

»Ich weiß nicht recht, wie ich es sagen soll, Pater«, sagte David. »Ich habe getötet. Das belastet mich mehr, als ich gedacht hätte.«

»Hat nicht David den Goliath auch getötet?«, sagte der Pater.

»Ja, aber Goliath hat den Allmächtigen verhöhnt. Das war etwas ganz anderes.«

»Das sehe ich nicht so«, sagte Pater Christian. »Seit dem Paradies kennen wir den Unterschied zwischen Gut und Böse, und immer wenn wir etwas Böses tun, verhöhnen wir den Allmächtigen damit. Genau gleich wie Goliath. Die Räuber kamen in böser Absicht. Sie waren sogar bereit, euch zu töten. Nein, tut mir leid. Es gibt hier keinen Unterschied.«

»Ihr mögt recht haben, Hochwürden, aber mich plagt trotzdem ein schlechtes Gewissen.«

»Dich plagt dasselbe wie dein Vater«, sagte der Pater.

»Wie mein Vater?«, fragte David ungläubig.

»Ja sicher, wie dein Vater«, wiederholte der Pater. »Glaube ja nicht, dass du deine Feinfühligkeit nur von deiner Mutter geerbt hast. Dein Vater ist ein ganzer Mann, durch und durch. Er trägt die Verantwortung für seine Familie, und dies ist manchmal ein verdammt schweres Los. Er hat sich entschieden zu kämpfen und trägt damit die Verantwortung für die elf Toten. Dies hat seine Seele schwer belastet, und ich denke, wenn du es nicht überlebt hättest, wäre er daran zerbrochen. Dein Vater ist ebenfalls ein sehr gefühlsvoller Mann, auch wenn er es nicht so zeigen kann. Du hast einen sehr guten Vater, auf den du sehr stolz sein kannst.«

»Ja, Pater«, sagte David kleinlaut und legt seine Hand tröstend auf den Arm seiner Mutter, die leise vor sich hin weinte.

»Ich habe ihm Absolution erteilt«, sagte der Pater. »Er hat seine Sünden Christus übergeben, und dieser hat ihn frei gemacht. Willst du auch, dass ich dir Absolution erteile?«

»Ja bitte, Pater«, sagte David.

Der Pater nickte.

»Das dachte ich mir«, sagte er. »Gut, dass ich gekommen bin.« Er stand auf, ging in die Stube, hängte dort erneut das Kruzifix ab und drückte es David in die Hand. »Bereust du, David, alle deine Sünden und bist du bereit, alle diese Sünden Jesus Christus aus Nazareth endgültig zu übergeben, so bezeuge das mit einem lauten Ja.«

»Ja«, sagte David.

»So spreche ich dich, David, in der mir verliehenen Vollmacht von aller Sünde frei«, sagte der Pater. »Du bist jetzt frei von allen Sünden, und immer wenn du daran zweifelst, nimm dieses Kruzifix in die Hand und sprich laut: ›Nein, mit Pater Christians Hilfe habe ich alles Jesus Christus von Nazareth übergeben; Pater Christian kann es bezeugen.‹ Satan wird immer wieder versuchen, dich durcheinanderzubringen. So kannst du dich dagegen wappnen.« Er legte seine Hand auf Davids Kopf. »Gesegnet seiest du David, Sohn des Hannes Köhler, und du sollst deinerseits ein Segen für andere sein. *In nomine patris et filii et spiritus sancti. Amen.*«

»Amen«, hauchte David.

Pater Christian wandte sich an die Mutter. »Tut mir leid, wenn ich Euch Kummer bereitet habe«, sagte er.

»Ihr habt mir keinen Kummer bereitet«, schluchzte die Mutter. »Ich weine darüber, was meine Männer alles erleiden mussten.«

»Verstehe. Kann ich sonst noch etwas für Euch tun?«, fragt der Pater.

»Ich hätte auch gerne die Absolution erhalten«, sagte sie.

Pater Christian nickte, nahm das Kruzifix von David und gab es ihr. Er wiederholte die Prozedur und entließ sie ebenfalls mit seinem Segen. Danach machte er sich bereit, wieder aufzubrechen. Er verabschiedete sich von der Mutter, nahm sein Zaumzeug und legte es seinem Pferd wieder an, während David den Knebel an den Hinterbeinen entfernte. Pater Christian stieg in den Sattel, grüßte zum Abschied nochmals und ließ dann sein Pferd im Schritt in Richtung Hohenklingen trotten.

Martinstag

Einige Wochen waren vergangen. Die Tage waren wesentlich kürzer geworden. Der Herbst hatte Einzug gehalten und mit seinen alljährlichen Stürmen die vielfarbigen Blätter von den Bäumen geweht. Der Rohbau des neuen Hauses war fertig. Die Ritzen wurden außen mit Moos geschlossen, und danach wurde die Innenseite mit einen Lehm-Stroh-Gemisch verputzt.

Der Vater war mehrfach im Wald gewesen und hatte einige abgestorbene Bäume geschlagen, die sie dann zu Brennholz verarbeitet hatten. Danach hatten sie das Holz auf Rückengestellen nach Hause getragen. Heinrich hatte sich wieder besonders hervorgetan, in dem er mehr Holz geschleppt hatte als alle anderen. David hatte nicht mithelfen können, da seine Rückenverletzung immer noch schmerzte. Er hatte mit der Mutter zusammen das Holz an der wettergeschützten Ostseite des Schuppens zu einer hohen Mauer aufgeschichtet. Dabei hatten sie genau auf die Holzart achten müssen. Tanne und Fichte wurden links geschichtet, Buche und Eiche rechts. Die Schichtung reichte bis unters Dach. Der Vater meinte, das würde für den Winter reichen.

Es war jetzt genau noch eine Woche bis zum Martinstag. Da kamen immer die Fuhrleute des Barons und luden alle Kohle auf. Die eine Hälfte ging als Pacht zum Baron auf die Burg, die andere Hälfte lieferten sie auf den Markt von Stein, wo die Kohle verkauft wurde. Mit dem so verdienten Geld konnte die Mutter wieder alles Lebens notwendige für das folgende Jahr einkaufen. Die ganze Familie saß jetzt in der Stube und schmiedete Pläne für den bevorstehenden Markt.

»Herr Vater, warum müssen wir dem Baron die Hälfte als Pacht abgeben?«, wollte Heinrich wissen. »Dies ist viel mehr, als andere abgeben müssen. Ulrich zum Beispiel muss einen Fixbetrag entrichten, der etwa einem Fünftel seiner Ernte entspricht. Ich finde das ungerecht.«

»Du sieht das ein wenig einseitig, mein Sohn«, sagte der Vater. »Ich habe mit dem Baron abgemacht, dass er alles Holz auf Platz liefert, dafür erhält er jedes Jahr die Hälfte meines Ertrages. Darin ist der Pachtzins eingeschlossen. Wir haben heuer sechs Meiler geschafft. Als ich alleine war, schaffte ich zwei Meiler. Pro Mann schaffen wir also zwei Meiler pro Jahr. Wenn wir das Holz selber schlagen müssten, bräuchten wir Knechte und Pferde. Das würde uns etwa den Ertrag von drei Meilern kosten. Wenn wir jetzt noch einen Fünftel Pacht, also etwa einen Meiler, bezahlen müssten, würden nur noch zwei Meiler für uns übrig bleiben und nicht drei, wie wir jetzt haben.«

»Ja, Herr Vater«, sagte Heinrich kleinlaut.

»Du musst weiter denken, mein Sohn«, ereiferte sich Vater. »Stell dir vor, wenn einer von uns durch Krankheit oder Unfall ausfällt. Wir könnten dann nur noch vier Meiler schaffen. Pferde und Knechte müssten wir trotzdem bezahlen, die Pacht ebenfalls. Für uns bliebe nichts. Es würde uns in den Hunger treiben.«

»Was habe ich mir für einen intelligenten Mann angelacht«, sagte die Mutter stolz.

Vater schmunzelte.

»Ich will mich nicht mit fremden Federn schmücken«, sagte er. »Dies war der Vorschlag des Barons. Er ist ein gottesfürchtiger und gerechter Mann. Er möchte Kohle für den kalten Winter haben und nicht sein Einkommen auf unsere Kosten vergrößern. Es gibt nur wenige Köhler hier in der Gegend. Er möchte, dass wir expandieren können und will uns nicht ins Armenhaus treiben.«

»Dies war aber sehr nobel vom Baron, Herr Vater«, sagte Friedrich.

»Das hast du treffend bemerkt, mein Sohn«, entgegnete der Vater. »Baron Eckert ist wirklich ein nobler Mann. Auf ihn lasse ich nichts kommen. Er ist der beste Vogt, den es überhaupt gibt.«

»Herr Vater, noch ganz etwas anderes«, sagte Heinrich. »Wir können zwar die Kohle in Stein gut verkaufen, aber in Konstanz wäre der Preis viel höher. Warum gehen wir nicht mit der Kohle nach Konstanz?«

»Die Schifferpreise sind sehr hoch, das würde sich nicht lohnen, Heinrich«, sagte der Vater

»Mag sein, aber wir könnten uns Pferde von Ulrich leihen und auf dem Landweg die Kohle nach Konstanz schaffen.«

»Und was machst du mit Udalrich auf dem Wolfsberg, diesem Raubritter?«, fragte der Vater. »Der versucht sich an allem und jedem zu bereichern.«

»Wir nehmen David und Herne mit«, entgegnete Heinrich. »Mit ihren Bogen stanzen wir den Ritter aus der Rüstung, und mit seinen paar Knappen werden wir allemal fertig.«

»Kannst du dich noch an die Predigt vor zwei Wochen in der Johanneskirche erinnern?«, sagte der Vater mit einem tiefen Seufzer.

»Meinst du das mit dem Mammon?«, fragte Heinrich nach reiflicher Überlegung.

»Ja genau«, sagte der Vater. »Du kannst nicht zwei Herren dienen. Du wirst den einen lieben und den anderen hassen. Wir können den Allmächtigen nicht lieben und zugleich dem Geld nachrennen. Ich habe mich für den Allmächtigen entschieden und werde auf keinen Fall zulassen, dass meine Söhne oder mein Freund ihr Leben riskieren, nur damit ich mehr Geld bekomme. Nein, solches Geld will ich nicht haben. Verstehe mich nicht falsch, Geld ist wichtig. Ohne das könnten wir nicht existieren. Aber man muss auch einmal zufrieden sein, mit dem, was man hat. Rennt man dem Geld nach, wird man nur immer gieriger, und die Gier zerfrisst die Seele. Schau dir nur mal die geizigen Pfeffersäcke an. Sie lügen und betrügen, stehlen, huren und noch vieles mehr. Sie sind wie Marionetten in Satans Hand. Zu denen will ich nicht gehören, auf keinen Fall!«

Der Vater war aufgestanden. Er hatte einen hochroten Kopf und zitterte vor Aufregung. Um ihn zu beruhigen, legte die Mutter sanft ihre Hand auf seinen Arm. Er setzte sich wieder.

»Schon gut, Frieda«, sagte er. Dann wandte er sich Heinrich zu. »Mein Sohn, es tut mir leid. Ich wollte dich nicht maßregeln. Du willst dein Leben verbessern und machst dir Gedanken über deine Zukunft. Das ist alles sehr löblich, aber du musst alle Konsequenzen überdenken. Du hast bald eine eigene Familie und wirst dann viele

Entscheidungen für sie treffen müssen. Dabei musst du alles berücksichtigen und es allen recht machen.«

»Allen recht getan, ist ein Ding, das niemand kann«, sagte David.

Vater drehte blitzartig seinen Kopf zu David. Er hatte wieder seinen Adlerblick aufgesetzt. Er sagte nichts, atmete aber mehrmals sehr tief, bis der Adlerblick verschwunden war.

»Dein Spruch hat mich sehr verletzt, David«, sagte er. »Das Oberhaupt *muss* es allen recht machen. Jeder einzelne hat seine Bedürfnisse und das Recht, dass diese auch gestillt werden. Eine getroffene Entscheidung kann in den seltensten Fällen wieder rückgängig gemacht werden, und wenn ich merke, dass meine Entscheidung falsch war und meine Liebsten darunter leiden müssen, dann schmerzt mich das zutiefst. Dann blutet meine Seele. Machtlos zusehen zu müssen, ist ein grauenhaftes Gefühl. Wenn ich zum Beispiel vorher gewusst hätte, wie sehr du an deinen Verletzungen wirst leiden müssen, hätte ich den Räubern die Kohle kampflos überlassen. Wenn du gestorben wärst, ich …« Der Vater war den Tränen nahe.

David stand auf und warf sich seinem Vater schluchzend an den Hals.

»Tut mir leid, Herr Vater, tut mir so leid. Ich wollte Euch nicht verletzen. Ich weiß, dass Ihr nur immer das Beste für uns wollt«, stammelte er. »Die Schmerzen sind vorbei, und wir haben die Kohle noch. Wir brauchen das Geld dringend für neue Sachen. Eure Entscheidung war schon richtig, Herr Vater.«

Der Vater streichelte sanft über Davids Haare.

»Du bist ein guter Junge, David«, sagte er leise.

Die Mutter schaute Vater lange an.

»Es ist schon spät«, sagte sie schließlich, »und ich glaube, es ist ein guter Zeitpunkt, um ins Bett zu gehen.«

Alle standen auf und machten sich zum Schlafen bereit. Diesmal kam die Mutter in die Kammer.

»Vater ist noch zu aufgewühlt«, sagte sie. »Ich spreche heute das Gutenachtgebet.« Nach dem Gebet löschte sie die Kerze, sagte: »Gute Nacht, meine Rabauken« und ging hinaus.

»Gute Nacht, Frau Mutter«, hauchte David unter der Decke hervor.

Der Martinstag begann sehr kalt. Die Temperatur war über Nacht beinahe auf den Gefrierpunkt gefallen. Zudem hatte sich dicker Nebel im Wald festgesetzt. Der Vater hatte in den Tagen zuvor die Säcke in der Scheune in zwei gleiche Teile aufgeteilt. Ein Teil war für den Baron, der andere Teil für die Familie. Nach dem Frühstück wartete er auf den Verwalter mit seinen Fuhrleuten.

Thomas von der Tann war seit mehreren Jahren der treuergebene Burgverwalter von Baron Eckert. Er war im Morgengrauen mit dem Fuhrmann Caspar und seinen Söhnen mit dreißig Packpferden zum Eichelrüti aufgebrochen. Wegen des Nebels kamen sie nicht so schnell vorwärts wie sonst. Nach gut zwei Stunden erreichten sie die Köhlerlichtung und hielten vor der Scheune an.

Vater zog seinen Winterumhang an und ging hinaus.

»Gut, dass Ihr endlich da seid, Herr von der Tann«, sagte der Vater und reichte dem Verwalter zur Begrüßung die Hand.

Die Mutter reichte den Männern eine Kachel voll mit heißer Brühe, die sehr gerne angenommen wurde.

»Wir haben heuer sechs Meiler geschafft«, sagte der Vater. »Wir haben tausendfünfhundert Säcke abgefüllt und in zwei gleichen Haufen in der Scheune gestapelt. Dies ergibt siebenhundertfünfzig Säcke für Euch. Welchen Haufen wollt Ihr beanspruchen?«

Der Verwalter trat in die Scheune.

»Sehen beide gleich aus«, sagte er nach einem prüfenden Blick. »Ich nehme den rechten, wenn es Euch recht ist.«

»Wie es Euch beliebt«, sagte der Vater. »Wir zählen sowieso nochmals nach. Ich möchte Euch nichts schuldig bleiben.«

»Natürlich, wie jedes Jahr«, sagte der Verwalter.

Der Vater nickte und wandte sich dann zum Fuhrmann.

»Caspar, wie viel kannst du pro Fuhre laden?«

»Ich habe dreißig Packpferde hier. Damit kann ich aufs Mal neun Tonnen transportieren«, sagte Caspar.

»Ich denke, neun Tonnen sind gut für den Markt in Stein. Wenn ein Großbauer mehr benötigt, kann er das ja immer noch bei mir abholen«, sagte der Vater. »Du musst vom linken Haufen aufladen. Frieda und meine Söhne werden die Fuhre zum Markt begleiten.«

»Ist recht«, sagte Caspar. »Hannes, wie schwer ist ein Sack?«

»Zwanzig Kilo«, antwortete der Vater.

Caspar nickte und gab dann einen kurzen Pfiff von sich. Seine Söhne rannten zu ihm.

»Wir laden jedem fünfzehn Säcke«, sagte er. »Unsere erste Fuhre geht zum Markt nach Stein. Danach kommen wir zurück und haben dann noch zwei Fuhren auf die Burg. Los!«

»Ihr helft ihnen«, sagte der Vater zu Heinrich.

»Das gibt fünfzehn Tonnen für den Baron«, sagte der Verwalter zum Vater. »Könnt Ihr noch fünf Tonnen zusätzlich für die Burgschmiede liefern?«

Der Vater überlegte.

»Dann bleibt mir nur noch eine Tonne«, sagte er. »Das ist zu wenig. Einen Teil brauche ich für die Tonbrennerei meiner Frau selber, und etwas sollte für die Großbauern auch noch übrig sein.«

»Könnt Ihr mir dann wenigstens mit drei Tonnen aushelfen?«, fragte der Verwalter.

»Ja das sollte machbar sein«, sagte der Vater. »Dann hat es für die Großbauern, so lange es hat. Übrigens – ich brauche wieder neue Säcke.«

»Kein Problem. Wie viele braucht Ihr?«, fragte der Verwalter.

»Ich habe noch tausend Stück«, sagte der Vater. »Könnt Ihr mir nochmals tausend Stück bringen?«

»Wir laden die tausend Säcke, wenn wir das erste Mal auf der Burg sind. Dann habe Ihr sie heute noch.«

Die Pferde waren beladen und bereit für den Abtransport. Die Mutter führte die Karawane mit ihren Söhnen an. Alle trugen große Flechtkörbe auf dem Rücken, für den Transport der Einkäufe auf dem Rückweg. Friedrichs Korb war zudem mit gebrannten Tongefäßen gefüllt, welche die Mutter auf dem Markt verkaufen wollte.

David war wie jedes Jahr dabei. Er half beim Verkauf der Kohle. Diese war meistens in kürzester Zeit leergekauft. Ihre Kohle war gefragt, denn sie waren die einzigen Köhler im weiten Umkreis. Danach half er an anderen Ständen und bekam dafür immer etwas zugesteckt. Am liebsten war ihm der Stand des Imkers. Honig mochte David am liebsten.

Heinrich war dieses Mal auch mitgekommen. Normalerweise blieb er zu Hause beim Vater, aber Marianne verkaufte am Stand von Bauer Ulrich, da konnte er nicht zu Hause bleiben.

Als sie in Stein angekommen waren, mussten sie zum Obertor. Da war ihr zugewiesener Standplatz. Das war für die Kohle sehr gut, denn hier hatten die Pferdeknechte mit ihren Ladewagen genug Platz zum Manövrieren und um die Kohle aufzuladen. Sie waren dieses Mal spät dran; etliche Fuhrwerke standen schon bereit. Die Knechte warteten ungeduldig und luden die Säcke direkt von den Packpferden auf ihre Wagen um. Kaum ein Sack berührte den Boden.

Als sie alle Packpferde abgeladen hatten, waren immer noch Leute da, die gerne Kohle gekauft hätten. Friedrich ging zu ihnen hin und sagte, dass es in der Köhlerei noch zwei Tonnen habe, die käuflich zu erwerben seien. Man müsse aber mit Packpferden kommen, denn mit Wagen komme man nicht durch den Wald. Missmutig zogen die Leute ab. David rechnete währenddessen mit den anderen ab. Er zog zwanzig Pfennige pro Sack ein. Das Geld gab er der Mutter, die es in einen Strumpf stopfte. Als alle Geschäfte abgeschlossen waren, ging die Mutter mit Friedrich selber einkaufen.

»Frau Mutter«, fragte David, »wie könnt Ihr Euch alle Sachen merken, die wir einkaufen müssen?«

Die Mutter schmunzelte und kramte in ihrer Tasche eine Handvoll Eicheln hervor, die sie im Wald gesammelt hatte.

»Schau her«, sagte sie. »Ich habe an jeder herumgeschnitzt. Die schräge bedeutet Salz, die ohne Spitze ist ein Schmalztopf und so weiter. Wenn ich etwas eingekauft habe, lege ich die entsprechende Eichel von der rechten in die linke Tasche. So weiß ich immer, was ich noch einkaufen muss und vergesse nichts.«

David deutete mit dem Finger auf eine Eichel.

»Diese da sieht aus wie ein Schuh.«

»Ja genau«, lachte die Mutter. »Du brauchst unbedingt neue Schuhe, deine Zehen schauen ja schon heraus. Wir müssen nun aber los, komm, Friedrich.«

David passte derzeit am Stand auf das Geschirr auf. Der Standort war für Mutters Tongeschirr schlecht. Kaum eine Frau schaute beim Obertor vorbei. Nur ein paar wenige kannten Mutters Fähigkeiten und kamen vorbei, um sich mit dem Nötigen einzudecken. In diesem Jahr hatte sie nur die Hälfte aus dem Korb genommen. Heinrich nahm den Rest mit zu Marianne, die für solche Geschäfte den wesentlich besseren Standort besaß.

»David, die Mutter erwartet dich beim Schuhhändler«, sagte Friedrich, als er die bereits eingekauften Waren am Stand ablud.

»Probiere diese mal an«, sagte die Mutter, als David bei ihr ankam.

»Frau Mutter, brauche ich wirklich neue Schuhe? Meine alten sind doch noch ganz in Ordnung«, sagte David.

»Das ist doch kein Zustand«, antwortete sie. »Außerdem musst du für deinen Frondienst gutes Schuhwerk haben.«

»Friedrich, die Mutter braucht dich jetzt beim Stoffhändler“, keuchte David außer Atem, als er mit seinen neuen Schuhen zum Stand zurück gerannt war.

Nach einiger Zeit hatte die Mutter alles erledigt und kehrte mit Friedrich zurück. Sie gab David einen Kreuzer, damit er die Vorstellung der Gaukler besuchen konnte und ermahnte ihn zurückzukommen, wenn die Kirchenuhr die vierte Stunde schlagen würde. David rannte so schnell, wie ihn seine neuen Schuhe trugen, ins Zentrum.

Heinrich kam nach einiger Zeit zum Obertor zurück und strahlte wie ein Leuchtkäfer.

»Frau Mutter, Marianne ist wunderbar«, flötete er. »Sie hat Euer ganzes Geschirr bereits verkauft und mich geschickt, den Rest zu holen.«

Die Mutter freute sich und packte alles in den Korb.

»Wir wollen zur vierten Stunde aufbrechen«, ermahnte sie Heinrich. »Bitte sei pünktlich, auch wenn es dir schwerfällt. Wir brauchen dich, damit wir alle Sachen nach Hause tragen können.«

»Natürlich, Frau Mutter«, sagte Heinrich und zog wieder von dannen.

Als die Kirchenglocke die vierte Stunde schlug, traten Heinrich und David zusammen aus dem Obertor. David hatte einen kleinen Topf in der Hand, den er heftig über dem Kopf hin und her schwang, als er die Mutter entdeckte.

»Frau Mutter, stellt Euch vor, ich habe einen Topf mit Honig erhalten, weil ich dem Imker auf dem Stand geholfen habe«, sprudelte es aus ihm heraus, und er strahlte dabei über beide Backen.

Heinrich holte derweil sein Schnupftuch aus der Tasche. Es war verknotet, und er löste sorgsam den Knoten. Es kamen einige Münzen zum Vorschein.

»Hier, Euer Geld«, sagte Heinrich, nahm die Münzen und legte sie in Mutters Hand. »Marianne hat das Meiste verkauft. Den Rest habe ich da gelassen. Sie meinte, dass sie das bis am Abend vermutlich auch noch verkaufen könne.«

Die Mutter strahlte.

»So gut ist es uns noch nie gegangen«, sagte sie. »Jetzt habe ich auch das Geld für deine neue Sonntagstracht zusammen, Heinrich. Du sollst doch nicht wie ein Lump heiraten müssen.« Sie packte die

Münzen sorgfältig in den Strumpf, während die anderen ihre Sachen in die Körbe verstauten. Zum Schluss banden sie den Stoffballen quer auf Heinrichs Korb und machten sich auf den Rückweg.

Als sie zu Hause ankamen, saß der Vater mit dem Verwalter am Küchentisch. Dieser machte gerade seine Eintragungen ins Pachtbuch.
»Ah, schön, dass ihr wieder da seid«, begrüßte der Vater sie.
»Was hat der Sack Kohle am Markt gebracht?«, wollte der Verwalter wissen.
»Zwanzig Pfennige, eine ganz schöne Summe«, sagte David stolz.
»Tatsächlich«, erwiderte der Verwalter. »In Konstanz kostet es das Doppelte. Kohle ist heuer ein knappes Gut. Nicht alle haben so gut gewirtschaftet wir Ihr, Hannes.« Er wandte sich wieder dem Vater zu. »Nun noch zur Kohle für die Burgschmiede. Wenn Ihr nicht so gut gewirtschaftet hättet, müsste ich die gesamte Kohle in Konstanz erwerben. Ich denke, wir teilen uns die Differenz. Ich biete Euch dreißig Pfennige für den Sack. Was sagt Ihr dazu, Hannes?«
»Herr von der Tann, ich bin sprachlos«, sagte der Vater erstaunt.
»Also gut, abgemacht«, sagte der Verwalter. »Ich habe gesehen, Ihr baut ein neues Haus. Ich denke, Ihr werdet das Geld gut gebrauchen können. Also, dreißig Pfennige für hundertfünfzig Säcke macht …«
»Viertausendfünfhundert Pfennige«, sagte David schnell.
Der Verwalter drehte sich zu David um.
»Du bist recht fix beim Rechnen«, sagte er. »Kannst du auch lesen und schreiben?«
»Ja, Herr von der Tann«, sagte David. »Ich habe alles bei Pater Christian gelernt.«
»Ach ja, du bist mir auf der Burg schon ein paar Mal aufgefallen«, sagte der Verwalter. »Einen solchen Burschen wie dich könnte ich gut gebrauchen. Dein Frondienst beginnt ja bald. Wie wäre es, willst du dann nicht zu mir kommen?«
»Ich fühle mich geehrt, Herr von der Tann. Aber wenn Ihr mir verzeiht – ich möchte meinen Frondienst lieber bei den Landsknechten ableisten.«

»So, du willst zu den Soldaten«, sagte der Verwalter. »Jeder Bursche will zu den Soldaten. Das ist ja auch verständlich. Unser Waffenmeister Wolff von Waldeck ist ein strenger Kommandeur. Er braucht stramme Kerle. Deine körperlichen Vorzüge sprechen nicht gerade für dich. Wir werden es ja in Kürze erleben. Mein Angebot steht jedenfalls. Du kannst es dir ja nochmals überlegen, David.« Er wandte sich an den Vater. »Ihr habt einen fixen Jungen, Hannes. Kein Wunder, dass Christian von Landsberg große Stücke auf ihn hält.«

Der Vater strahlte den Verwalter an und nickte zustimmend. Dieser beugte sich nun wieder über das Pachtbuch.

»Viertausendfünfhundert Pfennige ergeben wie viele Gulden, David?«, fragte er.

David überlegte eine Weile.

»Achtzehn Gulden und zwanzig Schillinge, Euer Gnaden«, sagte er.

Der Verwalter nahm die Feder und schrieb die Zahl in das Buch.

»David, komm her«, sagte er dann. »Ließ deinem Vater vor, was im Pachtbuch steht.«

»Das ist doch nicht nötig, Herr von der Tann«, sagte der Vater entrüstet.

»Doch, doch, es soll alles seine Richtigkeit haben. Also David, ließ!«

David nahm das Buch, rückte die Kerze näher heran, damit er besser sehen konnte und las laut vor:

»11. November 1175. Pacht von Hannes dem Köhler.

Jahresertrag 1536 Säcke Holzkohle. Zur Pachtentschuldung 768 Säcke abgegeben, damit ist die Pachtschuld restlos abgetragen. Zusätzlich für die Burgschmiede 150 Säcke Holzkohle geliefert. Der dafür vereinbarte Betrag beläuft sich auf 18 Gulden und 20 Schillinge und ist dem Pächter zu entgelten. Thomas von der Tann.«

»Wenn Ihr damit einverstanden seid, dann macht hier Euer Zeichen«, sagte der Verwalter und zeigte dem Vater, wo er unterzeichnen musste.

Der Vater nahm das Buch und zeichnete sein in den Spitz laufendes Kreuz. Danach gab er das Buch dem Verwalter zurück.

»Es war mir eine Ehre, Euer Gnaden«, sagte er.

»Nein, *mir* war es eine Ehre«, entgegnete der Verwalter, erhob sich und packte seine Schreibutensilien ein. »Ich möchte mich jetzt auf den Weg machen. Es wird bald dunkel, und es ist sehr unangenehm, im Dunkeln durch den Wald zu reiten.«

»Natürlich, wie Ihr wünscht«, sagte der Vater und öffnete ihm die Türe. Der Verwalter verabschiedete sich, bestieg sein Pferd und galoppierte in Richtung Burg davon.

Als sie wieder in der Küche waren, nahm die Mutter ihren Geld-strumpf und legte ihn klimpernd auf den Tisch. Danach sprang sie dem Vater freudig an den Arm.

»Stell dir vor, Hannes«, sagte sie begeistert, »wir konnten fast alles von meinem Geschirr verkaufen. Ist das nicht herrlich? Von dem Geld möchte ich Heinrich eine neue Sonntagstracht beim Schneider-meister Bruno machen lassen. Heinrich soll was hermachen, bei sei-ner Hochzeit. Uns geht es so gut, Hannes. Ich freue mich richtig.«

Der Vater strahlte seine Frau an.

»Lass uns das Abendbrot auftischen«, sagte er. »Ich möchte dem Herrn danken dafür, wie gut er uns versorgt hat.«

Es wurde eine kurze Nacht für die Köhlers. Alle wollten ihre Erleb-nisse dem Vater in allen Einzelheiten erzählen. David schwärmte von den Künsten der Gaukler, Heinrich von seiner Marianne. Mutter erzählte von ihren Einkäufen und berichtete den neusten Tratsch aus dem Städtchen. Nur Friedrich sagte wie immer wenig. Es dauerte lange, bis alle zur Ruhe fanden und das Licht gelöscht werden konnte.

Teil 2 - Auf der Burg

Die Fronschau

David war unterwegs zur Burg. An diesem Tag war der Dezember angebrochen. Damit begann sein Frondienst. Alle jungen Burschen, die in diesem Jahr das achtzehnte Lebensjahr erreichten, waren verpflichtet, den Frondienst bei ihrem Vogt abzuleisten. Der Frondienst dauerte ein Jahr, und die dabei geleisteten Dienste wurden normalerweise nicht entlohnt – außer, man wurde während seiner Dienstzeit bei den Landsknechten zum Unteroffizier befördert. Als solcher erhielt man einen Wochensold, abgestuft nach Dienstrang. Ansonsten bekam man Kost und Logis sowie die Arbeitskleidung, alles andere musste man selber mitbringen.

Der Frondienst begann immer mit der Fronschau. Dort wurden die Burschen gemustert und je nach Eignung eingeteilt. Die erste Musterung führte der Waffenmeister durch. Er war der Kommandeur der Truppe des Barons. Der Waffenmeister füllte seinen Sollbestand mit den bestgeeigneten Burschen auf. Danach kam der Verwalter. Wenn es im Restbestand Burschen gab, die seinen Anforderungen genügten, so wurden diese ihm zugeteilt. Der Rest wanderte in den Stall und in den Burgdienst. Sie mussten die niedrigsten Dienste entrichten und waren die meiste Zeit mit dem Entfernen der Fäkalien von Mensch und Tier beschäftigt. Deren Geruch übertrug sich auf sie, und so wurden sie nur die Stinktruppe genannt.

Auf der Schulter trug David einen Sack, in dem sich allerlei Kleider befanden. Die Mutter hatte den Sack mit Nachthemden, warmen Strümpfen, einem Winterwams, einem Regenumhang, Waschlappen, Zahnhölzern, Mützen und Handschuhen vollgestopft. Auch die neue Haarbürste aus Schweifhaaren vom Pferd, das sie heuer auf dem Markt erworben hatten, war in den Sack gewandert. Der Sack war beinahe so groß wie David, eine Elle breit und sehr schwer. Er musste ihn auf der Schulter tragen.

Frau Mutter hat mich auch wieder ausstaffiert, dachte er genervt. Selbst Wollkappe und Wollhandschuhe hat sie eingepackt, und dann noch drei Stück davon. Ich reise doch nicht zum Mond!

Als er den Sack auf die andere Schulter hob, drückte es ihn hart. Es war sein Bogen, den er ebenfalls hineingeschoben hatte, damit die anderen nicht gleich von seinem Privileg erfuhren. David drehte den Sack und ging weiter. Es war nur noch ein kurzes Stück, bis er am Tor auf die Wache traf.

»Ah David, schon wieder ein Kandidat für die Stinktruppe«, sagte der Landsknecht Frix, der am Tor Wache hatte.

»Nein, sicher nicht«, entgegnete David. »Ich komme zu Euch.«

»Euer Sack ist grösser als Ihr. Solche Zwerge kommen immer zur Stinktruppe«, sagte Frix und lachte abschätzig. Dabei öffnete er das Tor. Sein Lachen hallte in den Zwinger.

Statt einer Erwiderung schaute David den Landsknecht nur böse an, dann trat er ein. Wie üblich waren die inneren Tore nicht bewacht. Bevor er den Burghof betrat, warf er einen Blick auf die Sonnenuhr. Er war eine Stunde zu früh. Im Burghof standen schon drei Kandidaten. Er kannte keinen und begrüßte sie nur kurz. Er ging zur Kapelle in der Hoffnung, Pater Christian anzutreffen. Als er eintrat, war der Pater tatsächlich da. Er war gerade dabei, die Kerzen an den Kronleuchtern auszuwechseln. Direkt vor ihm erhob sich Herne aus einer Bank und trat auf ihn zu.

»Ich habe auf dich gewartet«, sagte Herne. »Ich dachte mir, dass du zuvor Pater Christian aufsuchen wirst. Es macht sich nicht gut, wenn du bei der Musterung einen Bogen auf der Brust trägst. Es ist besser, du übergibst ihn mir. Ich gebe ihn dir beim Bogenschießen wieder zurück.«

David nahm Bogen und Sehne aus dem Sack und übergab ihm beides. Herne spannte den Bogen, hing ihn an die Brust und ging hinaus. David ging nach vorne zum Pater.

»David, schön, dass du mich besuchst«, sagte Pater Christian.

»Mir war es wichtig, Euch vorher noch zu sehen«, sagte David.

»Bist du aufgeregt?«, fragte der Pater.

»Eigentlich nicht«, entgegnete David. »Sie brauchen heuer Bogen-schützen, und nachweislich ist noch kein Meister vom Himmel gefal-len. Es wird mich keiner schlagen können.«

»Ja, stimmt«, sagte Pater Christian. »Du siehst aber so zerknirscht aus.«

»Ich habe mich über Frix geärgert«, sagte David. »Er hat mich wegen meiner Körpergröße ausgelacht.«

»Bei den Landsknechten herrschen raue Sitten«, sagte der Pater. »Sie müssen immer damit rechnen, für ihren Lehnsherrn verwundet oder getötet zu werden. Mit der Zeit verhärtet dies ihr Herz. Es sind alles rohe Gesellen, die aber wie Pech und Schwefel zusammenhalten. So roh wie sie sind, so ist auch ihre Sprache. Sie kennen nichts anderes. Du musst dir einen dickeren Pelz zulegen, sonst werden dich ihre Äußerungen immer wieder verletzen. Es werden oft derbe Sprüche geklopft. Man muss mit gleicher Münze zurückzahlen können, das lieben die Kerle. Benutze deine Intelligenz und weise sie verbal in ihre Schranken, dann wirst du bald einer von ihnen sein.«

»Danke für den Hinweis, Pater. Ich werde es mir hinter die Ohren schreiben«, sagte David.

»Gut, aber ich glaube, es ist nun Zeit für dich. Nicht dass du zu spät kommst!«, erwiderte der Pater.

David nickte und ging wieder hinaus.

Im Burghof waren etwa dreißig Burschen versammelt. Außer den Fischer-Zwillingen und Lentz, der als jüngerer Bruder von Marianne bald sein Schwippschwager sein würde, kannte er niemanden. Als Hauptmann Ewalt aus dem Wächterhaus kam, mussten sie sich der Größe nach in einer Reihe aufstellen. David war der Zweitkleinste. Der Kleinere musste sich links neben ihm aufstellen. Beim näheren Hinsehen erinnerte sich David, den Burschen schon einmal in der Schneiderwerkstatt gesehen zu haben.

Der Verwalter kam aus dem Palais. Zwei Gehilfen trugen ein Stehpult hinter ihm her. Auf der Holztreppe kam Waffenmeister Wolff mit mächtigen Schritten herunter. Er war ein Hüne, so groß und breit wie

Heinrich. Er trug ein Kettenhemd und darüber den Waffenrock der Freiherren von Klingen. An seiner Seite baumelte ein mächtiges Langschwert. Es war viel breiter als das von Heinrich. Die breite Narbe an seiner linken Wange wurde teilweise von seinem braunen Vollbart verdeckt.

Man musste jetzt der Größe nach seinen Namen rufen, den der Verwalter daraufhin in seinem Buch abhakte.

»Nikolaus«, fiepte der Schneider neben ihm mit hoher Stimme, als er als letzter an der Reihe war.

Lautes Gelächter hallte durch den Burghof.

Der Verwalter nickte dem Waffenmeister zu, der auf dem dritten Treppentritt stehengeblieben war. Dieser stemmte seine Arme in die Hüften und erhob sich auf seine Zehenspitzen.

»Männer!«, schrie er mit brachialer Stimme. Sein Bass röhrte in den Hof hinaus, und die Wände verstärkten mit ihrem Widerhall sein gewaltiges Stimmorgan. »Ich verspreche euch, es wird für euch ein harter, aber schöner Frondienst werden.« Er legte eine Kunstpause ein und sagte dann so nebenbei: »Außer wahrscheinlich für die Stinktruppe.«

Schallendes Gelächter erfüllte den Hof. Waffenmeister Wolff wippte mehrmals auf den Zehen auf und nieder, bevor er weitersprach.

»Wir bilden das erste Mal Bogenschützen in meiner Truppe aus«, röhrte er. »Deshalb verlaufen die Prüfungen anders als in der Vergangenheit. Ich brauche fünf Bogenschützen. Ich wähle mir die Besten aus, und die anderen …« Er hielt sich mit den Fingern die Nase zu.

Ein paar Wenige lachten.

»Ihr bekommt alle eine Holzscheibe mit einer Nummer drauf«, fuhr er fort. »Nehmt sie mit, ihr braucht sie für die Prüfungen. Danach gehen wir auf das Übungsgelände, die Klingenwiese, etwa fünfhundert Schritt von hier entfernt.« Er wies mit der Hand in Richtung Wiese. »Euer Gepäck könnt ihr hier liegenlassen. Wenn ihr eure Scheibe habt, kommt ihr zu mir und Hauptmann Ewalt in den Zwinger hinaus. Danach gehen wir gemeinsam zur Wiese. Also los!« Wolff schlug seine Hände zusammen, und der Verwalter begann die Holzscheiben zu verteilen.

David erhielt als Zweitletzter die Achtundzwanzig und ging in den Zwinger.

»Los, mir nach!«, röhrte Wolff, als der Verwalter ebenfalls in den Zwinger trat, und marschierte los.

Kurze Zeit später hatten sie die Wiese erreicht. Auch hier mussten sie sich der Größe nach in einer Reihe aufstellen.

»Männer«, brüllte Waffenmeister Wolff, »dies ist der Übungsplatz der Truppe. Ganz oben links, da wo die vielen Stangen und die Drehfigur mit Schild und Eisenkugel stehen, ist der Platz für die Knappenausbildung. Dieser ist für euch tabu. Ich will keinen von euch da oben sehen. Hier unten ist der Übungsplatz der Pikeniere. Der hintere Teil, wo die Scheiben stehen, ist der Platz für die Bogenschützen. Jetzt zur ersten Übung. Vor euch seht ihr einen Punkt aus Sägemehl am Boden. Daneben steht Unteroffizier Conrad mit einem Stein. Ihr gebt Unteroffizier Conrad eure Holzscheibe und bekommt dafür den Stein von ihm. Diesen werft ihr aus dem Stand in Richtung des Bogenschießens. Unteroffizier Conrad wird dann eure Holzscheibe dort hinlegen, wo euer Stein liegengeblieben ist. Wer am weitesten wirft, hat gewonnen. Los!« Wieder schlug er seine Hände zusammen.

Der Erste trat zu Conrad und warf den Stein.

»Rechtshänder«, schrie Unteroffizier Conrad, rannte zum Stein, wo er die Holzscheibe ablegte, den Stein aufnahm und wieder zurückrannte.

Der Nächste trat vor, und die Prozedur wiederholte sich.

David wusste, dass er nicht dieselbe Kraft hatte wie die großen Kerle. Vielleicht konnte er mit seiner Schusstechnik einiges wettmachen. Als er an der Reihe war, warf er den Stein genau im halben Winkel, den er von Herne her kannte, gegen den Himmel. Sein Stein flog wesentlich höher als die Steine seiner Konkurrenten und fiel bei den Vordersten herunter.

»Linkshänder«, schrie Conrad und machte sich auf den Weg.

»Wusste gar nicht, dass es unter Zwergen auch Linkshänder gibt«, spottete der Waffenmeister.

David knirschte mit den Zähnen. Ich zeige Euch gleich, was Zwerge noch so haben, dachte er.

Als Nikolaus sein Schüsschen abgab und den Spott des Waffenmeisters einheimste, war die Übung beendet. David hatte den achten Platz inne. Danach ging die Gruppe zum Bogenschießplatz, wo Herne bereits wartete. Er erklärte den Anwesenden, worauf man beim Bogenschießen achten muss. David hörte nur mit einem Ohr zu. Er kannte ja alles schon. Er blickte auf den Schießplatz und versuchte jede Einzelheit zu verinnerlichen. Der Wind kam vom See her. Rechts – vorn, dachte er, schaute aber zur Kontrolle zu der Feder hoch, die auch hier auf einer Stange angebracht war.

Herne schoss zur Demonstration einen Pfeil ab, der beinahe im Zentrum des roten Kreises einschlug. Danach trat der Erste vor, und Herne übergab ihm einen Bogen. Nachdem Herne die Haltung korrigiert hatte, konnte der Erste seinen Pfeil laden. Er schoss, aber der Pfeil flog seitlich weg, weil er vorne nicht richtig auf den Bogen aufgelegt worden war.

David schaute nicht mehr hin. Er wollte sich nur noch auf sich konzentrieren. Er schaltete alles um sich herum aus, selbst die zynischen Bemerkungen des Waffenmeisters hörte er nicht mehr. Völlig ruhig trat er zu Herne, als er an der Reihe war. Herne übergab ihm seinen Bogen und einen Pfeil, als er sich in Position stellte. Er schaute nach vorne zur Scheibe, wo Hernes Pfeil ein einsames Dasein fristete. Ein paar Pfeile steckten vor der Scheibe im Boden. David lud den Pfeil, hob den Bogen an, atmete tief ein, zog mit Schwung die Sehne zurück und ließ sie wieder nach vorne schnellen. Sein Pfeil flog mit einen Zischen davon und schlug direkt neben Hernes Pfeil im Zentrum der Scheibe ein.

»Good shot«, entwich es aus Hernes Mund.

»Damit habt Ihr wohl den ersten Zwerg in Eurer Truppe«, sagte David seinerseits zynisch zum Waffenmeister, der nur betroffen schwieg.

Conrad lachte und nickte David anerkennend zu. David gab den Bogen zurück. Danach war Nikolaus an der Reihe. Dieser schoss den Pfeil bereits beim Laden vor sich in den Boden.

»Damit sind die Prüfungen abschlossen«, rief Waffenmeister Wolff, nachdem er sich mit dem Hauptmann Ewalt und Herne beraten hatte.

»Folgende Burschen werden als Rekruten bei den Bogenschützen aufgenommen: Köhler David, Bauer Lentz, Fischer Jost und Utz sowie Holzfäller Seitz. Die soeben Genannten bleiben noch hier. Alle anderen gehen jetzt mit Hauptmann Ewalt zurück zur Burg. Dort wird euch der Verwalter Thomas von der Tann alles Weitere erklären. Los!«

Als die anderen abgezogen waren, drehte sich der Waffenmeister zu David und den anderen jungen Männern um.

»Willkommen in meiner Truppe, Männer«, sprach er mit nun wesentlich angenehmeren Tonfall. »Herne ist euer Ausbilder für das Bogenschießen. Ich hoffe, ihr könnt es bald so gut wie er.« Dann wandte er sich David zu und sagte: »Ihr habt mir ja den Zwerg ganz schön aufs Auge gedrückt.« Er lachte laut und klopfte David auf die Schulter. Danach sagte er: »Unteroffizier Conrad bildet euch an allen anderen Waffen aus. Für alles andere ist er ebenfalls verantwortlich, er ist in allen Fragen euer Ansprechpartner. Jetzt habt ihr noch zwei Stunden Bogenschießen. Danach könnt ihr eure Betten im Wächterhaus beziehen. Unteroffizier Conrad wird euch einweisen. Ich bin stolz, euch dabeizuhaben!« Er drehte sich um und ging zurück zur Burg.

Herne wies jedem eine eigene Scheibe zu und ließ sie weiterüben.

»Schön, dass Ihr dabei seid«, sagte David zu Lentz.

»Ihr schießt wie ein junger Gott, Schwippschwager«, entgegnete dieser.

»Ist alles Übung. Könnt Ihr auch bald«, sagte David und klopfte Lentz freundschaftlich auf die Schulter.

David verzichtete auf weitere Schüsse. Er wollte die anderen nicht noch mehr frustrieren. Er versuchte Lentz zu zeigen, wie er es besser machen konnte. Lentz stöhnte jedes Mal leicht, wenn David ihn korrigierte, aber versuchte dann, das Gehörte umzusetzen. Immer mehr näherten sich seine Pfeile der Scheibe, und schließlich traf ein Pfeil das Ziel.

»Juhu«, schrie Lentz, hob seinen Bogen triumphierend in die Luft und rannte wie verrückt im Kreis herum.

»Du bist ein guter Lehrer«, sagte Herne zu David. »Genug für heute«, sagte er dann an alle gewandt nach einem Blick zur Sonnenuhr. »Wir sehen uns morgen Mittag wieder. Sie gehören jetzt Euch, Conrad.«

»Also hört mir zu, Männer«, sagte Unteroffizier Conrad. »Jeder von euch hat von Herne einen Bogen und einen Köcher mit zwanzig Pfeilen erhalten. Jeder Bogen hat eine Kerbe oder ein anderes Zeichen. Prägt euch das Zeichen ein, denn dies ist während eurer Dienstzeit euer persönlicher Bogen. Köcher und Pfeile tragen dasselbe Zeichen. Bogen und Pfeile sind sehr teuer. Ihr seid persönlich verantwortlich für alles Material, das euch anvertraut wird. Verluste oder Defekte sind mir unverzüglich zu melden. Dabei müsst ihr je nach Vorfall mit Bestrafungen rechnen, die von einer Übernachtung im Burgverlies bis zur Verlängerung der Frondienstzeit reichen können. Davids Bogen gehört ihm persönlich. Er hat ihn von unserem Lehnsherrn als Geschenk erhalten. Sein Köcher mit den Pfeilen, den er hier verwendet, gehört aber nicht ihm sondern wurde ebenfalls von unserem Dienstherrn zur Verfügung gestellt. Während eurer Dienstzeit müsst ihr eure Waffen immer auf euch tragen. Wir sind jetzt hier fertig. Sammelt alles ein und kontrolliert euer Material. Wenn ihr fertig seid, versammeln wir uns wieder auf dieser Linie und beziehen danach die Unterkunft. Los!«

David hatte ein V auf dem Köcher, und dasselbe Zeichen war auch auf den Pfeilen zu sehen. Er zählte seine Pfeile und rannte dann zurück auf seinen Platz. Als alle bereit waren, marschierten sie in Einerkolonne zurück zur Burg. Dort holte jeder seinen Kleidersack und betrat damit das Wächterhaus.

»In der hinteren Kammer werdet ihr schlafen«, sagte Unteroffizier Conrad.

David ging hinein. Es befanden sich fünf einzelne Betten darin. Er ging zum hintersten Bett und warf seinen Sack darauf.

»Unter dem Bett findet ihr eine Kiste«, sagte Unteroffizier Conrad weiter. »Darin verstaut ihr all eure persönliche Habe. Wenn ihr nicht alles in der Kiste verstauen könnt, dann habt ihr zu viel dabei. Lasst den Rest im Sack und schiebt diesen ebenfalls unters Bett. Ihr werdet ihn beim nächsten Urlaub nach Hause nehmen und dann dort lassen.

Wichtig sind Winterartikel wie Winterwams, Mützen und warme Handschuhe. Die warmen Sachen könnt ihr gut unter dem Kettenhemd tragen. Dies ist sehr wichtig, denn auf der Wache kann es verdammt kalt werden. Sobald euch der Kommandeur zum Wachdienst frei gibt, werdet ihr zur Aussichtswache auf dem Turm eingeteilt. Diese dauert jeweils sechs Stunden und wird immer zur sechsten oder zwölften Stunde gewechselt. Essenszeit ist immer zur siebten Stunde. Die Mittags- oder Mitternachtssuppe gibt es immer in der ersten Stunde. Gegessen wird im Gesindesaal. Die Offiziere essen zusammen mit dem Lehnsherrn und seiner Familie im Speisesaal. Beides befindet sich im ersten Stock neben der Küche. Wir werden heute kurz vor sieben Uhr zusammen hingehen. Habt ihr Fragen?«

»Wozu ist der Haken neben dem Bett?«, wollte Lentz wissen.

»»Wozu ist der Haken neben dem Bett, Unteroffizier‹«, korrigierte ihn Conrad. »Bei uns werden die Vorgesetzten immer mit ihrem Dienstrang angeredet.«

»Wozu ist der Haken neben dem Bett, Unteroffizier?«, wiederholte Lentz und machte einen genervten Gesichtsausdruck.

»Gute Frage, Lentz«, antwortete Unteroffizier Conrad. »Am oberen Haken werden Bogen und Köcher aufgehängt, wenn ihr dienstfrei habt. Der kleine unten ist für das Schwert, das ihr morgen erhalten werdet. Der Schemel ist für den Helm, und eure Schuhe stellt ihr darunter, wenn ihr schlafen geht.«

»Und wo können wir das Kettenhemd hinhängen, Unteroffizier?«, fragte Seitz.

Conrad lachte.

»Wir sind immer kampfbereit«, sagte er. »Deshalb wird das Kettenhemd Tag und Nacht getragen. Ihr werdet also mit dem Kettenhemd schlafen, ist das klar?«

Alle nickten.

»Gut, dann zeige ich euch noch die Nasszelle«, sagte Conrad und ging in die Kammer nebenan.

Alle folgten ihm. Auf dem Boden standen drei Nachttöpfe und ein Jauchefass, gut zu erkennen an seinen großen Trageringen. Neben einem großen Waschzuber hatte es mehrere mit Wasser gefüllte

Eimer. Über dem Zuber war ein Brett an der Wand befestigt. Darauf befanden sich mehrere Blöcke Kernseife.

»Da hinten könnt ihr euer Geschäft verrichten. Die Nachttöpfe sind danach ins Jauchefass zu entleeren und zu reinigen. Das Reinigungswasser wird ebenfalls ins Jauchefass geleert. Auf keinen Fall in den Waschzuber! Der ist für die Körperhygiene. Wenn es kein Wasser mehr hat, könnt ihr die Eimer wieder am Sodbrunnen auffüllen. Auf Hohenklingen wird viel Wert auf die Körperhygiene gelegt. Jeder wäscht sich zwei Mal täglich. Dank guter Körperhygiene und Sauberkeit haben wir kein Ungeziefer in der Burg, und ich hoffe, dass ihr nichts einschleppt. Wenn ihr an euch diesbezüglich etwas feststellt, ist mir dies unverzüglich zu melden. Ihr werdet dann von Pater Christian untersucht und behandelt. Diese Nasszelle wird zwei Mal täglich von der Stinktruppe geleert und gereinigt. Wichtig für euch ist noch, dass ihr euch vor Wachbeginn immer entleert. Auf der Wache kann es verdammt kalt werden, und es gibt während der Wache auf dem Turm nirgends eine Möglichkeit, seinem Harndrang nachzugeben. Also merkt es euch gut. Ich gehe jetzt und lasse euch einräumen. Kurz vor dem Essen bin ich wieder da und hole euch ab.«

David ging zu seinem Bett und hängte seinen Bogen und den Köcher auf. Danach holte er die Kiste unter dem Bett hervor und begann sie mit seinen Utensilien zu füllen.

Vielleicht sind drei Mützen und drei Paar Handschuhe doch nicht so schlecht, dachte er, als er diese aus seinem Sack nahm und in die Kiste packte. Als er alles verstaut hatte, legte er den Sack sorgfältig zusammen und schob ihn zusammen mit der Kiste unters Bett. Kurz danach kam Unteroffizier Conrad und holte sie zum Essen ab. David wollte sich den Bogen umschnallen, aber Conrad schüttelte den Kopf.

»Essen gehört nicht zum Dienst«, sagte er. »Dort müssen keine Waffen getragen werden.«

David hing den Bogen zurück, und sie gingen über die große Treppe nach oben. Der Gesindesaal befand sich rechts neben der Küche. Direkt beim Eingang befand sich ein langer Tisch, hinter dem mehrere Mägde standen und das Essen ausgaben.

»Ihr müsste euch bei der Kolonne da drüben anstellen«, sagte Conrad. »Wenn ihr am Tisch seid, müsst ihr Geschirr und Löffel an euch nehmen und damit zu den Mägden gehen. Diese schöpfen euch dann das Essen. Danach könnte ihr euch irgendwo an einen freien Platz setzen. Es gibt keine Rangordnung, außer bei den ersten beiden Tischen. Diese sind für die Unteroffiziere reserviert. Also los, folgt mir.«

Conrad setzte sich in Bewegung und blieb am Ende der wartenden Kolonne stehen. David stand direkt hinter ihm. Es dauerte nicht lange, und Conrad nahm sich eine Schüssel und einen Löffel. Danach ging er zur ersten Magd, die ihm Fleischeintopf in die Schüssel schöpfte. Eine zweite legte ihm einen Kanten Brot quer über den Schüsselrand, während eine dritte ihm einen vollen Becher Brunnenwasser überreichte. Bei David wiederholte sich das Prozedere. Mit der vollen Schüssel in der Hand schaute er sich um, und als er zuhinterst Nikolaus entdeckte, ging er zum ihm und setzte sich neben ihn.

»Ihr seid also nicht bei der Stinktruppe gelandet?«, fragte er Nikolaus.

»Nein, Gott sei Dank«, fiepte Nikolaus mit seinem hohen Stimmchen. »Ich bin so froh, dass der Verwalter Schneider gebrauchen kann. Ich habe schon begonnen, kaputte Kleider zu flicken. Den ganzen Tag nur Scheiße tragen … Ich wäre gestorben.«

David musste lachen. Nikolaus Stimme klang so ulkig. Er klopfte Nikolaus freundschaftlich auf die Schulter.

»Ich freue mich für Euch«, sagte er. Danach faltete er die Hände, senkte seinen Kopf, sprach leise sein Tischgebet und begann dann zu essen. Der Eintopf war ein Gedicht. Agnes kann besser kochen, als ich schießen, dachte er und schmunzelte dabei.

»Das Essen ist sensationell«, fiepte Nikolaus. »Das Brot ist frisch gebacken.«

»Kein hartes Brot«, sagte David und musste dabei unwillkürlich an seine Mutter denken. Er war noch keinen Tag weg von zu Hause und hatte schon Heimweh. Er versuchte möglichst an anderes zu denken. Nach dem Mahl legte er sein Geschirr auf den Abwaschtisch und ging dann zurück in seine Kammer. Unteroffizier Conrad wartete bereits, und die anderen waren auch schon da.

»Noch eine Kleinigkeit«, sagte Conrad. »Euer Dienst ist jetzt offiziell zu Ende. In eurer Freizeit könnt ihr euch hier, im Innenhof, in der Kapelle oder im Gesindesaal aufhalten. Im Saal bekommt ihr immer etwas zu essen und zu trinken, egal zu welcher Uhrzeit. Alle anderen Räume sind für euch verboten. Ebenfalls dürft ihr die Burg ohne Erlaubnis von mir oder Hauptmann Ewalt nicht verlassen. Ihr werdet morgen früh um sechs von der Wache geweckt. Und nicht erschrecken, es könnte ruppig werden. Ihr könnt euch dann frischmachen und selbstständig zum Essen gehen. Um sieben beginnt euer Dienst hier. Wir gehen dann zur Waffenkammer und rüsten euch mit dem Rest aus. Habt ihr Fragen?«

»Wo bekommen wir eine frische Kerze, wenn unsere niedergebrannt ist, Unteroffizier?«, wollte Jost wissen.

»Beim Wachhabenden im Wächterhaus. Dieser sitzt normalerweise am Tisch direkt am Eingang. Wenn euch sonst etwas fehlt, könnt ihr es ebenfalls dem Wachhabenden melden. Sonst noch was?«

Alle schüttelten den Kopf. Conrad verabschiedete sich und verließ die Kammer. Die Fischer-Zwillinge gingen nochmals in den Gesindesaal, während sich alle anderen für das Bett bereitmachten.

David war hundemüde, als er unter die Decke kroch. Er sprach noch leise das Gutenachtgebet und schlief unmittelbar danach ein.

Ausritt mit Folgen

Mitten in der Nacht schreckte David auf. Er hatte von einem Ritter geträumt, der im wilden Galopp durch den Wald geritten war und mit seiner gesenkten Lanzenspitze Blätter von den Ästen gestochen hatte. Danach war der Ritter zu einem Bach galoppiert, der sich in engen Biegungen durch den Wald schlängelte. Als sein Pferd über eine Bachbiegung gesprungen war, hatte sich die Lanze gesenkt, und die Spitze hatte sich bei der Landung in die Erde gebohrt. Die Spitze hatte sich festgehakt, und die Lanze hatte den Ritter aus dem Sattel gewuchtet. Er hatte bei dem Sturz seinen Helm verloren und war mit dem linken Fuß im Steigbügel hängengeblieben. Das Pferd war in Panik weitergerannt und hatte den Ritter, auf dem Rücken liegend, hinter sich her geschleift. Dabei war dieser mehrmals hart mit dem Hinterkopf auf den Boden aufgeschlagen. Plötzlich hatte das Pferd einen Bogen gemacht und den Ritter in einen Baumstamm hineingewirbelt. Dabei war der linke Steigbügel gerissen, und der Ritter war regungslos liegengeblieben, während das Pferd davongerannt war.

David kannte den Ritter nicht, und auch die Gegend, die er im Traum gesehen hatte, kam ihm nicht bekannt vor. Zuerst wusste er gar nicht, wo er war. Die vielen Atemgeräusche riefen ihm wieder in Erinnerung, dass er sich auf der Burg befand. Er nahm sich vor, am nächsten Tag alles Pater Christian zu erzählen, kuschelte sich dann in seine Decke und schlief wenig später wieder ein.

Am Morgen schreckte er auf, als ein Stiefel hart gegen sein Bett schlug.

»Aufstehen«, schrie Frix, ging dann zum Bett von Lentz und wiederholte sein rüpelhaftes Benehmen.

David war wütend aus dem Bett gesprungen.

»Frix, Ihr seid ein Arschloch«, schrie er mit hochrotem Kopf. Er zitterte vor Erregung.

»He Bubi, ich schlag dir gleich den Schädel ein«, sagte Frix und griff zum Schwert.

Blitzartig hatte David den Bogen abgehängt und einen Pfeil aufgezogen. Er wollte soeben auf Frix anlegen, als er von draußen Conrad brüllen hörte.

»Frix, seid Ihr von Sinnen? Ihr wollt Euer Schwert gegen einen Kameraden ziehen? Ihr habt Glück, dass ich soeben reingekommen bin. Der Bubi, wie Ihr ihn betitelt, hätte Euch gleich einen Pfeil in Euren Hals geschossen, und ich höchstpersönlich hätte Euch den Kopf noch ganz vom Hals getrennt. Ich habe Eure Faxen endgültig satt. Ich melde Euch jetzt beim Hauptmann. Er soll Euch die Papiere ausstellen und Euch dann zum Teufel jagen.«

Frix drückte sein halbgezogenes Schwert wieder in die Scheide zurück, und lief hinter Conrad her.

»Conrad«, rief er, »das könnt Ihr doch nicht machen.«

»Conrad, das könnt ihr doch nicht machen, *Unteroffizier*«, bellte Lentz im Befehlston hinterher. Alle lachten. Das Lachen entschärfte die Situation ein wenig.

»David, legt bitte den Pfeil zurück, oder wollt Ihr ihm doch noch hinterher schießen?«, fügte Lentz neckend hinzu. »Vielleicht noch um die Ecke? Das könnt Ihr Wunderknabe sicher auch.«

Jetzt musste selbst David lachen. Er steckte den Pfeil zurück in den Köcher und hängte den Bogen wieder an seinen Platz. Dann gingen sie gemeinsam in den Waschraum und zum Essen.

Nach dem Essen gingen sie mit Conrad zur Waffenkammer, die sich im ersten Stock des Turms, direkt über dem Kerker, befand. Hinter der Theke stand Frix mit hochrotem Kopf.

»Der Hauptmann hat ihm einen Verweis erteilt, endgültig den letzten. Fällt noch irgendetwas vor, fliegt er«, erklärte Conrad. »Weiter hat der Hauptmann verlangt, dass Frix sich bei euch allen entschuldigt. Er wird euch am Abend ein Bier spendieren. Ist doch so, Frix?«

»Ja«, knurrte dieser.

»Es wird Frix zwei Groschen kosten, und damit ist die Sache endgültig von Tisch«, sagte Conrad weiter. »Seid ihr damit einverstanden?«

Alle nickten zustimmend.

»Schön. So dürfen wir einmal ein Bier mitten in der Woche genießen«, freute sich Conrad. Dann sagte er: »Frix, gebt mir das kleinste Kettenhemd heraus, das wir haben.«

Frix begann zu suchen, verglich die Größen eine Weile miteinander, legte schließlich eines auf die Theke und sagte: »Hier, aber ich glaube, es ist immer noch viel zu groß.«

»Wir werden sehen«, sagte Conrad und wies die Fischer-Zwillinge an, es hochzuheben. Danach erklärte er alle Haken des Kettenhemdes und zeigte die entsprechenden Ösen, in die diese eingehängt wurden. Nun musste David auf einem Stuhl Platz nehmen und die Arme zur

Decke strecken. Die Fischer-Zwillinge schoben ihm das Kettenhemd sachte von oben über. Jetzt wurden die Haken verschlossen, und die Haube für den Kopf wurde eingehängt. Danach stemmte sich David aus dem Stuhl. Als ihn die anderen nicht mehr an den Armen stützten, sackte er leicht in die Knie.

»Mann, ich dachte, das Ding soll einen schützen und nicht platt drücken«, sagte er. »Damit kann ich keinen Schritt gehen.«

»Ihr seht aus, als hättet Ihr die Hosen voll«, prustete Utz los.

»Ja, ja, macht Euch nur lustig über mich«, entgegnete David. »Ich lache dann bei Euch.«

»Aller Anfang ist schwer«, sagte Conrad. »Ihr werdet euch nach kurzer Zeit daran gewöhnt haben und werdet dann sogar rennen können, ihr werdet es sehen. Und jetzt noch Helm und Schwert.«

Als David noch auf dem Stuhl gesessen hatte, hatte Conrad mit einer Schnur den Kopfumfang abgemessen und den Wert auf einem Maßband abgelesen. Frix hatte daraufhin den Helm mit der entsprechenden Größe herausgesucht und auf die Theke gelegt. Der Helm war eine Eisenkappe, die spitz nach oben verlief. Vorne besaß der Helm einen Nasenschutz, der etwa eine Handbreite nach unten verlief. An den Seiten waren zwei Lederriemen befestigt, um den Helm unter dem Kinn zusammenzubinden. Conrad hob die Haube von Davids Kettenhemd vorsichtig an und schob sie ihm dann über den Kopf.

»Wenn ihr eine Mütze habt, dann tragt sie unter der Haube«, sagte er an alle gewandt. »Die Kettenglieder können sonst ganz schön an den Haaren zerren. Wenn euch eine Mütze zu warm ist, dann lasst euch von euren Lieben zu Hause eine machen, die nur den Hinterkopf abdeckt, ähnlich den Mützen, welche die Juden tragen. Das reicht auch.« Er setzte David den Helm auf und band die Lederriemen unter seinem Kinn zusammen. Danach nahm er das Schwert von der Theke und wollte es David an die Hüfte binden. Er schüttelte den Kopf. »Es ist viel zu lang«, sagte er. »Er schleift es am Boden nach. Beim Gehen wird es ihm zwischen die Beine kommen. So geht es gar nicht.«

»Vielleicht kann er das Schwert auf dem Rücken tragen«, sagte Frix.

130

Conrad befestigt das Schwert an der Schulter, so dass der Griff oben auf der linken Seite herausragte.

»Versucht das Schwert herauszuziehen«, wies er David an.

David fasste nach dem Griff und zog ihn nach oben. Das Schwert war aber zu lang, er konnte es nicht komplett aus der Scheide ziehen.

»Geht auch nicht«, sagte Conrad. »Was haben wir noch Kürzeres, Frix?«

»Nur noch die Kurzschwerter der Franken. Dies wird aber dem Kommandeur überhaupt nicht gefallen«, entgegnete Frix.

»Egal, besser ein Kurzschwert als ein Langschwert, das man gar nicht ziehen kann. Gib mir so ein Ding.«

Frix holte das Schwert aus dem Regal hinter sich und legte es auf die Theke. Conrad band David das Schwert wieder ab und befestigte dann das Kurzschwert an seiner Hüfte. Die Spitze reichte bis zu Davids Wade.

»Was ist mit den Kettenhandschuhen?«, fragte Frix.

»Nein, es sind Bogenschützen. Damit können sie nicht schießen. Gib mir nur die Lederhandschuhe«, entgegnete Conrad.

Frix entnahm dem Regal ein Paar Handschuhe, die über eine kleine Kette miteinander verbunden waren, und warf sie auf die Theke.

»Die kleinste Nummer«, sagte er.

Conrad befestigte die Handschuhe an einer Öse von Davids Schwertscheide.

»Jetzt noch das Waffentuch«, sagte er, »dann ist unser Krieger fertig.«

Das Waffentuch bestand aus festem Leinen und war komplett schwarz. Es war vier Ellen lang und eine Elle breit. An jeder Ecke war eine Schnur befestigt. Eine Handbreite oberhalb war eine weitere Schur am Tuch angebracht. Das Waffentuch hatte in der Mitte ein großes Loch, auf beiden Seiten war das Wappen des Lehnsherrn angebracht. Conrad nahm das Tuch von der Theke und stülpte es über Davids Kopf.

»Die Schnüre werden locker miteinander verbunden«, sagte er zu David. »Falls Ihr einen Brustharnisch trägt, nehmt Ihr die unteren

Schnüre. Wenn nicht, benutzt man die oberen und stopft sich den Rest des Tuchs in die Hose.«

David hob leicht die Arme. Die Ärmel des Kettenhemds waren so lang, dass man seine Finger nicht mehr sehen konnte. So konnte man weder binden noch sich etwas in die Hose stopfen. Conrad erkannte die Situation. Er band die Schnüre zusammen und stopfte den Rest des Tuchs in Davids Hose.

»Ihr habt jetzt alles gesehen«, sagte er an alle gewandt, »und werdet euch nun gegenseitig ankleiden. Frix wird euch dabei helfen.« Er wandte sich an Frix. »Ich gehe mit David zum Schmied, um sein Kettenhemd zu kürzen. Seid den Kameraden behilflich und begleitet jeden die Treppe hinunter. Ich will nicht, dass einer hinunterfällt. Danach werden im Wächterhaus Pfeil und Bogen geholt, und Ihr begleitet sie dann zum Übungsplatz, wo Herne sie übernehmen wird. Ist das klar, Frix?«

Frix nickte.

»Alles klar, Unteroffizier«, sagte er.

»Gut. Kommt David, lasst uns gehen«, sagte Conrad.

David verlagerte all sein Gewicht auf das rechte Bein und schob dann das linke blitzschnell ein wenig nach vorn. Danach verlagerte er sein Gewicht auf das linke Bein und zog schnell das rechte nach. So wackelte er langsam hinaus. Dabei schwankte sein Oberkörper hin und her, als stünde er auf einem Schiff mit hohem Seegang. Es sah urkomisch aus, aber seine Kameraden verkniffen sich das Lachen, wohlwissend, dass sie sich in Kürze in derselben Situation befinden würden.

»Haltet Euch am rechten Handlauf fest«, sagte Conrad, als David an der Treppe angekommen war. »Ich stütze Euch auf der linken Seite, dann geht es leichter.«

Als sie glücklich unten angekommen waren, gingen sie langsam hinaus zur Burgschmiede, die sich neben den Ställen befand. Als sie endlich angekommen waren, war David am Ende seiner Kräfte. Erleichtert ließ er sich in den Stuhl plumpsen, den ihm der Schmied anbot. Conrad wies Seyfrid auf die Probleme an Davids Kettenhemd hin.

»Ich hole meinen Sohn Wenzel«, entgegnete der Schmied. »Er ist der Beste mit so feinen Sachen.« Seyfrid verschwand im Hinterhaus und kam kurz darauf mit Wenzel wieder zurück. Wenzel schaute auf die Ärmel und wies David an, sich neben den kleinen Amboss zu setzen. Conrad zog David aus dem Stuhl heraus und platzierte den Stuhl neben dem Amboss. Sofort ließ David sich wieder hineinfallen. Der zu lange Ärmel wurde in die Spitze des Ambosses geschoben, dann setzte Wenzel einen flachen Meißel an und schlug kräftig mit einem Hammer zu. Mit einem Klirren sprang das Kettenglied auseinander. Wenzel setzte den Meißel an das nächste Glied und schlug wieder zu. David musste von Zeit zu Zeit seinen Arm drehen, damit Wenzel den Meißel immer gut ansetzen konnte. Als das letzte Kettenglied brach, zog Wenzel den überschüssigen Teil vom Amboss ab und ließ ihn zu Boden gleiten. Nun musste David sich andersherum hinsetzen, damit er den anderen Ärmel in die Ambossspitze schieben konnte.

»Damit ich die Seitenlänge kürzen kann, müsst Ihr das Kettenhemd ausziehen«, sagte Wenzel zu David, als er auch die Überlänge des zweiten Ärmels abgeschlagen hatte. »Den Latz kann ich Euch nicht kürzen, das würde mehr Zeit brauchen. Aber die Haken kann man ja überall einhängen.«

David wuchtete sich aus dem Stuhl. Wenzel band einen Faden an das erste Glied, das er auftrennen musste, damit das Kettenhemd die richtige Länge bekommen würde. Dann lösten Conrad und Wenzel die Haken und zogen David das Kettenhemd aus. Wenzel machte sich an die Arbeit, die Glieder an der Seite aufzuschlagen, als plötzlich ein Signalhorn drei Mal in einem tiefen Ton erschallte.

Conrad blickte überrascht hoch.

»Sie rufen alle Truppen zur Burg zurück«, sagte er zu David. »Es muss etwas passiert sein. Kommt schnell, David. Das Kettenhemd lassen wir hier. Wenzel kann es in der Zwischenzeit fertig machen.«

Die beiden rannten zur Burg. Im Innenhof waren alle bereits versammelt. Waffenmeister Wolff stand auf der obersten Treppenstufe und röhrte los, als sie dazu traten.

»Unser junger Herr Eberhard ist heute Morgen ausgeritten. Sein Pferd Wirbelwind ist soeben völlig ausgepumpt alleine zurückgekommen.

Wir befürchten das Schlimmste. Wir stellen Suchmannschaften zusammen, die in Kürze …«

David hörte nicht mehr hin. War der junge Herr Eberhard der Ritter aus seinem Traum? Er musste sofort mit Pater Christian sprechen. David drückte sich durch die Menge, bis er den Pater erreichte, der direkt neben der Kapellentüre stand.

»Pater, ich glaube, ich habe den Unfall heute Nacht im Traum gesehen«, flüsterte er dem Pater ins Ohr.

Pater Christian öffnete die Tür und drückte ihn in die Kapelle hinein.

»Erzählt mir schnell alles!«, herrschte er David an. Als David seine Äußerungen beendet hatte, sagte der Pater: »Wartet hier! Ich hole den Baron.«

Pater Christian rannte hinaus.

»Macht mir Platz, Leute«, brüllte er in einem Befehlston. »Ich weiß mehr über den Unfall des jungen Herrn und hole den Baron!«

Die Leute öffneten rasch eine Gasse zur Treppe hin, und Pater Christian rannte hindurch und stürmte die Treppe hinauf zum Speisesaal, wo der Baron mit seiner Gemahlin Katharina verweilte. Der Pater stürmte hinein, erzählte in aller Kürze von Davids prophetischen Träumen und was er in der Nacht zuvor im Traum gesehen hatte.

Der Baron war von mittlerer Statur, aber stämmig und sehr muskulös. Er hatte einen kurzen Hals und ein rundliches Gesicht mit einem gepflegten Schnurrbart und einem schwarzen Kinnbart.

»Wo ist der Junge jetzt?«, fragte er.

»Er wartet in der Kapelle, Eure Durchlaucht«, antwortete der Pater.

»Dann nichts wie hin!«, brüllte der Baron und rannte hinaus.

Einige Augenblicke später stürmten sie in die Kapelle, mit im Schlepptau den Waffenmeister Wolff.

»Erzählt dem Baron von Deinem Traum, David«, sagte Pater Christian völlig außer Atem.

Als David seine Erzählung beendet hatte, blickte der Baron skeptisch.

»Und Ihr habt wirklich meinen Sohn gesehen?«, fragte er.

»Das weiß ich nicht«, entgegnete David. »Erstens kenne ich unseren jungen Herrn nicht persönlich, und zweitens hatte der Ritter in meinem Traum das Visier geschlossen. Ich weiß nur, dass der Ritter eine

134

Kettenrüstung trug und auf einem schwarzen Pferd ritt, das von derselben Rasse ist wie eure Packpferde.«

»Was für eine Farbe hatten die Fesseln des Pferdes, Junge?«, fragte Wolff.

»Fesseln? Ich weiß nicht, was Ihr damit meint«, entgegnete David.

»Das sind die Haare über den Hufen«, erklärte Wolff. »Wie sahen sie aus?«

David schloss die Augen, um sich besser konzentrieren zu können.

»Weiß, etwa zwei Handbreiten lang«, sagte er nach einem Augenblick. »Weiß, an allen vier Füssen.«

»Was für ein Wappen war auf seinem Schild?«, fragte Wolff.

»Der Ritter trug zwar ein Schild, aber ich sah es immer nur von hinten und habe deshalb kein Wappen gesehen«, antwortete David.

»Welche Farben hatten die Federn auf dem Helm des Ritters?«, fragte Wolff weiter.

David schloss wieder die Augen.

»Der Ritter hatte keine Federn auf seinem Helm«, sagte er schließlich.

»Es stimmt alles haargenau, Durchlaucht«, sagte Wolff. »Die Beschreibung des Pferdes, der linke gerissene Steigbügel und dann die Federn. Eberhard hat sie heute Morgen abgenommen mit der Begründung, dass die niedrig stehenden Äste im Wald sie so leicht knicken können. Ich rügte ihn noch deswegen.«

»Um Himmelswillen! Und wo liegt mein Junge jetzt?«, wollte der Baron wissen.

»Ich kenne die Stelle nicht«, sagte David. »Es muss im Westen sein. Bis zum Nordwesten kenne ich mich aus im Wald. Aber diese Bachstelle habe ich noch nie gesehen. Vielleicht kennt Herne die Stelle.«

Pater Christian eilte hinaus und kam kurz danach mit Herne zurück.

»Herne, der Bach macht eine scharfe Biegung. Sie ist sehr eng. Der Ritter konnte sie im Galopp überspringen«, erklärte David. »Etwa zwanzig bis dreißig Schritt flussaufwärts hat es ebenfalls wieder eine enge Biegung in die Gegenrichtung. Ich habe diesen Ort noch nie gesehen. Er muss im Westen liegen. Kennst du vielleicht die Stelle?«

»*Aye,* es gibt zwei Stellen, die in Frage kommen konnten«, sagte Herne. »Das eine wäre die Lunkenbach-Verzweigung beim Löchle oder beim Schienerbach nahe der kleinen Brucke.«

»Beim Hauptmann Ewalt hängt eine Karte«, sagte Wolff. »Könnt Ihr uns darauf zeigen, wo sich diese Stellen befinden?«

Herne nickte, und sie gingen alle zusammen ins Wächterhaus. Nachdem Herne die Stellen auf der Karte gezeigt hatte, rannte Waffenmeister Wolff hinaus und nahm seine alte Position auf der Treppe wieder ein.

»Herhören!«, röhrte Wolff. »Es gibt zwei Standorte, wo wir den jungen Herrn vermuten. Wir bilden zwei Patrouillen. Hauptmann Ewalt mit Unteroffizier Conrad und den Knappen des Barons bilden die erste Patrouille. Ich mit Frix und meinen Knappen bilden die zweite. Conrad und Frix richten jeweils ein Packpferdegespann für einen Verwundetentransport, die Knappen beladen zwei Packpferde mit genug Laternen und Fackeln für einen gesamten Nachteinsatz. Nehmt auch genügend Decken mit, damit wir den jungen Herrn bei dieser Kälte warmhalten können. Habt ihr noch Fragen?«

»Was machen wir in der Zwischenzeit mit den Rekruten?«, fragte Unteroffizier Conrad.

»Sie helfen Pater Christian alles Nötige vorzubereiten« antwortete Waffenmeister Wolff. »Sonst noch Fragen?« Niemand äußerte sich.

»Unteroffizier Conrad, Ihr lasst euch von Herne die Stelle, zu der Ihr reiten müsst, auf der Karte zeigen. Ihr kennt die Gegend am besten und werdet Eure Gruppe führen. Herne wird mich begleiten. Los!«

Alle stoben davon und führten ihre Befehle aus. In kurzer Zeit waren die beiden Gruppen bereit. Hauptmann Ewalt galoppierte mit seiner Gruppe davon. Waffenmeister Wolff schlug nur einen leichten Trab an, damit Herne, der nicht reiten konnte, mit einem leichten Laufschritt mit der Gruppe mithalten konnte.

Die Rekruten versammelten sich derweil in der Kapelle bei Pater Christian.

»Was sollen wir tun, Hochwürden?«, fragte David.

»Als erstes zieht ihr eure Kettenhemden aus und deponiert sie in eurer Kammer. So schlapp kann ich euch nicht gebrauchen«, sagte der Pater. »Die berittenen Gruppen brauchen etwa eine Stunde bis zu ihrem Bestimmungsort. Die Bergung des Verletzten und die Vorbereitung für den Verwundetentransport wird eine weitere Stunde dauern. Den Rücktransport können sie nur im Schritt durchführen, was zwei bis drei Stunden dauern wird. Wir haben also vier bis fünf Stunden Zeit. Als erstes möchte ich, dass ihr essen geht. Esst genug und vor allem viel Fleisch. Ihr werdet die Kraft brauchen. Wenn es kein Fleisch gibt, überbringt der Küchenmagd meinen Befehl, sie solle euch Wurst auftischen. Danach legt ihr euch schlafen. Ich brauche euch ausgeruht. Ich informiere den Wachhabenden, dass er euch in vier Stunden wieder weckt. Dann bauen wir im Palais einen Behandlungstisch auf. Ich nehme alle Sachen dafür hinüber. Danach gehen wir zu den Ställen und nehmen den Verwundeten in Empfang. So wie David den Sturz geschildert hat, werden wir den jungen Herrn zum Schmied tragen müssen, damit dieser allfällig verbogene Haken aufschlagen kann. Ist die Rüstung einmal runter, tragen wir den Verwundeten zum Behandlungstisch. Dann sehen wir weiter. Habt ihr noch Fragen?«

»Warum richten wir nicht hier in der Kapelle den Behandlungstisch ein? Wäre doch viel einfacher«, sagte Lentz.

»›Mein Haus soll ein Gebetshaus sein, spricht der Herr‹«, entgegnete der Pater. »Sonst noch Fragen?«

Alle Umstehenden schüttelten den Kopf.

»Also los, geht mit Gott«, sagte der Pater.

David rannte in die Schmiede, wo Wenzel sein Kettenhemd fertig gekürzt hatte. Er nahm es unter den Arm und marschierte zurück in die Kammer. Seine Kameraden hatten auf ihn gewartet, und gemeinsam gingen sie in den Gesindesaal zum Essen. Es gab tatsächlich kein Fleisch, aber als sie Pater Christians Befehl ausrichteten, erhielten sie von der leckeren Hirschwurst, die sie restlos aufaßen. Mit vollen Bäuchen legten sie sich in ihre Betten und schliefen schnell ein.

Der Wachhabende weckte sie wesentlich sanfter als Frix am Morgen. Sie gingen zur Kapelle, trafen Pater Christian dort jedoch nicht an. Als sie feststellten, dass der Behandlungstisch im Palais schon eingerichtet war, gingen sie gemeinsam zu den Ställen. Die Patrouillen waren schon zurückgekehrt und striegelten ihre Pferde. Sie gingen zur Schmiede. Am Eingang standen Conrad und Frix.

»Ah, gut, dass ihr da seid«, sagte Conrad. »Ich wollte Frix soeben nach euch schicken. Pater Christian braucht euch.« Er öffnete die Tür und ließ sie eintreten.

Die Schmiede war ziemlich voll. Der junge Herr lag bewusstlos auf der Bahre, die in der Mitte des Raumes am Boden stand. Pater Christian kniete neben ihm, der Baron und der Waffenmeister standen hinter ihm. Ein Knappe hielt Eberhards linken Arm nach außen, während Wenzel einen verbogenen Haken nach dem anderen an dem Kettenhemd mit einem Meißel aufschlug. Ein weiterer Knappe drückte mit seiner Hand leicht das Kinn des jungen Herrn nach oben. Die anderen waren damit beschäftigt, die Kettenhose, an der Seyfrid zuvor alle verbogenen Haken aufgeschlagen hatte, behutsam von den Beinen zu ziehen.

»Deckt mir die Beine gut mit den Decken zu«, sagte Pater Christian zu den Knappen. »Nehmt mehrere Decken, er braucht viel Wärme. Danach brauche ich euch nicht mehr, und ihr könnt euch um eure Pferde kümmern.« Dann wandte er sich den Rekruten zu. »Die Rüstung ist gleich unten, dann brauche ich euch. David, du löst Wilfried am Kopf ab. Drück mit deiner rechten Hand das Kinn des jungen Herrn immer sanft nach oben. Der Kopf muss immer ganz gesteckt sein, sonst fällt seine Zunge in den Rachen, und er könnte daran ersticken. Achte ebenfalls darauf, dass sein Kopf nur noch auf der Seite liegt und nicht mehr auf seiner Wunde am Hinterkopf.«

David ging zum Kopf, während Wenzel an der Schulter die Kettenglieder aufschlug. Als der Knappe den Ärmel vom Arm zu ziehen versuchte, stöhnte Eberhard laut auf.

»Vorsichtig! Seid sorgsam, die Lanze hat seine Schulter schwer verletzt.«

138

Seyfrid hatte in der Zwischenzeit an der anderen Seite alle Kettenglieder aufgeschlagen und den zweiten Ärmel abgezogen. Danach schlugen er und Wenzel alle Kettenglieder an den Schultern und an den Seiten auf und konnten dann den oberen Teil des Kettenhemdes abnehmen. Pater Christian wandte sich wieder an die Rekruten.

»Nun seid ihr an der Reihe«, sagte er. »Wir müssen den jungen Herrn anheben, damit Seyfrid den Rückenenteil herauziehen kann. Zwei gehen jeweils zur Hüfte. Mit der einen Hand fasst ihr unter den Po, während die andere Hand an den Gürtel greift. Die anderen zwei gehen jeweils zu einer Seite und fassen mit beiden Händen in den Wams. Auf mein Kommando heben wir ihn zwei Handbreiten hoch.«

David hatte bereits Wilfried am Kopf abgelöst, und die anderen bezogen die ihnen zugewiesenen Positionen.

»Ich zähle bis drei. Bei ›Drei‹ heben wir ihn gemeinsam hoch«, sagte der Pater und zählte langsam auf drei. Sie zogen Eberhard hoch, Seyfrid zog blitzschnell den Rückenteil des Kettenhemdes hervor, schob die Bahre darunter und sie setzten Eberhard wieder ab.

»Wie geht es ihm?«, fragte der Baron besorgt.

»Das kann ich im Moment noch nicht sagen«, entgegnete der Pater. »Auf jeden Fall sieht man, dass sein rechter Arm ausgekugelt ist. Alles andere weiß ich erst, wenn ich ihn gründlich untersucht habe. Hier ist es zu dunkel. Wir müssen ihn ins Palais tragen.«

»Könnt Ihr ihm nicht etwas gegen die Schmerzen geben? Einen Schlafschwamm vielleicht?«, fragte der Baron.

Pater Christian schüttelte den Kopf.

»Ich habe zwar das Narkotikum Alnau dabei«, sagte er, »aber seine schwere Kopfverletzung macht mir Sorgen. Ich weiß nicht, wie ein Körper mit dieser Verletzung auf das Alnau reagiert. Ich befürchte das Schlimmste, Durchlaucht. Solange er bewusstlos ist, leidet er nicht unter den Schmerzen. Vielleicht wissen wir bald mehr.«

Der Baron nickte. Die Rekruten hoben die Bahre auf Kommando an und trugen den Verletzten hinaus. Die Nacht war schon angebrochen. Conrad und Frix hatten jeweils eine Fackel entzündet. Wolff entzündete eine weitere und ging voraus, während Conrad und Frix der Kolonne den Weg beleuchteten.

Im Palais angekommen, stellten sie die Bahre auf den Boden. Der Verwalter hatte mit seinen Gehilfen auf sie gewartet.

»Ich brauche viel Licht«, sagte der Pater zum Verwalter. »Entzündet alle Kerzen und holt auch noch die Leuchter aus der Kapelle. Danach verlasst bitte mit Euren Leuten den Raum.« Er wandte sich den Rekruten zu. »Ich brauche zwei Eimer heißes und einen Eimer kaltes, aber frisches Wasser«, sagte er. »Holt das heiße Wasser in der Küche. Eure Waschzuber aus dem Wächterhaus bringt ebenfalls mit.«

David blieb auf seiner Position bei Eberhards Kopf, während die anderen aus dem Raum rannten. Pater Christian zog seinen rechten Stiefel aus und setzt sich neben den ausgekugelten Arm. Er umfasste mit seiner linken Hand das Handgelenk des jungen Herrn und bewegte den Arm sorgsam zur Seite. Danach drückte er seinen rechten Fuß in Eberhards Achsel und begann an dem verletzten Arm zu ziehen. Langsam drehte er den Arm zu sich, behielt aber die Zugkraft bei. Als er den Arm ganz bei sich hatte, erhöhte er die Zugkraft, indem er seine zweite Hand zu Hilfe nahm. Er verharrte eine Weile in dieser Position. Der Arm drehte sich langsam wieder in die normale Position zurück. Pater Christian zog seinen Fuß aus der Achselhöhle und legte Eberhard den Arm seitlich an. Danach zog er seinen Stiefel wieder an und legte zwei Decken auf den Tisch. Als die Rekruten wieder zurück waren, hoben sie den Verwundeten gemeinsam auf den Tisch.

»David, lass dich durch einen Kameraden ablösen«, sagte der Pater. »Ergreife einen großen Kerzenständer und leuchte mir während meiner Untersuchung. Ich brauche viel Licht, aber bitte achte peinlichst darauf, dass kein Wachs hinuntertropft.«

Lentz löste David ab, und dieser griff nach einem sechsflammigen Leuchter. Pater Christian schnitt mit einer Schere Eberhards Wams von der linken Hüfte längs und quer auf und klappte die Stoffteile auseinander.

»Mehr Licht, David«, sagte der Pater, und David hielt den Leuchter näher an Eberhards Hüfte. Es war gar nicht so leicht, genug Licht zu spenden und dabei den Leuchter immer senkrecht zu halten.

Der Pater nahm Eberhards linken Fuß und schob ihn bis an dessen Gesäß. Danach drückte er das Knie ganz nach hinten auf die Brust und legte dann das Bein wieder flach auf den Tisch.

»Wie ich vermutete, war auch die Hüfte ausgekugelt«, sagte er zum Baron. »Es hat stark geblutet, die Hüftpartie ist blau. Ich glaube aber nicht, dass ein größeres Gefäß verletzt ist, sonst wäre es noch blauer. Gebrochen ist nichts.«

Nun schnitt er das Wams am Bauch auf und untersuchte diesen, während David den Kronleuchter hinhielt.

»Er hat schwere Verletzungen im Bauchraum«, sagte der Pater. »Sein Bauch ist tiefblau gefärbt. Hier kann ich nicht sagen, ob ein größeres Gefäß oder sogar ein Organ in Mitleidenschaft gezogen wurde. Ich hoffe, die Rüstung hat das Schlimmste verhindern können. Im Bauchraum kann ich nichts machen außer auf dem Allmächtigen zu vertrauen.«

Er schnitt das Wams an der rechten Schulter auf und untersuchte den Arm nochmals sorgfältig.

»Der Arm ist wieder eingerenkt. Hier hatte er nur wenig geblutet, ein gutes Zeichen. Hoffen wir, dass keine Sehne gerissen ist, sonst wird er mit diesem Arm nie wieder eine Waffe im Kampf führen können«, sagte der Pater. »Wir binden ihm den Arm auf die Brust. Er sollte den Arm möglichst nicht bewegen. Es wird viel Zeit brauchen, bis er mit dieser Schulter wieder kämpfen kann.« Danach wandte er sich an David. »Danke David, wir brauchen den Leuchter nicht mehr. Stell ihn weg. Dann möchte ich, dass du die Wunde am Kopf mit einem Schwamm auswäschst. Mische das Wasser, bis es lauwarm ist und wasche damit die Wunde. Du musst dabei äußerst sanft vorgehen. Du darfst nicht reiben, sondern nur leicht aufdrücken. Versuche die Blutkruste aufzuweichen. Wenn es zu bluten beginnt, musst du sofort aufhören.«

David leerte einen Eimer heißes Wasser bis zum einem Drittel in den Waschzuber und füllte ihn dann solange mit kaltem Wasser auf, bis das Wasser im Eimer Körpertemperatur erreicht hatte. Danach schob er den Zuber unter Eberhards Kopf, tunkte einen Schwamm ins warme Wasser und begann die Kopfwunde behutsam abzutupfen. Pater

Christian überwachte sein Vorgehen, nickte zufrieden und wandte sich dann zum Baron.

»Ich denke, die Kopfverletzung ist sehr schwer«, sagte er. »Zumal er ja seinen Helm bereits beim Sturz verloren hat. Er hat mindestens eine schwere Hirnerschütterung, die Verletzung könnte aber auch tödlich enden. Er ist in Gottes Hand. Wenn er aus seiner Bewusstlosigkeit erwacht, ist sicher das Schlimmste überstanden. Ich werde ihn noch fertig verbinden. Danach tragen wir ihn zu seinem Bett. Es muss immer eine Wache an seinem Bett sein, die darauf achtet, dass sein Kopf überstreckt bleibt. Doch bevor ich jetzt alles fertig mache, werde ich nochmals die Hilfe des Allmächtigen anflehen.« Er kniete nieder, faltete die Hände und neigte seinen Kopf. Die anderen folgten seinem Beispiel, und als alle bereit waren, betete er: »Unser Vater, der Ihr seid in dem Himmel, Ihr habt uns auf wundersame Weise gezeigt, wo wir unseren jungen Herrn Eberhard finden konnten. Herr, wir danken Euch dafür.«

»Wir danken Euch dafür«, wiederholten alle im Chor.

»Herr«, fuhr der Pater fort, »Eberhard ist lebensgefährlich verletzt. Er ist in Eurer Hand und braucht Eure heilende Einwirkung. Wir bitten Euch, Herr, erbarmt Euch seiner.«

»Wir bitten Euch, Herr, erbarme Euch seiner«, wiederholte der Chor.

»Wir erhoffen von Euch, Herr, Großes, vertrauen auf Eure väterliche Liebe und wissen, dass Ihr in dieser schweren Stunde ganz nahe bei seinem Herzen seid«, fuhr der Pater fort. »So segne ich Euch, Eberhard, in der mir verliehen Vollmacht, *in nomine patris et filii et spiritus sancti. Amen.*«

Pater Christian bekreuzigte sich und erhob sich wieder. Die anderen folgten seinem Beispiel.

»Vielen Dank, Pater Christian«, sagte der Baron zum Pater. »Eure Rede ist reiner Nektar für meine blutende Seele. Ich werde jetzt alles meinem Weibe schildern und wäre froh, Wolff, wenn Ihr die Kammerdiener in der Zwischenzeit instruieren könntet.«

Während der Baron und Wolff das Palais verließen, schmierte Pater Christian eine Kräuterpaste auf Eberhards Kopfwunde.

»Was ist das?«, wollte David wissen.

»Eine Kräutermixtur, die hauptsächlich aus Moos besteht«, antwortete der Pater. »Moos wirkt entzündungshemmend und fördert die Wundheilung.«

»Meine Mutter hatte mir auch Mooswickel gemacht, als ich verwundet war«, sagte David.

»Deine Mutter ist eine prächtige Heilerin geworden. Als ich frisch auf Hohenklingen ankam, hielt ich in Stein Schulungen in Heilkunde für die Bevölkerung ab«, erzählte der Pater. »Deine Mutter hat jede meiner Veranstaltung besucht und das Wissen wie ein trockener Schwamm aufgesogen. Dein Bruder Friedrich hat sie immer dabei begleitet.«

»Ja, Pater«, sagte David stockend.

»Was ist mit dir, David?«, wollte der Pater jetzt wissen.

»Nichts, das Heimweh hat mir gerade ins Herz gestochen«, antwortete David.

»Kann ich gut verstehen«, erwiderte der Pater. »Ich bin mit dem Kopfverband fertig. Ihr müsst jetzt den jungen Herrn sorgfältig aufrichten, damit ich den Arm noch verbinden kann.«

Die Rekruten hoben Eberhards Oberkörper an. Lentz stützte derweil das Kinn, damit der Kopf nicht nach vorne fallen konnte. Der Pater legte ein Tuch um Eberhards Hals von und legte den malträtierten Arm hinein. Dann wickelte er mit einem Verband den Oberarm fest auf den Oberkörper, so dass Eberhard den Arm nicht mehr bewegen konnte. Zuletzt legten sie Eberhard ab und trugen ihn wieder auf die Bahre, mit der sie dann den jungen Herrn in seine Kammer beförderten. Einer der Kammerdiener erwartete sie bereits. Sie hoben Eberhard in sein Bett und lagerten ihn nach Anweisung von Pater Christian, der dann den Kammerdiener noch weiter instruierte.

Die Rekruten waren nun entlassen. Sie holten ihre Eimer und den Wäschezuber aus dem Palais und gingen damit ins Wächterhaus. Dort wartete bereits Unteroffizier Conrad auf sie.

»Männer«, sagte er, »ihr habt euch heute bravourös geschlagen. Deshalb erlasse ich euch heute das Schlafen in den Kettenhemden und lasse euch zudem zwei Stunden länger schlafen.«

Froh über diese Erleichterung gingen sie in ihre Kammer und warfen sich erschöpft auf ihr Bett, wo alle in kürzester Zeit vom Schlaf übermannt wurden.

Waffendrill

Am anderen Morgen weckte Conrad sie persönlich zur achten Stunde.

»Wascht euch den Schlaf aus den Augen«, befahl er. »Danach geht ihr Essen in voller Kampfmontur, aber ohne Waffen. Nach dem Essen haben wir auf dem Übungsplatz Waffenkunde, und dann üben wir, wie man mit einen Schwert umgeht. Am Nachmittag übt ihr mit Herne wieder das Bogenschießen. Ist das alles klar? Also, los jetzt!«

Nach dem Waschen halfen die Rekruten einander gegenseitig in die Kettenhemden, banden das Waffentuch um und gingen mit dem Helm unter dem Arm in den Gesindesaal, wo Agnes persönlich an der Essensausgabe stand.

»Ich habe für meine Helden, die für unseren jungen Herrn so fürsorglich eingestanden sind, heute etwas Besonderes«, sagte sie und gab jedem eine kleine Schüssel Hirsebrei mit getrockneten Zwetschgen, eingelegten Marillen und getrockneten Weinbeeren. Zusätzlich war der Brei noch mit flüssigem Honig gesüßt.

Das Essen war delikat. David schätzte die Kochkünste seiner Mutter sehr, aber die Herrlichkeiten von Agnes waren einfach um Klassen besser. Nach dem Essen ging er zu Agnes.

»Euer Mahl war ein Gedicht«, schwärmte er.

»Ach, ich kann mich gar nicht über Euer Kompliment freuen«, seufzte Agnes. »Wenn doch nur unser junger Herr wieder erwachen würde, so könnte mein Herz frohlocken«, entgegnete sie.

Agnes war kaum grösser als seine Mutter, aber viel voluminöser. Sie hatte ein Vollmondgesicht mit roten, dicken Backen, und auch alles andere an ihr war überproportioniert. Wenn sie ging, watschelte sie wie eine Ente, und David hatte sie noch nie ohne einen Holzlöffel in der Hand gesehen. Auch jetzt fuchtelte sie mit ihrem großen Kochlöffel herum und watschelte zurück in die Küche.

Auf dem Übungsplatz wartete Heynrich auf sie, denn Frix hatte an diesem Tag Wachdienst. Heynrich hatte mehrere Waffen auf der Wiese ausgelegt und begann jetzt mit seiner Waffenkunde.
»Das hier sind Lang- und Kurzschwert«, sagte er und zeigte mit seiner Hand auf die Waffen. »Das Langschwert ist eine Hiebwaffe, mit dem man einen Gegner auf Distanz halten kann«, erklärte er weiter. »In der Grundposition hält man das Schwert über dem Kopf. Die Lombarden nennen das *La posta del falcone,* weil man blitzschnell wie ein Falke zuschlagen kann. Wichtig dabei ist, dass ihr den Gegner an einer ungeschützten Stelle trefft. Hals, Hüfte oder Beine sind solche Stellen. Das Kurzschwert ist eher eine Stichwaffe, deshalb hat es eine viel schmälere Spitze als das Langschwert. Man kann damit auch einen Hieb führen, muss dafür aber viel näher zum Gegner stehen. Deswegen ist ein Kurzschwert einem Langschwert unterlegen. Langschwerter gibt es übrigens in verschiedenen Breiten. Die Breitschwerter haben viel mehr Gewicht, dadurch kann der Schlag mit mehr Wucht geführt werden. Unser Waffenmeister besitzt eine solche Waffe, und auch Scharfrichter bevorzugen diese, weil man damit leichter einen Kopf abschlagen kann.«
Heynrich bückte sich und hob ein mannhohes Breitschwert auf, das einen sehr langen Griff aufwies.
»Dies ist ein Zweihänder«, erklärte er. »Es ist eine Ritterwaffe, die normalerweise auf der linken Seite des Streitpferdes angebracht wird. Dieses Schwert wird, wie der Name schon sagt, mit zwei Händen geführt und über dem Kopf geschwungen. Wird ein Gegner an den Beinen getroffen, werden oftmals beide Glieder gleichzeitig abgetrennt. Ein virtuoser Kämpfer, der mit seinem Zweihänder in einer Enge wie zum Beispiel einem offenen Tor steht, kann nur schwerlich bezwungen werden, selbst wenn er eine große Übermacht gegen sich hat.«

Er legte das Schwert ab und hob einen Eichenstab auf, an dessen Ende eine ellenlange Kette mit einer faustgroßen Eisenkugel befestigt war.

»Dies ist ein Morgenstern«, erklärte Heynrich weiter. »Den Morgenstern gibt es in ganz unterschiedlichen Ausführungen. Die Kugel gibt es auch mit Eisenspitzen. Es ist auch möglich, dass mehrere Ketten mit je einer Kugel angebracht sind. Der Morgenstern ist eine Wuchtwaffe, die vom Ritter im Nahkampf eingesetzt wird. Kettenhemden bieten kaum Schutz. Die Kugel schlägt alle Knochen zu Brei, und wird man am Helm getroffen, erleidet man meistens eine tödliche Kopfverletzung. Die Eisenkugel hat einen Nachteil: Wenn der Schlag ins Leere geht, kann die Wucht den Ritter aus dem Sattel reißen. Deshalb verwenden immer mehr Ritter den Schlagkolben, den ich euch noch zeigen werde. Den Morgenstern gibt es auch als Bauernwaffe: ein Eichenknüppel mit rundherum eingelassenen Eisenspitzen, die auch ein Kettenhemd durchdringen können.«

Er legte den Morgenstern ab und hob den Streitkolben auf.

»An dieser zwei Ellen langen Stange ist, wie ihr seht, ein symmetrischer Schlagkopf angebracht«, sagte Heynrich. »Dies ist ebenfalls eine Wuchtwaffe. Es gibt auch Streitkolben, die mit scharf geschliffenen Schlagblättern versehen sind. Diese werden dann auch als Hiebwaffe eingesetzt. Zum Schluss kommen wir noch zu den Lanzen. Die erste mit einem Griffschutz kurz vor dem Ende ist eine Ritterlanze. Der Ritter hält die Lanze hinter dem Griffschutz und klemmt das Ende unter seinem Arm ein. Die Spitze ist eine scharf geschliffene Eisenspitze, die nicht länger als eine Handbreite ist. Trifft diese kleine Spitze auf einen Panzer, so rutscht sie dem Panzer entlang und sticht am Ende in einen ungeschützten Zwischenraum. Die Lanze hat eine Länge von fünfzehn Ellen. Die Lanze daneben hat keinen Griffschutz, ist aber sonst identisch und ist die Hauptwaffe der Pikeniere. Sie kann gegen Reiterei oder Fußtruppen eingesetzt werden.« Heynrich trat ein wenig zur Seite. »Waffenkunde abgeschlossen, Unteroffizier«, sagte er.

Conrad trat vor die Gruppe.

146

»Als nächstes üben wir den Schwertkampf«, sagte er. »Neben Heynrich liegen Langschwerter aus Eiche. Jeder nimmt ein Exemplar, und dann stellen sich je zwei zusammen. Der ohne Partner kommt zu mir. Ich werde mit ihm die verschiedenen Schläge und Paraden vordemonstrieren, und ihr werdet sie nachzumachen versuchen. Heynrich wird euch dabei überwachen und verbessern. Los!«

Als alle ein Holzschwert hatten, standen die Fischer-Zwillinge sowie David und Lentz zusammen. Seitz nahm zusätzlich das sechste Holzschwert und überreichte dieses Conrad.

»Als erstes üben wir den Schlag rechts auf den Hals«, sagte Conrad. Er nahm die Grundposition ein und schlug blitzschnell nach unten in die Luft. »Ihr müsst den Schlag aus dem Ellbogen führen«, erklärte er. »Er muss sehr schnell sein. Damit hat er erstens mehr Wucht, und zweitens ist die Chance höher, dass der Gegner den Schlag nicht parieren kann. Also, Seitz, versucht es bei mir, und ich zeige Euch die zugehörige Parade.«

Beide gingen in die Grundposition, und Seitz versuchte schnell auf Conrads Hals zu schlagen. Doch dieser drehte sein Handgelenk, so dass sein Schwert schräg nach unten wies, wo nun die beiden Schwerter zusammentrafen. Das von Seitz rutschte dabei wirkungslos nach unten.

»Es ist wichtig, dass ihr das Schwert gut festhält, sonst wird es euch aus der Hand geschlagen«, sagte Conrad an alle Rekruten gewandt. »Weiter muss eure Spitze schräg nach unten und von euch weg zeigen. Der von oben geführte Schlag rutscht dadurch an eurer Klinge entlang und geht ins Leere. Jeder soll jetzt zehn Mal von rechts schlagen und zehn Mal parieren. Dann dasselbe von links. Los!«

David parierte zuerst und schlug danach. Als sie die Übungen auf beiden Seiten durchgeführt hatten, schlug jetzt der Angreifer, ohne dass er vorher die Seite ansagte. Zum Parieren war es jetzt wesentlich schwieriger, da man zuerst die Bewegung des Schwertes erkennen musste und dadurch weniger Zeit für die Abwehrbewegung hatte. David bekam ein paar Mal das Holzschwert von Lentz auf den Hals geschlagen und war froh, dass die Ketten der Kopfhaube die Wucht abdämpften.

Waffenmeister Wolff war auf den Übungsplatz gekommen und schaute der Gruppe eine Weile zu.

»Warum trägt David nur ein Kurzschwert?«, röhrte er.

»Alle Langschwerter waren zu lang für ihn«, erklärte Unteroffizier Conrad. »Wir konnten ihm keines umbinden, und auf dem Rücken ging es ebenfalls nicht, Waffenmeister.«

»Es verhält sich so, dass Ihr, Meister David, ein hervorragender Bogenschütze seid«, sagte Wolff. »Aber auch Euch werden irgendwann die Pfeile ausgehen, und dann habt Ihr nur noch das Schwert, um Euer Leben zu verteidigen. Mit einem solchen Gemüsemesser wie das, was Ihr da trägt, Meister David, habt Ihr keine Chance. Ja, ich würde sogar sagen, Ihr zieht Euch Euer Fell selber über die Ohren. Ich werde es Euch vordemonstrieren. Zieht Euer Schwert und geht in Grundposition.«

David warf das Holzschwert fort, zog sein Kurzschwert und wuchtete es nach oben. Wolff zog ebenfalls sein Breitschwert und ging in Grundposition.

»Ich zähle langsam auf drei«, sagte er, »und schlage dann rechts auf Euren Hals. Ihr pariert den Schlag, und ich gebe Euch den Rat: Haltet Euer Schwert mit aller Kraft fest.«

Auf drei schoss Wolffs Schwert auf Davids Hals nieder. Dieser parierte und versuchte dabei mit aller Kraft das Schwert festzuhalten. Die Funken stoben gewaltig, als die zwei Klingen aufeinandertrafen, und die Wucht war derart groß, dass es David trotz aller Anstrengung nicht gelang, sein Schwert festzuhalten. Es spickte ihm an den Oberarm und flog dann zu Boden. Wolff steckte sein Schwert in die Scheide zurück.

»Ich habe nur mit halber Kraft zugeschlagen, aber Ihr konntet Euer Schwert trotzdem nicht festhalten«, sagte er. »Das liegt aber nicht daran, dass Ihr, Meister David, zu wenig Kraft habt. Es wäre jedem so ergangen wie Euch. Das Problem ist, dass der Griff Eures Schwertes zu kurz ist. Er ist nur für eine Hand zum Zustechen vorgesehen, man kann nicht mit zwei Händen zuschlagen oder parieren. Der Knauf muss hinter der zweiten Hand liegen, um zu verhindern, dass das Schwert aus der Hand geschlagen wird. Männer, mit diesem Beispiel lernen wir zwei Sachen: Erstens wäre David am Oberarm schwer verletzt worden, wenn er kein Kettenhemd getragen hätte. Das ist hier aber nicht relevant. Denn zweitens wäre im Ernstfall sein Kopf sowieso nicht mehr auf seinem Hals geblieben. Ich kann nicht akzeptieren, dass ich meinen besten Bogenschützen verliere, nur weil wir ihn nicht richtig ausrüsten können. Unteroffizier, lasst beim Schmied eine höhere Halterung an der Scheide eines Langschwerts anbringen, und der Sattler soll eine Lederbefestigung an der Scheidenspitze befestigen, damit man diese ans Bein binden kann. Vielleicht hat der Schmied noch eine bessere Idee. Ich will an David kein Kurzschwert mehr sehen.«

Wolff drehte sich um und wollte zur Burg zurückgehen, als er plötzlich entdeckte, dass von Davids Ellbogen Blut tropfte.

»Habe ich Euch etwa verletzt, David?«, sagte er erstaunt.

»Die scharfe Spitze ist genau in ein Kettenglied gekommen und hat mir den Arm aufgeritzt«, antwortete David. »Ist nur ein Kratzer, nicht weiter schlimm.«

»Ihr seid hart im Nehmen, das gefällt mir. Aber ich möchte trotzdem, dass Ihr Pater Christian Eure Wunde zeigt«, entgegnete Wolff. »Auch ein Kratzer kann sich leicht entzünden. Ich gehe zurück und mache Euch für heute Nachmittag einen Termin beim Pater.« Er machte sich auf den Weg, drehte sich dann aber nochmals um und rief: »Ich kann doch auch nicht riskieren, meinen besten Bogenschützen zu verlieren, nur weil er sich im Fechtunterricht eine Entzündung eingefangen hat. Nein, nein, Meister David, Ihr müsst mir schon wohlauf bleiben, haben wir uns verstanden?«

»Jawohl, Waffenmeister«, antwortete David mit innerlichem Stolz.

Wolff nickte, drehte sich wieder um und führte seinen Weg fort.

Conrad zog David mit Hilfe der anderen das Kettenhemd aus und betrachtete die Wunde.

»Ist nur ein kleiner Stich«, sagte er, »aber tiefer, als ich gedacht habe. Ich werde die Wunde verbinden.«

Conrad griff in seine Umhängetasche, nahm eine Verbandsrolle hervor und wickelte den Stoff um Davids Arm. Er saugte sich sofort mit

Blut voll, aber der straffe Verband stoppte die Blutung in kurzer Zeit. Danach stülpten sie David das Kettenhemd wieder über.

»Wir haben genug mit den Holzschwertern geübt«, sagte Conrad. »Ich stelle euch jetzt Goliath vor. Mir nach!« Er drehte sich um, marschierte in Richtung Reitanlage und blieb kurze Zeit später vor einem mächtigen Eichenstamm stehen, der im Boden eingelassen war und wie eine Fahnenstange in den Himmel ragte. Conrad legte seine Hand an den Stamm.

»Das hier ist Goliath«, sagte er. »Hier üben wir das richtige Zuschlagen und stählen gleichzeitig die Muskeln. Zwei Mann stellen sich jeweils vor und hinter dem Stamm auf und schlagen mit ihren eigenen Schwertern auf Goliaths Hals. David, Ihr nehmt mein Schwert und geht alleine an einen Stamm. Ihr seid Linkshänder und schlagt rechts auf den Hals. Die anderen sind alle Rechtshänder und schlagen deshalb links auf den Hals. Für diese Übung zieht ihr eure Lederhandschuhe an. Los! Und ich will nur kraftvolle Schläge sehen!«

David zwängte seine Hände in die Handschuhe hinein und versuchte seine Finger zu bewegen. Die Handschuhe waren aus einem festen Rindsleder gefertigt, und das dicke Leder war recht steif. David griff nach dem Schwert, das Conrad ihm hinhielt, ging an einen Stamm, stellte sich breitbeinig hin und brachte das Schwert in Grundposition. Es war nicht leicht, mit den Handschuhen den Schwertgriff richtig zu umfassen und das Schwert ruhig über dem Kopf zu halten.

»Lasst den Falken hinunterstürzen und schlagt diesem Goliath den Kopf ab«, sagte Conrad, der hinter ihm stand.

David verlagerte leicht sein Gewicht nach links, zog die Ellbogen nach hinten und schlug das Schwert dann mit aller Kraft auf den Stamm. Dieser war aber so hart, dass die Klinge nicht einen Millimeter eindrang. Die Wucht ließ das Schwert federn, und die ganze Energie schlug in den Griff zurück. Die festen Handschuhe minderten den Schlag ein wenig, aber David konnte den Griff nicht festhalten, und das Schwert flog klirrend zu Boden.

»Ihr müsste Euer Schwert nicht wegwerfen, Euer Gegner ist nicht tot«, sagte Conrad ironisch.

David hob das Schwert wieder auf und warf dabei heimlich einen Blick auf seine Kameraden. Diese droschen auf die Stämme ein, als gebe es einen Preis zu gewinnen. David stellte sich wieder hin und schlug jetzt kontrollierter zu.

»Fester«, bellte Conrad aus dem Hintergrund. Er ging jetzt zwischen den Stämmen hin und her und korrigierte jeden Fehler lauthals. »Fester … Klinge gerade halten … Gerade hinstellen … Nicht einknicken!«

David konnte es nicht mehr hören. Das ist ja noch blöder als Holzhacken, dachte er. Seine Muskeln brannten fürchterlich. Er hatte kaum noch Kraft, und jetzt kam zu allem Elend der Waffenmeister zu ihnen zurück. Er blieb beim ersten Rekruten stehen, beobachtete ihn eine Weile und ging dann zum nächsten. Dabei sagte er kein Wort. Am Schluss stand er hinter David.

Ich werde es diesem Bullen zeigen, dachte David und schlug kräftig zu. Dabei stand er nicht breit genug, und sein linker Fuß rutschte weg. Er konnte das Gewicht des Kettenhemdes nicht mehr ausbalancieren und fiel der Läge nach hin.

Wolff trat hinzu und hielt ihm wortlos die rechte Hand hin. David ergriff sie, und Wolff zog ihn hoch.

»Ihr hättet schon wieder Euren Kopf verloren. Lasst es Euch nicht zur Gewohnheit werden«, sagte Wolff. Dann wandte er sich Conrad zu. »Das reicht für heute, Unteroffizier. Schleift die Schärfe nach und rückt zum Essen ein. Zum Bogenschießen wird bis auf weiteres kein Kettenhemd getragen. Die Burschen sollen lernen zu treffen und nicht, die teuren Pfeile in den Boden rammen. Zum Abendbrot werden die Hemden dann wieder angezogen.« Er wandte sich an David. »Zur vierten Stunden seid Ihr bei Pater Christian. Behaltet die Sonnenuhr im Auge und seid pünktlich.« Ohne weitere Worte wandte er sich ab und marschierte zurück zur Burg.

»Gebt mir alle eure Schwerter und kommt mit!«, sagte Conrad und ging zum Schleifstein, der sich etwa dreißig Schritt weiter oben befand. Der Stein war in einem Holzgestell eingespannt und hatte auf jeder Seite einen Holzgriff, damit man den Stein in Rotation versetzen konnte. Utz und Jost drehten jeweils an einem Griff und brachten den Stein auf Touren. Conrad kontrollierte jede Schneide und drückte diese ab und zu auf den Schleifstein, der mit einem Funkenregen die Schärfe nachzog. Dann gab er das Schwert dem jeweiligen Besitzer zurück, und schließlich marschierten sie zum Essen.

»Keine Veränderung bei unserem jungen Herrn«, sagte die Magd beim Schöpfen, als sich David bei ihr nach Eberhard erkundigte.
Es gab heiße Gemüsesuppe mit Brot. Das Beste an der Suppe war, dass sie wärmte. Die nasskalten Dezembertage steckten ihnen trotz den vielen Bewegungen tief in den Gliedern.
»Gut, dass man sich hier aufwärmen kann«, sagte David.
»Die Kälte geht noch, aber ich kann kaum den Löffel heben. Meine Arme brennen derart«, jammerte Lentz.
»Und die Beine brennen auch wie Feuer«, stöhnte Jost.
»Gott sei Dank müssen wir die schweren Kettenhemden am Nachmittag nicht mehr tragen. Ich hätte den Bogen nicht mehr anheben können«, klagte Utz.
»Ich hätte es nicht einmal mehr bis zum Übungsplatz geschafft«, fiel auch Seitz in das Wehklagen mit ein.
»Ich habe all meine Kraft auf dem Platz verloren«, stöhne David.
»Und deinen Kopf dazu«, hauchte Lentz sofort hinterher.
Die fünf schauten sich an und brachen in schallendes Gelächter aus.
»Aufhören, aufhören«, prustete Seitz. »Ich kann nicht mehr. Selbst das Lachen tut mir weh.«
»Ich glaube nicht, dass Lachen in diesem Hause angebracht ist, solange sich unser junger Herr in einem solch kritischen Zustand befindet«, sagte Conrad, der an ihren Tisch getreten war. »Ich erwarte von euch mehr Taktgefühl. Außerdem, wenn man euch so ansieht, könnte man direkt in Tiefschlaf fallen. Geht jetzt in eure Kammer und zieht die Kettenhemden aus. Legt euch danach noch eine halbe Stunde hin, ich hole euch ab.«
Die jungen Männer schlurften in ihre Kammer und waren froh, eine kleine Zusatzpause ergattert zu haben.
David schreckte aus dem Tiefschlaf auf, als Conrad sie weckte. Sie marschierten wieder auf den Übungsplatz, wo Herne bereits wartete.

Jeder ging zu einer eigenen Scheibe. David schoss fünf Pfeile, die alle im roten Kreis landeten. Danach drehte er sich um und beobachtete die Anstrengungen von Lentz. Ein paar Pfeile steckten vor oder neben der Scheibe im Boden. Einige steckten überall verteilt auf der Scheibe. Lentz hatte alle seine Pfeile verschossen und wollte sie soeben einsammeln, als David hinzutrat.

»Wird jedes Mal besser, Schwippschwager«, sagte er. »Einer ist sogar beinahe im Zentrum gelandet.«

»War reines Glück«, entgegnete Lentz. »Mit dem Muskelkater kann ich den Bogen nicht ruhig halten. Er wackelt hin und her. Wie macht Ihr das nur, David?«

»Ihr zielt noch zu lange«, erklärte David. »Versucht beim Spannen das Ziel zu halten, so dass Ihr nur noch eine kleine Korrektur machen müsst für die Abgabe. Herne hatte mir einmal gesagt, man müsse mit dem Bogen verschmelzen. Am Anfang habe ich das nicht verstanden, aber heute fühle ich meinen Bogen wie meine eigene Hand. Das alles kommt mit viel Übung. Seid nicht zu ungeduldig, Schwippschwager.«

Lentz sammelte seine Pfeile ein und versuchte Davids Rat umzusetzen. Alle Pfeile steckten jetzt in der Scheibe. Drei waren sogar im roten Kreis. Lentz strahlte und übte weiter.

Nach einer Weile rief Herne alle zusammen.

»Ihr habt jetzt alle schon mehrmals eure Scheiben getroffen, das ist sehr gut«, sagte er. »Übt fleißig weiter, dann werdet ihr auch so gut treffen können wie David. Ich mochte jetzt mit euch noch einen Schritt weiter gehen. So wie ihr jetzt schießt, könntet ihr höchstens zwei Reiter in einer Kavallerieattacke vom Pferd schießen. Ihr seid nur funf. Um eine Kavallerieattacke abzuwenden, musstet ihr mindestens die ersten hundert Reiter aus ihren Sätteln schießen. Das heißt, ihr musst zehn Mal schneller schießen als jetzt, und jeder Schuss muss auf der Scheibe sein. Das uben wir jetzt. Beim Laden verliert man die meiste Zeit. Im Gefecht hält man den Bogen oben zum Laden. Dies ist zwar gefährlich, weil auch einmal ein Pfeil abgehen und unkontrolliert davonfliegen kann, aber wir gewinnen Zeit. Es gibt viele Möglichkeiten, um Zeit zu sparen. Ich zum Beispiel nehme immer drei Pfeile gleichzeitig aus dem Köcher. Zwei halte ich im Mund, den dritten spanne ich auf. Andere hängen sich den Köcher nach vorne unter die Achsel des Bogenarms oder stecken die Pfeile vor sich in die Erde. Versucht alle Varianten einmal aus, dann werdet ihr wissen, welche für euch die beste ist.«

»Was heißt zehn Mal schneller?«, fragte Lentz. »Ich kann mir nichts darunter vorstellen.«

Herne zog drei Pfeile aus Josts Köcher, nahm zwei in den Mund und stellte sich hin. David schmunzelte, denn er wusste, was jetzt kommen würde. Herne lud den dritten Pfeil, hob den Bogen, und – *Siiff! Siiff! Siiff!* – nach einem kurzen Augenblick steckten alle drei Pfeile im roten Kreis. Die anderen vier blickten sich mit offenen Mündern an.

»So blöd wie ihr, habe ich auch aus der Wäsche geschaut, als ich das zum erste Mal gesehen habe«, lachte David.

»Das … das … das ist wie Zauberei«, stotterte Lentz.

»Dann nehmt jetzt eure Zauberbogen und versucht es mir nachzumachen. Ihr musst nicht ins Rote treffen. Jeder Pfeil auf der Scheibe zählt. Auf Los beginnt ihr zu schießen. Ich zähle langsam auf zehn, dann sind wir fertig und schauen, wie viel ihr getroffen habt«, sagte Herne.

David ging zu seiner Scheibe. Er hängte den Köcher nach vorn unter den Arm, nahm drei Pfeile heraus, die er in den Boden steckte und zwei weitere nahm er wie Herne in den Mund. Danach zog er einen weiteren Pfeil aus dem Köcher, lud den Bogen, hob ihn aufs Ziel und wartete auf das Kommando.

»Achtung … los!«, schrie Herne, als alle ihren Bogen oben hatten und begann dann zu zählen.

David schoss auf »Los« den ersten Pfeil ab, zog sich die nächsten aus dem Mund und benutzte danach die Pfeile, die im Boden steckten. Er machte keine Zielkorrektur, sondern ließ die Sehne sofort wieder los, wenn diese die Spannkraft erreicht hatte. Nach den Erdpfeilen nahm er die Pfeile, die noch im Köcher waren. Er konnte einige noch abschießen, bis Hernes Ruf erklang.

»Zehn und Halt!«

Beim »und« schoss David seinen letzten Pfeil ab, der gerade noch den äußeren Rand der Scheibe traf.

Waffenmeister Wolff war in der Zwischenzeit dazu gestoßen und hatte sich das Spektakel angeschaut. Er nickte Herne anerkennend zu.

»Schauen wir mal, was ihr erreicht habt«, rief Herne. »Innerhalb von zehn Sekunden musstet ihr im Minimum ein Dutzend Pfeile abgeschossen und getroffen haben. Bei David habe ich acht Pfeile auf der Scheibe gezählt. Ein neunter kam einen Bruchteil zu spät, aber den nehmen wir auch noch mit.«

»Der hat auch den Kavalleriekommandanten vom Pferd geholt«, rief David spöttisch.

Herne schmunzelte.

»Wenn Ihr im Ernstfall einen solchen *lucky punch* landen könnt, könnte dies das Blatt zu Euren Gunsten wenden«, rief er. »Was haben die anderen? Lentz hat zwei auf der Scheibe und drei nahe dran. Bei Jost sind ebenfalls zwei in der Scheibe, aber nur zwei nahe dran. Bei Utz, wie könnte es anders sein, ist es dasselbe wie bei seinem Zwillingsbruder. Bei Seitz ist einer drin, und vier sind in der Nähe. Ich glaube, Männer, ihr wäret im Ernstfall unter die Hufe gekommen. Zum Schluss schauen wir uns noch die Pfeile auf der Seite an. Euch sind funf Pfeile beim Laden abgegangen. Der rechts außen stammt glaube ich von dir, David, und ich glaube, das war der Kommandant Eurer eigenen Infanterieverteidigung.«

Alle mussten lachen.

»Nein im Ernst, Männer«, rief Herne. »Wenn ihr in einer Phalanx steht, hättet ihr funf eigene Männer erschossen. Gegner zu töten fällt nicht jedem leicht, aber einen eigenen Mann zu töten, das belastet jede Seele schwer. Ich kenne gute Männer, die daran zerbrochen sind. Wir werden noch sehr viel uben mussen, bis wir das beherrschen.«

Herne nickte dem Waffenmeister zu.

»Männer, ich bin im Gegensatz zu Herne sehr zufrieden mit eurer Leistung«, sagte dieser zu den Rekruten. »Für die erste Woche habt ihr euch mächtig ins Zeug gelegt. Ich weiß, dass ihr alles gegeben habt und jetzt völlig zerschunden seid. Die dritte Stunde ist schon vorbei. David muss jetzt sowieso zu Pater Christian, und so schlage ich vor, dass wir für heute Schluss machen. Ihr habt euch die Ruhepause verdient. Weiter werde ich mit Unteroffizier Conrad sprechen. Er soll euch weniger hart am Morgen drannehmen, damit euch mehr Kraft für eure Hauptwaffe, das Bogenschießen, bleibt. Räumt alles auf, dann könnt ihr einrücken.«

Die Männer stoben davon und sammelten alle ihre Pfeile ein. Danach marschierten sie zurück in ihre Unterkunft.

Der Krieger und sein König

David wusch sich gründlich, kleidete sich wieder an und betrat die Kapelle. Pater Christian war nicht da, und so setzte er sich in die vorderste Bank, direkt vor das Kruzifix. Nach einer Weile kniete er in der Bank nieder, faltete seine Hände und begann leise zu beten. Ein wenig später kam Pater Christian herein, ging zu David hin und legte ihm sanft die Hand auf die Schulter. David hob den Kopf.

»Gehen wir in meine Kammer«, sagte Pater Christian, »da kann ich deine Wunde behandeln.«

David erhob sich, und gemeinsam gingen sie in die Kammer. Dort schlüpfte David mit seinem Arm aus dem Wams. Pater Christian wickelte den Verbandstoff ab und betrachtete die Wunde.

»Ein kleiner Stich«, sagte er, »deine Wundheilung ist gut. Ich muss hier gar nichts machen. Wenn es sich entzünden sollte, kommst du wieder zu mir. Und wie geht es dir sonst?«, wollte der Pater wissen.

David erzählte von dem Zwischenfall mit seinem Kurzschwert und von den großen Muskelschmerzen, die alle plagten. Pater Christian ging zur Kommode und holte einen kleinen Topf heraus.

»Zieh den Wams aus«, sagte er. »Ich habe dir hier eine Salbe, mit der man die Muskeln einreiben kann. Sie fördert die Durchblutung, das heißt, die Muskeln erhalten viel mehr Blut und können sich bis morgen wieder regenerieren. Du hast dann keinen Muskelkater mehr. Der Nachteil ist, die Haut wird stark gerötet, und die höhere Durchblutung

156

kann stark brennen. Wichtig ist, dass die Salbe nur auf die Muskeln kommt, ja nicht auf Knie, Ellenbogen, Genitalbereich oder in die Augen.«

David hängte sein Wams auf den Stuhl, und Pater Christian rieb ihm die Salbe auf die Oberarme, Schenkel und Waden. Danach ging er zum Waschbecken und wusch sich die Hände gründlich.

»Mache es genau gleich bei deinen Kameraden«, sagte er. »Danach musst du dir sehr gründlich die Hände waschen, und achte bitte auch darauf, dass du nicht zufällig mit den Fingern deine Augen reibst. Es befinden sich nämlich immer noch feinste Spuren der Salbe auf deiner Hand und den Fingern. Diese genügen, um eine Augenentzündung hervorzurufen. Dann wird das Auge sehr stark brennen, und du musst es lange ins kalte Wasser tauchen, damit die Entzündung vergeht. Wie geht es dir jetzt?«

»Das Zeug brennt wie Feuer. Ich glaube, mir fallen gleich die Arme ab«, stöhnte David. Die eingeriebenen Stellen leuchteten wie reife Erdbeeren.

»Nicht berühren, sonst hast du die Salbe an der Hand«, warnte ihn Pater Christian. »Das starke Brennen wird schnell vergehen. Kälte hilft gegen das Brennen. Warte mit dem Anziehen noch ein paar Minuten, bis das Brennen abklingt.«

Nach ein paar Minuten war das Brennen tatsächlich beinahe abgeklungen, und David schlüpfte wieder in sein Wams.

»Ich möchte noch etwas anderes mit dir besprechen«, sagte der Pater.

»Ja, was denn?«, fragte David neugierig.

»Es ist sehr schwierig. Ich weiß nicht so recht, wie ich beginnen soll«, sagte Pater Christian.

»Euch fehlen die Worte?«, wunderte sich David. »Das wäre mir ganz was Neues.«

»Wir kennen uns jetzt schon mehr als zehn Jahre«, begann der Pater. »Wir durften zusammen viele Abenteuer in der Heiligen Schrift durchleben. Wir haben vieles durchforscht, angefangen bei den Büchern Mose bis zu den teilweise abstrakten Offenbarungen des Johannes. Wir erkannten das Wirken und die Herrlichkeit unseres Gottes. Du bist mir dabei ans Herz gewachsen, und es war jedes Mal eine große Freude für mich, dich zu unterrichten. Dies ist nun vorbei, denn du bist über die Schwelle der Jugend ins Mannesalter eingetreten und bist zu einem Krieger herangereift. Nun, ein Krieger hat immer einen König, der ihm sagt, wozu und wofür es sich zu kämpfen lohnt. Ein guter König fördert aber auch seinen Krieger. Er will, dass er immer stärker und besser wird; er will, dass er alle seine Kämpfe gewinnt. Ich möchte gerne dieser König und väterlicher Freund für dich sein. Ich biete dir meine Freundschaft und damit das *Du* an.«

David rutschte verunsichert auf seinem Stuhl hin und her.

»Hochwürden«, sagte er schließlich, »ich fühle mich sehr geehrt, aber ich kann zu Euch nicht *Du* sagen. Ihr seid eine Respektsperson, Ihr seid von Adel und verkehrt in den höchsten Kreisen, während ich nur ein einfacher Köhlerjunge bin. Ich würde mich von Herzen freuen, wenn Ihr mein König wärt, aber das Du bringe ich nicht über die Lippen.«

Pater Christian strahlte und entgegnete:

»Wir sind doch beide auch Brüder im Herrn und unter Brüdern sagt man sich immer *Du*.« Pater Christian erhob sich, spuckte in seine rechte Hand, die er David freudig hinstreckte und sagte: »Ich strecke dir die Hand zur Freundschaft hin. Schlage ein, mein Bruder.«

David erhob sich, und nach kurzem Zögern spuckte auch er in seine rechte Hand und schlug sie in die Hand von Pater Christian.

»Mein Bruder«, sagte er. Dabei kollerten ihm ein paar große Tränen die Wangen hinab.

Pater Christian zog ihn an sein Herz und drückte ihn fest. Nach einiger Zeit löste er die Umarmung und setzte sich wieder.

»Als dein Bruder und Freund muss ich jetzt noch etwas ansprechen«, sagte er. »David, ich weiß, wie gerne du so groß und stark wie deine Brüder wärst. Du willst deinem Vater gefallen und in seine Fußstapfen treten. Das möchte jeder Sohn, denn der Allmächtige hat uns das in die Wiege gelegt. Aber ich glaube, der Allmächtige hat mit dir etwas anderes vor. Er hat dir nicht die körperlichen Voraussetzungen für eine Köhlerei mitgegeben, und weil das so ist, leidest du an Minderwertigkeitsgefühlen. Dein Bruder Heinrich, der vor Kraft nur so strotzt, verspottet jeden, der nicht so ist wie er und hat dich damit tief verletzt. Dadurch fühlst du dich minderwertig. Ein Nichts, wie du es mir erst neulich gesagt hast. Ich sage dir, David, dass stimmt nicht. Du musst deinem Vater kein zweiter Heinrich sein. Er will und braucht das gar nicht. Du bist ein ganzer Mann, David, glaub mir das.«

»Ich war ein Leben lang ein *Storch*. Ohne Muskel – nicht zu gebrauchen. Das tut verdammt weh im Herz«, schluchzte David.

»Weine nur, David. Lass alles heraus. Ich möchte mit dir diese Wunde ganz aufreißen und damit ganz an das Vaterherz des Allmächtigen gehen. Er liebt dich, David, und sein Herz blutet, wenn du leidest. Du bedeutest ihm viel. Er ist stolz auf dich und möchte, dass du deine wahre Bestimmung im Leben findest und ausleben kannst. Du bist sehr kostbar. Auch in den Augen deines Vaters Hannes. Er schwärmt in den höchsten Tönen von dir.«

»Wirklich?«, fragte David ungläubig.

»Ja, glaube mir«, sagte Pater Christian. »Hannes ist ein gottesfürchtiger Mann, und er leidet schrecklich darunter, dass er nicht selber Gottes Herrlichkeiten in der Heiligen Schrift lesen kann. Dank dir, David, kennt er jetzt vieles mehr aus der Heiligen Schrift. Mit deinem Wissen und deinen Fähigkeiten hast du ihm ein riesiges Geschenk gemacht. Du hast bei euch in der Stube viel erzählt von dem, was du bei mir gelesen hast. Hannes hat das aufgesogen wie ein trockener Schwamm. Du hattest deinem Vater damit eine große Freude bereitet. Glaube mir, David, du hast einen Ehrenplatz im Herzen deines Vaters, und den kann dir niemand streitig machen. Hannes ist sehr stolz auf dich, und ich bin es auch, mein Freund. Wenn ich mir einen Sohn vom Allmächtigen wünschen könnte, so müsste er genau so sein wie du, David. Du nimmst in meinem Vaterherz ebenfalls einen Ehrenplatz ein. Ich liebe dich wie einen eigenen Sohn, und es ist mir eine große Ehre, dich zum Freund zu haben.«

»Du beschämst mich, Christian«, sagte David.

»Nein, es ist nichts als die nackte Wahrheit, glaube mir. Und jetzt möchte ich, dass wir die Wunde in deinem Herz ein für alle Mal schließen. Du musst allen vergeben, die dazu beigetragen haben, dir diese Wunde zu schlagen. Willst du, David, deinem Bruder Heinrich die vielen Spötteleien vergeben? Willst du deinem Vater Hannes vergeben, dass er dich nicht immer beachtet hat, wenn du es gebraucht hättest, dass er Fehler gemacht hat, die dich verletzt haben? Wenn du das willst, dann sage laut: Ja, ich will.«

»Ja, ich will«, sagte David.

»So sind alle Verunreinigungen aus deiner Wunde entfernt, und unser Vater im Himmel wird persönlich dafür sorgen, dass sie endgültig verheilt. Es wird am Anfang noch ein paar Mal wehtun, wie jede Wunde, aber es wird immer besser werden, dank Gottes Segen.« Er hielt seine Hand auf Davids Kopf. »*In nomine patris et filii et spiritus sancti. Amen*«, sprach er. Dann ging er zu seinem Bett und zog eine Truhe hervor. Er entnahm dieser ein Paket, das mit Stoff umwickelt war, und legte es auf den Tisch. Dort packte er es aus.

David trat hinzu.

»Was ist das denn?«, fragte er.

»Wonach sieht es denn aus?«, wollte Christian wissen.

»Wie ein übergroßes Käsemesser«, antwortete David.

»Ja genau«, lächelte Christian. »Ein Käsemesser besitzt keine Schärfe. Dank der Krümmung gleitet es aber ohne Mühe durch den harten Käse. Dies ist ein Krummschwert der Sarazenen. Einst haben wir in einem Gefecht eine Gruppe von Seldschuken besiegt und ihren Anführer, einem Neffen des Sultans Rum, gefangen genommen. Er hat mir sein Schwert als Zeichen seiner Kapitulation überreicht. Als der Sultan das Lösegeld für ihn bezahlt hat, wollte ich es ihm zurückgeben. Er wollte aber das Schwert seiner Niederlage nicht zurücknehmen, und so behielt ich es für eine besondere Gelegenheit. Es ist eine herrliche Waffe. Die Klinge entspricht unserem Langschwert, aber durch die Krümmung ist es nicht so lang. Die Krummschwerter sind unseren Schwertern überlegen. Die Krümmung ergibt eine viel größere Schärfe. Ich habe gesehen, dass bei Zweikämpfen die Krummklinge ein Langschwert einfach zerschnitten hat, und dieses Schwert kann noch viel mehr. Es wurde in Damaskus von einem berühmten Waffenschmied hergestellt. Es ist mehrfach gehärtet, und mit einem geraden Schlag kann es selbst Eisenplatten durchschlagen. Und nun sage ich als Dein König: Knie nieder, mein Krieger.«

David kniete nieder, und Christian schlug mit der flachen Seite der Klinge dreimal auf Davids Schultern.

»Ich schlage Dich hiermit zu meinem Ritter«, sagte er. »Erhebe Dich als Ritter und nimm als Zeichen Deiner Ritterwürde dieses Schwert in Empfang.«

David war völlig überrascht.

»Dieses wertvolle Geschenk gehört mir?«, sagte er.

»Ich wüsste keinen Würdigeren. Es wird dir gute Dienste erweisen. Du solltest lediglich auf Übungen in Zweikämpfen verzichten. Es würde das Schwert deines Gegners glatt durchschneiden. Weiter darfst du es nie ins Feuer halten. Die Hitze würde die Härte zerstören. Ansonsten kannst du alles damit machen, auch Käse schneiden.«

David lachte, und Christian klopfte ihm freundschaftlich auf die Schulter.

»Jetzt muss ich aber nach Eberhard schauen«, sagte der Pater. »Ich habe ein Riechsalz hergestellt. Mal sehen, ob ich ihn damit aus dem Land der Träume holen kann.«

Gemeinsam gingen sie hinaus, und David trat ins Wächterhaus, wo er auf Conrad traf, dem die seltsame Waffe sofort auffiel. David erzählte von seinem Geschenk.

»Wenn Pater Christian Euch diese Waffe gegeben hat, so könnt Ihr sie auch tragen«, meinte Conrad. »Waffenmeister Wolff wird es zwar gar nicht behagen, aber wenn das Schwert so gut ist, wie Ihr sagt, wird er es schließlich auch gutheißen. Geht jetzt in Eure Kammer und zieht Euer Kettenhemd wieder an. Die anderen warten schon auf Euch für das Abendbrot.«

David ging in die Kammer und erzählte von der Wundersalbe von Pater Christian und von seinem wertvollen Geschenk, das alle bestaunten. Danach entkleideten sie sich, und David rieb allen die Muskeln mit der Salbe ein. Dann ging er in den Waschraum, um seine Hände gründlich zu waschen. Als er wieder in die Kammer kam, hüpften seine Kameraden wie verrückt herum und johlten vor

Schmerzen. Kuntz, der an diesem Abend der Wachhabende war, kam herein und lachte laut, als er die geröteten Muskelpartien sah.

»Habt ihr die Teufelssalbe vom Pater eingerieben?«, sagte er. »Die wirkt Wunder, wenn einem die Glieder nicht vorher abfallen. Nehmt kaltes Wasser, das lindert das Brennen.«

Die Männer stürmten in den Waschraum, leerten kaltes Wasser in den Zuber und hielten ihre Glieder hinein. Erleichtertes Aufstöhnen war zu hören. David saß auf seinem Bett und lachte, als seine Kameraden kleinlaut hereinschlichen, weil das Schlimmste vorbei war. Sie zogen sich an und gingen in den Gesindesaal, wo sie ihr Essen fassten. Sie hatten kaum Platz genommen, als Waffenmeister Wolff herein-stürmte.

»Der junge Herr ist soeben aufgewacht«, rief er. »Wir haben damit das Schlimmste überstanden. Voller Freude offeriert unser Lehnsherr jedem einen Krug Bier.«

Freudenrufe und Hochrufe erfüllten den Saal, und sie wurden noch lauter, als die Mägde das Bier hereintrugen. Vor David und seine Kameraden stellten die Mägde zwei Krüge hin, da Frix seine Bier-schuld ebenfalls begleichen wollte. David hatte noch nie in seinem Leben Bier gesehen, geschweige denn getrunken. Er staunte die ellen-langen Krüge an, an denen langsam weißer Schaum herunterlief.

»Habt Ihr noch nie Bier gesehen?«, fragte Frix, klopfte David auf die Schulter, setzte sich zu ihnen und packte einen Lederbecher und drei Würfel aus.

Conrad kam dazu.

»Ihr wisst, Frix, Glücksspiel ist in der Burg nicht erlaubt«, sagte er.

»Ist nur ein wenig Spaß«, entgegnete Frix. »Die Burschen haben sowieso keinen Heller in der Tasche.«

Conrad nickte und wandte sich David zu, der gerade von oben in den Krug hineinschaute.

»Unser Bier hat eine leicht bräunliche Farbe«, sagte Conrad. »Wenn man es einschenkt, gibt es viel weißen Schaum, der sich mit der Zeit wieder auflöst. Aber am besten schmeckt das Bier frisch gezapft, und der erste Schluck ist der beste, also lasst uns anstoßen.«

Er nahm seinen Krug am Henkel und hielt ihn in die Mitte. Frix knallte seinen Krug dagegen, so dass ein wenig Bier hinausschwappte. Die anderen taten es ihm gleich. Daraufhin setzten sie den Krug an die Lippen und tranken in großen Schlucken. David beobachtete heimlich seine Kameraden und trank in großen Zügen seinen ganzen Krug leer, den er dann mit einem lauten Rülpsen abstellte. Alle lachten.

»Schmeckt ein wenig bitter, aber sonst sehr gut«, sagte David. Er wischte sich den weißen Schaum aus dem Gesicht.

»Ihr trinkt, wie Ihr schießt, Meister David, vorzüglich«, sagte Frix.

Danach würfelten sie und tranken dazu. Nach kurzer Zeit hatte David seinen zweiten Krug leergetrunken.

»Wie fühlt ihr Euch, David?«, fragte Conrad.

»Ich fühle mich großartig«, sagte David. »Es dreht sich alles ein wenig, aber es fühlt sich an, als würde ich auf einer Wolke schweben.«

Conrad wandte sich an Lentz.

»Es ist wohl besser, Ihr bringt Euren beschwipsten Schwippschwager zu Bett«, sagte er. »Und passt auf der Treppe auf, sonst fällt er noch aus seiner Wolke.«

Lentz nickte und stütze David unter der Schulter, als dieser sich erhob. Langsam gingen sie zur Türe. David machte immer wieder torkelnde Schritte. Seitz rannte hinzu und stütze David unter der andern Schulter. So brachten sie ihn in sein Bett, wo er sogleich einschlief.

Die Wunderklinge

David erwachte nur langsam und hatte einen Brummschädel.

»War wohl zu viel Bier für Euch gestern«, sagte Lentz, als David an seinen Kopf fasste.

»Kaltes Wasser hilft gegen einen Brummschädel«, sagte Conrad.

David tauchte im Waschraum seinen Kopf in einen Eimer mit kaltem Wasser und fühlte sich danach sichtlich besser.

Nach dem Essen hatten sie wieder Fechtunterricht. Diesmal übten sie den Schlag zur Hüfte. Als der Waffenmeister zur Kontrolle kam, klopfte Davids Herz bis zum Hals. Was wird er wohl zu meinem Schwert sagen, dachte er.

Es dauerte tatsächlich nicht lange, bis der Waffenmeister losröhrte.

»Meister David, was tragt Ihr heute für ein Käsemesser? Wollt Ihr Eure Gegner verstinken?«

»Dies ist ein Sarazenenschwert, Waffenmeister. Pater Christian hat es mir geschenkt. Er hat auch gesagt, ich solle nicht damit fechten, denn es würde die Langschwerter beschädigen«, erläuterte David.

»Blödsinn, ich glaube nicht an die Ammenmärchen von Sarazenen-schwertern«, entgegnete Wolff. »Weshalb sollen die Heiden bessere Schwerter schmieden können als wir Christenmenschen? Wir werden ja sehen, wer heute seinen Kopf verlieren wird. Wir machen es wie gestern. Auf drei: Hals rechts!« Wolff zog sein Breitschwert und brachte es auf Position.

Auch David hatte ebenfalls blank gezogen und wartete in der Grund-position, bis Wolff auf drei gezählt hatte. Das Breitschwert sauste hinunter, David drückte die Finger fest um den Griff und drehte das Handgelenk zu Parade. Die Klingen trafen aufeinander, aber der Schlag war wesentlich weniger hart als das letzte Mal. Es stoben kei-ne Funken, aber es war ein kurzes, grässliches Quietschen zu hören. Danach lag die halbe Klinge des Breitschwertes neben David auf dem Boden.

»Das … das ist … Zauberei«, stammelte Wolff und schaute auf seine zerstörte Waffe. »Das hätte ich nie für möglich gehalten, hätte ich es nicht mit meinen eigenen Augen gesehen. Die Mythen sind also doch wahr.« Er warf sein defektes Schwert achtlos zu Boden und wartete eine Weile, bis er seine Fassung wiedergefunden hatte. Danach wand-te er sich an David und sagte: »Euer Käsemesser hatte mir heute ganz schön den Kopf gewaschen. Ja, ich würde sogar sagen, dass heute mein Kopf auf dem Boden liegt. Ihr habt da ein Wunderding von Pater Christian bekommen und könnt es mit Stolz tragen. Ich beglückwünsche Euch dafür.« Danach drehte er sich um, ging davon und murmelte: »Man lernt eben nie aus.«

164

Alle anderen waren wie aus dem Häuschen, schwirrten um David herum und beglückwünschten ihn immer wieder.

»Ist ja gut, Männer«, sagte Conrad, als sie sich ein wenig beruhigt hatten. »Die Vorstellung ist jetzt vorbei. Das Ding hat Waffenmeister Wolff besiegt, einen der besten Schwertkämpfer im Kaiserreich. Euer Ruhm wächst, David, doch wir wollen jetzt weiter üben, damit Ihr diese Wunderklinge auch richtig einsetzen könnt.

Am Nachmittag, als sie ihre Zielübungen machten, erzählte David Herne von der Sache. Herne lachte.

»Ich habe es schon vernommen«, sagte er. »In der Burg pfeifen es die Spatzen von den Dächern, dass der Unbezwingbare heute seinen Meister gefunden hat.«

»Und dazu ist der Meister noch ein Zwerg«, schmunzelte David und lachte dann herzhaft.

»Ihr seid Meister des Bogenschießens und jetzt noch Meister im Schwertkampf, und das alles in der ersten Woche. Was passiert wohl, wenn Ihr einen Monat da seid?«, lachte jetzt Herne seinerseits.

»Vielleicht kann ich dann noch Feuer speien«, grölte David.

Die beiden lachten herzhaft.

»Herne, noch etwas Ernsthaftes«, sagte David, als sie sich so weit wieder beruhigt hatten. »Wir haben hundert Pfeile. Wenn wir tatsächlich eine Kavallerieattacke aufhalten wollen, wie viele Pfeile brauchen wir dafür?«

»Ich glaube, ihr werdet zwei bis dreihundert Pfeile dafur brauchen. Dazu braucht ihr noch zweihundert in Reserve fur die nächste Attacke«, sagte Herne. »Der Baron hatte zweihundert bestellt. Ich musste also noch dreihundert herstellen.«

»Wie lange brauchst du dafür?«, wollte David wissen.

»Wenn ich alles Zubehör habe, brauche ich etwa eine Stunde für einen Pfeil. Ich mache also zehn Pfeile an einem Tag und wurde dementsprechend dreißig Tage benötigen.«

»Einen Monat also. Bitte sprich mit dem Baron darüber, wenn du kannst. Ich versuche es bei Conrad oder dem Waffenmeister. Wir müssen mindestens fünfhundert Pfeile haben«, sagte David, drehte sich um und ging zurück zu seinem Bogenstand. Von da aus rief er: »Herne, wie kann man Feuer spucken?«

Herne lachte, machte eine abweisende Handbewegung gegen diesen Schalk und wandte sich seinen Schülern zu.

Weihnachten

Es waren einige Wochen vergangen. Der Winter hatte endgültig Einzug gehalten. Es hatte kräftig geschneit, und die Landschaft sah aus wie eine verzauberte Märchenwelt. Die Schwertübungen wurden abgesagt. Es war zu rutschig auf der Wiese, und dadurch war die Verletzungsgefahr zu groß. Dafür waren die Rekruten zum Wachdienst freigegeben worden und waren jetzt für die Turmwachen eingeteilt.

David hatte an Christnacht die erste Nachtwache und konnte deshalb nicht an der Christmesse teilnehmen. Es war für ihn die erste Christnacht, die er nicht im Kreise seiner Liebsten verbringen konnte. Er hatte schreckliches Heimweh. Er musste sich zusammennehmen und an etwas anderes denken, an die Freundschaft mit Christian zum Beispiel. Jede freie Minute hatte er mit Christian verbracht. Sie hatten zusammen geredet, gelesen, gebetet und auch viel gelacht. Alles, was man mit seinem Bruder ebenso macht. Aber jetzt musste sich David von seinen Gedanken lösen. Er musste zu Hauptmann Ewalt. Warum, das wusste er nicht.

Er erhob sich von seinem Bett und ging hinüber zur Wachstube, wo Hauptmann Ewalt an seinem Schreibtisch saß. Neben ihm saß Waffenmeister Wolff, der ihm einen Stuhl anbot.

»David«, sprach Wolff, »Ihr habt in letzter Zeit große Fortschritte gemacht. Ihr seid ein ausgezeichneter Bogenschütze. Wir können Herne nicht länger mit der Ausbildung belasten, und deshalb haben wir gedacht, dass wäre eine Aufgabe für Euch. Wir würden Euch zum Unteroffizier der Bogentruppen befördern. Ihr erhaltet jeden Monat einen Batzen Sold und seid von jeglichem Wachdienst befreit. Ihr erhaltet Reitunterricht und ein eigenes Pferd für freie Ausritte. Als Unteroffizier habt Ihr nach Dienstschluss freien Ausgang bis morgens zur sechsten Stunde, außer bei besonderen Ereignissen. Was sagt Ihr dazu?«

»Waffenmeister, ich fühle mich sehr geehrt, aber ich kann diese Verantwortung nur übernehmen, wenn Ihr meine Bedingungen erfüllt.«

»So, Ihr erdreistet Euch, Bedingungen für Eure Beförderung zu stellen?«, echauffierte sich Wolff. »So etwas habe ich noch nie erlebt. Aber das ist ja mit Euch nichts Neues. Also, wie lauten Eure Bedingungen?«

»Als Unteroffizier bin ich verantwortlich für meine Männer, und ich will, dass sie eine Kavallerieattacke überleben können. Dazu brauchen wir aber im Minimum dreihundert Pfeile. Wir brauchen zusätzlich zweihundert Pfeile in Reserve, damit wir einen weiteren Angriff überstehen könnten. Wir haben bis jetzt hundert Pfeile bei der Truppe und weitere hundert im Kontor. Meine erste Forderung lautet: Die Truppe erhält tausend Pfeile, die sie selbst verwaltet und die nach vergangener Schlacht wieder vom Kontor aufgefüllt werden.«

»Pfeile kosten viel Geld, aber Eure Gedanken haben was für sich«, entgegnete Wolff. »Auch ich möchte, dass meine Truppen eine Überlebenschance hat. Also gut, einverstanden. Ich werde die Pfeile beim Verwalter bestellen. Was habt Ihr noch?«

»Wir müssen Reiter von ihren Pferden schießen können«, sagte David. »Dafür brauchen wir eine Anlage mit einer beweglichen Scheibe, die ein Pferd im Galopp ziehen kann. Wenn Ihr nicht wisst, wie man so etwas baut, stellt meinen Bruder Friedrich dafür an. Er ist sehr geschickt und könnte das in kürzester Zeit bauen.«

»Auch diese Idee kann ich unterstützen. Wir werden nach den Feiertagen nach Friedrich schicken. Was noch?«, fragte Wolff.

»Wir sind eine eigene Truppengattung und haben Anrecht auf ein eigenes Banner«, sagte David.

»Einverstanden«, sagte Wolff

»Das wir selber gestalten können«, doppelte David nach.

»Gut, ich vertraue auf Euer Ehrgefühl«, entgegnete Wolff.

»Lentz wird mein Stellvertreter und führt das Banner als Korporal«, sagte David weiter.

»Einverstanden«, sagte Wolff

»Als letztes möchte ich denselben Sold bekommen wie ein Unteroffizier der Pikeniere, nämlich zwei Batzen«, sagte David.

»Das ist leider nicht möglich«, sagte der Waffenmeister. »Zwei Batzen erhält ein Unteroffizier der Landsknechte. Dies ist sein Beruf, und die zwei Batzen sind seine ganze Entlohnung. Ihr seid im Frondienst. Während dieser Zeit kann ich Euch nicht mehr zahlen. Aber ich mache Euch ein Angebot im Guten. Da ich Euch nicht mit einem Bogen und einem Schwert ausrüsten musste, bezahle ich Euch einen Kreuzer im Monat zusätzlich. Wenn Ihr Euren Frondienst abgeleistet habt und weiter im Dienst bleiben wollt, bekommt Ihr zwei Batzen Sold im Monat. Was sagt Ihr dazu?«

»Unter diesen Umständen bin ich einverstanden und sage von Herzen Ja«, sagte David.

»Sehr gut«, sagte Wolff. »Bitte sagt den Männern noch nichts. Ich möchte es heute Abend beim Essen verkünden. Die Beförderung gilt auf ersten Jänner. Wenn Ihr Euer Banner bis dahin fertig habt, ist am Nachmittag Fahnenweihe, und am Abend werdet Ihr und Lentz darauf vereidigt. Eure Familie ist dazu herzlich eingeladen und kann die Nacht in zwei Kammern der Dienerschaft übernachten. Dann kann Friedrich am anderen Tag gleich mit dem Bau beginnen. Ist das in Eurem Sinn?«

David strahlte über alle Backen. Er würde seine Familie in Kürze in die Arme schließen können. Er war restlos glücklich.

»Ja natürlich«, sagte er überschwänglich. »Ich freue mich sehr, Waffenmeister.«

»Gut, dann sind wir uns einig, und es bleibt mir nur, Euch zu gratulieren, Unteroffizier«, sagte Wolff und schüttelte David die Hand.

Auch Hauptmann Ewalt gratulierte ihm. Danach ging David wieder in seine Kammer.

»Du warst beim Hauptmann, was war los?«, wollte Lentz wissen, als David eintrat.

»Ich darf es Euch nicht sagen«, entgegnete David. »Wolff möchte es Euch selber sagen.« Er schaute sich um. Niemand außer ihnen war in der Kammer. »Wo sind die anderen?«, fragte er.

»Seitz ist auf der Wache, und die anderen sind im Stall«, erklärte Lentz. »Jost zeigt ihnen die Pferde. Sie werden zur siebten Stunde zurück sein.«

»Warum seid Ihr nicht mitgegangen?«, wollte David wissen.

»Hat mich nicht interessiert«, sagte Lentz. »Pferde haben wir selber.«

»Ich gehe noch in die Kapelle, bin aber zur siebten Stunde wieder zurück. Ich möchte auf keinen Fall Agnes' Weihnachtszauber verpassen«, sagte David und ging hinaus.

Als er die Kapelle betrat, war Christian wieder einmal damit beschäftigt, die Kerzen in den Leuchtern auszutauschen. Als David nähertrat, schaute er auf.

»Ah David«, sagte er, »schön dass du kommst. Ich bin an den Vorbereitungen für die Christmesse und könnte Hilfe gut gebrauchen.«

»Gerne Christian, was soll ich tun?«, fragte David.

»Du kannst die Krippe aufstellen«, sagte Christian. »Sie kommt vorne in die Mitte. Du findest alles beim Kruzifix.«

David ging zum Kreuz, bekreuzigte sich und trug den Stall zur Mitte. Danach ging er wieder zurück. Am Boden stand eine kleine Kiste. Darin befanden sich alle Figuren. Jede war einzeln in Stoff eingewickelt. Er wickelte die erste aus und musste laut lachen.

»Was ist denn?«, fragte Christian.

»Der Josef sieht genauso aus wie unser Josef, der Zimmermann«, erklärte David.

»Ja, Männer mit Bärten sehen schnell gleich aus«, sagte Christian.

»Aber dieser hier hat noch ein Loch im Kopf«, entgegnete David.

»Das ist für den Heiligenschein. Den musst du dort hineinstecken. Die Heiligenscheine sind in dem kleinen Samtkästchen. Sie wurden von einem Goldschmied in Trier gefertigt. Sie sind sehr filigran. Du musst sehr behutsam damit umgehen«, erkläre Christian.

David packte zuerst alle Figuren aus und legte sie auf die erste Bank. Danach nahm er die drei Heiligenscheine und setzte sich dazu. Die goldenen Heiligenscheine waren an einem Goldstift befestigt. Jeder Stift hatte einen anderen Durchmesser, so dass er jeweils nur genau auf eine Figur passte. Der Heiligenschein mit dem dicksten Stift war für Josef, der mit dem mittleren Stift für die Jungfrau Maria, und der Heiligenschein mit dem feinsten Stift passte auf das Jesuskind. Als er fertig war, begann er die Figuren aufzustellen. Zuerst Esel und Ochse in den Stall, die heilige Familie davor, Hirten links, Könige rechts.

»Wie geht es deinem Heimweg?«, erkundigte sich Christian.

»Im Moment bestens«, entgegnete David. »Ich könnte sogar jubeln vor Freude. Wolff will mich zum Unteroffizier befördern. Am ersten Jänner ist die Vereidigung. Dann werde ich sie alle in die Arme schließen können.« David machte einen Luftsprung vor Freude.

Christian lächelte.

»So was in der Art habe ich bereits vermutet«, sagte er. »Herne stinkt es nämlich gewaltig, dass er jeden Nachmittag zur Burg kommen muss.«

David ging zu seinem Freund und half ihm bei den Kerzen. Sie horchten auf, als die Burgglocke die siebte Stunde schlug.

»Komm«, sagte Christian. »Wir wollen doch Agnes' Köstlichkeiten nicht verpassen.«

Sie legten ihre Arbeiten zur Seite und gingen hinaus. David holte seine Kameraden ab, und gemeinsam betraten sie den Gesindesaal. Es roch himmlisch. Alle Tische waren bereits gedeckt. Die Mägde trugen dampfende Schüsseln mit Semmelknödeln und Rotkraut herein und stellten je eine Schüssel auf jeden Tisch. David und die anderen setzten sich und bekamen einen Krug Bier vorgesetzt.

»Passt auf, Ihr müsst noch zur Wache«, sagte Lentz zu David.

»Keine Sorge, ich will meine Blase sowieso schonen«, entgegnete David.

Jetzt trugen zwei Mägde eine große Schüssel mit einem Braten herein.

»Rollbraten mit Pilzen an Rotweinsauce«, schwärmte Kuntz, mit dem David an diesem Abend auf Wache musste.

Conrad kam an ihren Tisch.

»Die Wachablösung ist heute ausnahmsweise schon zur elften Stunde«, sagte er. »So können die anderen noch essen, und die Küchenmannschaft kommt dann noch rechtzeitig zur Christmesse. Trinkt nur wenig und zieht euch so warm wie möglich an. Es ist bitter kalt, und es wird eine lange Nacht werden.«

David versuchte ein Stück vom Rollbraten. Er schmeckte köstlich, und das Fleisch verging fast auf der Zunge. Aber auch die Knödel in Verbindung mit der Rotweinsauce waren ein Gedicht.

»Versucht einmal das Rotkraut«, sagte Lentz mit vollem Mund. »Ich glaube, es ist mit Honig gesüßt.«

Sorgfältig testete David das Rotkraut und versuchte alle Essenzen herauszuschmecken. Honig, Nelken, Gewürzgurken und noch einiges mehr, was sein Gaumen nicht erkennen konnte, waren im Kraut vorhanden.

Es war ganz still im Saal. Alle genossen die Köstlichkeiten. Wenn jemand seinen Krug geleert hatte, stellte er diesen mit der Öffnung nach unten auf den Tisch. Ab und zu standen einige Mägde von ihrem Essen auf, sammelten die leeren Krüge ein, füllten sie wieder auf und brachten das herrliche Nass wieder zurück.

Nach dem Essen, als alles abgeräumt war, kam Waffenmeister Wolff herein und verkündete die Beförderungen von Lentz und David. Nachdem sie alle Gratulationen entgegengenommen hatten, nahm Ella ihre Laute hervor und spielte Weihnachtslieder. Die Leute sangen leise mit. Nach einer Weile stand Kuntz wortlos auf und legte David die Hand auf die Schulter. David nickte, erhob sich ebenfalls, und zusammen verließen sie den Gesindesaal.

»Es ist eine sternenklare Nacht«, sagte Kuntz auf der Treppe, »und jetzt schon bitter kalt. Ihr müsst anziehen, was Ihr könnt.«

In der Kammer zog David sein Nachthemd an und stülpte den Winterwams darüber. Dann zog er sich noch die warme Strumpfhose an, bevor er in die Hose stieg und das Kettenhemd wieder überstülpte. Die Schuhe drückten ein wenig, aber es war zum Aushalten. Nachdem er Schwert und Waffentuch umgebunden hatte, hängte er Bogen und Köcher über, zog die dicke Wollmütze an, schob die Kettenhaube darüber und band sich den Helm fest. Danach griff er nach den Wollhandschuhen und ging zum Wachhabenden, wo Kuntz bereits auf ihn wartete. Gemeinsam gingen sie hinaus und stiegen die Außentreppe empor bis zur Turmspitze.

»Ihr müsst Euch jetzt am Handlauf gut festhalten«, sagte Kuntz im zweiten Stockwerk. »Die Treppe ist Wind und Wetter ausgesetzt und hat oftmals vereiste Stellen. Tretet vorsichtig auf, nicht, dass Ihr stürzt.«

David ging vorsichtig nach oben, rutsche einmal, konnte sich aber festhalten. Oben betraten sie den Turm, wo Seitz auf und ab hüpfte, um seine Glieder warmzuhalten.

»Gut, dass ihr kommt«, sagte er, als er sie sah. »Es ist saukalt hier oben. Eine Stunde länger, und ich wäre zur Eissäule erstarrt.« Seitz hängte die Wolldecke ab, die er um die Schulter trug, wickelte sie um Davids Schultern und sprach: »Soll angeblich warmgeben.«

»Agnes hat ein köstliches Mahl gezaubert«, schwärmte David. »Da wird es Euch schon wieder warm werden.«

»Hm, Agnes' Weihnachtsbraten. Ich habe mich den ganzen Tag schon darauf gefreut«, sagte Heynrich und rollte verzückt mit den Augen. »Vielleicht bekommen wir auch ein heißes Glühbier zum Aufwärmen.«

»Das leere ich mir in die Schuhe, damit meine Zehen wieder auftauen«, jammerte Seitz.

»Kommt, Ihr Häufchen Elend«, sagte Heynrich zu Seitz, und sie staksten gemeinsam die Treppe hinunter.

David ging nach vorn und atmete die Nachtluft tief ein. Die Luft war eisig, und beim Ausatmen entstand ein feiner Wasserdampf, der wie weißer Rauch aussah. Der Wind blies kalt und stetig vom See her. Der Mond glitzerte im Wasser. Die kleinen, silbernen Wellen kräuselten sich immer wieder.

»Ein wunderschöner Anblick«, schwärmte David.

»Ja, die Landschaft ist traumhaft«, sagte Kuntz. »Vor allem Stein mit seinen vielen Lichtern sieht im Schnee wie eine Märchenstadt aus.«

»Ja, es ist wunderschön«, hauchte David. »Wahrscheinlich sitzen alle in ihren Stuben und feiern die Christnacht.«

»Es wird noch schöner, wenn sie mit ihren Laternen zur Christmesse gehen. Dann ist Stein dunkel, und die Lichter bewegen sich wie die Strahlen eines Sterns auf das Brückentor zu. Dort bündeln sie sich und lassen die Brücke und den Anstieg zur Johanneskirche in einem speziellen Licht erstrahlen. Schaut, es beginnt schon. Da drüben kommt eine ganze Kolonne vom Niederfeldhof her«, sagte Kuntz.

»Ja, dass müssen mehr als zwanzig Laternen sein«, sagte David und versank in Gedanken. Meine Familie ist wahrscheinlich auch dabei, dachte er. Wir gingen meistens über den Niederfeldhof zur Christmesse. Danach übernachteten wir immer in der Herberge. Dies war ein Luxus, den sich unser Vater leistete. Er wollte nicht, dass die Mutter den weiten Weg wieder zurückstapfen musste. Die Herberge war immer toll, und das Frühstück am Weihnachtsmorgen war ein Erlebnis.

»Herberge … ein Privileg, das dem Jesuskind vorenthalten war«, dachte er laut.

»Was meint Ihr?«, fragte Kuntz.

»Nichts, ich war nur in Gedanken«, antwortete David. Es begann ihn leicht zu frösteln, und er zog sich die Decke enger um die Schultern. Dabei rümpfte er seine Nase und fragte: »Sind das Pferdedecken?«

Kuntz lachte.

»Ja«, sagte er, »die wärmen am besten. Sie sind gewaschen, aber riechen eben immer noch ein wenig. Hauptsache, sie geben warm. Verstunken ist noch niemand, erfroren sind schon viele.«

Jetzt musste auch David lächeln.

»Wie Ihr meint«, sagte er. »Übrigens, was sind das für Holztafeln an der Wand da drüben?«

»Das sind Signaltafeln«, erklärte Kuntz. »Den Sinn und Zweck erkläre ich Euch später. Lasst uns erst die Lichterprozession in Stein ansehen«

»Ja natürlich«, sagte David und schaute wieder zum Städtchen hinunter. Immer mehr Häuser wurden dunkel, und in allen Gassen waren jetzt viele Laternen zu sehen, die sich langsam zum Brückentor bewegten.

»Schaut, die Leute vom Niederfeldhof sind jetzt schon am Untertor«, sagte David. »Es wird wohl bald die zwölfte Stunde sein.«

Kuntz drehte ruckartig seinen Kopf zur Burgglocke und atmete dann erleichtert auf.

»Es ist noch nicht so weit«, sagte er.

David folgte seinem Blick. Neben der Burgglocke hing ein Holzschlegel an der Wand. Daneben hing ein kleines Brett, auf dem von oben nach unten die Zahlen eins bis zwölf eingebrannt waren. Davor hatte es ein kleines Loch, in das konnte man einen Holzstöpsel stecken, der an einer Schnur befestigt war. Der Stöpsel steckte im elften Loch. Neben dem Brett war ein kleines Gestell angebracht. Auf dem Gestell stand ein Sandglas.

»Das Sandglas sieht aus wie das des Wachhabenden«, sagte David.

Kuntz nickte.

»Der Sand läuft im Glas eine Stunde«, sagte er. »Wenn es abgelaufen ist, muss es sofort gedreht werden. Danach stöpselt man am Brett ein Loch weiter. War man mit dem Stöpsel ganz unten, beginnt man wieder mit dem ersten Loch oben. Vor dem Stöpsel hat es kleine Striche. Wer nicht zählen kann, schlägt für jeden Strich einmal. Der Wachhabende macht mit seinem Stundenglas dasselbe. Wenn er dann die Glocke nicht hört, kommt er, um nach dem Rechten zu sehen. Haben wir es vermasselt, hagelt es drakonische Strafen. Bei Wachvergehen kennen sie kein Pardon.«

David schaute zur Kirche. Kein Licht war mehr in den Gassen zu sehen. Kuntz ging jetzt zum Stundenglas. Einige Augenblicke später drehte er das Glas, schob den Stöpsel ein Loch weiter und schlug zwölf Mal gleichmäßig mit dem Holzschlegel auf die Glocke.

»Christ ist geboren«, sagte David, kniete nieder und faltete die Hände.

Kuntz kniete neben ihn und David sprach das »Vater Unser «. Danach bekreuzigten sie sich und erhoben sich wieder.

»Ihr könnt das so gut wie ein Pfaffe«, sagte Kuntz erstaunt.

»Das sind die Früchte vom jahrelangen Unterricht bei Pater Christian«, entgegnete David.

Kuntz nickte und entzündete die Laterne neben den Holztafeln.

»Die hellen Tafeln sind Meldetafeln«, sagte er, »die drei dunklen sind Befehlstafeln. Auf den Tafeln sind drei Sachen aufgemalt. Auf drei Vierteln der Tafel ist das Wappen oder ein Buchstabe für einen Befehl gemalt. Im unteren Viertel links ist das Horn aufgemalt, in das man blasen muss. Im unteren Viertel rechts befinden sich Striche. Pro Strich wird einmal geblasen, wobei ein dicker Strich einen langen Ton bedeutet, ein dünner Strich bedeutet einen kurzen Ton. Das A auf der Befehlstafel bedeutet Alarm. Alle Tore werden geschlossen und doppelt bemannt. Der Hauptmann oder der Waffenmeister kommt auf den Turm, um sich die Situation anzusehen. Alarm wird geblasen, wenn sich eine größere Reitergruppe nähert, die ein feindliches oder unbekanntes Wappen trägt. Das H auf der Befehlstafel bedeutet, dass der Hauptmann auf den Turm gerufen wird. Das Z bedeutet, dass alle Truppen unverzüglich zur Burg zurückkehren müssen. Befehle werden immer mit dem großen Horn geblasen. Es hat einen tiefen Ton.
Bei den Meldetafeln ist oben immer ein Wappen aufgemalt. Entdeckt man einen Meldereiter mit diesem Wappen, so wird das mittlere Horn geblasen. Sind es mehrere Reiter oder ein Schiff, so wird das Signalhorn geblasen. Es hat einen hohen und schrillen Klang. Kennt Ihr schon einige Wappen, David?«
David überlegte kurz.
»Ich kenne den roten Turm von Meersburg«, sagte er, »und das rote Kreuz des Bischofs von Konstanz. Und einen schwarzen Bären mit einem gelb-blau gezackten Schild habe ich auch schon gesehen.«
»Das ist das Wappen der Burg Hohentwiel«, sagte Kuntz. »Wir haben an der Wand etwas mehr als dreißig Meldetafeln. Fünf sind in jeder Reihe. Sie sind nach Wichtigkeit geordnet. Zuerst hängt die Meersburg, dann kommt der Bischof von Konstanz, gefolgt von Hohentwiel. Die drei blauen Hirschgewcihe auf gelbem Grund gehören dem Grafen von Nellenburg. Seine Schiffe kommen oft rheinaufwärts und legen in Stein an. Die zwei schrägen, goldenen Löwen auf schwarzen Grund gehören zur Kyburg. Sie kommen ab und zu mit einer Wagenkolonne, die Güter von der Schifffahrt laden. Das wären die ersten fünf.«

»Und wem gehört das rote Wappen mit den drei gelben Bechern?«, wollte David wissen.

»Das nicht gelb sondern golden«, lachte Kunz. »Golde Becher nennt man Staufen und folglich gehört das Wappen den Freiherren von Staufen. Da unsere kaiserliche Majestät ein Herr von Staufen ist, gehört dieses Wappen unseres Kaisers«, erklärte Kuntz

»Wirklich?«, sagte David erstaunt. »Die meisten Meldereiter, die ich gesehen habe, hatten aber das gelbe Wappen mit dem schwarzen Vogel, dass neben dem Staufenwappen hängt.«

»Der Vogel, wie Ihr ihn benennt, ist unser Reichsadler«, lachte Kunz. »Es ist das offizielle Wappen unseres Kaiserreichs. Unsere kaiserliche Majestät ist, wie viele alte Kämpfer, sehr abergläubisch. Er kämpft immer mit seinem alten Schild, mit dem Staufenwappen darauf. Nur bei offiziellen Anlässen trägt er die Farben des Kaiserreichs.«

David schaute auf das Stundenglas. »Die Stunde ist gleich um«, sagte er.

»Wollt Ihr die Stunde schlagen?«, fragte Kuntz.

David nickte und ging zur Glocke. Als aller Sand sich im unteren Glasteil befand, wendete er das Stundenglas, drückte den Stöpsel auf die erste Stunde und schlug einmal mit dem Holzschlegel auf die Glocke.

Kuntz nickte zustimmend.

»Die Christmesse ist vorbei«, sagte er. »Die Leute kommen wieder aus der Kirche.«

Immer mehr Leute schwärmten aus der Kirche und erhellten mit ihren Laternen die dunklen Gassen.

»Sieht ein wenig aus wie ein Tanz von Glühwürmchen«, sagte David.

»Ja, nur viel langsamer«, sagte Kuntz. »Außer die zwei vor der Herberge, die tanzen hin und her.«

»Das … das ist meine Familie, ganz sicher«, jubelte David, hängte die Laterne ab und schwenkte sie ebenfalls hin und her.

»Jetzt tanzen sie auf und ab«, sagte Kuntz.

»Sie haben mich gesehen«, frohlockte David, hob seine Laterne auch mehrmals hoch und runter und schrie in die kalte Nacht hinaus: »Gute Nacht, meine Lieben!«

»Seid Ihr verrückt!«, keifte Kuntz ihn an. »Unter uns sind die Gemächer des Barons. Wenn der das gehört hat, gibt es sicher Ärger.«

»Glaube ich nicht. Der ist sicher noch in der Kapelle«, beruhigte ihn David, dreht sich wieder den Wappen zu und fragte: »Und wozu dient diese Büchse in der Ecke?«

Kuntz wurde ein wenig verlegen.

»Das ist meine Urinbüchse«, sagte er kleinlaut. »Ich habe eine schwache Blase und kann in so kalten Nächten wie diesen mein Wasser nicht sechs Stunden bei mir behalten, also entrichte ich meine Notdurft da hinein. Diese Büchse habe ich von einem Kesselflicker erstanden, der Deckel ist verschließbar. So schwappt nichts hinaus, wenn ich auf der rutschigen Treppe hinuntergehe. Ihr verratet mich doch nicht?«

»Nein, keine Angst, Kuntz«, sagte David. »Erklärt mir noch die nächsten Wappen.«

Kuntz nickte und wollte soeben beginnen, als Pater Christian in den Turm trat.

»Christ ist geboren«, sagte er.

»Halleluja. Amen«, antwortete David.

»Agnes hat Bier erhitzt und wärmende Gewürze darin ziehen lassen. Ich dachte, ihr könntet etwas Heißes gebrauchen und habe euch zwei Krüge mitgebracht.«

Kuntz strahlte.

»Das Glühbier von Agnes schmeckt vorzüglich«, sagte er. »Man muss es nur heiß trinken. Vielen Dank, Hochwürden.«

David nahm einen großen Schluck. Es war noch angenehm warm und eine Wohltat für den kalten Magen. Er trank den Krug schnell leer, denn bei diesen Temperaturen wäre das Bier im Steinkrug schnell ausgekühlt.

Auch Kuntz hatte ausgetrunken und gab den Krug zurück.

»Das war ein Vorgeschmack auf den Himmel, Hochwürden«, sagte er.

»Und in der Höhe befinden wir uns auch schon«, schmunzelte Pater Christian und macht sich wieder an den Abstieg.

Kuntz erklärte David noch die anderen Wappen. Damit wurde die Zeit angenehm verkürzt und lenkte auch ein wenig von der klirrenden Kälte ab. Als ihre Ablösung eintraf, gingen sie mit steifen Gliedern sorgsam die Treppe hinunter. Im Gesindesaal tranken sie noch ein wenig Glühbier und aßen einen Haferbrei. Je mehr Wärme in den Körper zurückkam, desto mehr stieg eine bleierne Müdigkeit in David auf. Da kam der Verwalter mit Nikolaus im Schlepptau herein und setzte sich David gegenüber.

»Ihr seid sicher müde«, sagte er, »aber wir brauchen noch kurz Eure Aufmerksamkeit. Ihr wolltet ein Banner nach Euren Wünschen haben. Nikolaus wird es für Euch herstellen. Wir haben nur wenig Zeit, und deshalb möchte ich Euch bitten, dass Ihr jetzt Nikolaus mitteilt, wie dieses Banner auszusehen hat.« Nach diesen Worten stand der Verwalter auf und ging wieder hinaus.

»Das Banner soll zweigeteilt sein«, sagte David zu Nikolaus, »von oben links nach unten rechts. Unten soll das Wappen von Klingen sein, also ein silberner Löwe auf schwarzem Grund. Der obere Teil sollte einen gelben Grund haben. Darin sollte oben eine geballte Faust sein. Darunter ein Bogen, gekreuzt mit drei Pfeilen. Ganz unten als Abschluss ein Langschwert in horizontaler Ausrichtung. Habt Ihr das so weit verstanden?«

Nikolaus nickte.

»Ich habe von Eurem Schwert gehört«, sagte er schüchtern. »Darf ich es mir einmal ansehen?«

David lächelte, zog blank und legte die Klinge auf den Tisch.

Nikolaus betrachtete die Waffe eine Weile.

»Ein herrliches Stück«, sagte er. »Könnt Ihr mir zum Schluss auch noch einen Pfeil als Muster mitgeben?«

David zog einen Pfeil aus seinem Köcher und übergab ihn Nikolaus, der sich sofort an die Arbeit machen wollte. David ging zum Waschraum und wurde von Hauptmann Ewalt abgefangen.

»David, bevor Ihr zur Ruhe geht, möchte ich Euch fragen, ob Ihr außer Eurer Familie sonst noch jemanden zur Vereidigung einladen möchtet«, fragte der Hauptmann.

»Ganz sicher Pater Christian und Herne«, sagte David, überlegte noch eine Weile und flüsterte dem Hauptmann darauf ein paar Worte ins Ohr.

»Ich werde nach ihnen schicken. Sie werden sich sicher freuen«, sagte der Hauptmann schmunzelnd.

David nickte und ging in den Waschraum, wo er endlich seine Notdurft verrichten konnte. Danach ging er in die Kammer und entkleidete sich bis aufs Nachthemd und stülpte sich dann das Kettenhemd wieder über. Er warf sich auf seine Matratze, und der Schlaf griff augenblicklich nach ihm.

Fahneneid

Die Tage waren wie im Fluge vergangen. Es hatte noch mehr geschneit. Der Übungsplatz konnte nicht mehr verwendet werden, und Conrad hatte neue Übungen ausgedacht, um die Muskeln der Rekruten zu stählern. So mussten sie zum Beispiel den Amboss von Seyfrid in der Schmiede hin und her tragen oder mit den schweren Schmiedehammern glühendes Eisen flach schlagen. Sehr beliebt war auch, schwere Holzscheiter auf den Turm und wieder hinunter zu tragen. Es waren alles Übungen, bei denen David nicht brillieren konnte, da er physisch nicht mit seinen Kameraden mithalten konnte. Diese halfen ihm aber, wo sie nur konnten, und ließen ihn seine Unterlegenheit niemals spüren. Sie waren eine zusammengeschweißte Gruppe, in der sich jeder auf den anderen verlassen konnte. David freute sich, als er erwachte. An diesem Tag würde er seine Familie wiedersehen. Es war sein und Lentzens Ehrentag. Nach der Vereidigung würde es ein großes Fest geben, und Agnes würde spezielle Köstlichkeiten auftischen. Als Ehrengäste würden David und Lentz mit ihren Familien und Gästen im Speisesaal des Barons speisen. David war noch nie im Speisesaal gewesen und war gespannt, wie es da wohl aussah.

Lentz trat an sein Bett und half ihm beim Aufrichten, denn dies fiel David, wegen dem Kettenhemd, immer noch schwer. Ansonsten hatten die Muskelübungen von Conrad auch bei ihm gefruchtet, und er konnte mit diesem Eisengeschirr nun sogar rennen. Selbst schlafen ging immer besser. Er hatte sich eine Technik angeeignet, wie man sich im Bett mit dem Kettenhemd rollen konnte, ohne aus dem Schlaf gerissen zu werden. Das Gefühl, durch das Gewicht des Kettenhemdes an das Bett genagelt zu sein, war Geschichte.
Conrad trat ins Zimmer.
»Guten Morgen Männer«, sagte er. »Dies ist mein letzter Weckauftritt bei euch. Ab morgen wird das euer neuer Unteroffizier übernehmen. Unser Programm für heute sieht wie folgt aus: Nach dem Frühstück eine Stunde Muskelübungen, danach habt ihr freie Zeit, um euch zu waschen und eure Ausrüstung in Stand zu stellen. Holt euch im Kontor frische Waffentücher. Zur zehnten Stunde hole ich euch ab, und wir gehen gemeinsam zum Gesindesaal, wo ihr euch auf einer Linie aufstellen werdet. Ich habe eine Scheibe in Saal aufstellen lassen, und Lentz und David werden je drei Schuss zur Demonstration schießen. Daraufhin wird der Baron persönlich David und Lentz die Beförderungen aussprechen und ihnen ihre Rangabzeichen übergeben. Anschließend gibt es einen kleinen Umtrunk. David und ich müssen danach für den Tagesrapport zum Hauptmann. Nach der Zeremonie habt ihr frei bis zur zweiten Stunde. Da gehen wir ebenfalls wieder in den Gesindesaal, und ihr stellt euch wieder in einer Linie auf. Am Anfang steht jetzt aber der Unteroffizier, dann kommt der Korporal, und danach geht es der Größe nach. Der Baron wird mit eurem Banner an euch vorbeigehen, und Pater Christian wird die Fahne segnen. Danach wird der Baron vor euch treten, und Lentz wird das Banner übernehmen. Zur sechsten Stunde ist dann die Vereidigung ebenfalls im Gesindesaal. Alle sind wieder anwesend. Nach der Vereidigung feiern wir ein Fest. David und Lentz gebührt dabei die Ehre, im Speisesaal des Barons zu essen. Damit alle mitfeiern

können, müsst ihr heute und morgen früh keine Wache entrichten. Ihr werdet erst zur neunten Stunde geweckt und könnt bis dahin ausschlafen. Die Wache zur zwölften Stunde wird dann wieder angetreten.«

Lautes Gebrüll der Begeisterung erfüllte die Kammer. In diesem Moment kam Jost herein.

»Die wollten mich nicht auf die Wache lassen«, sagte er aufgelöst.

Schallendes Gelächter war die Antwort. Jost verstand die Welt nicht mehr, aber sein Bruder Utz setzte ihn ins Bild, und danach gingen sie gemeinsam zum Frühstück.

Beim zehnten Glockenschlag stand Conrad in ihrer Kammer und führte sie in den Gesindesaal. Heynrich und Kuntz standen an der Seite und hatten eine Trommel vor den Bauch gebunden. Als der Baron eintrat, begannen sie mit einem Trommelwirbel. Der Baron schritt herein und stellte sich vor die Truppe hin. Der Trommelwirbel verstummte.

»Es freut mich, heute zwei Männer aus meiner Truppe auszuzeichnen«, sagte der Baron. »Aber bevor ich das tue, sehen wir eine Demonstration ihres Könnens.«

David und Lentz traten heraus und stellten sich hinten an die Wand. Lentz begann und zielte langsam, aber genau auf die Scheibe. Alle seine drei Pfeile waren ein wenig zu hoch, steckten aber noch im roten Kreis. David drehte seinen Köcher nach vorne. Lentz schmunzelte, denn er wusste was jetzt kommen würde. *Siiff! Siiff! Siiff!* Blitzschnell schoss David seine Pfeile ab, und alle steckten im Zentrum der Scheibe. David war beinahe so schnell wie Herne geworden.

»Unglaublich«, sagte der Baron tief beeindruckt. »Ich möchte nicht Euer Feind sein. In Kürze würde sich der Eber in ein Stachelschwein verwandeln.« Er brüllte vor Lachen und schlug sich vor Freude auf die Schenkel. Der ganze Saal lachte mit. »Es sieht so leicht aus«, fuhr er fort. »Kann ich es auch einmal versuchen?«

David nickte, und Lentz übergab dem Baron seinen Bogen, lud einen Pfeil, erklärte, wie man schießen muss und trat dann zurück. Der Baron zog die Sehne zurück, der Pfeil drehte sich vorn beim Bogen zur Seite, und – *Siiff!* – der Pfeil steckte fünf Schritte neben ihm in der Holzverkleidung der Wand.

»Ach du meine Güte«, sagte der Baron. »Gut, dass mir das nicht während der Schlacht passiert ist. Das wäre etwa Eure Position gewesen, Wolff, nicht wahr?«, sagte er und brach wieder in schallendes Gelächter aus.

»Es ist zum Haareraufen mit diesen Bogenschützen«, entgegnete Wolff lachend. »Zuerst schlägt mir ein Zwerg den Kopf mit einem Käsemesser ab, und jetzt schießen mir die Adligen noch Pfeile in meinen Allerwertesten. Ich glaube, ihr wollt mich unbedingt loswerden.«

Wieder lachte der ganze Saal. Als das Lachen verstummt war, traten Lentz und David wieder in ihre Linie ein. Der Saal hatte sich weiter gefüllt. Hinter dem Baron stand der junge Herr Eberhard, der seinen verletzten Arm in einem Tuch vor der Brust trug. Neben ihm standen Wolff und Pater Christian. Hinter ihnen waren die Knappen. Der Hauptmann stand an der Seite.

»Männer, es ist mir eine große Freude, zwei von euch wegen euren hervorragenden Leistungen zu befördern«, sagte der Baron. »David, Sohn von Hannes, dem Köhler: Hiermit befördere ich Euch zu meinem Unteroffizier.«

David machte einen Schritt nach vorne und nahm das Rangabzeichen des Wachmeisters entgegen.

»Ich gratuliere Euch, David«, sagte der Baron und schüttelte David die Hand. Danach trat David wieder zurück, und der Baron sagte: »Lentz, Sohn des Bauern Ulrich, ich befördere Euch zu meinem Korporal.«

Lentz trat nach vorn und nahm sein Rangabzeichen entgegen.

»Ich gratuliere Euch, Lentz«, sagte der Baron und schüttelte ihm die Hand. Danach winkte er die Magd heran, die auf einem Tablett kleine Zinnbecher mit Wein hatte. »Es ist bei uns Tradition, auf die Beförderung mit einem Schluck Wein anzustoßen«, sagte er, übergab Lentz und David je einen Becher, stieß mit seinem dagegen und trank einen großen Schluck.

»Nur nippen, nicht trinken«, warnte Lentz David leise. »Hat noch mehr Alkohol als Bier.«

David trank zum ersten Mal in seinem Leben Wein. Der Weißwein schmeckte fruchtig und perlte lustig auf der Zunge. Danach spürte er eine leicht säuerliche Note.

Alle kamen, um auf die Beförderten anzustoßen. Der letzte war Hauptmann Ewalt.

»Folgt mir jetzt bitte zum Tagesrapport«, sagte er danach zu David.

David nickte und ging mit dem Hauptmann zum Wächterhaus. Der Hauptmann setzte sich hinter seinen Schreibtisch, und Conrad und David setzten sich davor.

»Beim Tagesrapport besprechen wir immer das ganze Programm vom kommenden Tag. Er beginnt normalerweise abends zur achten Stunde, hier im Wächterhaus«, sagte der Hauptmann. Er wandte sich an David. »Eure Truppe wird morgen zur neunten Stunde geweckt. Der Wachhabende weckt Euch immer ein halbes Glas früher. So habt ihr genügend Zeit, Euch frisch zu machen und dann die Truppe zu wecken. Zur zehnten Stunde übernimmt Conrad Eure Leute. Ihr besprecht mit Eurem Bruder die Bogenschussanlage. Da wir diese mit Holz bauen werden, habe ich den Zimmermann Josef auf die elfte Stunde hergebeten. Auf die zweite Stunde beginnt Euer Reitunterricht beim Pferdeknecht Bart. Lasst das Kettenhemd und Eure Waffen in der Kammer. Es ist am Anfang leichter, ohne Ballast die Balance zu halten. Das wär's. Habt Ihr noch Fragen?«

David schüttelte den Kopf.

Der Hauptmann wandte sich an Conrad.

»Also«, sagte er, »Körperertüchtigung ab der zehnten Stunde. Nach dem Mittagessen holt Euch Caspar ab. Unsere Holzreserven gehen zu Neige, und wir müssen wieder fünf Ster vom Holzlager holen. Lasst eine Reihe bilden, und sie sollen sich das Holz zuwerfen. Das geht ganz schön in die Arme. Wenn das Holz hier gestapelt ist, könnt Ihr der Truppe den Rest der Zeit freigeben, sie werden ziemlich erschöpft sein. Das wär's. Habt Ihr noch Fragen?«

Auch Conrad schüttelte den Kopf.

»Also gut«, sagte der Hauptmann. »Ich wünsche euch guten Appetit, und wir sehen uns bei der Fahnenweihe.«
David und Conrad erhoben sich und machten sich bereit für das Mittagessen.

Nach dem Essen ging David auf einen Besuch zu Christian. Dieser war gerade dabei, sich das Priestergewand für die Fahnenweihe anzulegen.
»Haben wir noch Zeit für ein kurzes Gespräch?«, fragte David.
»Wenn es dich nicht stört, dass ich mich dabei weiter ankleide«, entgegnete Christian.
»Nein, macht mir gar nichts aus«, sagte David.
»Gut, was liegt dir auf dem Herzen?«, fragte Christian.
»Der Baron hat sich selber heute Morgen als Eber betitelt, dabei hat er doch einen Löwen im Wappen. Ich verstehe das nicht«, sagte David.
»Eber ist sein Kampfname«, erklärte Christian. »Er hat ihn von unse-

rem Kaiser Barbarossa erhalten. Dieser kämpfte vor einigen Jahren im Kreuzzug seines Onkels Konrad III im Heiligen Land. Barbarossa war mit seinem Fahnenträger und seinem Cousin Heinrich auf einer Patrouille und geriet in einen Hinterhalt einiger berittener Sarazenen. Sie wurden in einen Kampf verwickelt. Feindliche Fußtruppen rannten ihnen zusätzlich entgegen. Der Fahnenträger senkte die Fahne und griff damit die Fußtruppen an, während sich Barbarossa und Heinrich im Nahkampf um die Reiter kümmerten. Der Fahnenträger zerfetzte die Fahne komplett, hat aber alle Fußtruppen niedergekämpft. Heinrich kämpfte wie ein Löwe, und so besiegten sie die Reiter ebenfalls. Der Fahnenträger war unser Baron Eckert. Weil er wie eine Wildsau gekämpft hat, nannte ihn Barbarossa fortan nur noch Eber, und aus Heinrich wurde Heinrich der Löwe, der heute Herzog von Sachsen und Bayern ist. Barbarossa und den Baron verbindet seit dieser Zeit eine tiefe Freundschaft. Bei jedem Feldzug unseres ehrgeizigen Kaisers hat unser Baron teilgenommen, und er war immer in der vordersten Front dabei. Eine Wildsau eben.«

»Warum lebt der Baron nicht am Kaiserhof?«, wollte David wissen.

»Der Baron ist ein Kämpfer durch und durch«, sagte Christian. »Das höfische Getue und das geheuchelte Speichellecken hasst er wie die Pest. Das Lehen, das er hier hat, reicht ihm völlig aus. Er will nicht größeres, sonst braucht er viel mehr Zeit für die Verwaltung und kann nicht mehr an den Kämpfen teilnehmen. Kämpfen ist sein Lebenselixier, darin blüht er völlig auf.«

»Und warum ist unser Kaiser ehrgeizig?«, fragte David weiter.

»Nun, jeder Mann versucht seine Welt zu verbessern, das ist sein gottgegebenes Recht«, erklärte Christian. »Deshalb versucht ein Kaiser sein Reich zu vergrößern und damit einen unsterblichen Platz in der Geschichte zu ergattern. Der lombardische Städtebund im Süden verweigerte Barbarossa die Treue. Schon vier Mal ist er gegen sie zu Felde gezogen. Er hat das einmal sogar ihre Stadt Mailand stark zerstört. Ich vermute, dass er auch in diesem Frühjahr gegen sie ziehen wird.«

»Warum kann ein kaiserliches Ritterheer die Söldnertruppe eines Städtebundes nicht endgültig niederringen?«, fragte David weiter.

Christian hatte sich komplett eingekleidet und setzte sich neben David.

»Dies ist die letzte Frage, mein wissbegieriger Freund«, sagte er. »Wir müssen danach an eure Fahnenweihe. Also, die Söldnertruppe war hervorragend ausgebildet und bewaffnet. Man munkelt, dass der Städtebund heimlich vom Papst Alexander unterstützt wird. Dieser Papst ist ein kriegerischer Kirchenfürst, der ebenfalls versucht, seinen Einfluss zu vergrößern. Es würde mich nicht wundern, wenn es bald zu einem offen Konflikt käme. So, aber jetzt müssen wir endgültig gehen. Wir wollen den Eber doch nicht warten lassen«

David lächelte und ging mit Christian hinaus. Er musste noch seine Waffen holen und ging dann in den Gesindesaal, wo er seinen Platz in der Linie einnahm. Kurz danach ließen Heynrich und Kuntz wieder die Trommel wirbeln. Der Baron trug das Banner herein. Das Tuch war noch eingerollt. Der Baron marschierte einmal im ganzen Saal herum. Als er bei ihrer Linie ankam, senkte er das Banner in die Horizontale und schritt so zur gegenüberliegenden Seite des Saals, wo Pater Christian stand. Die Trommeln verstummten. Pater Christian nahm die Schnur ab, welche die Rolle zusammengehalten hatte, und der Baron rollte das Banner aus.

Wie David überrascht bemerkte, war das Tuch von hervorragender Qualität. Das Silber des Löwen hatte eine brillante Leuchtkraft, die durch das Tiefschwarz des Hintergrundes verstärkt wurde. Die graue Faust war hervorragend ausgearbeitet. Selbst der eingeknickte Daumen war gut erkennbar. Der Bogen darunter hatte verschiedene Brauntöne wie das Original, und die drei Pfeile hatten hellblaue Federn. Das Schwert darunter war ein genaues Abbild seines Sarazenenschwertes. Die silberne, gebogene Klinge mit dem schwarzen Ebenholzgriff und dem smaragdgrünen Knauf waren unverkennbar.

Pater Christian segnete das Banner und besprizte es mit Weihwasser. Daraufhin hob der Baron das Banner, und wieder wurden die Trommeln geschlagen. Der Baron drehte sich um, marschierte vor ihre Linie und setzte die Fahne ab. Augenblicklich schwiegen die Trommeln.

»Hiermit übergebe ich das neue Banner meinen Bogenschützen«, sagte der Baron. »Möge es euch Stärke geben und niemals in den Wogen der Kämpfe untergehen.«

Der Baron kippte die Fahne nach vorn, und Lentz, der links von David stand, trat nach vorn, übernahm das Banner, hob es an und stellte sich danach rechts von David auf, wo er erneut die Fahne nach vorn kippte.

»Erklärt uns noch die Symbole, Unteroffizier David«, sagte der Baron.

David machte einen Schritt nach vorn und griff mit seiner Rechten nach der Fahnenstange.

»Das Wappen soll unsere Ergebenheit zu unserem Lehnsherrn zeigen«, sagte er. »Mit der Faust drohen wir all seinen Feinden, dass wir sie mit Pfeil und Bogen niederkämpfen werden.«

»Und warum sind die Federn blau?«, wollte der Baron wissen.

Herne, der in einer Ecke stand, kicherte.

»Das war mein Beitrag, Durchlaucht«, sagte er. »Die ersten Pfeile, die ich für David in Eurem Auftrag nach dem Uberfall hergestellt habe, waren in dieser Farbe, und ich dachte, es wäre gut, wenn der Anfang verewigt wurde.«

»Gut, gut«, sagte der Baron. »Und wie gefällt Euch Euer Schwert, Unteroffizier David?«

»Es ist eine grandiose Meisterleistung. Es ist alles bis ins letzte Detail abgebildet. Das Schwert soll das Symbol dafür sein, dass wir bis aufs Letzte kämpfen werden. Ich habe dafür ein Langschwert vorgesehen und nicht meine eigene Klinge.«

»Eure Bescheidenheit ehrt Euch, Unteroffizier, aber wir haben gedacht, wenn wir ein Schwert in unseren Reihen haben, das den wahrscheinlich besten Schwertkämpfer des gesamten Kaiserreiches mit einem Schlag besiegt hat, so sollte diese Wunderwaffe ebenfalls auf dem Tuch verewigt werden.« Der Baron wandte sich an den Verwalter. »Es ist eine wundervolle Arbeit. Meine Hochachtung, Herr von der Tann.«

»Vielen Dank«, sagte der Verwalter. »Aber das Kompliment gehört allein meinem Gehilfen Nikolaus. Er ist klein von Statur, aber ein

Gigant mit Nadel und Faden. Er hat Tag und Nacht daran gearbeitet, damit alles auf die Fahnenweihe fertig wird. Zur Fahne hat er zusätzlich fünf dazugehörige Waffentücher gefertigt, so dass diese bei der Vereidigung getragen werden können.«

»Mein Kompliment, Meister Nikolaus«, sagte der Baron. »Wenn ich dieses Tuch betrachte, sehen meine anderen Banner wie Waschlappen aus.«

»Mit Verlaub, Eure Durchlaucht«, sagte Nikolaus mit seiner hohen Stimme. »Eure Fahnen haben Stümper gefertigt, nur einfache Stiche mit einem viel zu großen Abstand. Gerne würde ich neue für Euch herstellen.«

»Damit hätte ich wahrscheinlich die schönsten Banner im Kaiserreich«, sagte der Baron. »Ihr habt mir heute eine große Freude bereitet. Wir sehen uns bei der Vereidigung wieder.« Nach diesen Worten verließ der Baron mit seinem Gefolge den Gesindesaal.

»Das war eine große Überraschung eben«, sagte David zu Nikolaus. »Aber jetzt habe ich eine für Euch. Ich lade Euch als meinen Ehrengast zu meiner Vereidigung ein und bitte Euch, zur nächsten Stunde im Burghof zu erscheinen. Dort lernt Ihr dann alle meine anderen Gäste kennen.«

»Ich darf beim Baron speisen?«, sagte Nikolaus strahlend.

David nickte, und gemeinsam gingen sie hinaus.

»Es wäre mir eine große Ehre, wenn ihr jetzt ebenfalls in den Hof kommen könntet«, sagte David zu seinen Kameraden, als die fünfte Stunde geläutet wurde. »Ich würde euch gerne meinen Eltern vorstellen.«

Sie zogen ihre neuen Waffentücher an, hängten ihre Waffen um und traten mit ihrem Banner hinaus. Draußen übergab Lentz das Banner Seitz zum Halten. David schaute sich um und entdeckte Nikolaus in einer Ecke.

»Bitte verkriecht Euch nicht«, sagte er zu ihm. »Ihr habt Großes geleistet und seid schließlich mein Ehrengast. Bleibt bitte an meiner rechten Seite und helft mir, meine Gäste zu begrüßen.«

»Ich möchte lieber nicht«, entgegnete Nikolaus. »Ich habe Angst, dass Ihr wegen mir ausgelacht werdet.«

»Ich verstehe Eure Angst sehr gut«, sagte David. »Auch ich habe unter meinem Körperwuchs sehr gelitten. Pater Christian hat mir geholfen, diese Angst abzubauen. Ich empfehle Euch, ihn diesbezüglich in Kürze aufzusuchen. Aber jetzt seid Ihr mein Ehrengast und steht unter dem Schutz von mir und meiner Truppe. Es wird Euch niemand beleidigen, Ihr habt mein Wort. Kommt bitte zu mir!«

Sie gingen zusammen zum inneren Tor und warteten dort auf das Eintreffen der Gäste.

Jost war in der Zwischenzeit zu den Ställen gerannt, um die Ankunft der Gäste sofort zu melden. Kaum war David mit Nikolaus beim Tor, rannte Jost herein.

»Die Gäste sind da«, rief er schon von weitem.

Caspar hatte sie mit dem Wagen heraufgefahren. Als erstes kam der Schneidermeister Bruno mit seiner Gemahlin durch das Tor.

»Diese Gäste sind bestimmt stolz auf Euch«, flüsterte David Nikolaus ins Ohr, der das Paar noch nicht bemerkt hatte.

Nickolaus strahlte über das ganze Gesicht, als er seine Eltern erkannte. David gab ihnen zur Begrüßung die Hand.

»Herzlich willkommen«, sagte er. »Es freut mich, dass Ihr meine Einladung annehmen konntet. Euer Sohn ist heute mein Ehrengast, weil er uns ein so herrliches Banner gezaubert hatte. Ihr könnt sehr stolz auf ihn sein. Selbst der Baron hat ihn in den höchsten Tönen gelobt.«

»Vielen Dank für Eure Einladung«, sagte der Schneidermeister Bruno. »Es ist uns eine große Ehre.« Danach drückte er Nikolaus an seine Brust. Dieser ging mit ihnen zum Banner und zeigte ihnen seine Arbeit.

Als nächstes kamen der Fischer Seybold mit seiner Frau und der hübschen Tochter Ulla herein. Die Fischer-Zwillinge trauten ihren Augen nicht und schlossen ihre Liebsten in die Arme. Danach kam Bauer Ulrich mit seiner Familie, und dann, dann stand Davids Mutter im Torbogen. Freudentränen kullerten über Davids Wangen, als er auf sie zustürmte. Er drückte sie fest an sein Herz.

»Oh Frau Mutter, ich habe Euch so vermisst«, sagte er.

Die Mutter lachte vor Freude.

»Nicht so fest mein Kleiner«, sagte sie, »du drückst mir ja die Luft ab. Lass dich ansehen.« Sie löste sich aus seiner Umarmung, betrachtete ihn eine Weile und sagte dann: »Du bist breiter geworden.«

»Das ist nur das Kettenhemd«, sagte Heinrich und klopfte ihm von hinten so heftig auf die Schulter, dass die Ketten klirrten. David drehte sich um. Heinrich hatte Marianne an der Hand und strahlte ihn an.

»Von dir hört man ja Wunderdinge«, sagte er. »Hat dein Käsemesser tatsächlich Wolffs Breitschwert zerschnitten?«

David lächelte, zog sein Schwert und gab es ihm.

»Sei bitte vorsichtig«, sagte er. »Es ist sehr scharf.«

Heinrich prüfte mit dem Daumen die Schärfe, nahm es in die Hand und machte damit einige Zick-Zack-Bewegungen in der Luft.

»Eine herrliche Waffe, Bruder«, sagte er.

»Der Pater muss dich sehr mögen, wenn er dir ein so kostbares Geschenk gemacht hat«, sagte Friedrich, der jetzt neben Heinrich stand.

»Ich liebe ihn wie einen eigenen Sohn«, lächelte Pater Christian, der soeben hinzugetreten war und alle Anwesenden begrüßte.

Der Vater stand jetzt im Torbogen und hielt David seine ausgestreckten Arme entgegen. David sprang an seine Brust.

»Oh mein Vater«, hauchte er. »Ich freue mich so, dass ich Euch in meine Arme schließen kann.«

»Ich freue mich ebenfalls. Du machst mich sehr stolz, mein Sohn«, flüsterte der Vater ihm ins Ohr. »Du hast dich zu einem wunderbaren Mann entwickelt.« Danach lachte er und stöhnte: »Mutter hat recht. Du bist viel kräftiger geworden.«

David löste die Umarmung. Sein Vater legte freundschaftlich seinen Arm um seine Schulter. Hauptmann Ewalt trat hinzu.

»Sind alle da?«, fragte er.

Davids Blick schweifte in die Runde und blieb bei Seitz stehen, der einsam mit dem Banner im Burghof stand.

»Noch nicht ganz«, sagte er. »Hartmann fehlt noch.«

»Er ist auch da«, sagte der Vater. »Er versorgt nur noch seine Pferde.«

Und tatsächlich, kurze Zeit später betrat Hartmann mit seinen Söhnen den Innenhof. Seitz' Miene hellte sich schlagartig auf. Er wollte sie begrüßen, aber er hielt ja das Banner in der Hand. So entschloss er sich, noch strammer dazustehen.

Hauptmann Ewalt stieg ein paar Stufen die Treppe hinauf und wandte sich dann den Anwesenden zu.

»Herzlich Willkommen, liebe Gäste, zur heutigen Vereidigung von David und Lentz«, sagte er laut. »So viele Leute hatten wir noch nie dabei, aber es freute uns sehr, dass David gesagt hat, seine Männer seien seine Freunde, und er möchte, dass sie mit ihren Angehörigen an seinem Fest teilnehmen können. Es war nicht leicht, alle Personen im Speisesaal des Barons zu platzieren, aber wir auf Hohenklingen lieben ja Herausforderungen. Also, der heutige Abend läuft wie folgt ab. Zuerst gehen wir in den Gesindesaal, der sich oben rechts befindet. Darin werden sich die Rekruten an der hinteren Wand aufstellen. Die Gäste können sich auf beiden Seiten aufstellen. Ich bitte euch, die Stirnseite, wo die Türe ist, frei zu lassen. Sie ist für unseren Baron und sein Gefolge reserviert. Nach der Vereidigung gibt es noch einen kleinen Umtrunk. Anschließend wechseln wir in den Speisesaal des Barons, der sich dem Gesindesaal gegenüber befindet. Die zwei Tafeln, die längs im Raum stehen, sind für den Baron reserviert. Alle Tafeln, die quer im Raum stehen, sind für euch vorgesehen. Auf eine Tischordnung wurde verzichtet. Ihr werdet euch sicher arrangieren können. Unsere Köchin Agnes hat für euch in ihrer Küche gezaubert und wird euch mit ihrem Mahl verwöhnen. Nach dem Mahl spielen Spielleute im Gesindesaal zum Tanz auf. Wenn ihr wieder nach Hause möchtet, kommt bitte auf mich zu. Unsere Knechte werden euch dann wieder nach Hause fahren. Für die Köhlers aus dem Eichelrüti haben wir zwei Kammern herrichten lassen. Ich wünsche viel Vergnügen und bitte euch jetzt, mir zu folgen.« Er drehte sich um und ging zum Gesindesaal.

Die Leute strömten die Treppe empor und stellen sich auf der Seite hin. Danach marschierten die Rekruten ein und stellten sich hinten auf einer Linie auf. In der Ecke stand bereits Heynrich mit der Trommel. Kuntz, der zweite Trommler, hatte Turmwache. Als der Baron eintrat, begann Heynrich die Trommel zu schlagen. Der Baron stellte sich vier Schritte vor die Rekruten. Lentz trat zwei Schritte heraus, drehte sich und senkte das Banner in die Horizontale. David trat einen Schritt heraus und legte seine linke Hand auf die Fahne. Als die Trommel verstummte, riss er seinen rechten Arm hoch und streckte die drei Schwurfinger gegen den Himmel.

»Ich schwöre auf die Fahne meines Fürsten, dass ich ihn, seine Familie und seinen Namen bis auf mein Blut beschützen werde«, sagte er laut. »Ich gelobe ihm Treue und Gehorsam und werde mit Mut gegen seine Feinde stehen. So wahr mir der Allmächtige helfe.«

Die Trommel setzte wieder ein, und David stellte sich neben Lentz. Dieser hob das Banner an, übergab es David und trat wieder in der Linie ein. David senkte die Fahne erneut, Lentz trat hinaus und hielt seinerseits seine linke Hand auf die Fahne. Die Trommel schwieg, und Lentz sprach seinen Eid. Als die Trommel danach wieder einsetzte, stellte er sich neben David, übernahm das Banner wieder. Sie traten in die Linie ein, und der Trommelwirbel endete mit einem lauten Stakkato.

»Herzlich willkommen, meine Gäste«, sagte der Baron zu den Leuten. »Besonders begrüßen möchte ich den Ehrengast meines Unteroffiziers David. Es ist Nikolaus, der uns mit dem schönsten Banner im Kaiserreich beschenkt hat. Ich bin stolz, einen solchen Virtuosen in meinen Diensten zu haben. Ihr könnt stolz auf Euren Jungen sein, Bruno.«

»Bin ich, Euer Durchlaucht, sehr sogar«, antwortete Bruno und drückte Nikolaus, der einen leuchtendroten Kopf hatte, an seine Schulter.

»Nun meine Gäste, ich möchte euch einen kleinen Umtrunk anbieten und das Fest damit offiziell zu eröffnen.«

David drehte sich seinen Kameraden zu.

»Wir müssen zuerst unsere Waffen in unsere Kammer bringen«, sagte er.

»Gebt mir Eure Waffen, dann könnt Ihr Euch den Gästen widmen«, sagte Seitz zu David und fügte hinzu: »Dass mein Vater dabei sein darf, rechne ich Euch hoch an.«

David gab Seitz seine Waffe, bekam im nächsten Moment einen Becher Weißwein in die Hand gedrückt und wurde von allen Seiten beglückwünscht. Plötzlich stand Ulla, die jüngere Schwester der Fischer-Zwillinge vor ihm. Sie war ein wenig kleiner als er und hatte braunes, volles Haar, das sie zu zwei Zöpfen geflochten hatte. Sie hatte eine zierliche Stupsnase und volle Lippen. Sie hängte sich an Davids Arm.

»Habe ich Euch endlich«, sagte sie. »Ich hoffe, Ihr rennt mir nicht schon wieder davon.«

»Vorsicht, die kann fischen«, flüsterte Friedrich ihm ins Ohr und krümmte seinen Zeigefinger zu einem Haken.

David lächelte und wandte sich Ulla zu.

»Ich kann mich nicht erinnern, Euch jemals gesehen zu haben«, sagte er.

»Ja, das scheint mir auch so«, sagte Ulla mit einem enttäuschten Unterton. »Heuer auf dem Markt hatten wir den Stand direkt neben dem Imker. Ich habe Euch zugewinkt, aber Ihr hattet nur Augen für den Honig. Ich wollte Euch ansprechen, aber Ihr seid einfach davongerannt. Ich hatte schon Angst, Ihr haltet mich für hässlich.«

»Ihr seid eine wunderschöne junge Frau«, sagte er, und ihre grünen Augen begannen zu funkeln wie der Smaragd in seinem Schwertknauf. Wenn er sie anblickte, wurde es ihm ganz warm ums Herz.

Friedrich ging vorbei und hielt seinen Hakenfinger in die Höhe. David schmunzelte.

»Wie kann ich meinen Lapsus wieder gutmachen?«, fragte er Ulla.

»Schenkt mir den ersten Tanz«, sagte sie.

»Das würde ich gerne. Aber ich kann nicht tanzen«, sagte David.

»Das ist ganz leicht. Ich zeige es Euch«, freute sich Ulla.

»Liebe Gäste, darf ich euch jetzt zu Tisch bitten«, röhrte Wolffs tiefer Bass durch den Raum.

Heinrich ging zu Wolff und schüttelte ihm freundschaftlich die Hand. Es war schon ein besonderer Anblick, wenn sich zwei solche Bären die Pranken schüttelten.

David saß zwischen seinen Eltern. Ihm gegenüber saß Nikolaus, der ebenfalls von seinen Eltern flankiert wurde.

»Vielen Dank für diesen unvergesslichen Abend«, sagte Bruno zu David. »Mein Sohn hatte mir berichtet, wie viel Gutes Ihr ihm getan habt.« Er wandte sich an Davids Mutter und sagte: »Ihr habt einen herzensguten Sohn, Frieda.«

Die Mutter strahlte.

»Ja, der Allmächtige hat uns mit ihm viel Freude geschenkt«, sagte sie. »Wir sind sehr dankbar.«

Der Baron erhob sich, und augenblicklich wurde es still.

»Ich möchte jetzt dem Allmächtigen für das Mahl danken«, sagte er. Alle falteten die Hände und neigten den Kopf zum Gebet. Nachdem der Baron gebetet hatte, erhob er seinen Zinnbecher und sagte: »Ich habe mir erlaubt, euch einen Becher mit meinem Rotwein hinzustellen. Der andere Becher enthält Wasser, aber bitte nicht die Haare darin waschen.« Lachen erfüllte den Raum. Als das Lachen verstummt war, sagte der Baron: »Spaß beiseite, wenn ihr etwas anderes wünscht, Weißwein oder Bier, so sagt es ungeniert einer Dienstmagd. Frohes Fest euch allen, Prost!« Der Baron trank einen kräftigen Schluck.

Die Gäste erhoben sich und taten es ihm gleich.

Der Rotwein schmeckte David zu sauer. Er bestellte bei der Magd, die soeben eine Schüssel Hirschragout auf den Tisch gestellt hatte, einen Krug Bier. Zum Ragout gab es Zwetschgenknödel mit Gemüsebrot. Es schmeckte wie immer unbeschreiblich gut. Niemand sprach während dem Essen. Jeder genoss die Gaumenfreude. Als alle gesättigt waren, ließ der Baron abräumen, und Agnes betrat den Saal.

»Agnes, Eure Speisen haben meinem Gaumen aufs Köstlichste gemundet. Wäre ich nicht schon verheiratet, würde ich Euch glatt auf der Stelle ehelichen«, sagte der Baron.

Agnes kicherte schüchtern und machte einen Hofknicks, während die anderen applaudierten. Dann kamen drei Spielleute herein. Sie spielten eine Ballade. Der Minnesänger besang die Taten des Barons und vor allem, wie der Eber alle Sarazenen umgekegelt hatte.

»Genug gebauchpinselt«, sagte der Baron nach dem kräftigen Applaus. »Gehen wir hinüber zum Gesindesaal. Wir wollen zu flotten Weisen das Tanzbein schwingen.«

Alle gingen hinüber, und nachdem der Baron mit seiner Gemahlin den Tanz eröffnet hatte, trat Ulla zu David.

»Seht Ihr«, sagte sie, »es ist ganz leicht. Man hält sich an der linken Hand und legt die Rechte an die Hüften. Man beginnt mit dem rechten Fuß, den man in die Mitte stellt und leicht nach außen dreht. Dann zieht man den Linken nach, und das alles im Rhythmus der Musik. Eins, zwei. Eins, zwei. Ist ganz leicht.«

Als die Musik geendet hatte, stellte sich David mit Ulla auf.

»Ihr müsst mich viel näher zu Euch nehmen«, sagte sie. »Sonst können wir nicht richtig drehen. Fasst nur richtig zu, ich bin nicht zerbrechlich.«

Als die Musik begann, versuchte David Ulla zu drehen. Am Anfang war es sehr holpernd, aber je länger es dauerte, umso leichter ging es. Ulla war leicht wie eine Feder. Er spürte sie kaum in seinen Armen. Er drehte immer schneller, und plötzlich trat er Ulla auf den rechten Fuß.

»Verzeihung«, sagte er.

»Für diesen Misstritt müsst Ihr mir versprechen, dass Ihr noch weiter mit mir tanzt«, lachte Ulla.

Sie tanzten, bis die Spielleute eine Pause machten.

»Mir ist so heiß«, sagte Ulla. »Können wir kurz nach draußen gehen?«

David nickte. Er holte Ullas Umhang und legte ihn ihr um die Schultern.

»Und Ihr, braucht Ihr keinen Umhang?«, fragte Ulla.

»Nein, ich bin an die Kälte gewöhnt«, entgegnete David.

»Können wir auf den Turm gehen?«, fragte Ulla. »Meine Brüder haben mir von der tollen Aussicht erzählt.«

David nickte und begleitete Ulla zur Treppe.

»Ihr müsst Euch jetzt am Handlauf gut festhalten«, warne er Ulla. »Die Treppe ist Wind und Wetter ausgesetzt und hat oftmals vereiste Stellen. Tretet vorsichtig auf, nicht, dass Ihr stürzt.«

Langsam gingen sie Schritt für Schritt nach oben und hielt sich dabei am Handlauf fest.

Oben angekommen, betraten sie den Turm, wo Kuntz, der Turmwache hatte, sie mit einem Nicken begrüßte.

»Schaut, wie sich der Mond silbern im See spiegelt«, sagte David.

»Wunderschön«, hauchte Ulla und schmiegte sich an Davids Brust. »Und wie die kleinen silbrigen Wellen laufen, herrlich.«

Kuntz räusperte sich mehrmals. »Unteroffizier«, sagte er schließlich. »Ich habe Probleme mit meiner Blase. Könnt Ihr hier für einen Augenblick meine Wache übernehmen, bis ich meine Notdurft verrichtet habe?«

David nickte, und Kuntz ging mit einem breiten Grinsen hinaus.

»Schaut die vielen Häuser mit ihren Lichtern, ist das nicht zauberhaft?«, schwärmte Ulla.

»Nein, *Ihr* seid zauberhaft«, flüsterte David Ulla ins Ohr.

Sie drehte sich um, und schmiegte sich zärtlich an ihn. David spürte ihre vollen Brüste auf seinem Oberkörper. Langsam näherten sich ihre Köpfe, und als sich ihre Nasenspitzen beinahe berührten, versteifte sich David plötzlich und zog seinen Kopf zurück.

»Was ist los mit Euch?«, fragte sie. »Ich dachte, Ihr mögt mich.«

David seufzte.

»Ulla, ich bin ein Krieger. Im Frühjahr muss ich wahrscheinlich mit dem Baron zu Felde ziehen und könnte mein Leben verlieren. Ich möchte nicht, dass Ihr Eure schönen Augen wegen mir ausweinen müsst.«

»David, ich habe schon lange mein Herz an Euch verloren, und ich werde mich so oder so zu Tode heulen, wenn Ihr Euer Leben auf dem Schlachtfeld lässt. Das ist kein Grund, mich jetzt nicht zu küssen«, sagte sie.

David neigte seinen Kopf, hauchte seine Lippen auf die ihren und schloss genussvoll die Augen. Ulla strich mit ihrer Zunge über

Davids Lippen und schob sie dann weiter in Davids Mund, wo sie neckisch mit seiner Zungenspitze spielte. David fühlte, wie die Wollust in ihm aufstieg und die Hose ausbeulte.

Kuntz klopfte laut mit den Schuhen auf die letzten Holzstufen, bevor er wieder in den Turm trat.

»Danke Unteroffizier«, sagte er, »ich übernehme die Wache wieder.«

»Schon«, sagte Ulla enttäuscht, die sich jetzt bei David eingehakt hatte.

»Wir sollten wieder hinuntergehen, bevor wir vermisst werden«, sagte David und ging mit Ulla nach unten.

Im Speisesaal setzte er sich neben seine Mutter und nahm einen kräftigen Schluck Bier. Seine Mutter schaute ihn ernst an.

»Was ist das für eine Geschichte mit diesem Mädchen?«, fragte sie.

»Oh Frau Mutter, ich liebe sie. Ich wusste gar nicht, dass Liebe so schön sein kann. Ich fühle mich wie ein Schmetterling, irgendwie frei schwebend, ähnlich wie betrunken, nur viel schöner«, schwärmte David.

»Was, betrunken warst du auch schon?«, fragte die Mutter entsetzt.

»Frau Mutter, schimpft nicht, dazu ist der Tag viel zu schön«, flötete David.

»David, du bist viel zu jung, das Mädel sowieso. Weiter bist du Soldat. Ich möchte nicht, dass du dem Mädel das Herz brichst«, sagte die Mutter ernst.

»Frau Mutter, ich weiß, was sich gehört. Ich werde Ulla nicht mit einem Kind zurücklassen und mit dem Baron in die Schlacht ziehen. Das will ich Ulla nicht antun, dafür liebe ich sie zu sehr«, sagte David.

»Mein lieber David«, sagte die Mutter, »dich hat es ganz schön erwischt. Liebe ist etwas Wunderbares. Ich danke dem Allmächtigen jeden Tag, dass ich das mit deinem Vater erleben darf, und ich weiß genau, wie du dich fühlst. Wenn du es ernst mit dem Mädel meinst, hast du meinen Segen. Ich erwarte von dir, dass du sie mir bald vorstellst.«

Ulla erschien an der Tür und wackelte mit den Hüften, als Zeichen, dass sie wieder tanzen wolle. David ging zu ihr hin, redete ein paar Worte mit ihr, nahm sie an der Hand und ging mit ihr zur Mutter zurück.

»Ulla«, sagte er, »darf ich dir meine Mutter Frieda vorstellen? Frau Mutter, dies ist Ulla, die Frau, die ich von ganzem Herzen liebe.«

»Ich freue mich, Euch kennenzulernen, Frieda«, sagte Ulla.

»Ihr seid also die Person, an die mein Sohn sein Herz verloren hat. Ihr seid recht jung für die Liebe«, sagte die Mutter.

»Ich werde dieses Jahr volljährig und kann dann heiraten, wen ich will«, sagte Ulla. »Aber ich will nur David. Ich liebe ihn, dass es wehtut. Ich weiß nicht, wie ich Davids Frondienstjahr überstehen werde.«

»Ihr gefällt mir, Ulla«, sagte die Mutter. »Ich weiß jetzt, was mein Sohn an Euch findet und freue mich darauf, wenn Ihr als meine

Schwiegertochter einziehen werdet. Ich werde mit Vater reden. Er wird wohl bald zu Euch berichten kommen.«

Ulla strahlte und zog David fort zu ihrem Vater. Hand in Hand traten sie vor Seybold hin.

»Herr Vater, Ihr kennt ja David«, sagte sie. »Er ist ein herrlicher Mann, und ich liebe ihn, dass es wehtut. Ich möchte gern sein Weib werden.«

»Du bist nicht die einzige, die von David schwärmt. Deine Brüder sind voll des Lobes über ihn«, sagte Seybold. »David, es würde mich freuen, Euch als Schwiegersohn zu haben. Außerdem könnte ich mich gar nicht dagegen sperren, denn was Ulla sich in den Kopf setzt, das bekommt sie sowieso. Es würde mich freuen, wenn Hannes in nächster Zeit vorbeikommen würde, damit wir alles regeln können.«

Ulla sprang ihrem Vater an den Hals und küsste ihn auf die Wange.

»Danke«, hauchte sie. Danach nahm sie David an der Hand und zog ihn wieder zum Tanzen.

Als es zur zweiten Stunde schlug, war das Fest zu Ende. Davids Familie bezog ihre Kammern, und David begleitete Ulla zu den Ställen, wo die Wagen zur Abfahrt bereit standen. Als sie bei den Wagen ankamen, küsste sie ihn innig.

»Gute Nacht mein Liebster«, flüsterte sie. »In den Träumen werden wir wieder vereint sein.« Sie streichelte sanft seine Wange, als er sie auf den Wagen hob und sagte: »Schlaf schnell ein, und träume von mir.«

Danach fuhr der Wagen ab. David und die Fischer-Zwillinge winkten ihnen noch lange nach.

»Ihr habt bald nur noch Verwandte in Eurer Truppe«, sagte Utz zu David. »Bin gespannt, wie Ihr das mit Seitz hindrehen werdet.«

Alle lachten.

»Ulla wird Euch ein Leben lang auf Trab halten«, sagte Jost. »Wollt Ihr Euch das wirklich antun?«

»Ich freue mich darauf«, schmunzelte David. »Und wenn es zu wild wird, bin ich schließlich der Unteroffizier.«

Alle mussten jetzt lachen, und gemeinsam gingen sie zur Unterkunft.

»Da seid ihr ja endlich«, sagte Lentz der sehnsüchtig auf David gewartet hatte. »Unsere Geschwister heiraten am Samstag .Wir müssen so schnell wie möglich mit dem Hauptmann sprechen.«

»Er sitzt noch draußen, lasst uns gleich mit ihm reden«, sagte David, und sie gingen hinaus zum Hauptmann.

»Habt Ihr noch Zeit für ein Wort, Hauptmann?«, fragte David.

»Bitte setzt Euch. Was ist Euer Begehr?«, fragte der Hauptmann.

»Unsere Geschwister heiraten am kommenden Samstag«, sagte Lentz. »Die Fischer-Zwillinge sind ebenfalls zum Fest eingeladen. Wir wollten Euch deshalb um Urlaub bitten.«

»Ich kann pro Woche vier Tage bewilligen«, erklärte der Hauptmann. »Entweder gebe ich euch beiden Samstag und Sonntag frei und die anderen bleiben hier, oder alle haben vom Samstagnachmittag bis Sonntagabend frei. Entscheidet selber, was ihr lieber möchtet.«

»Wir wären sehr gerne bei der Trauung am Vormittag dabei gewesen«, sagte David nach kurzer Beratung mit Lentz. »Aber unsere Freunde sind uns wichtiger. Wir werden am Samstagnachmittag gehen und nehmen zusätzlich Seitz noch mit.«

»Einverstanden, ich lasse einen Wagen zur zweiten Stunde bereitstellen, der euch auf den Niederfeldhof fährt. Als Gegenleistung marschiert ihr in voller Kampfausrüstung am Sonntag auf die Burg zurück. Nach der zehnten Stunde müsst ihr in eurer Kammer sein. Einverstanden?«

David und Lentz nickten, bedankten sich und gingen zurück in ihre Kammer. Müde gingen sie zu Bett und David schlief mit der Hoffnung ein, von Ulla zu träumen.

Reitstunde

David hatte tief und fest geschlafen, als ihn der Wachhabende sanft weckte. Er ging zur Morgentoilette, zog sich an, ging zum Wachhabenden und warf einen Blick auf das Stundenglas. Genug Zeit für ein Morgengebet, dachte er und ging zur Kapelle. Sie war leer, und David kniete sich in der hintersten Reihe hin und dankte seinem himmlischen Vater für die Liebe zu Ulla, die er erfahren durfte. Sein Herz wurde ganz warm, als er dem Allmächtigen für alle Vorzüge seiner Geliebten dankte. Die Burgglocke rief ihn in die Gegenwart zurück, und er ging in die Kammer, um seine Männer zu wecken.

»Guten Morgen, Schwippschwager«, sagte Lentz, als er erwachte.

»Guten Morgen, Schwager«, sagte jetzt Jost.

»Guten Morgen, Schwager«, sagte danach Utz.

»Guten Morgen, weder Schwipp noch Schwager«, sagte Seitz. »Ich habe keine Schwester, die einen Eurer Brüder heiraten könnte.«

Alle lachten.

»Heute zur zehnten Stunde holt Conrad euch zur Körperertüchtigung ab«, sagte David. »Nach dem Mittagessen fährt ihr mit Caspar ins Holzlager und werdet fünf Ster Holz laden und hier stapeln. Danach ist euer Dienst beendet. Noch Fragen?«

Alle schüttelten den Kopf

»Also, macht euch bereit fürs Frühstück«, sagte David.

Als sie fertig waren, gingen sie gemeinsam in den Gesindesaal.

»Die Stinktruppe soll vorbeikommen. Die Kübel sind randvoll«, sagte David zum Wachhabenden, als dieser vorbeiging.

»Jawohl Unteroffizier«, quittierte der Wachhabende.

Seine Familie saß schon beim Frühstück. Er begrüßte sie, holte eine Schüssel Brei und setzte sich zu Friedrich.

»Bruder«, sagte er, »wir brauchen eine Bogenschussanlage, mit der wir Scheiben, wie die da hinten, mit einem Pferd im Galopp ziehen können. Damit wollen wir üben, Reiter im Galopp zu treffen. Die Anlage muss sich ganz unten an der Wiese befinden, damit kein verirrter Pfeil nach oben zur Reitanlage fliegen kann. Zur elften Stunde kommt Josef, der Zimmermann, dann können wir gemeinsam hinausgehen und alles ansehen. Danach kannst du beginnen. Ich habe am Nachmittag Reitunterricht.«

»Ich glaube, ich habe verstanden, was du brauchst«, sagte Friedrich.

»Und wie weit ist euer Haus, Heinrich?«, wollte jetzt David wissen.

»Ich wohne schon seit einer Woche darin und habe schon kräftig eingeheizt«, antwortete Heinrich. »Jetzt sind wir dabei, die Ritzen auszustopfen, die durch den Holzverzug entstanden ist.«

»Die meisten Möbel bringt Ulrich am Mittwoch«, erklärte die Mutter. »Ebenfalls die Ballen Wolle und den Weizen. Marianne behält nur das Bett und ein paar wenige Kleider im Niederfeldhof. Wir werden an der Hochzeit dort übernachten, und so wird das Bett noch benötigt. Ihr Burschen müsst allerdings im Heu übernachten. Es hat nicht für alle Betten.«

»Das wird schon gehen, Frau Mutter«, sagte David. »Ich habe leider noch eine schlechte Neuigkeit für Euch. Wir können nicht an der Trauungszeremonie teilnehmen, denn wir bekommen erst am Samstagnachmittag Urlaub.«

»Ach David, das ist sehr schade«, sagte die Mutter. »Kann man hier gar nichts machen?«

»Leider nein«, sagte David. »Aber Christian wird mir sicher alles erzählen.«

»Christian? Du bist per Du mit ihm?«, staunte die Mutter.

»Ja, er hat mir seine Freundschaft angeboten«, strahlte David. »Er ist ein herrlicher Freund. Ich liebe ihn wie einen Vater.«

»Ja, er ist ein großartiger Mensch«, sagte die Mutter. »Ich freue mich für dich, dass du einen solchen Freund an deiner Seite hast.«

Die Burgglocke begann zu schlagen. David verabschiedete sich von seiner Familie und ging mit Friedrich zusammen zum Hauptmann. Josef wartete bereits, und gemeinsam gingen sie zum Übungsplatz, wo Friedrich sich alles anschaute.

»Wären hundert Schritte lange genug, damit ihr die Scheibe im Galopp treffen könnt?«, fragte er.

»Ja, das sollte genügen«, sagte David. »Kannst du dir auch noch etwas überlegen, wie wir Pferd und Reiter vor verirrten Pfeilen schützen könnten?«

»Verirren sich die Pfeile in Galopprichtung oder in der Gegenrichtung?«, wollte Friedrich wissen.

»Wir führen den Bogen der Bewegung nach. Die Pfeile können vor oder hinter der Scheibe vorbeifliegen«, sagte David.

»Ich habe alles verstanden und werde jetzt ein paar Einzelheiten mit Josef besprechen. Wenn er alles so herstellen kann, wie ich es mir denke, werde ich es mit dir heute, nach deinem Tagesrapport, besprechen.«

David nickte und ging zurück in seine Kammer. Er wollte noch ein wenig schlafen, bevor er zur Reitstunde musste. Er wies den Wachhabenden an, ihn ein halbes Glas vor der zweiten Stunde zu wecken und ging nochmals ins Bett.

Pünktlich stand David bei Bart im Stall.

»Wir haben draußen einen Reitplatz«, erklärte Bart. »Der Boden ist mit Sand und Holzschnitzel ausgelegt, das ist viel schonender für die empfindlichen Pferdebeine. Wir haben hier auf Hohenklingen Pferde aus England. Diese hat der Baron als Geschenk von Prinzen von Wales mitgebracht und hier weitergezüchtet. Es sind die größten und kräftigsten Pferde im Kaiserreich. Sie haben ein Stockmaß, das ist die Höhe vom Rücken bis zum Boden, von sechs Ellen, und sie sind über eine Tonne schwer. Unsere Pferde haben einen sanftmütigen Charakter. Sie sind sehr lernfähig und nervenstark. Pferde sind Fluchttiere und suchen bei Gefahr das Weite. Für eine Reiterei kann das sehr unangenehme Folgen haben, und deshalb ist Nervenstärke sehr wichtig. Weiter sind sie trotz ihrer Größe sehr wendig, ebenfalls ein Vorteil für eine Reitertruppe. Noch ein paar Hinweise zum Pferdeverhalten. Pferde machen, was der Leithengst will. Der Reiter muss sich also immer wie ein Leithengst verhalten. Normalerweise frisst die Herde, und der Leithengst hält Wache. Er dreht dabei ständig seinen Kopf und sucht den Horizont nach einer Gefahr ab. Bleibt der Kopf stehen, so schaut der Leithengst die Gefahr an, und die Herde rennt in der Gegenrichtung davon. Der Reiter muss deshalb immer in die Weite nach vorn blicken. Wenn es zum Beispiel neben dem Pferd klappert oder raschelt, darf der Reiter nicht hinsehen, denn das bedeutet Gefahr, und das Pferd würde davonrennen. Wenn wir wissen wollen, was dort ist, nur kurz hinsehen und den Kopf sofort wieder nach vorne drehen. Dies sagt dem Pferd, dass der Leithengst die Geräusch-quelle nicht als Gefahr einstuft. Es ist alles in Ordnung. Weiter möch-te jedes Pferd in der Hierarchie zum Leithengst aufsteigen, das liegt in seiner Natur. Es wird immer wieder versuchen, sich gegen seinen Reiter durchzusetzen. Der Reiter muss immer auf der Hut sein. Schla-fen im Sattel könnte tödlich enden. So, genug der Theorie, gehen wir zum Reitplatz.«

Bart verließ mit David die Stallungen und ging in die Umzäunung.

»In der Mitte steht Rosemarie, eine gutmütige Stute«, fuhr er fort. »Sie wird bis auf weiteres Euer Reitpferd sein. Normalerweise muss man ein Pferd zuerst striegeln, bevor man es reitet. Das habe ich heu-te für Euch bereits erledigt. Ich zeige Euch am Schluss, wie man Rosemarie striegeln muss. Ab morgen müsst Ihr sie zuerst striegeln, dann erst beginnt die Reitstunde«, sagte Bart. »Rosemarie hat am Kopf ein Halfter an. Daran ist ein langer Strick befestigt. Ich werde sie damit im Kreise um mich herum führen. Wir üben zuerst, die Balance zu halten. Dies machen wir ohne Sattel, so spürt Ihr die Bewegung des Pferdes besser. Auf dem Rücken hat Rosemarie ledig-lich eine Wolldecke. Habt Ihr dazu noch Fragen?«

»Wie komme ich auf diesen Riesen hinauf?«, fragte David.

»In der Ecke seht Ihr eine Bockleiter. Ihr steigt hinauf, und ich führe Rosemarie hin, damit Ihr hinübersteigen könnt«, erklärte Bart.

David stieg auf die Bockleiter und kletterte dann auf Rosemaries Rücken.

»Ihr müsst Eure Knie ein wenig anwinkeln und mit den Beinen gegen Rosemaries Bauch drücken. Dies ist Euer einziger Halt. Die Hände streckt Ihr waagerecht auseinander, wie ein Gaukler auf dem Schwe-beseil. Mit den Armen müsst Ihr Eure Balance halten«, erklärte Bart weiter. »Wenn Ihr bereit seid, sagt laut ›Bereit‹, dann werde ich Rosemarie in Bewegung setzten.

David spreizte seine Arme ab.

»Bereit«, sagte er.

Bart schnalzte mit der Zunge.

»Schee-ritt«, sagte er.

Rosemarie hob den Kopf und marschierte in großen Schritten los. Bart gab immer mehr vom Strick frei, und so wurde der Kreis um ihn immer größer.

»Spürt Ihr die Wiegebewegungen des Pferdes?«, fragte Bart.

»Ja«, krächzte David, der Mühe hatte, seine Balance zu halten.

»Ihr müsst im Rhythmus dieser Wiegebewegungen aus der Hüfte heraus Euren Po nach vorn und hinten schieben, dann wird es einfacher«, sagte Bart. »Im Moment sitzt Ihr wie ein Sack auf Ihrem Rücken. Schieben … schieben … schieben«, sagte Bart im Takt der Wiegebewegungen.

Mit der Zeit hatte David den Bogen raus, und das Schieben klappte schon recht gut.

»Sieht schon besser aus«, sagte Bart. »Als nächstes werde ich Rosemarie stoppen. Ihr müsst dabei fest mit den Beinen klemmen, sonst werdet Ihr nach vorne geschleudert. Achtung … Hoh.«

Bart schüttelte am Strick, und Rosemarie stand augenblicklich still. David wurde nach vorne gedrückt. Er versuchte sich krampfhaft am Pferdehals festzukrallen.

»Ihr müsst diese Energie mit Euren Beinen halten. Setzt Euch wieder gerade hin, wir versuchen es noch einmal.«

David rutschte wieder nach hinten und streckte seine Arme aus.

»Schee-ritt«, sagte Bart erneut, und Rosemarie marschierte weiter.

»Wir machen eine Runde, und ich stoppe wieder an derselben Stelle, dann könnt Ihr Euch besser darauf einstellen«, sagte Bart.

»Achtung … Hoh«, sagte Bart, als die Stelle kam.

Rosemarie stand, und David drückte es wieder nach vorne, er konnte aber die Bewegung schon besser kontrollieren. Sie wiederholten die Übung mehrmals, und David wurde immer besser. Dann auf einmal stoppte Rosemarie bereits auf das Wort Achtung. David war nicht darauf gefasst. Es drückte ihn mit solcher Wucht nach vorne, dass er sich nicht mehr halten konnte und vom Pferd fiel. Bart half ihm wieder aufzustehen.

»Willkommen bei den Reitern«, sagte er. »Wer noch nie vom Pferd gestürzt ist, gehört nicht dazu. Aller Anfang ist schwer. Ich habe Euch am Anfang erklärt, dass unsere Pferde intelligent sind. Nun, Rosemarie hat gelernt, dass nach dem ›Achtung‹ das ›Hoh‹ kommt und hat bereits früher gehalten. Sie hat mitgedacht und wollte ihren Leithengst damit unterstützen. Ich glaube, für heute ist es genug. Soll ich Euch jetzt noch das Striegeln zeigen?«

David stand breitbeinig da, als wäre Rosemarie immer noch unter ihm. Wenn er einen Schritt machte, brannte die Innenseite seiner Oberschenkel fürchterlich.

»Zeigen könnt Ihr mir es ja, wenn ich es nicht selber machen muss«, stöhnte David.

Bart ging mit Rosemarie zum Stall zurück und band sie mit dem Strick an einen Eisenring. Danach ging er in einen Pferdeverschlag und kam mit einer kleinen, offenen Holzkiste zurück. Sie enthielt mehrere Holz- und einen Metallstriegel. Bart zeigte David, wie man mit dem Metallstriegel den größten Dreck herausreiben und dann mit den verschiedenen starken Holzstriegeln das Fell auf Hochglanz bürsten konnte. Danach schleppte sich David langsam zur Burg zurück. Seine Beine brannten bei jedem Schritt. Als er beim Wachhabenden vorbeischlich, lächelte dieser.

»Die ersten Reitstunden sind immer am schlimmsten«, sagte er. »Morgen wird es bestimmt schon besser gehen.«

David setzte sich aufs Bett und rieb die Innenseite seiner Beine mit der Salbe von Christian ein. Wieder brannte es wie Feuer. Er legte sich auf die Matratze und versuchte an Ulla zu denken. Es wärmte das Herz und lenkte ein wenig von den Schmerzen ab.

Zur achten Stunde schleppte er sich zum Hauptmann.

»Ah David, mit dem typischen Reitergang«, lächelte der Hauptmann. »Dann können wir ja anfangen. Conrad, wie funktionierte das Holzbunkern?«

»Die Rekruten haben lange Arme bekommen. Ich glaube, sie werden die Salbe von Pater Christian nötig haben«, erzählte Conrad.

»Also ein brennendes Ereignis sozusagen«, lächelte der Hauptmann. »Gut, morgen ist wieder Körperertüchtigung an der Reihe. Wir müssen vor allem das Marschieren forcieren. Im Frühjahr müssen sie zehn Stunden das Marschtempo halten können. Also am Morgen nach

Stein und wieder zurück marschieren. Am Nachmittag nochmals dasselbe. Ihr, Unteroffizier David, müsst am Morgen ebenfalls am Marsch teilnehmen und am Nachmittag den Reitunterricht fortsetzen. Das wär's. Sind dazu noch Fragen?«

Beide schüttelten den Kopf.

»Schickt mir Friedrich herein«, sagte der Hauptmann zum Wachhabenden.

Friedrich hatte draußen gewartet und betrat jetzt das Wächterhaus. Er setzte sich, als Conrad gegangen war.

»Ich habe mir alles angeschaut«, sagte er, »und denke es mir wie folgt: Wir verbinden zwei Stämme zu einem A, die werden dann in einem Abstand von einhundertfünfzig Schritten im Boden eingraben. Unter der Spitze montieren wir jeweils eine Umlenkrolle und sechs Ellen tiefer eine zweite. Jeweils zwanzig Schritte vor den eingegrabenen Stangen schlagen wir Eisenanker in den Boden. Daran befestigen wir ein Tragseil, das über die oberen Rollen läuft. An diesem Tragseil hängen wir eine Rolle ein und befestigen die Scheibe darunter. So kann die Scheibe zwischen den Stangen hin und her bewegt werden. An der Seite der Scheibe befestigen wir ein langes Seil, das wir über die untere Rolle legen und wieder zurück zur Scheibe führen und befestigen. Das andere Ende wird am Sattel eines Pferdes eingehängt. Wenn das Pferd losgaloppiert, zieht es die Scheibe in die Gegenrichtung und ist somit sehr schnell aus dem Gefahrenbereich. Am Anfang und am Ende bauen wir eine Eichenwand auf. Diese schützt Pferd und Reiter beim Start vor den Pfeilen.«

»Hm, hört sich alles plausibel an«, sagte der Hauptmann. »Vielleicht noch eines: Wie weiß der Reiter, wann er stoppen muss?«

Friedrich überlegte eine Weile.

»Wir schlagen einen Pfosten in den Boden, wo der Reiter stoppen muss«, sagte er, »und einen zweiten, der ihm anzeigt, wo das Seil endgültig zu Ende ist.«

»Gut. Wann können wir anfangen? Und wie lange dauert die Bauzeit?«, wollte der Hauptmann wissen.

»Die A-Stangen können wir erst setzen, wenn der Schnee weg ist. Für das Lochen sollte der Boden nicht mehr gefroren sein. Die Bauzeit dauert zwei bis drei Wochen. Am besten wäre es, wenn wir im April beginnen würden.«

»Das ist zu spät. Geht es nicht früher?«, entgegnete der Hauptmann.

»Warum die Eile?«, wollte David wissen.

»Kaiser Barbarossa ist mit dem lombardischen Städtebund zerstritten. Wahrscheinlich wird er wieder mit einem Heer in den Süden ziehen, sobald die Pässe offen sind. Dies ist meistens im April der Fall. Ich möchte, dass ihr genug Zeit zum Üben habt. Es könnte durchaus sein, dass ihr auf die Reiterei des Papstes treffen werdet, und dann solltet ihr die Kerle aus ihren Sätteln schießen können.«

David nickte.

»Bruder«, sagte er, »wir müssen spätestens Anfang März beginnen. Wir brauchen im Minimum zwei Wochen, bis wir die schnellen Ziele treffen können.«

»Also gut, vielleicht ist der Schnee ja Ende Februar verschwunden. Aber die Löcher in das gefrorene Erdreich zu schlagen, wird eine mörderische Tortur werden.«

»Ausgezeichnet«, sagte der Hauptmann. »Das Löcherschlagen wird von Euren Leuten übernommen, David. Einen Pickel zu schwingen ist ähnlich wie Schwertkampf, es geht ganz schön in die Arme. Eine gute Übung für euch. Nun noch die Bezahlung für Euch, Friedrich. Seid Ihr mit zwei Batzen für Eure Dienste einverstanden?«

»Ihr seid sehr großzügig«, sagte Friedrich begeistert.

»Schön, dann beginnt mit allen Vorbereitungen. Wenn Ihr zusätzliche Unterstützung braucht, lasst es mich wissen. Geht Ihr jetzt nach Hause oder übernachtet Ihr nochmals hier, Friedrich?«

»Ich bleibe noch hier. Morgen muss ich die Einzelheiten mit Josef, Seyfrid und Jeck besprechen.«

»Jeck? Wofür braucht Ihr den Sattler?«, wollte der Hauptmann wissen.

»Die Befestigung von der Rolle zur Scheibe hätte ich gern aus starkem Leder. Außerdem sollte er die langen Stricke besorgen. Weiter würde ich gerne meine Kammer behalten, bis die Arbeiten abgeschlossen sind. Ich werde immer wieder hier zu tun haben.«

»Einverstanden«, sagte der Hauptmann.

Danach ging David mit seinem Bruder zum Abendmahl. Beim Essen war er bereits so müde, dass er kaum noch die Augen offen halten konnte. Er schlich in die Kammer, wo seine Kameraden bereits friedlich schliefen, und schlief selbst in Kürze ein.

Die Hochzeit

Die Tage vergingen wie im Fluge. Das Reiten ging immer besser. Im Trab holperte es noch ein wenig, aber im Galopp hatte David das Schieben verinnerlicht. Am Freitag durfte er das erste Mal mit Bart nach Stein ausreiten. Natürlich machten sie einen Abstecher zum Fischerhaus. Ulla warf ihn beinahe um, als sie ihn entdeckte und ihm vor Freude an den Hals sprang. Er konnte nicht lange bleiben, aber für einen innigen Kuss reichte es.

Am Samstagmorgen hatten sie nur leichten Dienst. Gewaschen und gestriegelt wurden sie vom Hauptmann verabschiedet, und Jost fuhr sie mit einem Wagen zum Niederfeldhof. Kaum erschien der Wagen im Innenhof, kam Ulla aus der Scheune gerannt und begrüßte David mit stürmischen Küssen, als dieser vom Wagen kletterte.

»Ulla«, lachte David, »lass mich erst einmal ankommen. Du hast mich ja bis morgen.«

Ulla lachte keck und hängte sich an seinen Arm. Lentz sammelte alle Waffen ein und brachte sie in seine Kammer. Gabriel war hinzugetreten und begrüßte alle.

»Wir haben die große Scheune ausgeräumt«, sagte er. »Das Getreide haben wir auf die Wagen gestapelt und das Heu vom Dachboden im Schnee zusammengebunden. Unten hat es Tische, wo man essen kann, und auf dem Dachboden wird bereits heftig getanzt. Man muss sich bei diesen Temperaturen möglichst in Bewegung halten.«

Als Lentz zurück war, gingen sie in die Scheune. Heinrich und Marianne saßen am ersten Tisch und aßen eine heiße Brühe. Sie standen auf, als David mit seinen Kameraden zur Beglückwünschung kam.

David umarmte seinen Bruder.

»Du bist ein Glückspilz, Heinrich«, sagte er. »Ich wünsche dir, dass das Glück euch weiter zur Seite steht.«

»Danke mein Kleiner«, sagte Heinrich und drückte ihn herzlich.

Danach wandte sich David Marianne zu.

»Schwägerin«, sagte er, »Ihr seht aus wie eine Fee.«

Marianne hatte ein helles Kleid an, das in den Falten hellblau schimmerte. Der Ausschnitt und die Rückenpartie waren mit Stickereien verziert. Ihr langes Haar war zu einem Zopf geflochten, der um den Kopf gewickelt war. Im Zopf war ein Ring eingeflochten, der mit getrockneten Blumen umbunden war.

»Das ist das Hochzeitskleid meiner seligen Frau Mutter«, sagte sie. »Es bedeutete mir sehr viel, mit ihrem Kleid ihr Andenken zu würdigen und es an meinem Ehrentag zu tragen.«

David nickte.

»Ihr habt ein Herz wie ein Engel«, sagte er. »Ich wünsche Euch viel Liebe und viel Freude bei uns im Eichelrüti.« Er küsste sie auf die Wange und begrüßte dann Pater Christian, der mit einer dampfenden Schüssel von hinten an den Tisch kam. Er umarmte ihn, als der Pater die Schüssel abgestellt hatte.

»Es ist schön, dich zu sehen, Bruder«, sagte er.

»Mein Krieger, du siehst fantastisch aus. Die Liebe hat dich verändert. Ich freue mich, dass du etwas so Schönes erleben darfst«, flüsterte Christian ihm ins Ohr.

»Oh Christian, verliebt sein ist herrlich. Ich schwebe wie auf einer Wolke«, schwärmte David.

»Dann lass deinen Engel nicht länger warten«, schmunzelte Christian.

David ging zurück zu Ulla, die in der Ecke gewartet hatte und ein enttäuschtes Gesicht machte.

»Was ist los?«, fragte David.

»Das Hochzeitskleid meiner Mutter sieht nicht annähernd so schön aus wie das von Marianne«, erklärte Ulla.

»Ein schlichtes Kleid bringt deine Schönheit viel mehr zum Ausdruck«, sagte David. »Außerdem heirate ich nicht das Kleid. Es kann nicht so wild küssen wie du.«

»Hör auf, David. Ich finde es nicht lustig«, schmollte Ulla und boxte ihn in die Seite. »Du weißt gar nicht, was ein Hochzeitskleid für eine Frau bedeutet.«

»Schon gut, Schatz«, sagte David und strich ihr zärtlich über den Kopf. »Ich bin mit dem besten Schneider des Kaiserreichs befreundet. Ich bringe ihm dein Kleid vorbei, und er wird etwas Außergewöhnliches daraus zaubern, da bin ich mir sicher.«

Ullas Miene hellte sich auf, und sie drückte schnell einen Kuss auf Davids Lippen.

»Lass uns tanzen gehen«, sagte sie.

Sie gingen auf den Dachboden, wo die Spielleute aufspielten. Nach einiger Zeit kamen auch Heinrich und Marianne auf den Tanzboden. Sie drehten lustig ihre Runden, mussten aber immer wieder stoppen, wenn ein Gast Heinrich eine Münze in die Tasche stopfen wollte. Es war Brauch, dass man dem Bräutigam beim Tanz die Taschen mit Geld füllt. Das war ein Geschenk an die Brautleute, die oftmals noch einiges für ihren neuen Haushalt kaufen mussten. Die Münzen klimperten in Heinrichs Taschen, wenn er sich im Tanz drehte. Nach einer Weile ging Heinrich seine Taschen leeren, und Christian tanzte mit Marianne. Der Vater drehte die Mutter in engen Kreisen über den Tanzboden. Selbst der stille Friedrich tanzte. Er drehte Heidi, die Tochter des Sattlers begeistert im Kreise. David zeigte jetzt Friedrich den Hakenfinger, als er an ihm vorbeitanze.

Die Zeit war schon fortgeschritten, und die Kälte der Nacht brach herein. Die Gäste verabschiedeten sich und gingen zu Fuß oder mit Fuhrwerken nach Hause. Die Knechte zogen das Heu auf den Dachboden und legten Decken für das Nachtlager der Burschen bereit. Ulla ging nicht mit ihren Eltern zurück, sie wollte bei David bleiben.

Lentz kam zu ihnen.

»Ihr könnt in meiner Kammer schlafen«, sagte er. »Es ist nicht gut, wenn Ulla zwischen all den Männern schläft.«

Ulla war begeistert, und so nahmen sie sein Angebot dankend an. David zog Ulla zur Seite.

»Ulla«, sagte er, »ich will, dass du mir etwas versprichst. Wenn wir uns leidenschaftlich küssen, steigt meine Wollust, und ich weiß nicht, ob ich mich beherrschen kann. Der Allmächtige hat die Sexualität für die Ehe geschenkt, und das möchte ich unbedingt einhalten. Es ist mir sehr wichtig, und deshalb möchte ich, dass du mir versprichst, mit allen Zärtlichkeiten aufzuhören, wenn ich es dir sage. Versprichst du mir das?«

Ulla nickte.

»Ich verspreche, artig zu sein, wenn du das willst«, sagte sie.

David nickte, und sie gingen in die warme Stube. Dort wurde noch ein wenig über den Tag geplaudert. Danach zogen sich die Brautleute in ihre Kammer zurück, und alle anderen gingen ebenfalls zu Bett. Mutter und Vater schliefen in einer Kammer, Friedrich schlief bei den Burschen im Heu. David lag mit seinem Nachthemd bereits im Bett und zog die schwere Daunendecke über sich, als Ulla sich im Dunkeln zu ihm unter die Decke schlich und sich in seinen Arm kuschelte. David spürte die Wärme ihrer vollen Brüste und musste sich mit aller Kraft beherrschen, diese nicht zu streicheln. Sie küssten sich, und als Ullas Zunge vordrang, zog David den Kopf zurück.

»Nicht mehr, Ulla«, sagte er. »Es ist schon schwierig genug, deine Körperreize zu spüren.«

»Gute Nacht, mein Liebster«, hauchte sie. »Ich will dir ganz gehören und freue mich darauf, wenn deine Liebe in mich eindringt.« Danach drehte sie sich um und schlief in seinen Armen ein.

David konnte noch lange nicht einschlafen. Er hörte auf die rhythmischen Atemzüge seiner Liebsten und hielt sie an der Hüfte fest. Viele Gefühle und Gedanken kreisten in seinem Kopf. Er betete nochmals, und dann endlich hatte ihn die Müdigkeit eingefangen.

Am Morgen kamen immer mehr Leute aus ihren Betten und gingen in die warme Stube. Nur die Brautleute ließen sich nicht blicken. Die Nacht im Heu war kalt gewesen, und die Burschen waren froh, sich in der warmen Stube wieder aufzuwärmen. Nach dem üppigen Frühstück banden sich David und seine Kameraden wieder die Waffen um und machten sich auf den Rückmarsch. Ulla ging noch bis zum Waldrand mit ihnen. Dort musste sie sich schweren Herzens von ihrem

David trennen. Nach einem letzten Kuss rannte sie auf ihr Zuhause zu, während David seine Leute den Berg hoch führte.

Teil 3 - Barbarossa ruft zu den Waffen

Rüstet euch

Es waren einige Wochen vergangen. Ende Februar verschwand der Schnee, und Friedrich baute in zwei Wochen die Bogenschussanlage, die hervorragend funktionierte. Für David und seine Kameraden war es sehr schwierig, die Scheibe, welche sich im Galopptempo seitlich bewegte, zu treffen. Wenn man auf die Scheibe zielte, flog der Pfeil hinten an der Scheibe vorbei, weil sich die Scheibe schnell wegbewegte, während dem der Pfeil in der Luft war. Man musste mit dem Korn vor die Scheibe zielen, und ohne Anhaltspunkt, wieviel man vor die Scheibe zielen musste, blieb es bei Zufallstreffern. Herne hatte schließlich die Idee, alle zwei Ellen einen schwarzen Ring aus Tuch an den Strick nähen zu lassen. Für jeden dritten Ring nahmen sie ein blaues Tuch. Damit fanden sie bald heraus, dass man sieben Ringe vorhalten musste. Wenzel baute daraufhin ein dreifaches Korn für die Bogen. Mit dem mittleren Korn schoss man auf stehende Ziele. Mit dem äußeren konnte man, je nach Richtung, mit dem linken oder rechten Korn direkt auf die Scheibe zielen, die im Galopptempo vorbeirollte. Damit wurde die Sache wesentlich leichter, und die Bogenschützen trafen die Scheibe beinahe immer, sehr zur Freude des Waffenmeisters.

Davids Reitkünste waren gut gediehen. Jeden zweiten Abend ritt er mit Rosemarie zu Ulla. Die zwei Turteltauben genossen ihre Zeit, und oftmals ritt David erst im Morgengrauen wieder zurück. Das Hochzeitskleid von Ullas Mutter hatte er Nikolaus übergeben. Dieser wollte zuerst ein neues Kleid machen, aber das wollte Ulla nicht. Es war ihr Herzenswunsch, dass etwas vom Kleid ihrer Mutter an ihrem Kleid blieb. Da hatte Nikolaus die Idee, das Kleid mit vielen farbigen

Stoffen zu umhüllen. Die Stoffe waren ganz fein, beinahe durchsichtig. Je nach Licht und wie die Stoffe übereinander zu liegen kamen, entstanden immer wieder andere Farbnuancen. David war begeistert. Er hatte noch nie einen solchen Stoff gesehen. Bruno hatte ihn von einem Stoffhändler aus Palermo erstanden.

»Dieser Stoff ist für Könige gemacht«, sagte Bruno, als David den Stoff bezahlen wollte. »Ich freue mich, dass Eure Prinzessin ihn an Eurem Ehrentag tragen wird. Ihr habt Nikolaus so geholfen, seine Minderwertigkeitsgefühle abzubauen. Es ist eine wahre Freude zu sehen, wie sicher und selbstbewusst er geworden ist, dank Euch. Ich nehme von Euch kein Geld. Es wäre mir eine Ehre, Euch das Kleid für Eure Hochzeit zu schenken. Eure Braut muss allerdings noch ein paar Mal vorbeikommen, damit wir das Kleid anpassen können.«

So verabredete sich David einige Tage später mit Ulla und ihrer Mutter Maria bei Bruno. David verband Ulla die Augen, bevor sie ins Kleid schlüpfte. Dann führte er sie vor den großen Spiegel.

»Ach, du meine Güte«, sagte Maria erstaunt, als sie sah, welche Pracht ihr altes Kleid jetzt besaß.

»Dies ist für Dich, Prinzessin«, flüsterte David Ulla ins Ohr und band die Binde ab.

Sie betrachtete sich kritisch, drehte sich auf alle Seiten und bewunderte, dass bei jeder Bewegung das Kleid in anderer Farbe schimmerte. Plötzlich sprang sie David mit einem Jauchzen an und küsste ihn wild und stürmisch.

»So etwas Schönes habe ich noch nie gesehen«, hauchte sie.

»Das Kleid ist eine Pracht, aber viel zu kostbar für uns«, sagte Maria. »Das können wir uns niemals leisten.«

»Bruno schenkt es meiner Prinzessin zur Hochzeit«, sagte David und strahlte dabei.

Ulla sprang jetzt Bruno an den Hals und gab ihm einen dicken Kuss auf die Wange. Danach wirbelte sie wie eine Tänzerin im Raum herum.

»So was Prachtvolles habe ich in meinem ganzen Leben noch nie besessen«, schwärmte sie.

»*Va bene,* ich mache Euch noch eine passende Handtasche und etwas für die Schuhe und die Haare«, sagte Bruno. »Aber wir müssen dem Bräutigam nicht alles verraten. Es soll eine Überraschung für ihn sein. David, es wäre gut, wenn Ihr Euch jetzt verabschieden würdet.«

Ulla nickte, sprang David wieder an den Hals.

»Geh jetzt, Liebster«, hauchte sie, »und beeile dich mit dem Freien, ich möchte schon bald dein Weib sein.« Dann küsste sie ihn innig und sprang wieder von ihm herunter.

David ging hinaus, stieg in den Sattel und ritt der Burg entgegen. Als er im Stall ankam, war ein fremdes Pferd mit den Farben von der Meersburg angebunden. Bart trat ihm entgegen.

»Ich versorge Euer Pferd«, sagte er. »Es ist besser, wenn Ihr gleich zur Burg geht.«

Als David in die Burg trat, rannte ihm der Meldereiter von Meersburg entgegen. Kurz danach rannte ein Knappe des Barons hinaus. David ging ins Wächterhaus zu Hauptmann Ewalt.

»Der Tagesrapport findet heute im Speisesaal zur gewohnten Zeit statt«, sagte der Hauptmann zu David.

Dieser nickte und machte sich bereit für das Abendmahl.

Als die Burgglocke die achte Stunde schlug, traten David und Conrad in den Speisesaal. Jetzt stand eine lange Eichentafel darin. Am Vorsitz saß der Baron. An den Seiten saßen die Baronin, der junge Herr Eberhard und die Offiziere. Pater Christian und Pett, der Hauptmann der Stadtwache, waren ebenfalls anwesend.

»Setzt euch«, sagte der Baron.

Sie nahmen Platz, und die Mägde stellten vor jeden einen Krug Bier hin.

»Meine Herrn, jetzt ist es offiziell«, sagte der Baron. »Barbarossa versammelt das Heer in Mainz und wird es am ersten Mai in Marsch setzen. Wir sind wie letztes Mal mit den Truppen von der Meersburg und dem Hohentwiel die Vorhut und müssen die Alpenüberquerung sicherstellen. Unterwegs sollten wir Verstärkung von der Kyburg erhalten. Ich habe bereits einen Meldereiter dahin losgeschickt. Wir marschieren am 20. April ab nach Uri, das wir in fünf Tagen erreichen sollten. Albrecht IV von Staufen sollte dort mit seinen Habsburgern zu uns stoßen.

Für die Passüberquerung brauchen wir alle Packpferde. Herr von der Tann, veranlasst bitte alles Nötige. Die Pferdeknechte und alle anderen Dienste, die wir für das Feldlager brauchen, unterstehen während dem Feldzug dem Kommando von Christian von Landsberg. Wolff von Waldeck führt die Knappen und die Bogenschützen. Die Hauptleute Ewalt und Pett bleiben hier und sorgen hier für Ruhe und Sicherheit. Mein Sohn Eberhard kommt als Beobachter mit. Seine Schulter ist immer noch lädiert, er kann deshalb nicht an Kämpfen teilnehmen. Sind hierzu Fragen?«

Alle schwiegen.

»Herr von der Tann«, fuhr der Baron fort, »bitte klärt umgehend mit Christian von Landsberg, welche von Euren Leuten mit auf den Feldzug gehen. Die, welche am Feldzug teilnehmen, haben den Rest der Woche frei, damit sie mit ihren Familien alles Nötige regeln können. Zum Schluss möchte ich nun den Kelch erheben auf seine kaiserliche Majestät, Friedrich I, möge sein Feldzug erfolgreich sein.«

Alle erhoben sich.

»Auf seine kaiserliche Majestät!«, riefen alle.

Als alle ausgetrunken hatten, verließ David schnell den Raum. Seine Leute saßen noch im Gesindesaal. Er informierte sie über alles.

»Ich reite heute noch ins Eichelrüti«, sagte er schließlich. »Wir sehen uns am Sonntagabend wieder.« Er ging zum Wachhabenden und meldete sich bis Sonntag ab. Dann suchte er Bart im Stall auf.

»Ich muss heute noch ins Eichelrüti«, sagte er. »Ich nehme die Rosemarie. Könnt Ihr mir noch ein Packpferd mit Decken und Heu für die Pferde bereitstellen?«

Bart nickte, ging hinaus und erteilte zwei Knechten Anweisungen. Als David mit Rosemarie aus dem Stall trat, stand das Packpferd bereit. Er stieg in den Sattel und nahm den Führstrick des Packpferdes in die rechte Hand. Im Schritt ritt er durch den Wald. Er verzichtete auf einen Laterne. Im Mondlicht sahen die Pferde genug, und er vertraute auf ihre Trittfestigkeit. Nach einer Weile erreichte er die Lichtung. In der Stube brannte noch Licht. Bei Heinrich war es bereits dunkel. Er ließ Rosemarie weiter im Schritt gehen und stoppte sie dann vor dem Haus.

»Herr Vater«, rief er laut, »ich bin es, David.«

Es dauerte nicht lange, und der Vater kam mit einer Laterne heraus.

»David, um Himmels Willen, was ist passiert?«

»Ich erzähle es Euch gleich«, sagte David. »Zuerst müssen wir aber die Pferde versorgen.«

Er führte die Tiere in die leere Scheune, entfernte Sattel und Zaumzeug, band das Tuch mit dem Heu auf und schüttete es den Pferden vor die Hufe. Zum Schluss deckte er die Pferde mit den Decken zu und ging mit dem Vater, der ihm mit seiner Laterne Licht gespendet hatte, zurück in die Stube. Die Mutter und Friedrich saßen in der Stube. Er begrüßte sie herzlich und erzählte ihnen alles.

»Vater«, sagte er schließlich, »könnt Ihr morgen mit mir zu Seybold gehen? Ich möchte, dass mit Ulla alles geregelt ist, bevor ich am Feldzug teilnehmen muss.«

»Natürlich können wir morgen gehen«, sagte der Vater.

»Ich möchte Euch noch etwas mitteilen«, sagte David. »Wenn mein Frondienst abgelaufen ist, werde ich nicht mehr ins Eichelrüti zurückkehren. Ich bin nicht für eine Köhlerei geschaffen. Ich bin ein Krieger und werde wahrscheinlich meinen Dienst verlängern oder, wenn das Ulla nicht möchte, einen Dienst beim Verwalter antreten. Ich möchte, dass uns Friedrich ein Haus baut. Ich möchte es aber neben dem Haus von Seybold haben. So kann ich nach Dienstschluss immer zu meiner Frau reiten. Was würde mich so ein Haus kosten?«

»Wir haben acht Groschen für das von Heinrich bezahlt«, sagte der Vater. »Wir bauen dir sehr gerne im Herbst bei Seybold ein Haus. Wenn du es früher brauchst, musst du noch etwa drei Batzen zusätzlich für die Bauarbeiten rechnen.«

»Also etwa sechs bis neun Batzen«, sagte David. »Ich werde es entscheiden, wenn wir mit Seybold gesprochen haben.«

»David, wir haben immer gewusst, dass du uns eines Tages verlassen wirst«, sagte die Mutter. »Als du in den Unterricht von Pater Christian gingst, haben Vater und ich gewusst, dass der Allmächtige für dich eine andere Aufgabe hat. Ich freue mich, dass du mit Ulla eine herzensgute Frau gefunden hast und wünsche euch, dass ihr dieselbe Liebe erleben dürft, wie sie zwischen mir und Hannes besteht.«

»Mein lieber Sohn«, sagte der Vater. »Als Junge bist du zum Frondienst gegangen, und als Mann stehst du jetzt vor mir. Du hast in der kurzen Zeit eine riesige Verwandlung durchgemacht. Es kommt mir vor, als habest du dich von einer Raupe in einen Schmetterling verwandelt. Ich bin sehr stolz zu sehen, was für ein Mann du geworden bist.«

»Ich danke Euch für diese wohlwollenden Worte«, sagte David. Dann wandte er sich Friedrich zu. »Und wie geht es mit Heidi?«

»Sie ist schüchtern«, sagte Friedrich kleinlaut.

»Schüchtern«, lächelte David. »Schüchtern passt zu dir, mein stiller Bruder, wie ein Deckel auf seinen Topf. Schüchtern, dass ich nicht lache. Heidi ist total in dich verliebt, und du, mit all deiner Intelligenz, merkst das nicht. Mutter, könntet Ihr nicht mit Heidi, der Tochter des Sattlers Jeck, von Frau zu Frau reden? Ihr müsst Ihr erklären, wie unser Friedrich gestrickt ist, sonst wird es nichts mit den beiden.«

»Ja Friedrich, ich hatte ja gar keine Ahnung«, sagte die Mutter erstaunt. »Liebst du denn das Mädel?«

Friedrich hatte sich ganz in seinen Sessel verkrochen.

»Liebe?«, sagte er mit hochrotem Kopf. »Ich weiß nicht. Ich mag sie, und sie gefällt mir, und Ja ist die Antwort auf Eure nächste Frage. Ja, ich würde sie auch gerne heiraten.«

»Du hast bei Heinrich gut aufgepasst«, lachte die Mutter. Dann wandte sie sich an den Vater. »Ich brauche für meinen Weidekorb neue Lederriemen. Nehmt Ihr mich mit nach Stein? Ich muss in die Sattlerei.«

David lachte.

»Frau Mutter«, sagte er, »Ihr seid unglaublich. Aber genau dafür liebe ich Euch.« Dann stand er auf und klopfte Friedrich auf die Schulter. »Lass unsere Mutter nur machen«, sagte er. »Geh mit ihr mit. Warte draußen, während Mutter mit Heidi spricht, und ich garantiere dir, du wirst sie nachher in deine Arme nehmen können.«

»Also gut, Frau Mutter, ich komme morgen mit Euch«, sagte Friedrich.

Sie erhoben sich und machten sich bereit, ins Bett zu gehen. Der Vater kam wie immer vorbei, sprach das Gutenachtgebet und löschte dann das Licht.

»Gute Nacht, meine Söhne«

»Gute Nacht, Herr Vater«, sagte Friedrich. »Gute Nacht David, und danke für alles.«

»Gute Nacht Friedrich«, sagte David. »Friedrich, kannst du im Herbst auch zwei Häuser bauen?«

Friedrich kicherte, und dann schliefen sie ein.

Auf Freiers Füssen

Nach dem Frühstück ging David in den Schuppen, legte ein Holzscheit auf den Spaltstock und schlug mit seinem Schwert zu. Das Holzscheit zersprang in zwei Teile, und das Schwert drang in den Spaltstock ein.

»Geht doch«, sagte er, zog das Schwert mit starken Wiegenbewegungen aus dem Spaltstock heraus und sagte laut: »Danke Abba, dass Ihr mir alles gebt, was ich brauche.«

Danach brachen sie auf. David ritt voraus zum Niederfeldhof. Der Pferdeknecht von Ulrich machte zwei Pferde bereit und fuhr die Familie, als diese eintraf, mit dem Wagen zum Untertor. Die Mutter ging mit Friedrich ins Städtchen, während David mit dem Vater weiter zum See ging.

Als sie bei Seybold ankamen, stand dieser draußen an einen Tisch und putzte die Fische, die er an diesem Morgen gefangen hatte. Jost und Utz waren schon eingetroffen und halfen ihm dabei. Seybold wusch sich die Hände und begrüßte sie. Danach gingen sie in die Stube, wo Ulla bei ihrer Mutter Maria saß. Die beiden Frauen sahen verheult aus. Als Ulla David sah, sprang sie auf und drückte sich fest an ihn.

»Utz hatte uns soeben alles erzählt«, sagte sie.

David nahm sie an der Hand und setzte sich neben Seybold.

»Ich möchte deshalb, dass mit der Hochzeit alles geregelt ist«, sagte er.

»Wir haben keine Scheune, wo wir jetzt eine Hochzeit durchführen könnten. Auf den Wiesen geht es erst im Sommer. Wir müssten eine Hochzeit im kleinsten Kreis abhalten«, sagte Seybold.

»Tut mir leid, Ihr habt mich missverstanden«, sagte David. »Ich möchte Ulla nicht jetzt heiraten und sie dann als Witwe zurücklassen. Wenn ich heirate, möchte ich bei meinem Weibe sein und nicht in fremden Ländern kämpfen. Ich möchte, dass wir heiraten, wenn ich vom Feldzug zurückkehre. Ich möchte eine große Hochzeit feiern. Ulla soll von vielen Gästen bestaunt und geehrt werden.«

Seybold nickte und wandte sich dann an Davids Vater.

»Dann wäre noch das Problem der Mitgift zu besprechen. Wir sind einfache Fischersleute und können uns keine Aussteuer kaufen. Ulla ist ein Wirbelwind und geht mir lieber zur Hand, als Weiberarbeit zu verrichten. Maria hat ein wenig für sie genäht, aber es ist nicht viel.«

»Wir sind auch einfache Leute«, sagte David, bevor sein Vater antworten konnte. »Was sie an Aussteuer mitbringt, wird mir genügen. Weiter werde ich Ulla nicht mit ins Eichelrüti nehmen. Nach meinem Frondienst werde ich den Dienst verlängern. Als Unteroffizier habe ich beim Baron ein gutes Auskommen. Ich möchte hier bei Euch ein Haus für uns bauen lassen. So kann Ulla Euch weiter zur Hand gehen, und ich kann am Abend bei meinem Weibe sein.« Dann wandte er sich an seinen Vater. »Tut mir leid, dass ich Euch nicht zu Wort kommen ließ.«

»Ein Vater geht mit seinem Sohn auf Freiers Füssen, damit er dem Jüngling mit Rat und Tat bei dieser lebenswichtigen Entscheidung zur Seite stehen kann«, antwortete der Vater. »Du hast wie ein Mann gesprochen und brauchst meinen Rat nicht mehr. Mehr brauche ich dazu nicht zu sagen.«

»Dann ist es abgemacht«, sagte Seybold. Er stand auf, spuckte in die rechte Hand und hielt sie Hannes entgegen. Der nickte mit dem Kopf seitlich zu David. David erhob sich, spuckte ebenfalls in seine Hand und schlug sie mit einem Knall in Seybolds rechte.

Nun sprang Ulla mit einem Satz an Davids Hals. Der Aufprall war so wuchtig, dass Davids Oberkörper weit nach hinten gedrückt wurde, und das Gewicht des Kettenhemdes riss ihn zu Boden. Mit einem lauten Knall fiel David mit Ulla in seinen Armen auf den Bretterboden.

»Ulla, nein, wie ungestüm!«, entsetzte sich die Mutter.

Utz und Jost kamen hereingerannt und begannen zu lachen, als sie Ulla auf David liegen sahen.

»Unteroffizier, Ihr wurdet von einem Weibe besiegt«, röhrte Jost mit der nachgemachten Stimme des Waffenmeisters.

Schallendes Gelächter war die Folge.

»Ist mein Weib nicht umwerfend?« sagte David schmunzelnd, als er wieder stand.

Der Vater lächelte.

»Ich lasse euch Turteltauben jetzt allein«, sagte er, »und mache mich auf den Rückweg.«

David ging mit Ulla engumschlungen zum See.

»David, ich weiß nicht, wie ich die Trennung überlebe«, sagte sie.

»Schatz, wir haben unser ganzes Leben noch vor uns. Die paar Monate wird unsere Liebe auch noch überwinden«, sagte David.

»Lass uns jetzt heiraten«, bettelte Ulla. »Ich möchte mit einem Kind unter dem Herzen auf dich warten.«

David küsste sie auf die Stirn.

»Meine Prinzessin«, sagte er, »übe dich in Geduld. Weißt du noch, unser erster Kuss im Mondschein?«

»Ja«, hauchte sie.

»Der Mond ist unser Verbündeter. Immer wenn er aufgeht, werde ich einen Kuss zu ihm schicken. Seine Strahlen werden dich dann mit meiner Liebe umgarnen. Mit seiner Hilfe wird das Warten ganz leicht, vertrau mir.«

»Aber ich verzehre mich nach deiner Liebe«, hauchte sie.

»Das ist herrlich zu wissen, meine Wildkatze. Ich freue mich schon auf unsere Hochzeitsnacht, sie wird atemberaubend werden.«

Ulla weinte leise an Davids Brust. Er strich ihr zärtlich über die Wange. Still schauten sie eine Weile auf den See hinaus.

»Gehen wir zurück«, sagte er. »Ich muss wieder zurück zum Nieder-feldhof. Ich bin gespannt, ob meine Mutter bei Heidi etwas erreichen konnte für Friedrich.«

Ulla begann zu lachen.

»Ich habe Heidi neulich gesprochen«, sagte sie. »Sie spricht nur von Mariannes Hochzeitsfeier und schwärmt von Friedrich in den höchs-ten Tönen. Friedrich oben, Friedrich unten, Friedrich, Friedrich. Ich habe ihr geraten, sie solle den nächsten Schritt tun. Männer müssen eingefangen werden.«

»Ja, meine Fischerin«, lächelte David und küsste sie. »Ich reite jetzt zurück. Danach bringe ich die Pferde zur Burg und komme wieder. Ich kann bis am Sonntag bleiben, wenn du das möchtest.«

Sie drückte sich an ihn und küsste ihn innig.

»Und wie ich das will«, hauchte sie.

David stieß sie leicht von sich und hob drohend den Zeigefinger.

»Es bleibt bei deinem Versprechen«, sagte er mit einem Schmunzeln. »Sonst nehme ich einen Keuschheitsgürtel von der Burg mit, den ich dir höchstpersönlich anlegen werde.«

Ulla lachte und strich ihm zärtlich über die Wange.

»Ja, mein Gebieter«, sagte sie.

Dann gingen sie zurück, und David galoppierte zum Niederfeldhof. Es war schwierig zu galoppieren und gleichzeitig das Führseil des Packpferdes in der Hand zu behalten. Mehrmals schliff das Seil durch seine Hand. Ohne seine Lederhandschuhe wäre seine Hand verletzt worden. Wenn das Seil aus seiner Hand gerissen wurde, musste er wieder zurück zum Packpferd reiten, das sofort stehenblieb, wenn das Seil am Halfter herunterhing.

Kurz vor dem Niederfeldhof holte er den Vater ein. Als sie gemein-sam im Innenhof ankamen, war Friedrich mit der Mutter schon zurück. Friedrichs strahlendes Gesicht sprach Bände.

»Von wegen schüchtern«, erzählte die Mutter. »Kaum habe ich ihr von Friedrichs Gefühlen erzählt, ist sie hinausgestürmt und fiel ihn an wie eine Wildkatze.«

»Ich habe mich mit ihr am Sonntag nach der Messe verabredet«, sagte Friedrich strahlend.

»Jetzt piepst du wie ein Vogel«, lachte David.

»Das beherrschst *du* auch, David«, schmunzelte die Mutter.

»Wie es scheint, muss ich wohl bald wieder berichten gehen«, stöhnte der Vater.

»Du hast ja jetzt Erfahrung«, sagte David und brachte damit alle zum Lachen.

»Es ist noch zu kalt, um herumzustehen«, sagte der Vater. »Lasst uns nach Hause gehen!«

David verabschiedete sich und ritt zur Burg zurück, damit er die Pferde abgeben konnte. Danach rannte er die steile Straße nach Stein hinunter.

Wie leicht man doch mit dem Kettenhemd rennen kann, wenn man von der Liebe getragen wird, dachte er und freute sich auf die Zeit, die er mit Ulla verbringen durfte.

Abmarsch

In der Burg ging es zu und her wie in einem Ameisenhaufen. Alle arbeiteten fieberhaft an den Vorbereitungen. Alles Mögliche wurde auf die Wagen verladen. Drei Wagen waren allein für Lebensmittel vorgesehen. Zusätzlich mussten die Feldschmiede, die Sattlerei, Zelte und vieles andere mehr verladen werden. Die Gerätschaften von Joseph füllten einen ganzen Wagen. Er hatte all seine Werkzeuge dabei, so dass er auch schwere Belagerungswaffen würde bauen können. Selbst Nikolaus war mit von der Partie. Es war wichtig, zerschlissene Kleidungsstücke schnell wieder in Ordnung bringen zu können.

Am 20. April war alles bereit. Der Baron ritt mit den Reitern voraus. Dann folgte Pater Christian, der den Küchenwagen lenkte. Hinter jedem Wagen waren zwei Ersatzpferde angebunden. Im letzten Wagen befanden sich die Packsättel, und einige Mitglieder der Stinktruppe, die auch im Feldlager ihren Dienst würden versehen müssen.

Hinter den Wagen gingen die Pferdeknechte mit den restlichen Pferden. Den Abschluss bildete David mit seinen Bogenschützen.

An der großen Kreuzung trafen sie auf den Grafen von Rohrsdorf mit seinen Truppen von der Meersburg sowie auf die Pikeniere von der Burg Hohentwiel. Der Baron ritt mit der Reiterei voraus. David ging jetzt mit den Bogenschützen vor der Wagenkolonne. Die Wagen reihten sich hinter ihnen ein, den Schluss machten die Pikeniere von Hohentwiel und der Meersburg.

Bei jeder Kreuzung wartete ein Reiter, der ihnen den richtigen Weg wies. Sie marschierten etwa zehn Stunden in der Frühlingssonne, bis sie wieder auf ihre Reiter trafen, die auf einer großen Wiese bereits auf sie gewartet hatten. Das erste Feldlager wurde aufgeschlagen. Hauptleute brüllten ihre Befehle. Einige Soldaten gingen in den nahen Wald, um Brennholz zu schlagen, während andere die Zelte aufschlugen. Die Stinktruppe hob einen Latrinengraben aus und stellte in jedes Zelt mehrere Nachtkübel. Die Küchenmägde hatten ihre Kupferkessel über die Feuer gestellt, und es roch bald angenehm nach Getreidebrei.

Die Bogenschützen hatten die erste Wache bis zum Sonnenuntergang, danach wurden sie von den Pikenieren abgelöst. Nach dem Essen legten sie sich schlafen. Der Boden war sehr hart, daran konnte die ausgelegte Wolldecke auch nicht viel ändern.

Bei Sonnenaufgang wurden sie durch das Schmettern einer Trompete unsanft geweckt. Davids Glieder schmerzten von dem harten Liegen.

»Dies ist nur am Anfang so. Man gewöhnt sich schnell daran«, sagte Christian, der neben ihm geschlafen hatte.

Zum Frühstück aßen sie die kalten Resten vom Abend. Dann begannen sie das Lager wieder abzubrechen. Während alles wieder auf die Wagen verladen wurde, machten sich die Reiter auf den Weg. Bald marschierten sie den Reitern hinterher.

Am dritten Tag erreicht sie die Waldstätten. Es hatte zu regnen begonnen, und ein kalter Wind schlug ihnen entgegen. Sie gingen jetzt einen See entlang und waren umringt von hohen Bergen. David war pitschnass, und der starke Gegenwind ließ ihn frösteln. Er war froh marschieren zu können und damit die Körpertemperatur einigermaßen zu halten. Der Baron hatte an diesem Morgen beschlossen, dass sie die Nacht durchmarschieren würden, bis sie das Basislager am Fuße des Gotthardpasses erreichten. Dort wollte man mehrere Tage ruhen und dann den Pass in Angriff nehmen.

David trug eine Laterne und kämpfte gegen Wind und Kälte an. Zum Glück hatte der Regen aufgehört. Als sie den See verlassen hatten, ging der Weg steil nach oben. David versuchte an Ulla zu denken. Es half ihm dabei, einen Fuß vor den anderen zu setzen. Zwei seiner Leute saßen neben Christian auf dem Wagenbock. Lentz kletterte hinunter, nahm David die Laterne ab und setzte sich an die Spitze des Zuges. Jost ging neben ihm, während David und Utz auf den Bock kletterten. Seitz lag schon seit mehreren Stunden hinten bei den Küchenmägden. Er hatte sich seine Füße blutig gelaufen. Auch David hatte wegen den nassen Schuhen Blasen bekommen, die fürchterlich brannten. Er setzte sich dicht neben Christian, der ihm und Utz je eine Wolldecke reichte, in die sie sich einwickeln konnten.

»Wie geht es mit den Füssen?«, erkundigte sich Christian.

»Brennen wie Feuer«, stöhnte David.

»Mit meinen könnte man Brot backen«, jammerte Utz.

»Dann seid ihr ja glückliche Menschen, denn meine sind vor Kälte abgestorben«, sagte Christian.

David konnte nicht einmal mehr lachen, so kaputt war er.

»Es kann nicht mehr lange dauern, der Tag bricht gleich an«, sagte Christian.

Es wurde zwar hell, aber alles um sie herum war grau. Die Berge waren mit dicken Wolken verhangen. Nebel klebte in den Wäldern. David löste Lentz wieder ab, der nur noch torkelte. Als David die Füße auf den Boden stellte, war es ihm, als würden ihn tausend Nadeln stechen. Nur mit eisernem Willen konnte er seine Füße bewegen. Nach einigen Schritten wurde es ein wenig besser, und so kämpfte er sich vorwärts. Es ging einige Zeit gut, doch dann brach Utz neben ihm, mit einem Stöhnen zusammen. Blut und Flüssigkeit flossen aus seinen Schuhen. Christian stieg ab, und gemeinsam hoben sie ihn in den Wagen.

»Zieht ihm vorsichtig die Schuhe aus und umwickelt seine Füße mit feuchten Tüchern«, wies er die Mägde an.

»Die Pferde machen es nicht mehr lange«, sagte Jost, der die Zügel wieder übernommen hatte.

»Alles, was laufen kann, kommt raus aus den Wagen, sonst brechen uns die Pferde zusammen«, brüllte Christian.

»Ihr nicht«, sagte er zu Lentz und Jost, die ebenfalls absteigen wollten. »Ihr seid für heute genug gelaufen.«

Jobst war ebenfalls abgestiegen und stand mit den Zügeln neben den Wagen.

»Alle Kutscher führen ihre Pferde von der Seite«, brüllte Christian erneut.

David hatte sich im Wald neben der Straße zwei Wanderstäbe zurechtgeschlagen und gab einen Christian. Hinkend gingen sie weiter. Plötzlich begann David laut das »Unser Vater« zu beten. Als er fertig war, begann er wieder von vorn. Dabei drückte er im Rhythmus des Singsangs immer einen Fuß vor den anderen. Christian tat es ihm gleich, und mit der Zeit setzen immer mehr Stimmen ein. Wie eine Wallfahrtsprozession setzten sie ihren Weg fort und erreichten so endlich das Lager.

Der Baron erkannte sofort, wie erschöpft die Ankommenden waren. Er erteilte Befehle. Die Knappen rannten den Ankommenden entgegen und halfen das Lager aufzubauen. Bauern aus der Gegend hatten mehrere Wagen voll Stroh gebracht, damit sie ihr Nachtlager aufpolstern konnten. Das war auch bitter nötig, denn auf der Wiese hatte es mehr Steine als Gras. Ein anderer Bauer hatte Brennholz gebracht, da sich kein Wald in der Nähe des Lagers befand. Es wurden schnell mehrere Feuer entfacht, und bald roch es nach Fleischbrühe. Die Pferdeknechte gaben ihren Tieren nur wenig zu trinken und hielten sie immer ein wenig in Bewegung, sodass sie sich langsam abkühlen konnten. David und seine Männer hielten ihre zerschundenen Füssen in den eisigen Bergbach. Dabei löffelten sie ihre heiße Suppe.

David fühlte sich jetzt wesentlich besser, war aber froh, dass er sich auf seine Schlafstelle legen konnte, wo er vor Erschöpfung gleich in den Tiefschlaf fiel.

Es dauerte drei Tage, bis die Füße soweit geheilt waren, dass man wieder normal auftreten konnte. Der Baron hatte mehr Brennholz ins Lager bringen lassen. Es wurden große Feuer entzündet, an denen man alles wieder trocknen konnte. Jeden Tag brachten auch mehrere Wagen Heu und Hafer für die Pferde. Man lagerte das Futter in Zelten. Wenn Barbarossa mit den Rittern eintreffen würde, würden diese Reserven schnell aufgebraucht sein. Josef, der Zimmermann, hatte bereits alle Wagen auseinandergebaut, so dass diese mit den Packpferden über den Pass getragen werden konnten.

Nach zwei weiteren Tagen wurde das Wetter wesentlich besser. Wolff machte sich mit einer kleinen Gruppe auf, den Pass zu erkunden. Am späteren Vormittag trafen die ersten Truppen mit dem Doppeladler bei ihnen ein. Die Habsburger waren zu ihnen gestoßen. Wolff war am Nachmittag wieder zurück. Kurz danach hatte der Baron zur Befehlsbesprechung eingeladen. David stand am Rand bei den Unteroffizieren.

»Also meine Herren«, sagte der Baron. »Auf dem Pass liegt noch etwa eine Elle Schnee. Morgen nach Sonnenaufgang führt Wolff von Waldeck alle mir unterstellten Reiter über den Pass. Danach folgen die Pferdeknechte mit den Reservezelten. Am Nachmittag wird das gesamte Lager des Grafen von Rohrsdorf sowie das vom Hohentwiel überführt und auf der anderen Seite wieder aufgebaut. Am anderen Tag werden euch eure Fußtruppen folgen, die dann drüben das Lager bewachen werden. Wolff von Waldeck wird daraufhin bis zu unserem Südlager, das in Claso liegt, vorstoßen. Er informiert dabei alle umliegenden Burgen über den Vorstoß des Heeres. Seine kaiserliche Majestät wird mit höchster Wahrscheinlichkeit in den nächsten fünf Tagen hier eintreffen. Beim ersten Banner seiner Truppen geht Ihr, Albrecht IV von Staufen, mit all Euren Habsburgern über den Pass und folgt schnellstmöglich Wolff von Waldeck nach Claso. Seine kaiserliche Majestät wird vier bis fünf Tage benötigen, bis er alle Truppen über den Pass geführt hat. Danach bricht Ihr, Graf von Rohrsdorf, Euer Lager im Süden ab und folgt den Fußtruppen nach Claso. Gleichzeitig bricht Ihr, Christian von Landsberg, unser Lager hier ab und geht mit den Bogenschützen als Nachhut über den Pass. Im Süden lasse ich drei Knappen mit genug Pferden zurück, so dass niemand von euch zu Fuß gehen muss. Sobald ihr eure Wagen wieder zusammengesetzt habt, folgt ihr uns in Windeseile. Das Lager, das vom Heer hier aufgebaut wird, bleibt als Nordlager bestehen. Seine kaiserliche Majestät wird einen Lagerkommandanten bestimmen, der mit seinen Truppen das Lager bewachen und betreiben wird, bis wir zurückkommen. Wenn alles klappt und das Wetter sich hält, sind wir am 22. Mai bereit, von Claso aus in die lombardischen Ländereien vorzustoßen.« Der Baron setzte sich. »Habt ihr noch Fragen, meine Herren?«, fragte er.

Alles schwieg.

»Gut«, fuhr er fort, »so weiß jetzt jeder, was er zu tun hat. Ich wünsche allen frohes Gelingen.«

Über den Pass

Als die ersten Sonnenstrahlen in das enge Tal drangen, gab Wolff von Waldeck das Zeichen zum Aufbruch. Gut fünfzig Reiter führten ihre Pferde im Schritt auf den Saumpfad. Zwischen den Reitern bestand immer ein Abstand von dreißig Schritten, sodass bei einem Missgeschick nicht noch ein Zweiter mit in die Tiefe gerissen wurde. Der Saumpfad führte in langgezogenen Schlangenbewegungen zum Pass hinauf. Auf der Passhöhe wurde eine Pause gemacht, damit sich Mensch und Tier etwas erholen konnten, bevor man dann wieder aufsaß und sich an den Abstieg machte.

Nach etwa drei Stunden hatte der Waffenmeister die halbe Höhe erreicht und war abgestiegen. Von unten konnte man die Reiter jeweils in den Wegbiegungen erkennen. Bei den geraden Wegstücken war die Sicht meistens durch Felsblöcke versperrt.

Jetzt marschierten die ersten einheimischen Säumer mit ihren Packpferden ab. Die Pferde trugen auf jeder Seite einen großen Packen, der zusätzlich in eine Plane oder ein Packnetz eingewickelt war. Jeder

Säumer hatte drei Pferde hintereinander gebunden. Danach kamen Pferde mit Zeltstangen und Wagenteilen. Gut erkennen konnte man die Holzräder. Auch die schweren Kisten der Handwerker waren aufgebunden. Am Schluss kamen die Packpferde, bei denen auf jeder Seite zwei große Lederschlaufen am Packsattel befestigt waren. In eine solche Schlaufe konnte sich je eine Person setzen, die körperlich nicht in der Lage war, den Pass selber zu überqueren. Es war alles andere als angenehm, aber man kam hinüber. Nach diesen Personentransporten gingen alle Fußgänger, die glaubten, mit eigener Kraft über den Pass zu kommen. Den Abschluss machte ein Säumer, der drei Packpferde mit Lederschlaufen führte. Dieser sammelte die Fußgänger ein, die ihre Kräfte überschätzt hatten.

David hatte viel freie Zeit und versuchte in den nahen Wäldern Wild zu jagen. Die Wälder waren hier sehr karg. Es waren vor allem Fichtenwälder, und David bekam kein Wild vor den Bogen. Auf einer Lichtung entdeckte er zwar ein paar Hasen, aber der Wind stand ungünstig, und er konnte sich nicht auf Schussdistanz nähern.

Am nächsten Tag stiegen die Fußtruppen zum Pass hinauf. Auf der Passhöhe trafen sie die einheimischen Säumer, die ihnen von der Südseite zu Hilfe kamen. Viele von ihnen waren froh, sich in die Lederschlaufen der Packpferde setzen zu können und sich damit den Abstieg zu ersparen.

Am anderen Tag kehrten alle einheimischen Säumer zurück und waren ihrerseits dankbar, für die Regeneration von Mensch und Tier eine Pause zu haben.

Zwei Tage später kam der erste Meldereiter von Barbarossa an. Die Reiterei war noch zwei Tage entfernt, die Fußtruppen einen Tag länger. Albrecht IV von Staufen entschloss sich, seine Truppen bereits am nächsten Tag über den Pass zu führen, damit sie auf der anderen Seite einen Ruhetag mehr haben würden. Das bedeutete für David, dass sie die einzigen Truppen waren, die das Lager bewachen konnten. Es war allerdings keine Gefahr auszumachen, und so setzte er nur eine Doppelwache ein, die alle sechs Stunden wechselte.

Nach zwei Tagen entdeckten sie die Streitmacht Barbarossas. Es war ein besonders Erlebnis, als die tausend Reiter in Viererkolonne die

Straße heraufzogen. Zuvorderst war das Banner des Kaiserreichs zu erkennen. Der schwarze Reichsadler auf golden Grund waren weithin sichtbar. Danach folgten hunderte von verschieden Bannern, mit Sujets in allen Farben und Formen. David kannte die wenigsten. Nach den Reitern folgten drei- bis viertausend Packpferde, die das ganze Heerlager auf ihren Rücken trugen.

Seine kaiserliche Majestät stieg mit seinem Bannerträger vom Pferd und ging in das Zelt von Baron Eckert. Barbarossa war ein Bär, wie Wolff. Er hatte einen bauschigen roten Vollbart, der ihm bis zum Bauch reichte. Er trat ein und drückte seinen alten Waffenbruder herzlich.

»Ich möchte nicht gestört werden«, sagte der Baron zu David.

David nickte und bewachte den Eingang des Zeltes.

»Du hast endlich Bogenschützen ausgebildet«, sagte Barbarossa. »Wie viele hast du dabei?«

»Fünf«, antwortete der Baron.

Barbarossa lachte lauthals, als habe der Baron einen guten Witz erzählt.

»Fünf auf tausend Mann! Das ist nicht einmal wie ein Bienenstich. Wenn du wenigsten hundert hättest, dann würden wir sie ins Meer treiben.«

»Du hast recht«, sagte der Baron. »Wir haben lange gebraucht, bis wir die richtigen Bogen herstellen konnten. Aber jetzt sind wir so weit, und in vier, fünf Jahren werde ich die hundert Bogenschützen liefern können.«

»Mein lieber Freund«, sagte der Kaiser. »Du weißt, Geduld gehört nicht zu meinen Tugenden.«

»Ja, aber gut Ding braucht eine Weile«, entgegnete der Baron. »Aber noch etwas ganz anderes. Ich habe kein einziges Löwenbanner von Heinrich gesehen. Hast du deshalb nur tausend Reiter dabei?«

»Du bist ein ausgebuffter Hund, mein Freund«, erwiderte Barbarossa. »Dir kann niemand etwas vormachen. Heinrich der Löwe hat mir seine Unterstützung entzogen. Nur unter der Bedingung, dass er die Stadt Coslar mit ihren reichen Silberminen bekäme, wollte er mir seine tausendzweihundert Panzerreiter zu Verfügung stellen. Das konnte ich auf keinen Fall zulassen. Ich habe ihn angefleht, er solle sich doch zum Wohle des Reiches besinnen, ja sogar auf Knien habe ich gebettelt, er ließ sich nicht erweichen. Ich werde ihm die Krallen stutzen, wenn wir das leidige Thema hier unten hoffentlich endgültig erledigt haben. Ich habe tausend deutsche Ritter, die darauf brennen, den lombardischen Hunden die Beine auszureißen, und mit meinem Eber als Anführer sind wir unbezwingbar.

»Mag sein, aber wer weiß, was der Papst zusätzlich gegen uns aufbietet«, entgegnete der Baron. »Ich bin es zwar gewohnt, in Unterzahl zu kämpfen, aber einmal kann einmal zu viel sein.«

»Nur nicht so bescheiden, mein Freund«, sagte der Kaiser. »Bist jetzt konnte sich noch niemand gegen das deutsche Rittertum behaupten. Auch heuer werden wir sie wieder wegkegeln. Aber zuerst müssen wir über den Pass. Wie sieht es hier aus?«

»Meine Truppen sind schon drüben, die Habsburger ebenfalls«, sagte der Baron. »Wolff von Waldeck ist bereits nach Claso unterwegs und trifft Vorbereitungen für unser Eintreffen.«

»Wolff, der alte Haudegen«, sagte der Kaiser. »Und wer ist dein Lagerkommandant?«

»Christian von Landsberg«, antwortete der Baron.

»Was? Du hast diesen Hospitäler immer noch in deinen Diensten?«, fragte Barbarossa.

»Er ist ein brillanter Stratege, ein ausgezeichneter Heiler und ein Christenmensch durch und durch«, sagte der Baron. »Ich könnte niemals auf ihn verzichten.«

»Schon recht, alter Freund. Ich will ja nichts gegen ihn gesagt haben«, entgegnete der Kaiser. »Ab Morgen übernimmt Walter von Mainz die Lagerleitung, sobald seine Fußtruppen angekommen sind. Wir werden morgen früh die Reiter über den Pass führen. Die Fußtruppen folgen uns einen Tag später. Ich habe wie immer tausend Mann dabei. Das reicht üppig, um ein Lager mit einer Phalanx zu schützen. Wir werden wie immer zwei Tage benötigen, bis wir alle Fußtruppen hinüber gebracht haben. Danach kann euer Christian von Landsberg sein Lager abbrechen und uns nachfolgen. Ich denke, dass wir spätestens am 25. Mai von Claso aus losziehen können. Ich gehe jetzt zu Walter von Mainz und informiere ihn, dass heute noch eure Zahnstochertruppe die Wache übernimmt. Ist ja ein ruhiger Fleck, und wenn was ist, sollen sie ins Horn stoßen, dann lasse ich meine Ritterhunde von der Kette.« Barbarossa brüllte vor Lachen, schlug dem Baron kräftig auf die Schulter und trat hinaus. Dort musterte er David kritisch.

»Könnt Ihr überhaupt mit Euren Zahnstochern umgehen?«, fragte er

»Eure kaiserliche Majestät, wenn Ihr auf einen Ritter zeigt, so werde ich ihn in Kürze in einen Igel verwandeln«, antwortete David.

Barbarossa lachte.

»Ganz schön selbstbewusst, dieser Bursche«, sagte er. »Gefällt mir. Passt genau zu meinem Eber.« Lachend ging er davon.

Beim Morgengrauen ließ Barbarossa aufsitzen und ritt als erster in den Saumpfad, gefolgt von seinem Bannerträger und dem Baron Eckert. Danach ritt das Heer in Viererkolonne auf den Eingang des Pfades zu. Dort zerfloss die Spitze, und einer nach dem anderen stieg in den Saumpfad ein.

Es sieht aus, wie wenn meine Mutter einen alten Strumpf auflöst, dachte David. Sie zieht am Faden, und im Nu hat sich der Strumpf wieder in einen einzelnen Faden verwandelt.

Die Ritter trugen alle ihre Kettenrüstungen. Damit konnten sie aber kaum absteigen, geschweige dann, den Pfad hochgehen. Ihre Streitrösser mussten sie wohl oder übel die ganze Strecke tragen. Es waren alles kräftige Tiere im besten Alter, und so gab es keinen Zwischenfall.

Barbarossa war gerade noch zu sehen, als man die Trommeln der Fußtruppen hörte. Acht Mann nebeneinander marschierten sie im Takt der Trommeln die Straße hoch. Das einhundertfünfzig Schritte lange Viereck aus metallisch glänzenden Menschenleibern bewegte sich wie eine Raupe auf sie zu. Vor dem Lager löste sich die Kolonne auf, und die einzelnen Gruppen strömten hinein. Die Küchenmannschaften waren bereit, und in kürzester Zeit waren alle verpflegt. Walter von Mainz löste Christian ab, und David und seine Männer warfen sich auf ihre Strohhaufen und waren froh, die Strapazen der langen Nachtwache hinter sich lassen zu können.

Die Sonne stand schon hoch, als David erwachte. Er hatte von einer Reiterei geträumt. Diese hatte in der Abendsonne eine Attacke geritten. Plötzlich waren alle Pferde der ersten Reihe zusammengebrochen. Die nachfolgenden Reiter hatten zu nahe aufgeschlossen, um ausweichen zu können und waren dadurch über die am Boden liegenden Tiere gestürzt. Es hatte ein heilloses Durcheinander geherrscht. David konnte sich keinen Reim darauf machen und beschloss, Christian davon zu erzählen. Draußen schaute er zum Pass hoch. Die Fußtruppen stapften Mann an Mann den Pfad hoch. Es sah aus wie eine Ameisenstraße.
Christian kam herzu, und David erzählte von seinem Traum.
»Ich weiß auch nicht, was das bedeuten soll«, sagte Christian nach reiflicher Überlegung. »Hast du ein Banner gesehen?«
David schloss die Augen und konzentrierte sich.
»Ich sehe einen stehenden Löwen, dunkelblau auf weißem Grund. Ich sehe mehrere Banner, aber alle haben dasselbe Wappen.«
»Ein solches Wappen kenne ich nicht«, sagte Christian. »Hast du das Wappen bei einem unserer Ritter gesehen?«
»Nein, nicht dass ich wüsste«, antwortete David.
»Wie viele Reiter waren es?«, wollte Christian wissen.
David überlegte.
»Es waren sehr viele«, sagte er dann. »Ich sehe nicht alle, aber es müssen mehrere hundert sein, vielleicht noch mehr.«
»So viele Reiter hat keiner unserer Ritter. Lass und in Claso nach dem Wappen fragen, dann wissen wir vielleicht mehr«, sagte Christian. Er schaute kritisch zum Himmel. »Ich glaube, das Wetter schlägt um. Ich will morgen beim ersten Licht los. Die Küche packt bereits alles zusammen. Deine Leute helfen ihnen dabei. Wenn alles verpackt ist, sind wir bereit für die Überquerung.«
»Wie sieht unsere Marschkolonne aus?«, wollte David wissen.
»Zuerst die Habe aus dem Zelt des Barons. Danach Küchenmaterial, Lebensmittel und dann die Leute. Wir machen den Abschluss. Ich

will, dass niemand selber läuft. Ich möchte, dass wir ohne längere Rast weiterziehen können. Josef ist ja mit den anderen schon seit längerer Zeit drüben und hat die Wagen sicherlich bereits wieder zusammengebaut. Ich brauche euch Bogenschützen voll einsatzbereit, denn auf die Knappen werden wir nicht zählen können. So wie ich den Baron kenne, hat er uns sicher nur seine drei Frischlinge dagelassen.«

David nickte.

»Alles klar«, sagte er. »Dann werde ich dafür sorgen, dass wir das Küchenmaterial verpackt bekommen.«

Ein bitterer Verlust

Als David von Christian geweckt wurde, war es noch dunkel. »Guten Morgen Männer«, sagte der Pater. »Es wird gleich Tag. Wir müssen los.«

Sie hatten alle in ihren Kleidern geschlafen und mussten nur ihre Waffen umhängen. Als sie hinaustraten, drücke Ella ihnen einen Kannten Brot und ein Stück Hirschwurst in die Hand. David verstaute es in seinem Brotsack, den er um die Schulter trug.

Sie versammelten sich um Christian.

»Das Wetter verschlechtert sich zunehmend«, sagte dieser. »Die Säumer wollen los, bevor es zu schlecht wird. Wir gehen jetzt bereits los. Nehmt eure Plätze ein.«

Danach ging er mit David zum letzten Packpferd. Der Säumer nahm ihnen die Waffen ab, weil man damit nicht in die Lederschlaufe sitzen konnte. Er band diese oben an das Holzgestell. David saß neben Christian, Lentz auf der anderen Seite. Mehr Gewicht wollte der Säumer seinem Ross nicht zumuten. Es war nicht einfach, in den Lederschlaufen zu sitzen. Sie schaukelten bei jedem Schritt hin und her, und man musste sich gut daran festhalten. Als der Pfad steiler anstieg, wurde die Schaukelei noch schlimmer.

Bei Tagesanbruch hatten sie die halbe Höhe bereits hinter sich. Der Weg war schmal und steinig. Oftmals mussten sie links oder rechts um einen großen Felsbrocken herumgehen. Die Sonne konnte die grauen Wolken nicht durchdringen, die Sicht war diffus. David war froh, bei diesem Licht nicht selber gehen zu müssen.

An der Passhöhe machten sie eine Pause. Sie stiegen aus ihren Schaukeln, und der Anführer der Säumer sprach kurz mit Christian.

»Alle einmal herhören«, rief Christian, als der Säumer wieder gegangen war. »Das schlechte Wetter zieht hinter uns her. Wir machen nur eine kurze Pause, um die Pferde zu tränken. Die Säumer befürchten, dass die Sicht bald so schlecht wird, dass sie nichts mehr sehen. Wenn ihr Hunger habt, esst nur wenig. Ein voller Magen verträgt die Schaukelei nicht. Esst auf keinen Fall Schnee und trinkt ebenfalls nur wenig. Der Magen wird es euch danken.«

David ging nach vorn. Er hatte Rosemarie entdeckt, die mit Lebensmittel beladen war. Sie hatte einen Futtersack umgebunden und zermalmte genüsslich ihren Hafer. Als David hinzutrat, begrüßte sie ihn mit einem leisen Schnauben. David drückte sich an ihren großen Kopf.

»Hallo mein altes Mädchen«, sagte er. »Haben sie dich auch mitgeschleppt.« Er streichelte mehrere Male sanft über den weißen Stern auf ihrer Stirn.

Rosemarie schnaubte, als hätte sie ihn verstanden. Ein Säumer kam und nahm ihr den Futtersack ab.

»Es geht weiter«, sagte der Säumer zu David.

David strich Rosemarie ein letztes Mal über den Stern.

»Bis später, altes Mädchen«, sagte er und ging wieder zurück.

Als er einige Schritte gegangen war, wieherte Rosemarie ihm hinterher. David hob winkend die Hand.

»Ich weiß, ich würde jetzt auch lieber mit dir über grüne Wiesen reiten«, rief er. Dann schwang er sich wieder in seine Lederschlaufe, und der Tross setzte sich in Bewegung.

Auf der halben Höhe des Abstiegs wurde die Sicht zunehmend besser. Ab und zu hörte man, dass jemand seinen Mageninhalt nicht bei sich behalten konnte, und dann stank es säuerlich. David war froh, dass er nichts gegessen hatte. Plötzlich hörte man lautes, steinernes Rumpeln.

»Ein Steinschlag«, sagte Christian. »Hoffentlich wurde niemand verletzt.«

Der Tross hielt kurz an und ging dann weiter.

»Ein Tier ist abgestürzt«, kam die Meldung von vorne.

David schaute angestrengt in die Tiefe. Etwa dreihundert Schritte tiefer entdeckte er das Tier, das regungslos neben dem Saumpfad lag. Er konnte keine Details erkennen, dafür war die Sicht noch zu schlecht. Nach jeder Biegung blickte er angestrengt nach unten.

»*Nein! Rosemarie!*«, schrie er plötzlich. Er wollte aus dem Sitz springen, aber Christian drückte ihn zurück.

»Bleib sitzen«, sagte er. »Du kannst nicht an den Pferden vorbei. Der Weg ist zu schmal. Warte, bis wir unten sind.«

»Aber es ist doch meine Rosemarie«, heulte David.

»Ich weiß. Wir werden unten halten. Dann kannst du zu ihr.«

David nickte, und Christian rief die Anweisung nach vorne.

Als sie endlich hielten, sprang David mit Schwung aus seinem Sitz und kletterte wie wild die Steine hoch, bis er endlich bei Rosemarie war. Sie lebte noch, hob leicht ihren Kopf und begrüßte ihn mit einem schwachen Schnauben.

»Ich bin da, altes Mädchen, ich bin ja da«, sagte David, drückte seinen Kopf an ihre Nüstern und weinte bitterlich. »Warum, Herr? Warum nehmt Ihr mir meine Rosemarie?«, schrie er laut.

Ein Säumer war ebenfalls hochgeklettert und zog seinen Dolch.

»Was wollt Ihr mit dem Messer?«, fauchte David ihn an.

»Herr, das Pferd hat sich alle Kochen gebrochen«, antwortete der Säumer. »Ich will es von seinem Leiden erlösen. Ich schneide ihm am Hals die Schlagader auf, dann geht es sehr schnell.«

David überlegte kurz.

»Gut«, sagte er dann. »Aber wartet, bis ich mich von ihr verabschiedet habe.« Er legte seinen Kopf wieder auf Rosemarie. »Auf Wiedersehen, mein altes Mädchen. Unser Vater im Himmel wird gut für dich sorgen. Warte auf mich. Wir werden dort zusammen über grüne Wiesen reiten.«

Er strich ihr noch einmal über ihren Stern, hob den Kopf und nickte dem Säumer zu. Dieser schnitt die mächtige Schlagader mit Wucht entzwei. Blut spritzte in kurzen Stößen über David und Rosemaries Kopf. David blieb regungslos liegen, bis kein Blut mehr aus der Ader lief. Dann stand er wortlos auf, stieg wieder zum Weg hinunter und schwang sich in die Lederschlaufe. Der Tross setzte sich in Bewegung.

Nach einer Weile unterbrach Christian die Stille.

»Bei unserem Vater wird sie es gut haben«, sagte er.

David seufzte.

»Ja bestimmt, aber es tut so verdammt weh«, sagte er und begann wieder zu weinen.

»Weine nur und gib deinem Schmerz Raum«, sagte Christian. »Immer wenn der himmlische Vater einen von unseren Lieben zu sich nimmt, stirbt ein Teil unseres Herzens mit ihm. Es tut jedes Mal unsagbar weh. Eine ewige Wunde, die auch die Zeit kaum heilen kann. Es bleibt uns nur ein einziger Trost: Wir werden sie im Himmel wiedersehen.«

David seufzte wieder und war froh, dass Christian ihm die Hand hielt. Er zitterte am ganzen Körper vor Erregung.

Als sie unten ankamen, wurden sie freudig von ihren Leuten begrüßt. David ging schweigsam zum Bach, setzte sich mitten hinein und spülte sich das eingetrocknete Blut aus seiner Kleidung. Danach zog er die nassen Sachen aus, und die Mägde hängten sie zum Trocknen in die Sonne.

Als sich Christian ein Bild über die Lage verschafft hatte, rief er alle zusammen.

»Wir bleiben heute noch hier«, sagte er. »Wir haben sechs Pferde pro Wagen. Alle werden auf den Wagen fahren, auch die Knappen. Die Ersatzpferde werden hinten angebunden. Alle vier Stunden werden die Pferde gewechselt. Ich möchte wenn möglich bis nach Claso durchfahren. Wir könnten in drei bis vier Tagen dort sein. Wir halten nur, um die Pferde zu wechseln. Dabei werden wir jeweils ein wenig essen. Wenn wir in der Nacht zu wenig sehen oder zu müde sind, halten wir an und schlafen unter oder in den Wagen. Schlaft auch wenn möglich während der Fahrt auf den Wagen. Richtet die Wagen so gemütlich wie möglich ein. Auf jedem Wagen müssen mindestens zwei Leute sein, die einen Wagen lenken können, so dass sie sich abwechseln können. Ich möchte bei mir vorn und am Schluss Bogenschützen haben. Wir haben durch Rosemaries Absturz viele Lebensmittel verloren, aber ich hoffe, es reicht noch, damit ihr genug Brei für vier Tage kochen könnt. Beginnt jetzt mit dem Kochen und füllt alles in Töpfe und Eimer ab. Wenn nötig müsst ihr die ganze Nacht hindurch kochen. Ihr könnt ja dann während dem Fahren schlafen. Ladet jetzt alles außer dem Küchenmaterial auf die Wagen, sodass wir morgen frühzeitig abfahren können. Sind noch Fragen? – Gut«, sagte Christian, als sich niemand meldete. »Esst euch heute noch einmal richtig satt. Ihr werdet es brauchen können.«

Alle gingen an die Arbeit. David half das restliche Material aufzuladen und verteilte zusätzliche Wolldecken auf die Wagen. Danach teilte er die Wachen ein. Jeweils einen Knappen und einen Bogenschützen teilte er einander zu. Die Küchenmannschaft arbeitete derweil auf Hochtouren, und schon bald roch es nach frischem Getreidebrei. David aß eine große Schüssel voll und tunkte seinen harten Kanten Brot in den Brei. Er war sehr hungrig, und so schmeckte es vorzüglich. Der Spruch seiner Mutter fiel ihm ein. *Kein Brot ist hart.*

Wie Recht sie doch hat, dachte er schmunzelnd. Danach legte er sich unter einen Wagen zum Schlafen.

In der Lombardei

Beim ersten Licht wurden die Pferde angespannt und das Küchenmaterial verladen, dann setzte sich die Kolonne in Marsch. Das lange Abwärtsfahren war schwieriger, als sie sich vorgestellt hatten. Es musste immer einer den Bremsklotz mit der Bremsstange an die Hinterräder drücken, sonst fuhr der Wagen den Zugpferden hinten in die Beine. Das Bremsen brauchte viel Kraft, die

Männer mussten sich öfters abwechseln und kamen deshalb kaum zum Schlafen.

Gegen Abend erreichten sie das Castelgrande von Birizona, und das Bremsen hatte ein Ende. Die Pferde waren noch in guter Verfassung, und so entschloss sich Christian, die Steigung zum Pass des Monte Ceneri in Angriff zu nehmen. Es war eine sternenklare Nacht, und das Mondlicht reichte aus, die Wagen auf der Straße zu halten. Nach einigen Stunden erreichten sie die Passhöhe, wo sie auf ein Zeltlager stießen. Sie erkannten das Banner mit der schwarzen Spange, das Wappen des Grafen von Loë, der die Fußtruppen anführte. Christian beschloss, hier den Rest der Nacht zu verbringen. Sie fuhren ins Lager, spannten schnell die Pferde aus und legten sich schlafen.

Am anderen Morgen waren Christian und David beim Grafen zum Frühstück eingeladen. Es gab Hühnchen mit Steckrüben.

»Ihr speist wahrlich fürstlich«, sagte Christian.

»Das Castelgrande hat uns gut versorgt«, sagte der Graf.

»Und weshalb rastet Ihr hier?«, fragte Christian. »Das war, so viel ich weiß, nicht so vorgesehen.«

»Meine Männer hatten Probleme mit dem Schnee auf dem Pass. Ihre Schuhe wurden nass, und sie bekamen Blasen beim Abstieg. Der eine Ruhetag auf der Südseite war zu wenig. Als wir in der Ebene des Castelgrande ankamen, gingen meine Männer wie auf Eiern, und als wir den Ceneri in Angriff nahmen, sind viele zusammengebrochen. Das Castelgrande hat uns Wagen geschickt, die uns aufgesammelt und hierhergebracht haben. Sie haben uns diese Zelte errichtet und versorgen uns laufend mit dem Nötigsten. Der Plan Barbarossas war einfach zu ehrgeizig. Das kann er mit Rittern machen, aber nicht mit Fußtruppen. Wir bleiben noch drei Tage. Dann sollten wir in der Lage sein, das Südlager von Claso am 27. Mai zu erreichen. Wie sieht es bei Euch aus, mein lieber Herr von Landsberg?«

»Wir fahren weiter. Unsere Pferde sind in einem hervorragenden Zustand, und ich hoffe Claso spätestens morgen zu erreichen«, erklärte Christian. »Ich werde seiner kaiserlichen Majestät von den hier herrschenden Problemen berichten, so könnt Ihr auf einen Meldeläufer verzichten, Herr Graf.«

»Das wäre hervorragend«, sagte der Graf begeistert.

Nach dem Mahl fuhren sie weiter den Sotto Ceneri hinunter. Hier musste wieder ständig gebremst werden, aber sie beherrschten die Bremstechnik allmählich.

Eine Stunde später wurden sie abrupt von einem schwarzen Ritter und etwa vierzig Räubern gestoppt. Diese wollten ihre Lebensmittel und Waren stehlen. David stellte sich ihnen mit Lentz und Seitz entgegen. Jeder hängte seinen Köcher nach vorn.

»Keiner schießt, bevor ich es sage«, befahl David und spannte einen Pfeil auf.

Der schwarze Ritter lachte.

»Ist das alles, was ihr an Truppen habt?«, rief er. »Euch drei Spargel spieße ich allein mit meiner Lanze auf. Legt eure Waffen nieder oder sterbt.« Er schob sein Visier nach unten, senkte die Lanze und galoppierte an.

Einen Augenblick später steckte Davids Pfeil in seinem Oberschenkel. Mit einem gewaltigen Schmerzensschrei brach der schwarze Ritter seinen Angriff ab und suchte das Weite. Seine Räuber rannten hinter ihm her. David und die anderen saßen wieder auf, und der Tross fuhr weiter.

»Warum hast du ihm nur in den Oberschenkel geschossen?«, fragte Christian David, der neben ihm auf dem Bock saß.

»Ein weiser Mann hat mir einmal gesagt, dass ein Schuss in den Oberschenkel monatelang Schmerzen bereitet und der Schmerz ihn immer wieder daran erinnert, wie gefährlich es ist, einen Bogenschützen anzugreifen. Er wird es nie wieder wagen, vor allem weil er jetzt weiß, dass er durch die Rüstung nicht geschützt ist«, erklärte David.

Christian lachte.

»Herne?«, fragte er.

»*Aye*«, sagte David und musste ebenfalls lachen.

Sie erreichten ohne weiter Zwischenfälle das Ufer eines Sees, wo ihnen fünfzig Reiter entgegenkamen. Es war Wolff von Waldeck, der den Befehl erhalten hatte, nach den vermissten Fußtruppen Ausschau zu halten. Als Christian ihn informiert hatte, schickte Wolff dreißig Mann mit den erhaltenen Informationen zurück. Mit den restlichen

Truppen begleitete er sie zum Südlager bei Claso, das sie am anderen Morgen erreichten.

Die Schlacht bei Legnano

Am Abend des 27. Mai marschierte Graf von Loë mit den Fußtruppen in Claso ein. Kurz danach war Strategiebesprechung für die Kommandeure in Barbarossas Zelt. Eberhard, Christian und David warteten im Zelt des Barons. Nach etwa einer Stunde kam der Baron mit Wolff und noch einem Mann, den David nicht kannte, in sein Zelt zurück. Er rollte eine Landkarte auf dem Tisch aus und bat alle Anwesenden Platz zu nehmen.

»Die Fußtruppen sind nicht voll einsatzfähig«, sagte er, »und deshalb haben wir uns folgende Strategie ausgedacht: Die Reiterei reitet voraus. Die Fußtruppen brechen zwei Stunden nach den Reitern auf, marschieren sechs Stunden Richtung Mailand und schlagen dann das Lager auf. Die Reiterei hat die Aufgabe, hart und erbarmungslos zuzuschlagen und schnell wieder zu verschwinden, bevor der Feind Verstärkung heranführen kann. Die Vorhut besteht aus fünfzig kampferprobten Rittern, die ich mit Wolff anführen werde. Wir reiten nahe an die Städte heran. Wenn diese nur fünfzig Ritter sehen, werden sie einen Ausfall wagen und uns angreifen. Wir locken sie möglichst weit von der Stadt weg. Barbarossa führt die Hauptstreitkraft an und ist etwa dreitausend Schritte hinter uns. Wenn wir uns zum Kampf stellen, greift Barbarossa sie von der Flanke an und macht sie platt. Wenn wir wider Erwarten auf größere Truppenverbände oder Verstärkungen stoßen, machen wir kehrt und reiten zu den Fußtruppen zurück. Und jetzt kommt deine wichtige Aufgabe, Eberhard. Du reitest immer auf Sichtweite hinter der Hauptstreitkraft her. Dreht die Truppe in Richtung der Fußtruppen um, so reitest du wie der Teufel zu den Fußtruppen zurück. Wenn dich Graf von Loë sieht, wird er sofort eine Phalanx bilden. Der Mann neben dir ist dein Kundschafter, Vincenzo Torriani. Er ist ein Adliger aus Mendrisio und kennt die

Gegend wie seine Westentasche. Er wird immer wissen, wo sich die Fußtruppen gerade befinden und kann dir dadurch immer den kürzesten Weg weisen. Du darfst dich durch nichts aufhalten lassen. Es ist lebenswichtig, dass du die Fußtruppen warnst. Barbarossa hat ebenfalls einen einheimischen Kundschafter dabei. Er wird aber nicht den direkten Weg zu den Fußtruppen nehmen, sondern immer wieder Haken schlagen, um dir mehr Zeit zu verschaffen. Er wird auch nur so schnell reiten, wie ihm die Feinde folgen können. Ist er kurz vor unserer Phalanx, wird er einen Haken schlagen, und der Feind prallt auf die Phalanx. Barbarossa reitet dann einen Bogen und fällt dem Feind in die Flanke. Dadurch wird dieser zermahlen, wie Korn zwischen zwei Mühlsteinen. Wenn die Phalanx gebildet wird, müsst Ihr, Unteroffizier David, die Bogenschützen hinter den Pikenieren aufstellen. Wenn der Gegner mit Reitern angreift, schießt Ihr die Kerle von ihren Pferden runter. Sind es Fußtruppen, so könnt Ihr die Arbeit getrost den Pikenieren überlassen. Habe ich mich klar und verständlich ausgedrückt?«

Alle Anwesenden nickten.

»Du, mein Sohn, hast eine sehr ehrenvolle Aufgabe erhalten. Mach ja keine Sperenzchen«, sagte der Baron.

»Ja, Herr Vater, Ihr könnt mir vertrauen«, erwiderte Eberhard mürrisch.

»Vertrauen ist gut, Kontrolle ist besser«, sagte der Baron. »Zur Sicherheit nimmst du keine Waffen mit. Du wirst alle Pater Christian abgeben.«

»Aber Herr Vater, was mache ich, wenn ich angegriffen werde?«, knurrte Eberhard.

»Du hast unser schnellstes Pferd. Ich glaube nicht, dass ein lombardisches Pferd es mit Wirbelwind aufnehmen könnte«, antwortete der Baron. »Du trägst auch keine Kettenrüstung. Du musst dich möglichst unauffällig bewegen. Die Vorgaben sind klar, und du wirst dich daran halten. Ist das ein für alle Mal klar, mein Sohn?«

»Ja, Herr Vater«, sagte Eberhard kleinlaut.

»Gut«, sagte der Baron und beugte sich über die Karte. »Morgen zur achten Stunde geht es los. Wir versuchen unser Spiel zuerst in Como und schwenken dann rechts in die Ebene. Wenn die Fußtruppen sechs Stunden marschiert sind, müssten sie bereits ein Stück über Como hinaus sein. Am folgenden Tag spielen wir dann mit der Stadt Legnano. Das ist alles, meine Herren. Veranlasst das Nötige. Ich wünsche euch allen eine gute Nachtruhe.«

David trat hinaus und ging in sein Zelt. Seine Kameraden schliefen bereits. So ging auch er ins Bett, hauchte nochmals einen Kuss zum Mond und schlief nach dem Nachtgebet ein.

Am anderen Morgen ritten die Reiter nach Plan aus dem Lager. An der Spitze ritt Baron Eckert. Neben ihm flatterte sein silberner Löwe im Frühlingswind. Im leichten Galopp ritt er mit seinen Rittern Como entgegen. Barbarossa ritt mit der Hauptstreitkraft nur im Schritt. Sein goldenes Banner mit dem schwarzen Adler war gut sichtbar. Kurze Zeit später gingen auch sie in den Galopp über und waren bald außer Sicht.

David hatte den jungen Herrn Eberhard in den Massen nicht gesehen. Er ging jetzt zu Christian, der bei ihrem Wagen stand. Dieser überwachte das Verladen der persönlichen Habe des Barons und von Wolff. Bald begannen die Hauptleute ihre Befehle zu brüllen. Die Pikeniere stellten sich in Marschformation auf, und der Graf von Loë bewegte sein Pferd an die Spitze. Seine Kundschafter ritten in allen Richtungen davon. Christian hatte einspannen lassen und saß auf dem Küchenwagen. Sein Tross war jetzt wesentlich kleiner. Alle Wagen mit dem schweren Gerät, außer der Feldschmiede, blieben im Hauptlager zurück. Lebensmittel hatten sie für zwei Tage dabei. Es war geplant, dass sie täglich Nachschub vom Hauptlager erhalten sollten.

Der Graf hob die Hand. Mächtige Trommelschläge setzten ein. Er ritt an, und die Marschkolonne setzte sich in Bewegung. Danach folgten die Wagen des Kaisers. David stand an der Seite und beobachtete das Ganze. Als der letzte Wagen des Kaisers angefahren war, gab David Christian ein Zeichen. Christians Tross war die Nummer zwei, und er setzte seinen Wagen in Bewegung. David sprang zu ihm auf den Bock.

Als sie das Lager verlassen hatten, fuhr der Wagen mit ihren Zelten neben sie. Die Straße war breit genug, dass zwei Wagen nebeneinander fahren konnten. David blickte zum Himmel hinauf. Es war ein wunderschöner Frühlingstag. Blauer Himmel, soweit man sah. Die Sonne brannte schon stark herunter.

»Hier im Süden hat die Sonne westlich mehr Kraft«, sagte David. »Ich bin froh, dass ich das Winterwams in der Kiste ließ.«

»Ja, es ist hier bereits so warm wie bei uns im Sommer«, sagte Christian. »Du musst viel trinken bei dieser Wärme.« Er reichte David den Lederschlauch mit dem Wasser.

Sie marschieren den ganzen Tag ohne Zwischenfall. Als sie ihren Bestimmungsort erreicht hatten, hob der Graf die rechte Hand. Die Trommeln wechselten den Rhythmus, und auf den letzten Schlag stand die Marschkolonne. Der Graf hob beide Hände über den Kopf und hielt sie in der Form eines Dreiecks zusammen. Das war das Zeichen für Feldlager. Die Hauptleute riefen ihre Befehle, und die Marschformation fiel auseinander. Ein Hauptmann kam zu Christian gerannt und wies ihm den Platz für ihre Zelte zu.

Nach dem Abendmahl warteten Christian und David auf den Tagesrapport im Zelt des Barons. Der Mond war gerade aufgegangen, und David schickte eine Kusshand hinauf.

Christian lächelte.

»Du fehlst ihr sicher auch«, sagte er.

Kurze Zeit später kam der Baron mit Wolff, Eberhard und Vinzenzo herein.

»Ja meine Herren«, sagte der Baron, als sich alle gesetzt hatten, »es war leider nicht mehr als ein Sonntagsausritt. In Como waren außer der Stadtwache keine weiteren Truppen stationiert. Auch im weiteren Umfeld sind wir auf keine Truppen gestoßen. Außer den Pferden haben wir heute nichts bewegt. Vielleicht haben wir morgen mit Legnano mehr Glück. Mehr gibt es dazu nicht zu sagen. Ich wünsche euch allen eine gute Nacht.«

David trat hinaus und ging hinüber in sein Zelt. Seine Kameraden lagen noch wach in ihren Betten. Er ging ebenfalls ins Bett und löschte das Licht. Im Dunkeln redeten sie noch ein wenig von zu Hause und von ihrem Heimweh. Danach wünschten sie einander eine gute Nacht. David hauchte nochmals einen Kuss zum Mond und schlief nach seinem Nachtgebet ein.

Am anderen Morgen wiederholte sich die Prozedur vom Vortag. Sie waren schon mehrere Stunden unterwegs, als plötzlich ein Kundschafter im gestreckten Galopp zum Grafen ritt. Dieser ließ die Marschformation halten. Danach entdeckte David Eberhard, der auf Wirbelwind dem Graf entgegeneilte. Nach einem kurzen Gespräch mit Eberhard hob der Graf beide Hände flach über den Helm. Kurz danach riss er beide Arme in die Höhe. Das Zeichen für Bildung einer Phalanx. Die Hauptleute brüllten wieder ihre Befehle. Die Truppe stob auseinander und stellte sich in einem großen Viereck auf. Drei Reihen Pikeniere standen versetzt hintereinander und bildeten eine Mauer. Die Männer der ersten Reihe drückten die Enden ihrer Lanzen in den Boden, standen mit dem rechten Fuß darauf und hielten die Spitze schräg nach vorn. Die Männer der anderen zwei Reihen hielten ihre Lanzen senkrecht nach oben. Die Wagen fuhren ins Innere des Vierecks. Als der letzte Wagen drin war, schlossen die Pikeniere die Lücke.
Der Graf war in die Mitte des vorderen Teils geritten, zog seinen Helm ab und riss ihn in die Höhe. Das war das Zeichen für die Kommandeure, zur Besprechung zu kommen. Danach stieg der Graf von seinem Pferd herunter.
»Komm mit«, sagte Christian zu David. »Wir müssen zur Einsatzbesprechung.«
Vor dem Graf bauten sich alle Befehlshaber in einem großen Halbkreis auf. Der Graf nickte Eberhard zu.
»Barbarossa ist mit den meisten Rittern gefallen. Ein kleiner Rest von uns trat den Rückzug an und wird von etwa dreitausend Reitern verfolgt. Sie werden bald hier sein.«
»Ihr habt es gehört Männer«, rief der Graf. »Dreitausend Mann schwere Reiterei! Das wird ein Höllentanz für uns werden. Bleibt standhaft. Der Allmächtige mit euch, meine Krieger.«

Die Befehlshaber rannten zurück zu ihren Männern. Christian und David rannten zu Eberhard.

»Wie konnte das nur geschehen?«, wollte Christian wissen.

»Die Vorhut ist bei Legnano auf starke Fußtruppenverbände gestoßen. Diese ließen sich aber nicht weglocken. Barbarossa hat ihre Phalanx, die vor der Stadtmauer aufgestellt war, angegriffen. Er hat mit Wucht versucht, in die Phalanx einzubrechen. Aber immer, wenn sie eine Lücke aufgeschlagen haben, haben die Lombarden mit Todesverachtung die Lücke wieder geschlossen. Die Lombarden erlitten schwere Verluste, und als ich schon dachte, dass die Phalanx endgültig zusammenbrechen würde, tauchte wie aus dem Nichts eine große Reiterhorde auf und brach in unsere Flanken ein. Wir hatten keine Chance«, erzählte Eberhard.

»Was ist mit dem Baron und Wolff?«, fragte Christian.

Eberhard schüttelte den Kopf.

»Es waren einfach zu viele.« Danach riss er seine Armbinde ab und schmiss sie vor sich in den Staub. Er trampelte wütend auf ihr herum und schrie: »Verdammt … Scheißarm … Wäre ich doch nur bei meinem Vater gewesen … Ahhh!« Dicke Tränen kullerten über seine Wangen. Christian blieb bei ihm, während David zurück zu seinen Männern rannte. Nikolaus, war der erste, der ihm begegnete.

»Nikolaus«, rief er, »kommt her, wir brauchen Euch! Schwere Reiterei kommt auf uns zu«, sprach er dann zu seinen Kameraden. »Holt alle Pfeile aus dem Wagen und gebt sie Nikolaus. Wir stellen uns in einer weiten Linie hinter den Pikenieren auf. Lentz wird je einen Signalpfeil auf maximale und einen auf halbe Distanz schießen. Wenn die Reiter die Pfeile erreicht haben, schießen wir Schnellschuss. Sind die Reiter bis zur Direktdistanz gekommen, schießen wir die Kerle von den Pferden, wie wir es geübt haben. Nikolaus, Ihr bleibt mit allen Reserveköchern zehn Schritte hinter uns. Immer wenn einer Euch ruft, stellt Ihr ihm einen neuen Köcher neben die Füße. Habt Ihr verstanden?«

Nikolaus nickte.

»Wie viele sind es?«, fragte Lentz mit ängstlicher Stimme.

David schaute ihm ruhig in die angstgeweiteten Augen, kniete dann nieder und streckte seine Hände senkrecht nach vorn.

»Macht es mir nach«, sagte David.

Alle knieten sich hin und hielten ihre Hände zusammen.

»Herr«, sagte David laut, »in großer Not schreie ich meine Angst zu Euch. Unsere Feinde sind zahlreich wie Heuschrecken. Bitte steht uns in dieser dunklen Stunde bei und schlage sie. Herr, wir bitten, erbarmt Euch unser.«

»Herr, wir bitten, erbarmt Euch unser«, beteten die anderen im Chor.

»Herr, schenkt uns Mut und helft uns, dass wir nicht weichen werden im Angesicht unseres Todes. Herr, wir bitten Euch, steht uns mit Eurer Kraft bei.«

» Herr, wir bitten Euch, steht uns mit Eurer Kraft bei «, wiederholten die anderen im Chor.

»Amen«, sagte David und erhob sich.

»Sind es sehr viele?«, fragte Lentz erneut, als sie sich alle erhoben hatten.

»Wenn der Allmächtige mit uns ist, wer kann wider uns sein? Es sind sehr viele, aber sie werden uns nicht bezwingen können«, entgegnete David und rannte nach vorne.

Die anderen folgten ihm. Nikolaus behändigte sich aller Reserveköcher und stellte sich zwanzig Schritte hinter ihnen auf. David nickte, und Lentz schoss wie besprochen die beiden Signalpfeile ab. Kurz danach trafen die Reste ihrer Reitertruppe bei ihnen ein.

Die Feinde stoppten, als sie die Phalanx erblickten. Danach stellten sie sich in breiter Angriffsformation auf und ritten eine Attacke auf die Phalanx zu. Ihre Rüstungen blitzen im Sonnenlicht, und auf ihrem Banner war … der blaue Löwe. Wie ein Blitz durchfuhr es David.

»Neuer Befehl!«, brüllte er. »Wir schießen nur auf Kurzdistanz! Und wir schießen ausschließlich auf die Pferde! Schießt ihnen wenn möglich in den Kopf, so dass sie sofort zusammenbrechen!«

David hob den Bogen, und als die Reiter auf vierzig Schritte herangekommen waren, schoss er den ersten Pfeil ab.

»Los!«, schrie er dabei. Danach konzentrierte sich David nur noch auf sich selber. Er verschmolz mit seinem Bogen und schoss in rasanter

Geschwindigkeit Pfeil um Pfeil auf die gegnerischen Pferde. Wenn sein Köcher leer war, warf er ihn vor sich auf den Boden, griff neben seine Füße zum nächsten, hängte ihn vor die Schulter und schrie nach Nikolaus.

Die erste Welle der Pferde brach auf der ganzen Länge zusammen. Die nachfolgenden Pferde stürzten über die bereits am Boden liegenden Tiere. Es war ein heilloses Durcheinander. Erst die siebte Reihe konnte noch rechtzeitig ausweichen.

»Jetzt auf die Reiter«, schrie David.

Nach kurzer Zeit drehten die Feinde ab und zogen sich zur Beratung zurück. Einige blieben genau beim Signalpfeil der maximalen Distanz stehen. David hob seinen Bogen an.

»Drei Pfeile auf die maximale Distanz«, rief er.

Wenige Sekunden später stürzten einige Reiter zu Boden. Die anderen entfernten sich. David blickte auf den Boden, wo fünf leere Köcher lagen. Bei seinen Kameraden sah es nicht anders aus. Sie hatten die Hälfte ihres Pfeilvorrates verschossen.

Der Gegner griff jetzt erneut an, aber von der Seite. Die Reiter hatten dieses Mal einen wesentlich größeren Abstand zueinander. Die Bogenschützen stellten sich wieder hinter die Pikeniere. Als David feuern ließ, stand plötzlich Wolff neben ihm. Er hatte einen blutverschmierten Verband am rechten Oberarm. In seiner Hand hatte er einen mächtigen Zweihänder.

»Schießt die Kerle aus den Sätteln«, befahl David.

Die Bogenschützen schossen viele von ihren Pferden, konnten aber nicht verhindern, dass die Reiter an mehreren Orten in die Pikeniere knallten. Vor Lentz brach die Linie ein, und drei Reiter konnten eindringen. Wolff rannte hinzu und wurde vom ersten mit der Lanze auf Korn genommen. Kurz bevor die Spitze auf seine Brust knallte, parierte er mit dem Schwert, und der Stich ging an ihm vorbei. Wolff machte eine Körperdrehung und schlug dem Pferd mit dem Zweihänder beide Vorderbeine ab. Pferd und Reiter stürzten schwer. Wolff rannte zum Gegner und schlug ihm mit einem Schlag den Kopf von den Schultern.

Der zweite Reiter hatte mit seinem Morgenstern gegen Lentz geschlagen. Dieser hielt seinen Bogen in die Höhe. Die Kette wickelte sich um den Bogen, aber durch die Wucht der Eisenkugel zerbrach er wie ein Streichholz. Lentz warf sich auf den Boden, um dem zweiten Schlag zu entgehen, da brach der Reiter zusammen und fiel genau auf ihn. Danach fiel der dritte Reiter ebenfalls vom Pferd. Wolff war zu Lentz gerannt, hob den toten Reiter an und warf ihn achtlos zur Seite. Er zog Lentz hoch, der außer ein paar Prellungen mit dem Schock davongekommen war.

»Danke«, hauchte Lentz.

»Falsche Adresse«, brummte Wolff und nickte seitlich mit dem Kopf zum Toten. Ein Pfeil steckte in dessen Helm.

»Und der da, der geht auch nicht auf mein Konto«, sagte Wolff und zeigte auf den dritten Reiter, der mit einem Pfeil in der Brust auf dem Rücken lag. Lentz schaute zu David, der ihm mit einem breiten Grinsen zunickte.

David konzentrierte sich wieder auf die Reiter außerhalb der Phalanx. Plötzlich entdeckte er einen Reiter, der drei blaue Federn am Helm trug. Das musste der Kommandant sein, dachte er und zielte mit dem seitlichen Korn, als der Reiter vorbeigaloppierte. David traf ihn in die Seite. Der Kommandant sackte zusammen und fiel einige Schritte weiter vom Pferd. Daraufhin brachen die Reiter den Angriff ab und suchten das Weite.

Lucky punch, dachte David.

Die Pikeniere ließen ihr Siegesgeheul ertönen, und der Graf von Loë trat zu ihnen.

»Unglaublich«, sagte er zu Wolff. »Wenn ich es nicht mit eigenen Augen gesehen hätte, würde ich es niemals glauben. Eure fünf Bogenschützen haben allein wahrscheinlich mehr als tausend Reiter erledigt.« Danach wandte er sich David zu. »Beim ersten Angriff haben sie etwa achthundert Mann verloren. Wie kamt Ihr nur auf die irrwitzige Idee, auf die Pferde zu schießen?«

»Dank der Hilfe des Allmächtigen«, sagte David.

»Wie? Was? Ja natürlich«, sagte der Graf, hob wieder seinen Helm in die Höhe und rief damit alle Befehlshaber zu sich. Als sich diese im

Halbkreis aufgestellt hatten, rief er laut: »Der Allmächtige hat uns durch das Wunder von fünf Bogenschützen vor großem Übel bewahrt! Wir wollen ihm dafür danken.« Er zog sein Schwert und stellte es mit der Spitze auf den Boden. Danach kniete er nieder und blickte auf das Kreuz von Schwertgriff und Parierstange. Die anderen folgten seinem Beispiel.

»Oh Ihr großer Gott«, sagte er, als es wieder ruhig war. »Danke für unsere fünf Bogenschützen. Sie waren Euer Arm, und Ihr habt unsere Feinde damit vernichtend geschlagen. Herr, wir danken Euch dafür.«

»Herr, wir danken Euch dafür«, beteten alle im Chor.

»Amen«, sagte der Graf, und alle erhoben sich wieder. »Wir schlagen hier unser Lager auf. Sucht nach dem feindlichen Kommandanten. Wenn er noch lebt, bringt ihn zu mir. Die anderen schickt zur Hölle.«

David hob den Arm. Der Graf nickte ihm zu.

»Wir haben kaum noch Pfeile«, sagte David laut. »Wenn ihr euch um die Leichen kümmert, versucht bitte, so viele Pfeile wie möglich herauszuziehen. Danke.«

»Ihr habt es gehört. Macht euch an die Arbeit!«, befahl der Graf.

Alle gingen wieder auf ihre Posten. David ging zu seinen Kameraden. Diese waren euphorisch und redeten wild durcheinander. David gebot ihnen zu schweigen und nahm sie mit zu den Wagen. Dort kniete er sich wieder nieder und hielt die Arme nach vorn. Die anderen folgten seinem Beispiel.

»Abba«, begann David, als sich die Hände der Kameraden berührten, »Eure Söhne danken Euch für Eure große Gnade. Euer Stecken und Stab haben uns aus dem Tal des Todes geführt. Wir danken Euch dafür.«

»Wir danken Euch dafür«, beteten alle im Chor.

»Aber an unseren Händen klebt Blut. Wir haben so viele getötet und vielen den Ehemann, Vater, Sohn und Bruder geraubt. Diese Schuld belastet unsere Seele. Herr, wir bitten Euch, vergebt uns diese Schuld.«

»Herr, wir bitten Euch, vergebt uns diese Schuld«, wiederholte der Chor.

»Amen«, sagte David. »Helft das Lager aufzubauen«, befahl er, als sie sich alle erhoben hatten. »Macht nicht mit bei der Leichenfledderei. Wir haben heute schon genug auf uns geladen. Ich suche Pater Christian. Vielleicht kann er mit uns heute noch eine Eucharistie durchführen.«

Schwerer Abschied

Als David von den Wagen kam, war das Zelt des Barons bereits aufgestellt. Er wunderte sich und betrat den Eingang. Der Baron lag in seinem Bett. Eine abgebrochene Lanze steckte in seiner rechten Hüfte. Blut lief langsam den Schaft entlang und tropfte auf den Boden. Christian kniete bei seinem Kopf. Wolff und Eberhard standen je an einer Seite und hielten das Kettenhemd fest, während Wenzel die Glieder aufschlug. Der Baron war bei Bewusstsein und drehte den Kopf zu David, als dieser eintrat. Er hob die rechte Hand.

»David, kommt her!«, sagte er schwach.

David ging zum Baron und ergriff seine Hand. Sie war eiskalt.

»Stimmt es tatsächlich?«, fragte der Baron leise. »Hernes Pfeile durchschlagen alle Rüstungen?«

David nickte.

»Sie durchschlagen alles«, sagte er. »Helme, Kettenrüstungen, ja selbst die Platten, welche die Pferde schützen sollten, waren überhaupt kein Hindernis.«

»So hat es der alte *Highlander* doch noch geschafft. Ich habe kaum noch daran geglaubt«, sagte der Baron.

Wolff trat heran.

»Wir haben die Glieder jetzt aufgetrennt und müssen Euch anheben«, sagte er.

Der Baron nickte.

Auf »Drei« hoben Christian und David den Baron an der Schulter hoch, während Wolff und Eberhard ihn am Gesäß hochhoben. So konnte Wenzel den Rückenteil des Kettenhemdes herausziehen. Der Baron schrie fürchterlich vor Schmerzen.

»Tut mir leid, wenn ich euch erschreckt habe«, sagte er, als sie ihn wieder abgesetzt hatten. Dann wandte er sich an Wolff. »Haben wir sehr viele Ritter verloren?«, fragte er.

Wolff blickte betroffen zu Boden.

»Fast alle«, sagte er kleinlaut.

Der Baron seufzte und schloss die Augen.

»Das Schlimmste kommt noch«, sagte Wolff. »Seine kaiserliche Majestät ist ebenfalls gefallen.«

Der Baron schmunzelte und öffnet die Augen.

»Mein Freund Barbarossa hat neun Leben, wie eine Katze«, sagte er. »Schon oft hat man ihn fallen sehen, viele Male hat man ihn vermisst und bereits abgeschrieben. Er ist immer wieder aufgetaucht. Er ist ein Sonntagskind. So ein Glückspilz überlebt auch die Hölle von Legnano. Führt morgen eine Patrouille hinaus und sucht die Gegend ab. Vermeidet aber jeden Kampf. Der Tod hat schon genug Ernte eingebracht. Mich wird er auch noch mitnehmen.«

»Dieser Zahnstocher bringt Euch doch nicht um«, sagte Christian. »Ihr werdet bestimmt hundert Jahre alt.«

»Mein lieber Pater«, sagte der Baron. »Ich schätze Euch als Christenmenschen und verehre Eure Gotteserkenntnisse, aber Ihr seid ein grauenhafter Lügner. Bleibt besser bei der Wahrheit. Sie steht Euch wesentlich besser.« Der Baron versuchte zu lachen, musste aber husten, was große Schmerzen auslöste. »Ich möchte jetzt gerne schlafen«, sagte er. »Könnte ich einen Schlafschwamm haben?«

Christian nickte.

»Ich werde einen vorbereiten«, sagte er.

»Gut. Bitte lasst mich jetzt allein«, sagte der Baron. »Eberhard, mein Sohn, bleib du bitte bei mir.«

»Wie steht es um ihn, Pater?«, fragte Wolff, als sie draußen waren.

»Die Lanze sitzt tief in seinem Unterleib«, sagte Christian. »Die Wucht muss riesig gewesen sein, wenn sogar der Schaft abgesplittert wurde. Ich befürchte, dass die Spitze in der Leber steckt. Das dunkle Blut weist darauf hin. Wenn das wirklich zutrifft, wird er langsam verbluten. Er hat bereits jetzt viel Blut verloren. Seine Hände und Füße sind eiskalt.«

»Sollen wir die Lanze nicht herausziehen?«, fragte Wolff.

»Dann blutet es wahrscheinlich noch stärker«, antwortete Christian.

»Könnt Ihr nicht den Bauch aufschneiden und die Wunden zunähen?«, wollte Wolff weiter wissen.

»Das würde ich sehr gern«, sagte Christian. »Aber das Narkotikum der Alraune ist nur schmerzlindernd. Damit kann ich ihm niemals im Bauch herumschneiden. Um eine tiefe Narkose zu erreichen, müssten wir ihm die Halsschlagadern abdrücken, bis er in eine tiefe Ohnmacht fällt. Dann wäre es vielleicht möglich. Bei seinem hohen Blutverlust befürchte ich allerdings, dass wir ihn damit gleich töten.«

»Wie lange wird er so noch überleben?«, fragte Wolff.

»Drei, vier Tage, höchstens eine Woche«, antwortete Christian.

»Danke für Eure Offenheit«, sagte Wolff und ging wieder hinein.

»Was ist denn ein Schlafschwamm?«, wollte David wissen.

»Der *Spongia somnifera* ist ein Schwamm, auf den man ein Kräuterextrakt aus eben dieser Alraune sowie aus Hanf, Bilsenkraut, Nieswurz und Alkohol träufelt«, erklärte Christian. »Man hält es dem Patienten an die Nase. Der wird durch das Einatmen betäubt und kann oft schmerzfrei über mehrere Stunden schlafen. Es ist aber nicht ungefährlich. Gibt man zu viel davon, erwacht der Patient nicht mehr.«

David nickte und drehte sich um, als ein Hauptmann hinzutrat.

»Der lombardische Kommandant ist schwer verletzt«, sagte dieser.

»Er liegt beim Grafen von Loë im Zelt. Der Graf möchte, dass Ihr den Kommandant behandelt.«

Christian nickte.

»Komm mit«, sagte er zu David.

»Ich hole noch Nikolaus, der beherrscht die italienische Sprache«, sagte David und rannte davon.

Christian und der Hauptmann betraten das Zelt des Grafen, und kurz darauf traten auch David und Nikolaus ein.

»Gut, dass Ihr endlich kommt«, sagte der Graf.

Der Kommandant lag auf dem Tisch. Der Pfeil steckte in seiner Seite. Blut lief aus der Wunde.

»Der Pfeil hat wahrscheinlich seine Niere durchbohrt und eine Vene verletzt«, sagte Christian. »Er wird innerhalb weniger Stunden sterben.«

»*Sei un medico?*«, fragte der Kommandant.

»*Si. Sarai morto entro la prossima ora*«, übermittelte Nikolaus die Todesnachricht.

»Wer seid Ihr?«, fragte der Graf

»*Chi è Lei?*«, übersetzte Nikolaus.

»*Io sono il comandante di Brescia*«, sagte der Kommandant.

»Er ist der Stadtkommandant von Brescia.«

»*Mi ha sparato Lei la freccia maledetta in pancia? Non si può colpire in galoppo un cavaliere. Maledetto tedesco*«, knurrte der Kommandant und spuckte auf den Boden.

»Habt Ihr mir den verfluchten Pfeil in den Bauch geschossen? Niemand kann einen Reiter im Galopp treffen. Verfluchter Deutscher«, übersetzte Nikolaus.

»Wie ist Euer Name?«, wollte der Graf wissen.

»*Qual è il suo nome?*«

»*Vai al diavolo*«, fluchte der Kommandant.

»Fahr zur Hölle.«

»David, verlass bitte den Raum, der Mann schäumt vor Hass über«, sagte Christian. Dann wandte er sich wieder an den Kommandanten. »Willst du mit so viel Hass vor deinen Schöpfer treten, mein Sohn?«

»*Vuoi venire con tanto odio contro il tuo Creatore, figlio mio?*«, übersetzte Nikolaus.

»*Se lei e un prete, mi benedica*«, sagte der Kommandant wesentlich ruhiger.

»Wenn Ihr ein Priester seid, bitte segnet mich«, übersetzte Nikolaus. Christian machte ihm mit dem Finger ein Kreuz auf die Stirn.

»*In nomine patris et filii et spiritus sancti. Amen*«, sagte er. Danach wandte er sich an den Grafen. »Wenn ein Unterhändler eintrifft, könnt ihr ihn und die Leichen nach Brescia überführen. Ich hoffe, er findet seinen inneren Frieden noch. Ich kann sonst nichts mehr für ihn tun und würde mich nun lieber wieder um den Baron kümmern.«

»Vielen Dank, Pater«, sagte der Graf. »Wie geht es meinem Freund, dem Baron?«

»Er wird es nicht überleben«, sagte Christian traurig.

»Welch ein Jammer, und was für ein Verlust für das Reich«, stöhnte der Graf.

»Ja, leider«, sagte Christian und trat zu David hinaus. »Lass uns das Narkotikum und den Schwamm holen«, sagte er.

Das Lager war in der Zwischenzeit komplett aufgebaut worden. Christian ging mit David in sein Zelt und holte die nötigen Utensilien. Damit gingen sie zum Baron. Eberhard saß neben dem Bett. Wolff stand neben ihm.

»Ah, jetzt kommt mein Engel«, sagte der Baron.

»Gut, dass Ihr kommt«, sagte Eberhard. »Ich glaube, er hat große Schmerzen.« Eberhard stand auf und machte Christian Platz.

Der Baron hob seine Hand Christian entgegen.

»Pater«, sagte er leise, »bevor Ihr mir den Schwamm verabreicht, möchte ich Euch um eines bitten. Ich weiß, dass ich hier sterben werde. Ich möchte nicht, dass Ihr versucht, mir das Leben zu retten, indem Ihr an mir herumschneidet. Ich brauche noch alle Zeit, die mir bleibt, damit ich alles Nötige in meinem Leben noch bereinigen und ordnen kann. Ich möchte auch nicht zu lange schlafen. Ich bitte Euch nur um eins: Bitte verschafft mir Zeit.«

Christian ergriff die eiskalte Hand des Barons und blickte mit traurigen Augen in sein Angesicht.

»Ich verspreche Euch, dass ich alles in meiner Macht Stehende unternehmen werde, um Euren Wunsch zu erfüllen«, sagte er mit zittriger Stimme. »Alles andere liegt in Gottes Hand.«

»Danke. Mit ihm bin ich schon im Reinen. Das andere mache ich morgen«, hauchte der Baron mit schwacher Stimme.

Christian nickte, setzte sich und drehte seinen Kopf zu David.

»David, geh bitte mit dem Schwamm auf die andere Seite«, sagte er. »Halte ihn dem Baron direkt auf die Nasenspitze. Strecke deinen Arm möglichst ganz aus. Du solltest keine Dämpfe einatmen.« Dann wandte er sich wieder dem Baron zu. »Ich gebe Euch zwanzig Tropfen. Damit müsstet Ihr bis am Morgen schlafen können. Wenn Ihr vorher erwacht, lasst mich bitte wecken, damit ich Euch noch etwas geben kann.« Er öffnet ein Glasflacon, hielt es über den Schwamm, ließ vorsichtig Tropfen um Tropfen hinunterfallen und ging dann ein paar Schritte zur Seite. »David, wenn der Baron eingeschlafen ist, zähle bitte langsam auf fünfzig. Dann nimm den Schwamm weg, lege ihn vor meinen Zelteingang und geh etwas essen. Heute brauche ich dich nicht mehr. Komm bitte morgen nach den Frühstück zu mir ins Zelt.« Nach diesen Worten wandte sich Christian an Wolff. »Jetzt möchte ich mir Euren Arm ansehen. Euer Verband sieht grauenhaft aus. Was habt Ihr nur um Himmelswillen für ein Tuch verwendet?«

»Ich hatte nur noch mein Schnupftuch, das habe ich mir umgebunden«, sagte Wolff. »Es ist nur ein Kratzer. Nicht der Rede wert.«

»Wie Ihr meint. Aber legt heute noch einen frischen Verband an. Nicht, dass Ihr noch eine Infektion bekommt«, erwiderte Christian.

David hatte auf fünfzig gezählt, ging mit dem Schwamm hinaus und legte ihn vor Christians Zelt nieder. Danach setzte er sich auf einen leeren Wagen und aß die Hirschwurst, die er noch in seinem Brotsack gehabt hatte. Er schaute in den Himmel, wo die fortschreitende Dunkelheit immer mehr die Sicht auf die Sterne freigab. Endlich ging auch der Mond auf.

»Hallo Schatz«, sagte er. »Mir geht es heute grauenhaft. Wie gerne würde ich mit dir reden …« Still schaute er noch eine Zeitlang den Mond an. Dann schickte er einen Kuss hinauf und ging in sein Zelt.

Seine Kameraden saßen auf ihren Betten.

»Wie geht es unserem Baron?«, fragte Jost, als sich David dazusetzte.

»Sehr schlecht«, sagte David und seufzte. »Er wird in den nächsten Tagen sterben, und ich glaube, dass Wolff auch mehr abbekommen hat, als er zugibt.«

»Danke, dass Ihr mit uns gebetet habt«, sagte Seitz. »Ihr habt mir aus dem Herzen geredet.«

»Wisst ihr, wenn man vor einer Übermacht steht, könnte man sich vor Angst in die Hose machen. Es ist ein grauenhaftes Gefühl«, sagte David. »Wenn man dieser Angst Raum gibt, wird man gelähmt.

Wenn man sich aber dieser Angst stellt, kämpft und die Übermacht noch besiegt, stellt sich ein unglaubliches Glücksgefühl ein. Man fühlt sich irgendwie unbezwingbar. Ich verstehe mich selbst nicht mehr. Das höchste Ziel meines Lebens ist, ein wahrer Nachfolger Christi zu sein. Christus sagte: ›Liebet eure Feinde‹, und ich bringe sie reihenweise um und habe noch Glücksgefühle dabei. Ich verstehe mich selbst nicht mehr.«

»Schwippschwager, ich staune immer wieder über Euch, und Ihr seid mir Vorbild in Vielem«, sagte Lentz. »Ihr habt mir heute das Leben gerettet, und Euer Lächeln dabei hat in mir tiefe Gefühle geweckt, etwas wie ›Ich bin immer für Euch da‹ oder ›Bei mir seid Ihr sicher‹. Ich habe ein tiefes Vertrauen zu Euch gefunden. Ein Vertrauen, das sogar grösser ist als zu meinem Vater oder zu meinen älteren Brüdern. Ich fühle mich als Euer jüngerer Bruder, und mit diesem Gefühl sage ich Euch: Gerade Eure Zweifel an Euch selber machen Euch in meinen Augen zu einem wahren Nachfolger Christi.«

»Danke, Eure Worte berühren mich sehr, Lentz«, sagte David. »Ich bin Euer Unteroffizier und fühle mich für Euch verantwortlich, und zwar nicht nur dem Baron gegenüber, nein, ich habe auch diese Verantwortung vor dem Allmächtigen. Ich habe keinen Ehrgeiz, einen Sieg für den Kaiser zu erringen, sondern möchte Euch alle wohlbehalten nach Hause bringen. Dafür setze ich alles ein, was ich habe und was ich bin. Aber mir schwirren noch viel mehr Gedanken durch den Kopf. Ich wollte zum Beispiel meinen Dienst als Unteroffizier verlängern. Ich hätte ein schönes Einkommen und könnte Ulla auf Händen tragen. Aber dann müsste ich jedes Jahr ausziehen und für den Kaiser weiter morden. Ich glaube, das könnte ich nicht. Ich würde schließlich daran zerbrechen.«

»Ulla ist ein einfaches Mädchen und lebt auch ohne Luxus glücklich«, sagte Jost. »Ulla liebt Euch von ganzen Herzen und braucht nur Euch, um glücklich zu sein.«

»Liebe Freunde, wir haben heute viel zusammen erlebt und viele Gefühle treiben uns um«, sagte Utz. »Ich glaube, wir können diesen Wirrwarr nicht selber auflösen. Bitte David, betet mit uns noch einmal. Legen wir alles Christus hin, er kann es als einziger richten. Er hat für alles einen Plan und führt uns auch wieder aus den dunklen Tälern heraus, wie wir alle heute erleben durften.« Utz kniete nieder und hob die Hände nach vorn.

Auch David kniete sich hin und streckte die Hände nach vorn.

»Unser Vater im Himmel«, betete er, als sich ihre Hände berührten, »wir haben heute Großes mit Euch erlebt. Wir sind von vielen Gefühlen hin und her gerissen und sehen keinen Ausweg. Deshalb möchten wir Euch, Jesus Christus, diesen ganzen Wirrwarr übergeben. Ihr habt mit Eurem Blut für alles bezahlt, auch für schlechte Gedanken und Gefühle. Bitte nehmt sie uns weg und lass uns nur, was von Euch ist. Wir danken Euch dafür.«

»Wir danken Euch dafür«, wiederholten sie im Chor.

»Amen«, sagte David und erhob sich wieder.

Danach gingen sie zu Bett, und David löschte das Licht.

»Gute Nacht, meine Brüder«, sagte er.

»Gute Nacht, mein Großer«, flüsterte Lentz.

David schmunzelte, schickte seinen Kuss zum Mond und ergab sich seiner Müdigkeit.

Am nächsten Morgen ging David nach dem Frühstück in Christians Zelt. Dieser war nicht da, und so ging David zum Baron. Wolff stand vor dem Eingang Wache.

»Der Graf von Loë ist drin«, sagte er, als David zu ihm trat. »Ihr könnt jetzt nicht hinein.«

David blieb neben Wolff stehen und betrachtete ihn. Er sah irgendwie verschwitzt aus. Seine Haut war bleich, und seine Augen glänzten.

»Was hat Pater Christian zu Euer Wunde gesagt?«, fragte David ihn.

»Ist nicht der Rede wert«, antwortete Wolff.

»Verzeiht mir meine Offenheit, aber Ihr seht aus, als hättet Ihr Fieber«, bohrte David nach.

»Nur eine kleine Erkältung, nichts von Bedeutung«, entgegnete Wolff.

Der Graf trat heraus.

»Herr von Waldeck«, sagte er, »geht jetzt auf Patrouille und findet in Gottes Namen unsere kaiserliche Majestät.«

Wolff drehte sich um und ging zu den Pferden. Kurze Zeit später galoppierte er mit fünf Rittern und Vinzenzo Torriani aus dem Lager. Der Graf wandte sich an David.

»Wartet noch«, sagte er. »Seine kaiserliche Hoheit, Prinz Heinrich VI, ist noch bei Eurem Herrn.«

David blickte in den offenen Zelteingang und sah einen Jüngling von etwa zwölf Jahren neben dem Baron sitzen.

»Verzeiht mir, Herr Graf … Seine kaiserliche Hoheit kommt mir irgendwie bekannt vor«, sagte David.

»Gewiss doch, der Sohn unserer kaiserliche Majestät ist Knappe bei Baron Eckert«, erklärte der Graf.

Prinz Heinrich VI kam jetzt mit ernster Miene aus dem Zelt und ging mit dem Grafen davon. David trat ein.

»Guten Morgen, Euer Hochwohlgeboren«, sagte er, als der Baron sein Gesicht zu ihm drehte. »Wie ist Euer Befinden heute?«

»Ah, David, es ist mir immer eine Freude, Euch zu sehen«, sagte der Baron. »Ich habe dank Eurer Mithilfe letzte Nacht gut geschlafen, aber ich fühle mich sehr schwach. Ich glaube, der Allmächtige hat mir die Flügel bereits an meine Bettstatt gehängt.«

Eberhard schluchzte.

»David«, sagte der Baron, »ich möchte jetzt mit meinem Sohn ein Männergespräch führen und möchte von niemandem gestört werden. Bitte sorgt dafür, dass niemand eintritt. Niemand, hört Ihr! Wenn nötig, setzt es mit Waffengewalt durch!«

»Wie Ihr wünscht, Durchlaucht«, sagte David und stellte sich breitbeinig am Eingang auf. Der Graf war in der Zwischenzeit gegangen.

»Mein Sohn, wenn man hier so liegen muss, hat man viel Zeit nachzudenken«, sagte der Baron zu Eberhard. »Ich habe als Vater vieles falsch gemacht. Ich bin ein Krieger. Zu kämpfen war immer mein Lebensinhalt. Es hat mir alles bedeutet. Zu kämpfen und zu gewinnen, dafür habe ich gelebt. Aber als Krieger muss man auch bereit sein, den Preis dafür zu bezahlen. Er wird jetzt von mir eingefordert. Christus sagt: ›Alle, die das Schwert nehmen, werden durch das Schwert umkommen.‹ Ich habe dich zum Krieger erzogen. Wolff ist der beste Ritter unseres Landes, und er hat dir als Knappe alles beigebracht, damit du einer der Besten werden kannst. Aber jetzt glaube ich, du kannst nicht in meine Fußstapfen treten. Der Allmächtige hat dich mit anderen Qualitäten ausgerüstet. Du versuchst mir nachzueifern, willst dich mit mir messen, mich wenn möglich übertrumpfen, und weil dir das nicht gelingt, bist du in deinem Herzen zutiefst unzufrieden. Ich denke, daher kommt deine ewig schlechte Laune. Du bist egoistisch, herrschsüchtig, reizbar, aggressiv und launisch. Das sind keine ritterlichen Tugenden, und ich bin daran schuld. Ich habe mir überlegt, wo du mir überlegen sein könntest. Der Allmächtige war gnädig und hat mir heute Nacht gezeigt, dass deine Stärken hier liegen.« Langsam hob der Baron seine Hand und legte sie auf Eberhards Herz. »Du hast ein großes Herz, Eberhard«, sagte er. »Als kleiner Junge hattest du mit allen und jedem Erbarmen, der irgendwie litt. Ich habe dieses feine Empfinden zugeschüttet. Grabe es wieder aus. Sprenge die Ketten, die ich um dein Herz gelegt habe. Lerne Demut und strebe nach Barmherzigkeit, und du wirst grösser sein, als ich es je war. Gehe deinen Weg und suche dir Gleichgesinnte.«

»Aber Herr Vater, der Kaiser wird Krieger von mir fordern«, entgegnete Eberhard.

»Gebt dem Kaiser, was des Kaisers ist«, sagte der Baron. »Es gibt viele wie mich, die gerne kämpfen. Halte dir eine Söldnertruppe, die für den Kaiser kämpft. Vielleicht kannst du dank den Bogenschützen eine spezielle Vereinbarung mit dem Kaiser treffen. Ihr Ruf ist jetzt legendär, nutze das. Die Zeit der Bogenschützen in unserem Land wird nur von kurzer Dauer sein. Herne gibt sein Wissen nicht weiter. Mit seinem Tod verschwinden auch die Bogen wieder, die Rüstungen durchschlagen können. Wer weiß, vielleicht gibt es bald auch andere Schusswaffen, die den Bogen ablösen.«

»Ja, Herr Vater, ich mache, was Ihr wünscht«, sagte Eberhard.

»Mit Thomas von der Tann habt ihr einen Verwalter, der sein Herz am rechten Fleck hat. Ihm ist es wichtig, dass es den Pächtern gut geht, damit es schließlich uns gut geht. Er ist keiner, der die Leute ins Armenhaus drängt. Höre auf ihn«, sagte der Baron. »Demut kannst du von Pater Christian lernen. Er ist darin das Vorbild in Person und ein göttlicher Ratgeber dazu. Fördere seine Heilkunst und lass es dem Volk zu Gute kommen. Bekämpfe die Armut und mehre den Wohlstand deiner Bevölkerung, und der Allmächtige wird es dir hundertfach vergelten. Behalte Wolff in deinen Diensten. Er ist ein Krieger wie ich und wird deine Truppen hervorragend ausbilden. Zusätzlich wird er dir Knappen ausbilden, wenn dir eine Knappenpflicht auferlegt wird. Zum Schluss möchte ich mich bei dir entschuldigen für alles Leid, das ich dir zugefügt habe. Kannst du mir das verzeihen?«

Eberhard nahm die Hand seines Vaters, drückte sie an seine Stirn und weinte.

»Mein Vater«, sagte er, »ich weiß nicht, wie ich Euer großes Herz übertrumpfen kann. Ich verspreche aber, dass ich es mit allem, was ich habe und bin, versuchen werde. Ich vergebe Euch alles, mein geliebter Vater.«

»Danke«, hauchte der Baron. Er schloss seine Augen. »Einen Wunsch hätte ich noch«, sagte er nach einer Weile.

»Gerne, Herr Vater«, entgegnete Eberhard.

»Bitte wirf alle deine negativen Eigenschaften in mein Grab und beerdige sie endgültig.«

Eberhard seufzte schwer.

»Ich werde es versuchen«, sagte er. »Wo soll denn Euer Grab stehen?«

Der Baron überlegte kurz.

»Besprecht das mit Eurer Mutter«, sagte er. »Lasst sie entscheiden. Sie musste sich ein Leben lang nach meinen Wünschen richten. Jetzt am Schluss gehöre ich ihr allein. Und jetzt schaue bitte nach, was David draußen für Probleme hat.«

In der Zwischenzeit war der Graf von Loë zum Zelt zurückgekehrt und hatte eintreten wollen. Doch David versperrte ihm den Weg.

»Es tut mir leid, Herr Graf«, sagte er. »Mein Herr möchte jetzt auf keinen Fall gestört werden. Er führt ein wichtiges Gespräch mit seinem Sohn.«

»Unsinn, soeben ist ein Unterhändler des Papstes eingetroffen. Er möchte einen Waffenstillstand vereinbaren und die Leichen mitnehmen. Ich brauche den Rat des Barons, und zwar unverzüglich«, sagte der Graf, machte einen Schritt nach rechts und versuchte an David vorbeizukommen.

David drückte seinen Bogen auf die Brust des Grafen.

»Mein Herr hat mir befohlen, jedes Eindringen wenn nötig mit Waffengewalt zu verhindern«, sagte er scharf.

»Was erlaubt Ihr Euch«, schrie der Graf, machte schnell zwei Schritte nach links und versuchte auf der anderen Seite durchzudrücken.

David schoss blitzschnell einen Pfeil direkt vor den Fuß des Grafen. Der Graf machte einen Sprung rückwärts.

»Seid Ihr irr, Kerl«, schrie er außer sich. »Dafür könnte ich Euch köpfen lassen.«

»Glaubt ja nicht, dass dieser Schuss zufällig das Zicl verfehlt hat. Auf diese Distanz schieße ich einer Fliege ein Auge aus. Ich habe heute auf Befehl meines Herrn Hunderte getötet, und ich werde ohne Zögern den Befehl, Euch das Eindringen mit Waffengewalt zu verwehren, durchführen. Das nächste Mal schieße ich Euch den Pfeil in den Fuß. Ich flehe Euch an, bitte … wartet!«, sagte David entschlossen.

Der Graf kochte vor Wucht und schnaubte wie ein wütender Stier, aber er blieb stehen. Kurze darauf kam Eberhard aus dem Zelt, um nach dem Rechten zu sehen. In diesem Moment schallte ein Triumphgeschrei der Wachen durch das Lager. Wolff hatte Barbarossa zurückgebracht. Dieser stieg bei den Wachen ab und schüttelte ihnen freudig die Hände.

Der Graf lief sofort zu ihm. Christian, der bis dahin im Hintergrund des Zeltes des Barons gesessen hatte, kam heraus, um zu sehen, was los war. Plötzlich ging ein Zucken durch Wolffs Körper, und er fiel vom Pferd. Christian und David liefen hin und halfen ihm auf.

»Danke, mir geht es gut. Ich bin vor Übermüdung nur kurz eingenickt«, sagte Wolff.

Christian packte ihn am Arm und zog ihn auf die Seite.

»Ihr glüht wie ein Ofen, und der Eiter aus Eurer Wunde stinkt bis hierher. Ihr habt eine Infektion höchsten Grades, und wenn wir den Arm nicht sofort abnehmen, werdet Ihr noch vor dem Baron das Himmelreich betreten«, sagte Christian ernst.

»Wisst Ihr, Pater, ich bin ein Krieger. Das ist alles, was ich immer sein wollte. Ohne meinen Schwertarm bin ich ein Nichts. Das möchte ich nicht erleben, eher sterbe ich. Ihr wart auch einmal ein Krieger. Vielleicht könnt Ihr mich verstehen«, sagte Wolff, drehte sich und ging wieder zu Barbarossa.

Christian ging nachdenklich zurück und setzte sich neben den Baron.

»Was beschäftigt Euch, Pater?«, fragte der Baron.

»Wolff hat eine schwere Infektion. Ich müsste ihm den Arm unverzüglich abnehmen. Er weigert sich und will lieber sterben, als sich den Schwertarm abnehmen zu lassen«, erklärte Christian.

Der Baron schloss seine Augen und überlegte eine Weile.

»Als Krieger kann ich ihn gut verstehen«, sagte er. »Ich werde mit ihm reden. Aber jetzt holt mir bitte David nochmals her.«

Christian holte David, der sich neben den Baron setzte.

»David, in Zukunft wird sich unsere Truppe verändern. Könntet Ihr Euch vorstellen, als Hauptmann eine Söldnertruppe von Bogenschützen für den Kaiser anzuführen?«, fragte der Baron.

David überlegte sehr lange.

»Hauptmann zu werden ist für einen Bürgerlichen eine Seltenheit und damit eine sehr hohe Ehre, die ich eigentlich gerne annehmen würde. Aber ich habe erkannt, dass ich nicht für die Anliegen eines Kaisers töten kann. Wenn wir uns verteidigen müssen, bin ich bereit zu töten. Aber als Hauptmann wäre ich jedes Jahr wie hier ein Witwen- und Waisenmacher. Damit könnte ich nicht leben.«

»David, Ihr erstaunt mich immer wieder«, sagte der Baron. »Ihr besitzt eine Weisheit, die bei Eurer Jugend normalerweise nicht vorhanden ist. Kann man ein Krieger sein und zugleich Christ? Ist das möglich oder ist es ein Widerspruch? Der Allmächtige hat einerseits den Mann als Krieger geschaffen. Man sieht das deutlich an den kleinen Jungen, die sich Waffen basteln und miteinander kämpfen wollen. Andererseits sagte Christus: ›Liebet eure Feinde.‹ Auf den ersten Blick ist das ein Widerspruch. Aber warum hat uns dann der Allmächtige das Kriegerische in die Wiege gelegt? Eine einfache Antwort gibt es nicht. Ich sage Euch als Krieger: Jeder muss dies mit sich und dem Allmächtigen abmachen. Ich staune, dass Ihr das bereits gemacht habt und wisst, wo Eure Grenzen sind. Ich werde mit meinen Sohn darüber reden. Vielleicht braucht er ja einen Hauptmann für die Verteidigung. Ich würde es mir wünschen, dass auch Eberhard zukünftig auf Eure Dienste zählen kann.« Danach wandte er sich an Wolff, der soeben eingetroffen war. »Bitte setzt Euch zu mir«, sagte er.

David ging hinaus, und Wolff setzte sich neben den Baron.

»Ihr hattet wie immer Recht«, sagte er. »Wir haben seine kaiserliche Majestät bei einem Bauernhof gefunden.«

Der Baron lächelte.

»Er ist eben wie eine Katze«, sagte er. »Ich möchte aber über Euch reden. Pater Christian hat mir Eure Situation erklärt. Keiner kann Euch besser verstehen als ich. Aber meine Zeit ist abgelaufen, und ich möchte, dass die Zukunft für Hohenklingen gesichert ist. Eberhard wird eine Söldnertruppe für den Kaiser aufstellen und braucht einen tüchtigen Waffenmeister. Ihr seid der Beste, den es gibt. Ihr habt erstens Durchsetzungsvermögen, zweites Motivation durch Herzlichkeit und drittens die Weisheit zu unterscheiden, was Ihr jeweils einsetzen müsst. Ihr formt auch ohne Euer Schwert wahre Krieger. Schaut unsere Bogenschützen an.«

»Das war Hernes Geschick«, sagte Wolff.

»Bei allem Respekt, Herne hat ihnen die Technik vermittelt. Was nützt mir aber der beste Bogenschütze, wenn er vor Angst zittert? Unsere Burschen waren standhaft und sind mit Mut gegen eine riesige Übermacht angetreten. Das sind ritterliche Tugenden, die sie nur, und wirklich nur von Euch erhalten haben. Deshalb flehe ich Euch aus tiefstem Herzen an, lasst Pater Christian Euren Arm abnehmen. Steht meinem Eberhard bei. Hohenklingen kann ohne Euch nicht bestehen. Und außerdem habt Ihr auch im anderen Arm Kraft für zwei. Lernt damit ein Schwert führen, und Ihr werdet bald wieder unbezwingbar sein wie zuvor.«

»Baron, mein Lebensinhalt war immer, Euch zu dienen«, sagte Wolff. »Ich habe jeden Eurer Ratschläge befolgt und umgesetzt. Das war stets mein Glück.« Wolff überlegte eine Weile. »Ich wage es«, sagte er schließlich. »Ich will weiter Eurem Urteilsvermögen vertrauen.«

»Wir müssen es schnell hinter uns bringen, bevor das Gift weiter in den Körper wandert«, sagte Christian, der im Hintergrund saß.

»Ich möchte es aber ohne Narkotikum machen«, sagte Wolff.

»Dann können wir die Knochensäge nicht verwenden. Wir müssten etwas sehr Scharfes haben, aber ich wüsste nicht was«, antwortete Christian.

»Ich könnte ihm mit meinem Sarazenenschwert den Arm mit einem Schlag abtrennen«, sagte David, der beim Eingang stand. »Ich habe damit auch schon ein Holzscheit mit einem Schlag durchtrennt.«

»Danach müsste man den Stumpf mit einem glühenden Eisen abbrennen. Könnt Ihr diese Schmerzen ertragen?«, fragte Christian.

Wolff nickte.

»Wenn Ihr mir ein Beißleder gebt, wird es schon gehen«, meinte er.

266

»Ich gehe zu Wenzel und lasse alles vorbereiten. Wenn wir bereit sind, hole ich Euch ab«, sagte Christian und ging hinaus.

Kurz danach kam Barbarossa herein. Wolff machte ihm Platz.

»Wie geht es dir, alter Freund?«, fragte der Kaiser.

»Friedrich, es waren einfach zu viele«, sagte der Baron. »Ihre Pikeniere haben mit Todesverachtung gekämpft. Ihre Reiterei war bestens ausgebildet. Schau dir nur einmal die Lanze in meiner Hüfte an. Sie ist gesplittert, so groß war ihre Wucht. Nicht viele unserer Ritter können die Lanze in der Art führen, dass sie beim Aufprall splittert. Das waren keine dummen Bauern mehr. War es das wert, Friedrich?«

»Ich habe fast alle Ritter verloren. Tausend wackere Burschen. Ein dunkler Tag für die deutsche Ritterschaft. Wenn wir doch nur die Ritter von Heinrich dem Löwen dabei gehabt hätten! Damit hätten wir die Pikeniere im Nu plattgemacht und diese Reiterhorde aus Brescia aus den Sätteln gestoßen. Ich drehe Heinrich den Hals um, wenn ich zurück bin«, sagte Barbarossa.

»Friedrich, ich habe nur noch kurze Zeit zu leben und rede deshalb nicht um den heißen Brei herum«, sagte der Baron. »Wenn du Heinrich nur ein Haar krümmst, provozierst du einen Aufstand, denn die Welfen werden sich das nicht bieten lassen, und du hast jetzt tausend Ritter weniger. Ich fürchte um deinen Thron.«

»Ich krümme ihm kein Haar, ich lasse ihm den Kopf abschlagen«, entgegnete der Kaiser.

»Friedrich, ich meine es ernst. Deine blöden Sprüche kannst du an deinem Hofe klopfen. Versprich mir jetzt, hier an meinem Totenbett, dass du Heinrich kein Leid zufügen wirst. Viele Fürstenhäuser haben wegen der fehlenden Unterstützung von ihm, hier unten Angehörige verloren. Überlass es ihnen. Sie werden Anklage erheben und dann kannst du ihn richten lassen.«

»Du setzt mich schachmatt. Voll drauf, typisch mein Eber. Ich weiß nicht, was ich ohne dich machen soll«, sagte Friedrich.

»Das kann ich dir sagen. Mach dieser Streiterei endlich ein Ende. Gib nach und zeige Barmherzigkeit, wie es einem Kaiser gebührt. Schenk dem Land Frieden«, sagte der Baron.

»Also gut, ich verspreche es dir. Kann ich für dich noch etwas tun?«, fragte Barbarossa.

»Ich möchte, dass du alle unsere Freunde heimbringst. Lass keinen in fremde Erde legen. Weiter möchte ich, dass mein Sohn mein Lehen bekommt. Er ist aus anderem Holz geschnitzt als wir. Er wird das Lehen nicht als Ritter, sondern als guter Hirte führen. Er wird dir eine kleine Söldnertruppe von Bogenschützen zur Verfügung stellen. Es werden wahrscheinlich aber weniger als zwanzig sein, denn mehr schafft unser Bogenmacher nicht. Du wirst die Bogenschützen nicht im Angriff einsetzen können, aber in der Verteidigung können sie mit ihren Bienenstichen wahre Wunder bewirken.«

»Helmo von Loë hat mir berichtet, was für Wunderdinge sie vollbracht haben. Mit dem Unterhändler des Papstes habe ich einen Waffenstillstand vereinbart. Morgen bringen sie uns unsere Toten. Ich lasse sie nach Hause bringen; ich verspreche es. Das mit deinem Sohn geschieht, wie du es möchtest. Ich werde mich persönlich darum kümmern, sei ohne Sorge. Seine Bogenschützen werden mir genügen«, sagte der Kaiser.

»Damit fällt mir ein Stein vom Herzen«, seufzte der Baron. »Es bleibt mir jetzt nur noch, mich von dir zu verabschieden. Es war eine schöne Zeit mit dir. Sie hat mir immer viel bedeutet. Ich freue mich, wenn wir uns beim Allmächtigen wiedersehen.«

Barbarossa drückte die Hand des Barons an seine Brust.

»Lebe wohl, mein wilder Eber«, hauchte er. »Bringe mir da oben nicht alles durcheinander. Wir sehen uns im Himmel wieder.« Er drückte die Hand des Barons an seine Wange, und dicke Tränen flossen aus seinen Augen. Still stand er auf und ging traurig hinaus.

Nach einer Weile kam Christian zurück.

»Wir sind jetzt so weit«, sagte er.

»Wolff, mein Freund«, sagte der Baron. »Ihr steht jetzt vielleicht vor der größten Herausforderung Eures Lebens. Ihr seid ein großer Krieger und habt bis jetzt selbst in aussichtslosen Situationen jede Herausforderung gemeistert. Ihr werdet auch diese Herausforderung mit Bravour bestehen, da bin ich mir sicher.«

»Danke … für alles, mein Herr. Es war mir eine Ehre, unter Euch gedient zu haben«, sagte Wolff.

Wolff, Christian und David gingen zur Feldschmiede. Wenzel hatte eine Eisenstange am Ende flach geschmiedet. Die Fläche war grösser als der Durchmesser von Wolffs Oberarm und steckte glühend in der Esse.

»Wir müssen Wolffs Oberkörper entkleiden«, sagte Christian. »Dann muss ich seinen Arm waschen. Wir müssen sehr vorsichtig sein. Niemals den Eiter oder sonstige Wundflüssigkeiten berühren. Die Infektion kann dadurch leicht übertragen werden. Nach dem Waschen legt Ihr Euch auf den Boden, Wolff, und haltet den Arm auf den Balken. Ich befestige unter Eurer Achsel eine Binde, welche die Blutzufuhr des Arms unterbindet. Danach schlägt David zu. David, ich brauche einen geraden, sauberen Schnitt und möglichst exakt an der Stelle, die ich anzeichne. Nach dem Schnitt hebe ich den Arm an, und Wenzel glüht die Wunde aus. Wolff, das Brennen wird sehr schmerzhaft sein. Ihr dürft aber Euren Oberkörper nicht bewegen, das ist sehr wichtig. Wir müssen die Schnittfläche überall abbrennen, damit wir alle Blutgefäße veröden können. Ich werde langsam auf drei zählen, und Wenzel wird dann das Eisen wieder wegnehmen. Ich drücke während dieser Zeit Eure Schulter nach unten, und Josef versucht auf der anderen Seite Euren Oberkörper zu fixieren. Zum Schluss lege ich Euch einen Ölverband an. Brandwunden brauchen viel Flüssigkeit, das erhalten sie durch das Öl. Danach begebt Ihr Euch ins Bett. Ihr müsst viel trinken. Wenn alles geklappt hat, sollte das Fieber in zwei bis drei Tagen verschwunden sein, wenn nicht, habt Ihr bereits zu viele Giftstoffe im Körper und werdet es nicht überleben. Zum Schluss möchte ich Euch nochmals fragen: Wollt Ihr wirklich kein Narkotikum?«

Wolff schüttelte den Kopf.

»Ich habe geschworen, dass ich meinen Geist niemals betrüben werde«, sagte er. »Ich enthalte mich deshalb auch von jeder Art von Alkohol.«

»Verstehe«, sagte Christian. Er half Wolff aus dem Kettenhemd, das er danach in die Esse legte. »Alles, was wir nicht richtig waschen können, glühen wir aus«, sagte er. Danach nahm er den Verband ab, warf diesen ebenfalls in Feuer und betrachtete die Wunde. Die Wundränder waren ganz schwarz, und gelber, zäher Eiter verklebte die Wunde.

»David, komm her. Wonach riecht diese Wunde?«, fragte Christian.

David näherte sich vorsichtig und zog zaghaft die Luft in die Nase.

»Das riecht… ein wenig nach Käse«, sagte er.

»Ja genau«, sagte Christian. »Es ist Wundbrand. Sehr giftig. Hoffentlich sind wir nicht zu spät.« Er tauchte einen Lappen in einen dampfenden Eimer, den Wolffs Knappe Endris aus der Küche gebracht hatte, und wusch den Eiter sorgfältig weg. Wolff nahm das dicke Stück Leder, das Endris ihm hinhielt, und steckte es sich sorgfältig in den Mund. Dann legte er sich auf den Boden und hob seinen Arm auf den Balken. Christian legte ihm die Armbinde an, die er mit einen Stück Holz zudrehte. Dann zeichnete er ein Stück oberhalb der Wunde mit Tinte einen Strich, gab Endris Fass und Feder zurück, ging dann zu Wolffs Kopf und drückte ihm mit dem Knie die rechte Schulter nach unten. Josef kniete auf der anderen Schulter. David kniete neben dem Balken, und Wenzel stand mit dem glühenden Eisen hinter ihm.

»Hebt Euren linken Daumen, wenn Ihr bereit seid«, sagte Christian zu Wolff.

Dieser machte mehrere tiefe Atemstöße und ballte dann seine linke Hand zu einer Faust. David hob das Schwert an und spannte alle Muskeln. Der Daumen sprang hoch, und das Schwert sauste hinunter, durchtrennte exakt beim Strich den Arm und klemmte sich im Balken fest. Christian riss den Armstumpf hoch, und Wenzel drückte das Eisen dagegen. Wolff stieß, trotz des Knebels, einen markdurchdringenden Schrei aus, und seine Beine zuckten fürchterlich, aber sein Oberkörper blieb ruhig. Nach »Drei« zog Wenzel das Eisen zurück, und Wolffs Körper entspannte sich. Christian löste die Armbinde und kontrollierte sorgfältig, ob alle Adern tatsächlich verödet waren. Sichtlich zufrieden nahm er ein Tuch, das in ein Öl-Kräuter-Gemisch eingelegt war, faltete es mehrfach zusammen und legte es auf die Brandwunde. David musste es mit Zeige- und Ringfinger andrücken, während Christian es mit einem Verband fixierte. Danach halfen sie Wolff aufzustehen.

»Muss ich Euch bis zum Zelt stützen?«, fragte Christian.

Wolff schüttelte den Kopf, ging langsam zum Zelt des Barons zurück und legte sich dort in sein Bett.

»Werft den Arm, den Lappen, das Wasser und den Eimer in die Grube mit den Tierkadavern«, sagte Christian. »Dann wascht ihr euch gründlich, jeder an einem anderen Eimer. Das Wasser kippt ihr ebenfalls in die Grube. Die Eimer werden von der Küche ausgekocht. David, ich brauche dich noch heute Nacht. Hole nach dem Waschen ein paar Decken und komm damit zum Zelt des Barons.« Nach diesen Worten ging Christian zu einem dampfenden Eimer, der neben der Esse stand, und wusch sich gründlich.

»Ich räume hier auf«, sagte Wenzel zu David. »Geht Euch waschen und helft dem Pater.«

Als David sein Schwert und sich wusch, wurde es ihm erstmals bewusst, dass es bereits tiefste Nacht war. Er schickte einen Kuss nach oben, ging leise in sein Zelt, um die Decken zu holen und brachte diese ins Zelt des Barons zurück. Der Baron schlief bereits, und Eberhard war auf dem Stuhl neben ihm eingenickt. Christian saß neben Wolff und schenkte ihm aus einem Krug Kräutersud in einen Becher ein.

»Euer Arm ist jetzt im Himmel und wartet dort auf Euch«, flüsterte er. »Der Kräutersud enthält keine Rauschmittel. Ihr könnt ihn getrost trinken. Die Kräuter unterstützen die Heilkraft Eures Körpers. Ich schaue in ein paar Stunden nochmals nach Euch und werde dann den Verband nochmals wechseln.«

»Danke … für alles, Pater«, sagte Wolff.

Christian ging hinaus und gab der Wache Anweisung, ihn in drei Stunden wieder zu wecken. Dann ging er wieder in das Zelt hinein, hängte dem schlafenden Eberhard eine Decke um und legte sich neben David, der bereits tief und fest schlief.

»Eberhard«, schrie der Baron plötzlich in der Nacht und hob seine Hand.

Eberhard zuckte zusammen, ergriff die Hand seines Vaters und drückte sie an seine Brust.

»Ich bin hier, mein Vater«, sagte er.

»Eberhard, ich muss jetzt gehen«, sagte der Baron. »Ich gehe in tiefstem Frieden, denn ich habe gesehen, was du für ein Mann geworden bist.«

»Ach Vater«, schluchzte Eberhard.

»Eberhard, siehst du das Licht?«, rief der Baron. »Es wird immer heller. Da, sieh … Es ist … Christus! Er … ich … ich komme, Herr!« Kraftlos sackte sein Körper zusammen. Die Atmung setzte aus.

»Seine Seele ist entwichen«, sagte Christian. Er drückte dem Baron sanft die Augenlider zu, nahm sein Schwert, legte es auf seinen Oberkörper und faltete die Hände über dem Griff zusammen. Dann hob er segnend seine Hand auf das Haupt des Barons und sagte: *»In nomine patris et filii et spiritus sancti. Amen.«*

Eberhard weinte bitterlich.

Christian legte ihm sanft die Hand auf die Schulter.

»Mein Beileid, Baron«, sagte er leise. »Euer Vater war ein großer Mann. Die Welt ist um einiges ärmer geworden, da wir ihn verloren haben. Wir werden ihn alle sehr vermissen. Selbst von Christus wurde er geehrt, indem dieser ihn persönlich abgeholt hat. Der Baron hat sein Seelenheil gefunden. Seht nur, wie sein Antlitz strahlt. Wir werden ihn im Himmel wiedersehen.«

»Ja«, schluchzte der neue Baron von Hohenklingen.

Der lange Weg zurück

Am anderen Morgen kam Barbarossa vorbei und wollte nach seinem Freund sehen. Als er ihn sah, trat er erschüttert an sein Totenbett und nahm Abschied von ihm, indem er niederkniete und ein Gebet sprach. Danach wandte er sich an Eberhard.

»Mein Beileid, Baron«, sagte er. »Ich habe Eurem Vater versprochen, dass Ihr sein Lehen behalten werdet. Er hat mir auch erklärt, dass Ihr den Ritter ablegen wollt und den Weg des guten Hirten beschreiten möchtet. Meinen Segen habt Ihr dafür.«

»Kaiserliche Majestät, ich weiß nicht, wie ich Euch danken soll«, sagte Eberhard.

»Das kann ich Euch sagen«, erwiderte der Kaiser. »Ich habe die kriegerischen Fähigkeiten Eures Vaters sehr geschätzt, aber ich liebte Euren Vater, weil er mir mit seinem überschwänglichen Herzen mit Rat und Tat zur Seite stand. Er hatte mich vor vielen Dummheiten bewahrt, und sein Ableben hinterlässt bei mir eine große Lücke. Es würde mich freuen, wenn Ihr diese Lücke schließen könntet.«

»Kaiserliche Majestät, ich bin noch ganz durcheinander«, erwiderte Eberhard. »Ich weiß noch nicht, wo mein Anfang ist und wohin das Ende führen wird.«

»Wisst Ihr, ich war mit Eurem Vater in vielen Ländern. Wir haben vieles gesehen und gemeinsam erlebt, aber selbst an den schönsten Plätzen hat er immer nur von seinem Hohenklingen geschwärmt«, erklärte Barbarossa. »Bringt zuerst die Gebeine Eures Vaters nach Hause und legt sie in seine geliebte Erde. Nehmt nur Packpferde mit, damit kommt Ihr schneller voran. Danach findet erstmals zu Euch selber. Wenn Ihr wisst, was und wie Ihr es machen möchtet, sendet mir eine Nachricht. Ich komme dann nach Eurem Hohenklingen, und wir besprechen alles in Ruhe. Ich werde Euch in jeder Weise unterstützen, das verspreche ich Euch.« Nach diesen Worten verließ er das Zelt.

»Er hat sich verändert«, sagte Christian. »So habe ich Barbarossa noch nie sprechen hören. Er hat Recht. Brecht sofort auf. Wenn Ihr scharf reitet, könnt Ihr in sechs Tagen zu Hause sein. Ich bleibe hier, bis Wolff wieder transportfähig ist, dann kommen wir nach. Ich behalte die Küche, Wenzel und Josef für alltällige Reparaturen sowie die Bogenschützen zum Schutz hier. Alles andere geht mit dem Haupttross von Barbarossa wieder zurück. Wenn Ihr Euch beeilt, könnt Ihr noch vor Barbarossa über den Gotthardpass ziehen.«

»Ich danke Euch für den guten Ratschlag«, sagte Eberhard. »Ich werde sofort abreisen. Veranlasst bitte das Nötige.«

Der Leichnam von Baron Eckert wurde in eine Plane eingenäht und auf das erste Packpferd gebunden, das Eberhard selber führen wollte. Als alles Nötige auf den Packpferden verstaut war, reiste Eberhard mit den Knappen des Barons und einigen seiner Pferdeknechte ab.

Am Nachmittag folgte ihm Barbarossa mit den Leichen der gefallenen Ritter. Hinter ihm marschierten die Fußtruppen, darauf folgte der Rest des Lagers. Die Waffen und Rüstungen der gefallenen Feinde ließ Barbarossa zu Vinzenzo Torriani nach Mendrisio transportieren. Dieser sollte dafür sorgen, dass alles eingeschmolzen und zu Pflugscharen verarbeitet werden würde.

Als alle abgezogen waren, teilte David die Wachen ein und ging zu Christian.

»Wie geht es Wolff?«, erkundigte sich David.

»Die Wunde sieht sehr gut aus, aber sein Fieber ist unverändert hoch. Wir können nur hoffen und beten«, antwortete Christian.

Plötzlich rannte Jost hinein.

»Es kommen Reiter«, sagte er.

Sie gingen gemeinsam hinaus. David und die andern machten ihre Bogen bereit.

»Das ist der Unterhändler des Papstes«, sagte Christian kurze Zeit später. »Lasst ihn herein.«

»Also gut, Männer, aber bleibt weiterhin wachsam. Stellt euch zu zweit zusammen. Lasst niemand zu nahe an euch heran, aber haltet die Bogen gesenkt«, befahl David.

Der Unterhändler war ein Priester, der von zehn Landsknechten begleitet wurde.

»Ihr seid noch hier?«, fragte der Priester, als Christian ihn begrüßt hatte.

»Wir haben noch einen Verwundeten, der nicht transportiert werden kann. Wir müssen ihn noch ein paar Tage pflegen, dann fahren wir ebenfalls zurück«, antwortete Christian.

»Sind das alle Eure Wachen?«, fragte der Priester und zeigte auf die Bogenschützen.

»Ja, wir kommen zurecht«, sagte Christian.

»Bei allem Respekt, aber bitte erlaubt uns, dass wir euch bewachen«, sagte der Priester. »Wir möchten nicht, dass ihr von einer Räuberbande überfallen werdet und es dann heißt, wir hätten eure Nachhut niedergemacht.«

»Unter diesen Umständen nehmen wir Euer Angebot dankend an«, sagte Christian.

»Weiter möchten wir euch alle Waffen, Rüstungen und Pferde wieder zurückgeben«, sage der Priester.

»Seine kaiserliche Majestät hat verfügt, dass alles Eisen zu Pflugscharen verarbeitet werden soll. Handelt bitte ebenso. Wenn Ihr solche Pferde wie unsere hier bei Euch habt, nehmen wir sie gerne zurück. Alle anderen bringt bitte ins Hauptlager nach Claso«, sagte Christian.

»Va bene«, sagte der Priester und verabschiedete sich. Er ließ fünf Landsknechte zurück, die ein paar hundert Schritt außerhalb Wache hielten.

Ein paar Stunden später kam ein Reiter mit den Streitpferden von Eckert, Wolff und von zwei gefallenen Knappen. Auf Wolffs Hengst befand sich ein Packen, der Brathähnchen und frisches Brot enthielt.

Am Abend hörte man die Trommeln von Fußtruppen. Legnano hatte hundert Mann geschickt. Diese schlugen ihr Lager in größerer Entfernung auf und bewachten sie aus der Distanz. Die Hähnchen und das frische Brot waren delikat. Selbst Wolff aß davon, was Christian als gutes Zeichen wertete.

Am anderen Morgen war Wolffs Fieber gesunken. Er ging ein wenig spazieren und war hocherfreut, als er seinen Hengst Thor erblickte. Er ging zu ihm hin und wurde von Thor freudig begrüßt. Christian kam hinzu und fühlte Wolffs Temperatur.

»Es geht Euch schon besser«, sagte er, »aber bitte überanstrengt Euch nicht. Ihr seid noch nicht über dem Berg.«

Wolff fügte sich und ging wieder in sein Bett, doch am Nachmittag war sein Fieber tatsächlich ganz verschwunden, und er wollte schon wieder Bäume ausreißen. Daraufhin entschloss sich Christian, das Lager abzubrechen, die Nacht unter oder in den Wagen zu verbringen und beim ersten Tageslicht loszufahren.

Als die Sonne aufging, fuhren sie los, und da sie genug Pferde zum Wechseln hatten, kamen sie zügig voran. David saß neben Christian und Nikolaus, der ohne seinen David nicht nach Hause hatte fahren wollen.

»Darf ich Euch etwas fragen, Pater?«, sagte Nikolaus, als sie schon eine Weile unterwegs waren.

»Ja natürlich, mein Sohn«, antwortete Christian.

»Der Baron hat viele Menschen getötet. Warum kommt er trotzdem in den Himmel?«, wollte Nikolaus wissen.

»Beim Allmächtigen gibt es keine Gewichtung der Sünde. Ein Mord wiegt nicht schwerer als eine Lüge. Christi Blut wäscht alles rein. Ob einer zehn Sünden begangen hat oder tausende spielt dabei keine Rolle. Und weil Christus für alle Sünden bezahlt hat, kann man sündlos vor dem Allmächtigen bestehen«, erklärte Christian.

»Dann kommt ja jeder in den Himmel«, entgegnete Nikolaus.

»Das ist so auch nicht richtig. Christus sagte: ›Nur durch mich kommt man zum Vater.‹ Das bedeutet, dass sich jeder willentlich entscheiden muss, ein Nachfolger Christi zu werden. Er muss seine Sünden wirklich bereuen, und was auch ganz wichtig ist: Er muss seinen Schuldnern ihre Schuld vergeben. Christus kann uns keine Schuld vergeben, wenn wir den anderen nicht vergeben. Weiter kann man nicht frisch und fröhlich in Sünde leben und glauben, dass man durch die eine Entscheidung vor der ewigen Verdammnis bewahrt bleibt. Wer das glaubt, befindet sich auf dem Holzweg. Man muss wirklich versuchen, Christus nachzufolgen, mit allen Konsequenzen«, erklärte Christian weiter.

»Aber wie ist das, wenn Kleinkinder sterben? Die konnten sich doch willentlich nicht für Christus entscheiden. Kommen diese alle in die Hölle?«, bohrte Nikolaus nach.

»Das weiß ich auch nicht mit Bestimmtheit. Aber es ist sicher ungerecht, wenn ein unschuldiges Neugeborenes in die Hölle kommt, während der Räuber, der neben Christus gekreuzigt wurde, im letzten Moment seines Lebens seine Sünden bereut hat und sich damit in den Himmel retten konnte. Ich weiß nur, dass der Allmächtige die Gerechtigkeit in Person ist und nie eine solche Ungerechtigkeit dulden würde. Wir können ihm vertrauen, dass er auch hier eine gerechte Lösung hat«, sagte der Pater.

David hatte genug von dieser Fragerei. Er hatte den Kopf voll anderer Dinge. Er ging zum Wagenende und kletterte in den Sattel von Stich, dem Pferd des toten Knappen Nickles, das hinten am Wagen angebunden war. Danach ritt er an die Spitze und war froh, endlich allein zu sein. Sein letzter Traum ließ ihn nicht mehr los. Eine große Stadt mit mächtigen Stadtmauern und Verteidigungstürmen war ihm erschienen. Die Stadt wurde von fremdländischen Truppen angegriffen. Auf den Türmen hatte es viele Bogenschützen, die auf die Angreifer schossen. In der Stadt brannte es an vielen Orten. Dicker, schwarzer Rauch stieg überall auf. Er kannte die Stadt nicht. Auch die karge Umgebung war ihm völlig fremd. Waren es vielleicht seine Bogenschützen auf den Türmen? David war völlig verwirrt.

Als es dunkel wurde, band er Stich wieder an den Wagen und setzte sich neben Christian auf den Kutschbock. Nikolaus hatte sich im Wagen schlafen gelegt.

»Du bist so nachdenklich«, sagte Christian. »Was bedrückt dich?«

»Ich hatte einen Traum und verstehe ihn nicht«, sagte David. »Darin sehe ich eine mächtige Stadt, die an mehreren Orten brennt. Sie wird von fremdländischen Truppen angegriffen. Sie sind zahlreich wie Ameisen. Ich habe noch nie so viele Leute auf einmal gesehen. Es müssen zehntausende sein. Sie sind ganz schwarz gekleidet, haben dunkle Haut und schwarze Bärte. Sie haben Türme aus Holz, die sie auf Rädern zu den Mauern ziehen. Einige stehen schon dort und stehen in Flammen. Außerdem haben sie seltsame Geräte aus Holz gebaut. Sie sehen aus wie überlange Finger. Diese spicken immer wieder Kugeln aus Feuer in die Stadt. Die Verteidiger schießen mit Bogen von den Türmen. Die Bogen sehen aus wie unsere. Überall liegen Tote vor den Mauern. Mehr als tausend liegen da.«

»Diese Stadt wird belagert«, sagte Christian. »Wie sieht es da aus? Siehst du Fahnen oder Wappen?«

David überlegte kurz.

»Die Umgebung ist sehr karg«, sagte er dann. »Es hat nirgends Gras, nur Sand und Steine und ab und zu ein paar dunkelgrüne Büsche.

Bäume kann ich nicht erkennen. Wappen sehe ich keine. Die Angreifer haben große, sehr lange Fahnen. Diese haben ein dunkelgrünes Tuch und weiße Zeichen, es sind aber keine Buchstaben.«

»Karges Land … grüne Fahnen … hm«, murmelte Christian nachdenklich. »Das könnte im Heiligen Land sein. Wie sieht die Stadt aus? Hat es eine Burg darin?«

»Ich sehe keine Burg. In der Stadt gibt es einen kleinen Hügel, darauf steht ein mehreckiges, sehr großes Gebäude. In der Mitte hat es einen niedrigen Turm, der ein seltsames Dach hat. Es ist rund und schimmert golden.«

»Das ist der Felsendom«, sagte Christian aufgeregt. »Der Felsendom in Jerusalem hat eine goldene Kuppel. Jerusalem wird belagert, oh mein Gott. Siehst du keine weißen Fahnen mit einem roten Kreuz? Es müssten welche da sein.«

David schüttelte den Kopf.

»Was sollte der Bischof von Konstanz in Jerusalem machen?«, fragte er.

»Nein, das Kreuz des Bischofs ist hell- und dunkelrot. Ich meine das blutrote Kreuz der Tempelritter. Die Templer sind einer der größten Ritterorden und haben ihren Hauptsitz in Jerusalem. Es müsste ein ganzes Heer von ihnen dort sein. Ist das alles? Oder geht dein Traum noch weiter?«

David nickte.

»Plötzlich hören die Kämpfe auf«, sagte er. »Das Haupttor öffnet sich, und viele Menschen strömen heraus. Es sind Männer, Frauen und Kinder. Es hat auch einige Soldaten darunter, aber ich sehe keine Ritter. Sie gehen alle zu Fuß und haben weder Banner noch Fahne. Die feindlichen Truppen bilden eine Gasse, und die Leute gehen unbehelligt hindurch. Danach strömt die Reiterei der feindlichen Truppen durch das offene Tor hinein. Das ist alles.«

»Das ist … unglaublich«, sagte Christian. »Als Gottfried von Bouillon im Jahr 1099 Jerusalem eroberte, brachten sie alle Einwohner um. Ob Moslem oder Jude, sie machten keinen Unterschied. Es war ein fürchterliches Massaker, und sie haben damit eine schwere Blutschuld auf sich geladen. Die Muslime hassten sie dafür und schworen blutige Rache. Wenn die Einwohner jetzt unbehelligt abziehen können, wäre das ein großes Wunder. Vielleicht war das die Bedingung, damit sie die Tore öffneten. Jerusalem gefallen … eine Nachricht, die unsere Welt erschüttern wird. Der Papst wird Himmel und Hölle in Bewegung setzten, um Jerusalem wieder zurückzubekommen.« Nachdenklich wiegte Christian seinen Kopf hin und her.

»David«, sagte er schließlich, »ich glaube an deine prophetischen Träume. Wenn Jerusalem fällt, wird der Papst alle Streitigkeiten schlichten, damit er alle Herrscherhäuser auffordern kann, ihr Kreuz zu ergreifen und Jerusalem zurückzuerobern. Diese Information ist ein starker Trumpf für die nachfolgenden Verhandlungen mit dem Papst und den Lombarden. Ich glaube aber nicht, dass dieser Traum direkt etwas mit dir zu tun hat.«

David atmete auf.

»Danke Christian, du hast mir wieder einmal Mut gemacht«, sagte er.

»Gerne geschehen. Aber lege dich jetzt auch zum Schlafen hin. Wir werden diese Nacht durchfahren. Ich werde jetzt noch ein wenig über den Sinn deines Traumes brüten. Ich wecke dich, wenn du mich ablösen kannst«, erwiderte Christian.

David ging in den Wagen und legte sich neben Nikolaus. Er schickte einen Kuss zum Mond und schlief nach dem Nachtgebet ein.

Christian ließ auch am anderen Tag die Wagenkolonne ohne größere Rast weiterfahren. Am späteren Nachmittag kamen sie in der Ebene beim Castelgrande an. Christian entschloss sich, hier die Nacht zu verbringen. Da kein Regen in Sicht war, verzichteten sie auch dieses Mal auf die Zelte. Nach einiger Zeit kam ein Reiter vom Castelgrande und brachte Brot und Käse. Seit sie von zu Hause abgefahren waren, hatten sie keinen Käse mehr gegessen. David roch genüsslich daran.

»Riecht wesentlich besser als Eure Wunde, Waffenmeister«, sagte er.

Alle lachten herzlich. Nach dem Mahl teilte David die Wachen ein und legte sich unter den Wagen. Er war von den Strapazen der letzten Tage erschöpft und erlag sofort seiner Müdigkeit.

Beim ersten Tageslicht fuhren sie weiter. Es ging nun stetig bergauf, und die Pferde hatten viel mehr zu arbeiten. Christian ließ jetzt alle zwei Stunden die Pferde wechseln.

»Die nächste Rast machen wir vor dem Pass«, sagte er.

Je länger sie fuhren, desto schweigsamer wurde David. Schwere Sorgen machten ihm zu schaffen. Wie sollte er Ulla ernähren, wenn er beim neuen Baron keine Anstellung finden würde? Sollte er vielleicht bei Seybold das Fischen erlernen? Würde das sie überhaupt ernähren? Ihm schwirrten tausend Fragen durch den Kopf, auf die er nicht eine Antwort hatte.

Schließlich brach Christian das Schweigen.

»Was bedrückt dich, mein Bruder?«, fragte er.

David seufzte.

»Eberhard wird in Hohenklingen alles verändern«, sagte er, »und ich befürchte, dass ich keine Anstellung finden werde, mit der ich Ulla ernähren könnte.«

»Mein lieber Freund, ich verstehe deine Sorgen«, sagte Christian. »Ich habe schon vor längerer Zeit um eine Kopie unseres Kräuterbuches bei der Propstei gebeten. Ich dachte dabei an dich. Ich würde dir gerne all mein Wissen über die Heilkunst weitergeben, und mit dem Buch könntest du noch mehr dazu lernen. Als Heiler wärst du ein Segen für die Menschheit, und du könntest locker zwei Familien damit ernähren. Aber willst du das überhaupt? Was würdest du denn am liebsten machen?«

David überlegte eine Weile.

»Hauptmann der Bogenschützen«, sagte er dann. »Eine Truppe, welche die Heimat schützt. Die Idee, die unser Baron am Totenbett hatte, lässt mich nicht mehr los. Aber wird das unser neuer Baron überhaupt in Erwägung ziehen?«

Christian lächelte.

»Mein Krieger«, sagte er. »Als dein König sage ich dir: Barbarossa wird Eberhard stark fördern. Wenn Stein wachsen soll, wird es sehr schnell ein Gerichts- und ein Münzwesen brauchen. Dies alles muss bewacht und beschützt werden. Außerdem bist du ein vom

Allmächtigen Gesegneter; ein Gesalbter sogar. Er wird dir schon geben, was du brauchst.«

»Ich spüre den Allmächtigen gar nicht. Ist er wirklich bei mir?«, fragte David.

»Wenn der Allmächtige nicht bei dir wäre, wie hättest du das alles bewerkstelligen können?«, fragte Christian. »Nein, mein Lieber. Du bist erfüllt vom Heiligen Geist. Fasse nur Mut, denn wenn der Allmächtige mit dir ist, wer kann wider dich sein?«

David schaute Christian an, und dann lachten sie beide.

Nachwort

Wie wird es sein, nach ihrer Ankunft in Stein, jetzt, wo Baron Eckert in der Erde ruht?

Wird David seine Ulla heiraten können?

Bleibt David Krieger oder tritt er in die Fußstapfen von Pater Christian?

Was bedeutet der Traum von Jerusalem tatsächlich?

Wird Barbarossa wirklich Frieden schließen?

Was macht er mit seinem Welfen-Widersacher, Heinrich dem Löwen?

Dies und vieles mehr erfahren Sie im nächsten Band: *Der Hauptmann von Hohenklingen.*

Anhang

Münzen im Mittelalter

Name	Wert in Pfennigen
Pfennig	1
Heller	0.5
Kreuzer	4
Schilling	9
Groschen	12
Batzen	16
Gulden	240
Silber Mark	256
Taler	360

Danksagung

Ein großer Dank gebührt Daniela Jenal aus Zürich. Sie hat mit ihren herrlichen Aquarellen der Geschichte ein Gesicht gegeben.

Weiter möchte ich mich bei meinen zahlreichen Sponsoren bedanken. Dank ihrer finanziellen Unterstützung war es überhaupt möglich, dass dieses Buch erscheinen konnte.

Zum Schluss möchte ich mich bei meiner Familie bedanken. Das Schreiben hatte viel Zeit in Anspruch genommen und dadurch mussten sie auf einiges verzichten. Vielen Dank, meine Lieben.